DREAM WALKER – TRAUMWANDLER

BAILEY SPADE SERIE: BUCH 1

DIMA ZALES

Translated by

GRIT SCHELLENBERG

♠ MOZAIKA PUBLICATIONS ♠

Veröffentlicht von Mozaika Publications, einer Druckmarke von Mozaika LLC.
www.mozaikallc.com

Lektorat: Fehler-Haft.de

Cover von Orina Kafe
www.orinakafe-art.com

e-ISBN: 978-1-63142-651-3
Print ISBN: 978-1-63142-652-0

KAPITEL EINS

ICH SCHLUCKE einen Tropfen verdünntes Vampirblut.

»Alarm und Überwachung deaktiviert«, flüstert Felix in meinen Ohrhörer. »Einbruch und Eindringen kann beginnen.«

Bevor ich antworten kann, wirkt das Blut und nimmt das Gewicht von meinen Augenlidern, während sich mein Schlafentzug zurückzieht. Aber das Tröpfchen muss zu groß gewesen sein – oder ich habe es zu früh nach der letzten Dosis getrunken. Ich fühle einen unwillkommenen Nebeneffekt – orgastische Lust – aufkommen.

Ich umfasse den Dietrich so fest, dass es wehtut, und steche ihn mir in den Unterarm.

»Was zum Teufel …?«, ruft Felix. »Warum hast du *das* gemacht?«

Die Kamera an meinem Revers hat meinen heimlichen Schluck nicht aufgenommen, also kann ich verstehen, warum das an seinem Ende seltsam aussieht. »Vergiss es.«

Der Schmerz macht meine Euphorie schnell wieder zunichte, und ich danke meinen Glückssternen, dass ich mir die Zeit genommen habe, meine Ausrüstung zu sterilisieren, sonst hätte das mit Wundbrand geendet. Als ich den Dietrich aus meinem Arm ziehe, heilt die Wunde augenblicklich – und das Beste ist, es bleibt nichts von der orgastischen Lust zurück.

Geht doch. Ich habe dieses Vampirblut kein bisschen genossen, abgesehen von der Steigerung der Wachsamkeit, was das war, was ich wollte – und meiner Libido, die auf das Niveau eines Teenagers in einem Stripclub emporschnellte.

»Ich dachte, deine Zwangshandlungen wären auf Reinigungsrituale beschränkt.« Felix klingt im Nachglühen des Vampirblutes bizarr sexy.

Ich antworte nicht. Stattdessen fühle ich schnell in mich hinein, um sicherzugehen, dass kein Teil von mir sich von der hochgradig süchtig machenden Substanz angezogen fühlt. Bei all meinen aktuellen Problemen wäre eine Vampirblut-Sucht wie von einer Klippe zu springen, nachdem ich mich in Zyanid ertränkt habe.

Alles gut bis jetzt. Ich greife nach dem Türknauf. »Ich gehe hinein.«

»Das ist auf dieser Welt illegal«, erinnert mich Felix, als ob ich das nicht schon wüsste.

»Was ist mit dem Hacken all dieser Banken?«, flüstere ich zurück. »Es würde dir auch nicht gefallen, wenn ich dir darüber einen Vortrag halten würde.«

Felix, ein Cogniti wie ich, wenn auch einer, der ständig auf der Erde wohnt, nennt sich selbst Technomant. Er kann die auf Silizium basierende Technologie dazu bringen, das zu tun, was er will, eine Macht, die er für Leistungen verschwendet, die jeder Mensch mit fundierten Computerkenntnissen vollbringen kann.

»Traumwandeln wird dir nicht helfen, dem menschlichen Gefängnis zu entkommen«, antwortet er. »Oder es zu überleben, was das betrifft.«

»Darüber lässt sich streiten.« Ich entscheide mich dagegen, ihm von der Zeit zu erzählen, als ich in einem seiner feuchten Träume auftauchte – um genau zu sein, den, in dem er sich vorstellte, dass er ein Wachmann war, der von verdächtig attraktiven weiblichen Sträflingen angegriffen wird. »Aber wenn du deine Arbeit richtig gemacht hast, werde ich nicht im Gefängnis landen.«

»Ich kann mich nur um den intelligenten Alarm kümmern. Wenn dieser Bernard paranoid genug ist, dann hat er vielleicht auch noch einen veralteten Alarm, und der wird losgehen, sobald du hineingehst. Oder er könnte einen Hund haben. Oder er könnte sogar wach sein.«

Ich werfe heimlich einen schuldigen Blick auf mein Handgelenk, wo die meisten Leute ein pelziges Armband sehen würden. Aber es ist eigentlich eine Kreatur namens *Looft*. Normalerweise leben seine Artgenossen auf kuhähnlichen *Moofts*, aber Pom, wie er sich selbst nennt, hat mich als seinen Wirt adoptiert.

Im Moment schläft er, wie immer, aber der pechschwarze Schatten seines Fells spiegelt meinen inneren Aufruhr wider. Wenn ich sterbe, stirbt Pomsie mit mir. So funktioniert unsere Beziehung.

Also darf ich nicht sterben. Einfach.

Ich richtete meine Aufmerksamkeit wieder auf die schwere Holztür und streichele Pom, um mich zu beruhigen. Als meine Hände sich beruhigt haben und sein Fell einen neutraleren Blauton angenommen hat, knacke ich das Schloss.

»Im Ernst, Bailey«, sagt Felix, während ich den Türknauf berühre, »es muss bessere Wege geben, Geld zu verdienen. Mit deinen …«

Ich schalte den Ton aus. Offensichtlich gibt es legalere Wege, um Geld zu verdienen, aber diese Wege werden nicht annähernd so gut bezahlt wie ich von meinem aktuellen Arbeitgeber. Ich bin bereits einen Monat mit Mamas Arztrechnungen im Rückstand, und wenn ich in den nächsten zwei Wochen nicht zwei Millionen CC – das Kryptogeld von Gomorrha – zusammenkratze, werden sie die lebenserhaltenden Maßnahmen abstellen. In der wenigen Zeit, die mir noch bleibt, würde ich mit ehrlicher Arbeit nie so viel Geld verdienen. Deshalb musste ich auf Schlaf verzichten, um über die Runden zu kommen. Eigentlich habe ich seit Mamas Unfall vor vier Monaten nicht mehr als ein paar Stunden am Stück geschlafen, wobei ich anfangs auf natürlichem Weg wach geblieben bin, dann irgendwann pharmakologische Stimulanzien genommen habe und schließlich bei Vampirblut gelandet bin.

Ich greife in meine Tasche, nehme eine meiner letzten beiden Schlafgranaten heraus und drehe den Türknauf.

Kein Alarm ertönt.

Kein Hund bellt.

Niemand erschießt mich mit einer Pistole.

Ich drücke den Knopf an der Granate und werfe sie in die Wohnung.

Das Schlafgas zischt, während es sich im Inneren ausbreitet.

»Dieses Gas wirkt innerhalb von zwei Minuten«, flüstere ich zu Felix. »Wenn ein Hund da drin ist, oder Bernard wach war, schlafen sie *jetzt*.«

Ich schalte gerade wieder auf stumm, als Felix etwas über einen *anständigen Plan* murrt. Was er nicht erkennt, ist, dass uns der gefährlichste Teil dieses Jobs jetzt bevorsteht.

Ich schleiche auf Zehenspitzen in das Penthouse. Valerian, der Typ, der mich damit beauftragt hat, muss Bernard gut bezahlen. Das Apartment ist groß, besonders für New York, wo Immobilien fast so teuer sind wie in meiner Heimatwelt Gomorrha.

Ich suche das Schlafzimmer und schaue durch die Dunkelheit auf das Bett. Ja – Bernard ist in der Embryohaltung zusammengerollt, bedeckt von einer schweren Decke.

Ich schleiche zum Bett.

»Sieht er nicht aus wie Mario?«, flüstert Felix.

Diesen Mann mit dem digitalen Klempner zu vergleichen ist gar nicht so verrückt, wie es sich anhört. Als ich Felix zum ersten Mal traf, haben wir über unsere Liebe zu Videospielen eine Verbindung zueinander aufgebaut.

Ich betrachte das Gesicht des pummeligen Mannes mit dem Schnurrbart. »Eher wie Wario, Marios Erzrivale.«

»Keiner von beiden hat so eine Narbe.«

Er hat recht. Die Narbe auf Bernards Stirn gehört auf das Gesicht eines interdimensionalen Kriegers, nicht auf das eines Ingenieurs in einer VR-Firma auf der Erde.

»Und was jetzt?«, fragt Felix.

»Ich muss ihn berühren.«

Felix lacht leise.

Ich rolle mit den Augen. »Nicht auf eine schmutzige anzügliche Art.«

Ich schaue auf die Augenlider meines Opfers und suche nach schnellen Augenbewegungen. Nichts. Mist. Ich ziehe meine Handschuhe aus und tue mein Bestes, um mich auf die Unannehmlichkeiten vorzubereiten, die kommen werden – insbesondere auf den am wenigsten riskanten, aber ekelerregendsten Aspekt dessen, was ich tun werde.

Hautkontakt.

Die Schweißperle, die am Rand der Narbe auf Bernards Stirn wackelt, hilft nicht, ebenso wenig wie sein Mooftmist-Atem.

»Worauf wartest du?«, fragt Felix. »Ist es wieder deine Zwangsstörung?«

»Auf Hygiene zu achten bedeutet nicht, dass ich eine Zwangsstörung habe.« Ich berühre die Flasche mit dem Handdesinfektionsmittel in meiner Tasche, meinem Lebensretter hier auf der Erde. »Außerdem befindet er sich nicht im REM-Schlaf.«

»Was bedeutet, dass du diese gefährliche Subtraum-Kampfsache machen musst, wenn du ihn betrittst?«

»Bei dir klingt es viel zu sehr nach einer Vergewaltigung. Ich werde ihn nicht *betreten*. Ich besuche nur seine Träume. Aber ja, wenn diese Subtraum-Kampfsache mein Traum-Ich tötet, wird mein Ich in der echten Welt verrückt werden.«

Eigentlich ist das eine Untertreibung. Nicht lange vor ihrem Unfall, um mich davon abzuhalten, meine Kräfte zu benutzen, zeigte mir Mama Filmmaterial von dem, was mit einem Traumwandler passiert ist, der in der Traumwelt gestorben war. Er randalierte wie ein tollwütiger Kobold und schlachtete seine Opfer aus. Ich habe das überprüft, und selbst Jahre später wird er immer noch gefesselt in einer Gummizelle festgehalten.

»Du willst also warten, bis er in den REM-Schlaf eintritt?«, fragt Felix.

»Im Idealfall.«

»Wie lange wird das dauern?«

Ich seufze und konsultiere mein Telefon von der Erde. »Neunzig Minuten, wenn es mein Gas war, das ihn umgehauen hat.«

Ich höre Felix auf seiner Tastatur klicken. Dann sagt er: »Ich sehe, dass er Zolpidem nimmt. Ich bezweifele, dass es dein Gas war, das ihn betäubt hat.«

»Verdammt.« Ich widerstehe dem Drang, gegen das Bein des Bettes zu treten. »Diese Droge unterdrückt den REM-Schlaf. Vielleicht muss ich später wiederkommen oder …«

»Bailey.« Sein Ton wird schärfer. »Du wirst gleich Gesellschaft bekommen.«

Ich drehe mich zur Tür, und mein Herzschlag schnellt in die Höhe, als Poms Fell an meinem Handgelenk dunkel wird.

»Vampire«, rasselt Felix heraus. »Vollstrecker. Sie bewachen alle Ausgänge. Weglaufen wäre sinnlos.«

Verdammter Mist. Warum konnte es nicht irgendeine andere Art von Cogniti sein? Vampire schlafen nur, wenn sie wollen, also wird meine verbleibende Granate sie nicht außer Gefecht setzen – und ich habe nichts anderes zur Hand.

Mein Blick fällt auf den begehbaren Schrank in der Ecke des Schlafzimmers. »Kann ich mich verstecken?«

»Sie haben wahrscheinlich deine DNA. Wie sonst hätten sie dich mit solcher Präzision umstellen können?«

Er hat recht. Sogar *ich* wusste nicht, dass ich hier sein würde, bis ich meine verschlüsselte E-Mail vor einer Stunde gelesen habe. Das ist übel. Bewaffnet mit meiner DNA könnte mich ein Vampir überall im Cogniversum finden.

Ich streichele Pom und versuche, nicht in Panik zu

geraten. »Was wollen sie?«

»Keine Ahnung«, sagt Felix, »aber ich bezweifle, dass sie sich für deinen Einbruch interessieren.«

»Vielleicht nicht, vielleicht aber doch.« Ich wirbele zurück in Richtung Bernard. »Klingt, als hätte ich keine Wahl. Wenn ich Mamas Lebenserhaltung laufen lassen will, muss ich reingehen, REM-Schlaf hin oder her.«

»Und ich werde mein Bestes tun, um die Vollstrecker hinzuhalten. Ich glaube, ich kann den Aufzug langsamer fahren lassen, vielleicht sogar …«

»Danke.« Das Zittern meiner Hände ignorierend, ziehe ich das Handdesinfektionsmittel heraus und schmiere es auf Bernards haarigen Unterarm. »Wird schon schiefgehen.« Ich greife nach dem – hoffentlich – dekontaminierten Hautstück.

In gewisser Weise hat dieser Mist auch seine Vorteil. Wenn der Subtraum mich tötet und ich in der realen Welt mordlustig verrückt werde, werden mich zumindest die Vampire niedermachen, bevor ich jemanden ausschlachten kann. Außerdem verdrängt das Adrenalin meine üblichen Ängste, *Staphylococcus aureus* und andere Keime von meinem Opfer zu bekommen.

Meine Finger berühren die Haut des Mannes, und meine Muskeln werden für einen Moment steif, während ich einen schwachen Hauch von Ozon einatme und das Gefühl habe, zu fallen. Dann verdunkelt sich der Raum um mich herum, und die Welt des Wachseins verschwindet.

KAPITEL ZWEI

ICH STEHE AUF SCHWARZEM WASSER, mit einem Himmel wie Magma darüber. Auf mich rast ein Dutzend Kreaturen zu, eine scheußlicher als die andere.

Die erste sieht aus, als wären zwanzig Ameisenkiefer auf die Größe eines Lastwagens angeschwollen und hätten Fühler und Beine bekommen. Eine andere ähnelt einem massiven Spiralwurm oder vielleicht einer Syphilisbakterie, mit tausendfüßlerartigen Beinen, die in messerscharfen Krallen enden. Die am wenigsten schreckliche Kreatur erinnert mich an ein Bärtierchen, ein mikroskopisch kleines Tier, das im Wasser lebt und keine erkennbaren Augen oder eine Nase hat, sondern ein Loch für einen Mund und acht Gliedmaßen am Körper einer Seekuh, die in Krallen enden – nur, dass an diesem Bärtierchen nichts mikroskopisch ist. Es ist drei Meter hoch.

Die Unterkieferkreatur ist an der Spitze und

springt auf mich zu, während sie aus jedem ihrer Unterkiefer schreit. Wenn ich beschließen würde, Diamanten zu kauen, würde sich das wahrscheinlich genauso anhören. Nur tausendfach lauter. Ich bekomme das unheimliche Gefühl, dass das Ding versucht, mir etwas zu sagen, aber auf einer Frequenz, die eher meine Ohren bluten lässt, als Informationen weiterzugeben.

Ein pelziges Anhängsel schlängelt sich von meinem Handgelenk und dehnt sich zu einer Peitsche aus, als das kreischende Biest auf mich springt, und die Unterkiefer im Gleichklang klappern.

Ich schwinge meine Peitsche. Ein Überschallknall lässt das schwarze Wasser um mich herum kräuseln. Meine Peitsche schneidet die Unterkieferkreatur in zwei gleich große Hälften, die zu meinen Füßen plumpsen und mich mit klebrig-grüner Schmiere bespritzen. Ich bin wie gelähmt vor Ekel – und das ist der Moment, in dem die Kralle der Syphilis-Kreatur meine linke Schulter durchbohrt.

Der Schmerz ist ekelhaft und scharf, und ich bin froh, dass meine Peitsche an meinem Körper hängt, sonst hätte ich sie fallen lassen. Als ich meine Waffe erneut schwinge, ist Ekel eine ferne Erinnerung. Mit einem zweiten Überschallknall spalte ich das Syphilis-Ding in zwei Hälften und weiche dem blutigen Strom aus, der herausspritzt.

Als sie sehen, was mit ihren Brüdern passiert ist, greifen die verbliebenen Monster mit viel weniger Begeisterung an, was gut ist, denn ich verliere eimerweise Blut aus meiner Schulter. Bevor sie merken, dass ich schwach werde, gehe ich in die Offensive und lasse die Peitsche knallen.

Boom. Boom. Boom.

Nur das Bärtierchen ist noch übrig, und es flieht mit einer Geschwindigkeit, die man von einer so riesigen Masse nicht erwarten würde.

Ich springe hinterher und halte meine Peitsche bereit. »Oh, nein, du gehst nirgendwohin.« Einen Überschallknall später regnet das Bärtierchen in Stücken herunter.

Sobald es das tut, verändert sich die Welt um mich herum.

KAPITEL DREI

MEINE SCHULTER POCHT, als ich meinen Kopf herumwirbele und zwölf Meter hohe quadratische Kuppeldecken, gelblich-blaue Marmorböden, rötlich-grüne Wände und eine schwebende Ansammlung glühender geometrischer Formen sehe, die in der wachen Welt unmöglich sind, genauso wie das sich überlappende Penrose-Dreieck. Ich atme tief ein und rieche den süßlich-aromatischen Duft von *Manna*, meinem gomorrhischen Lieblingsessen.

Natürlich. Ich bin in der Hauptlobby meines Palastes. Das heißt, dies ist die Traumwelt, und die Monster, die ich gerade besiegt habe, waren Teil dessen, was ich den Subtraum nenne. Verdammter Mist. Wieder einmal war mir nicht klar, was passierte, trotz so unrealistischer Dinge wie auf dem Wasser zu laufen und dass Pom sich in eine Peitsche verwandelte.

Ein stechender Schmerz bringt mich zurück in die Gegenwart. Diese Schulterverletzung verhält sich allzu realistisch, was bedeutet, dass ich nur ein paar Liter Blutverlust davon entfernt bin, in der Traumwelt zu sterben und damit verrückt zu werden.

Na gut. Jetzt, da ich weiß, wo ich bin, kann ich die Dinge so ändern, wie ich sie für richtig halte.

Ich schwebe aus meinem Traumkörper heraus, als hätte ich eine Nahtoderfahrung. Der Schmerz verschwindet augenblicklich. Ich betrachte den Körper unter mir und zucke im Geiste zusammen. Diese Schulter ist *übel*. Der Rest von mir sieht allerdings für einen Traum ziemlich langweilig aus.

Mit kaum einer Anstrengung heile ich meine Schulter. Dann – weil ich es kann – mache ich meinen Körper größer und dünner und tausche meine praktische Cargohose und mein Tarnhemd gegen eine coole Lederjacke, enge schwarze Jeans und kniehohe Stiefel. Ein guter Start. Ich ersetze meine krausen schwarzen Locken durch den Look, den ich bevorzuge – heiße Feuerflammen, die meinen Kopf aussehen lassen, als hätte ein Feuervogel ein Nest darauf gebaut. Da ich in Eile bin, muss das genügen.

Ich springe zurück in meinen Körper. Sobald ich das tue, erscheint Pom vor mir – etwas, was er immer dann tut, wenn ich traumwandele und er sich im REM-Schlaf befindet, was fast immer der Fall ist.

Hier in der Traumwelt ist er kein flauschiges Armband. Wie ich nimmt er eine Traumform an.

Pom ist so groß wie eine große Eule, hat riesige lavendelfarbene Augen, hochbewegliche dreieckige Ohren und flauschiges Fell, das je nach seinen

Gefühlen die Farbe wechselt. Er ist so niedlich, dass es verboten sein sollte, und andere angeblich niedliche Wesen wie Otter, Pandas und Koalas im Vergleich dazu geradezu hässlich wirken.

»Du hast dein Gesicht nicht verändert«, sagt er mit seinem Singsang-Falsett. »Wie kommt das?«

»Magst du mein Gesicht nicht?« Ich verwuschele sein Fell, bis es blau wird, und gehe dann zu meinem Turm der Schlafenden.

Er schwebt hoch und fliegt wie eine Selfie-Drohne hinter mir her. »Dein Gesicht ist okay. Zumindest scheinen die Erdenmenschen es zu mögen.«

»Wenn du dich auf das Anstarren beziehst, denke ich, dass sie nur versuchen, meine Rasse und ethnische Zugehörigkeit herauszufinden.«

Er fliegt vor mich. »Was ist das?«

»Es ist, wie wenn wir herauszufinden versuchen, was für ein Cogniti jemand auf Gomorrha ist. Die Erdenmenschen verwenden diese Bezeichnungen auf ähnliche Weise, wobei einige Gruppen andere Gruppen nicht mögen – wie Nekromanten und Vampire.«

»Oh, aber das ist ein einfaches Ratespiel.« Seine Ohren wackeln vor Aufregung. »Orks sind grün, Elfen sind dünn und weidenartig, Zwerge haben Bärte, Riesen sind ...«

»Richtig.« Ich beschleunige meine Schritte, als ich die Treppe erreiche. Auch wenn die Zeit in der Traumwelt schneller vergeht oder es sich zumindest so anfühlt, gibt es immer noch einen guten Grund, sich zu beeilen. Was soll's – ich fliege, anstatt mich mit jedem Schritt zu quälen. »Aber es ist nicht immer so einfach«, fahre ich fort, als Pom mich einholt. »Werwölfe sehen nicht anders aus als ich, es sei denn, sie verwandeln sich.«

Sein pelziges Gesicht nimmt einen weisen Blick an. »Was schätzen also die meisten Menschen bei deiner Masse und fetischen Zugehörigkeit?«

»Es ist *Rasse* und *ethnische Zugehörigkeit*. Und ihre Vermutungen sind weitreichend: Lateinamerika, Afrika, der Nahe Osten … Manche denken, ich bin nur eine gebräunte Person europäischer Abstammung mit einer Dauerwelle – ich schätze, es liegt an der winzigen Nase und den grauen Augen.«

»Ich mag deine Augen.« Pom huscht wieder vor mich und schaut mich völlig ernst an. Dieser völlige Mangel an sozialer Kompetenz ist der Grund, warum ich ihn normalerweise darum bitte, unsichtbar zu sein, wenn ich mit meinen Klienten arbeite.

Er muss in meinen Gedanken sein, denn die Spitzen seiner Ohren werden rot.

»Danke für das Kompliment«, sage ich, um ihn zu besänftigen. Aus einer Laune heraus ändere ich meine Augen in Flammenrot, passend zu meinem Haar.

Poms Ohren werden wieder blau. »Die Menschen sind dumm. Du kommst offensichtlich nicht von einem dieser Orte.«

»Richtig.« Ich nehme eine Abkürzung, indem ich einen Teil der Wand vor mir verdunsten lasse. »Die gute Nachricht ist, dass mein Aussehen mir einen

Vorteil verschafft. Wir Cogniti tendieren dazu, uns in den Teilen der von Menschen besetzten Welten niederzulassen, in denen wir der einheimischen Bevölkerung am ähnlichsten sind – was bedeutet, wenn ich mich jemals dazu entschließen sollte, dauerhaft auf die Erde zu ziehen, könnte ich mir einen Großteil des Planeten aussuchen.«

Poms Fell verdunkelt sich. »Warum sollten wir jemals an einem so rückständigen Ort leben wollen?«

Er hat recht. Das Abwassersystem auf der Erde ist immer noch wasserbasiert, die VR-Technologie steckt noch in den Kinderschuhen und die Autos fahren noch nicht allein.

»Gomorrha ist in jeder Hinsicht besser.« Er liest ganz klar wieder meine Gedanken.

»Ich muss in der Nähe von Menschen sein, um meine Kräfte zu erhalten«, erinnere ich ihn zum x-ten Mal. »Außerdem kann ich dank meines tollen Rufs bei den Cogniti auf der Erde hoch bezahlte Jobs bekommen.«

»Illegale und risikoreiche Jobs«, wirft er mürrisch ein.

Ich unterdrücke die Sorgen, die mich wegen der Vollstrecker in der wachen Welt wie eine Welle überrollen wollen. Warum Pom wegen etwas stressen, bei dem er nicht helfen kann? Stattdessen lege ich ein hohes Tempo vor und erreiche den Turm der Schlafenden.

Der Turm ist eine zylindrische Glasstruktur, die aus mehreren Ebenen mit gläsernen Nischen besteht, von denen jede ein einzelnes Möbelstück besitzt: ein Bett. Wenn ich einmal erfolgreich eine Traumverbindung mit jemandem hergestellt habe, taucht er in einem dieser Betten auf, wenn er träumt. Dank dieses Turms muss ich die unangenehme Berührung von Menschen in der realen Welt nur einmal durchmachen.

Bernard, der neueste Schlafende in meiner Sammlung, hat den Platz eingenommen, der frei wurde, als ich meinen letzten echten Patienten von seinem Bettnässerproblem geheilt und unsere Verbindung unterbrochen habe.

Als wir uns Bernards Nische nähern, wird der Rest von Pom schwarz, und ich fluche vor mich hin.

Dunkle Miniaturwolken fliegen über Bernards Kopf.

»Na klar«, murmele ich. »Warum dachte ich auch, dass es diesmal einfach sein würde?«

Diese Wolken deuten auf eine Traumaschleife hin – eine Art von Traum, der auf traumatischen Ereignissen in Bernards Leben basiert. Traumaschleifen plagen Schlafende regelmäßig, und sie sind so mächtig, dass es mir leichter fällt, mir den Traum einfach nur anzusehen, als etwas in ihm zu verändern. Die gute Nachricht für den fraglichen Schlafenden ist, dass meine bloße Anwesenheit während dieser speziellen Träume normalerweise den Wiederholungszyklus unterbricht, was dem Schlafenden hilft, sich in der wachen Welt besser zu fühlen.

Dies könnte Bernards Glückstag sein. Aber dafür weniger meiner. Ich bin in Eile.

Pom fliegt zu den Wolken hinauf und schnuppert an ihnen, woraufhin ein Miniaturblitz in seine Nase einschlägt. »Autsch! Das ist ein schlechter.«

Ich lasse seinen Schmerz verschwinden und hülle die Wolken in eine schützende Glasblase. »Wahrscheinlich tiefsitzendes Trauma.«

»Dann werde ich mich dir nicht anschließen.« Poms Fell sieht aus wie Kohle. »Das letzte Mal, als wir mit so jemandem gearbeitet haben, hat es meinen Schlaf gestört.«

Um seinen Standpunkt zu unterstreichen, schwebt er hinter mich, als ob Bernard die Hand ausstrecken und ihn aus der Luft schnappen könnte, um ihn zu zwingen, den Alptraum mitanzusehen.

»Etwas hat *deinen* Schlaf gestört?« Ich drehe mich um und grinse ihn an. »Hast du dreiundzwanzig Stunden und vierundvierzig Minuten geschlafen, statt der vollen dreiundzwanzig Stunden und *fünf*undvierzig Minuten?«

Er schnaubt. »Wenigstens bin ich nicht auf Vampirblut, wie manch andere.«

»Nun, technisch gesehen bist du es, angesichts unserer symbiotischen Beziehung. Es wirkt nur nicht bei dir, aber …«

»Wie auch immer. Ich gehe nicht hinein, egal wie sehr du bettelst.« Pom hebt sein Kinn an und verschwindet wie eine Grinsekatze. Statt seines Lächelns ist es sein pelziges Kinn, das in der Luft schwebt, bis er ganz weg ist.

»Ich brauche dich dort sowieso nicht«, sage ich in

die leere Luft. »Ich bin in Eile, und das geht schneller ohne dein Gejammer.«

Er schluckt den Köder nicht.

Ich bin fast bei Bernard, als ich mir auf die Stirn schlage. Beinahe hätte ich vergessen, mich wieder unsichtbar zu machen.

Ich mache mich unsicht-, -hör- und -riechbar und berühre Bernard am Unterarm, so wie ich es in der wachen Welt getan habe, nur dass ich mir keine Sorgen um eine Kontamination mache.

Und dann, anders als in der Realität, wo ich in einer schlafähnlichen Trance stehe, verschwinde ich in der Traumwelt aus dem Palast und tauche in Bernards Traumaschleife wieder auf.

KAPITEL VIER

ICH FINDE mich auf einem Spielplatz wieder, einem der primitivsten Anachronismen der Erde, auf dem Kinder körperlich spielen. Auf Gomorrha wurden diese längst durch vollständig immersive virtuelle Räume ersetzt, was bedeutet: kein Schmutz, keine Keime und viel mehr Unterhaltungsmöglichkeiten für die Kleinen.

Dieser spezielle Spielplatz ist gruselig. Spinnen und Maden kriechen in dem Sandkasten, und die leere Schaukel bewegt sich wie von Geisterhand. Sogar die Kletterstangen sehen verzogen aus, und die Bäume erinnern mich an einen dunklen Wald aus einem bösen Märchen.

Ich wette, der ursprüngliche Spielplatz war nicht so, sondern Bernards Gefühle verdrehen die Umgebung.

Der Mann selbst schlendert auf eine Wippe zu – die Hände zweier süßer Kinder in seinem Griff, ein kleines

Mädchen, das ein Kleinkind ist, und ein etwas älterer Junge.

Hmm. Es gab keine Anzeichen von einer Familie, als ich in seine Wohnung einbrach.

»Papa, ich muss Pipi machen.« Das Mädchen tanzt von Fuß zu Fuß.

»Ich auch«, sagt der Junge. »Und ich gehe zuerst.«

»Nein, ich zuerst.« Sie wirft ihrem Bruder einen herrischen Blick zu. »Prinzessinnen zuerst.«

Sie zanken sich darüber, als Bernard sie in Richtung einer Parktoilette treibt. *Eine öffentliche Toilette.* Eklig. Private Toiletten auf Wasserbasis sind schrecklich genug.

Ich schwebe ein paar Meter hinter ihnen. Obwohl dieser Traum leicht eine Fiktion sein könnte – zum Beispiel ausgelöst von Bernards unbewusstem Bedauern, nie eine Familie gegründet zu haben –, erlauben mir meine Kräfte, die Wahrheit ohne Zweifel zu erkennen: Dieser Traum basiert auf einer Erinnerung. Alle Traumaschleifen, denen ich begegnet bin, waren Erinnerungen – obwohl ich theoretisch eines Tages auf einen Traum stoßen könnte, der die Erinnerung zu sehr verdreht. Sollte das passieren, würde ich meine Kräfte einsetzen, um die Wahrheit herauszuziehen und so hoffentlich die Schleife zu durchbrechen.

Also ist es eine Erinnerung – aber von wann? Die Narbe auf Bernards Stirn fehlt, also kann man mit Sicherheit sagen, dass das schon eine Weile her sein muss.

»Ich kann es nicht mehr halten«, sagt der Junge, als sie das Badezimmer erreichen.

Das Mädchen beginnt zu weinen.

»Du bist so ein Baby«, sagt der Junge.

Das Mädchen stampft mit dem Fuß auf und weint lauter.

»Gehen wir.« Bernard schleppt sie in die Herrentoilette.

Oh, der Geruch … der Anblick … die *Keime*. Pom hatte recht, zu verschwinden … das könnte jemanden für immer traumatisieren.

Die Wände beginnen, sich zu schließen.

Mist, ich ändere den Traum, ohne es zu wollen. Das ist nicht gut. Wenn Bernard meinen Einfluss bemerkt, könnte er aufwachen.

Ich schließe die Augen. Dies ist nur ein Traum, und zwar einer, der von Bernards Gefühlen gefärbt ist. Ich kann mir hier keine Keime einfangen. Ich sollte mir das als Expositionstherapie für mich selbst vorstellen – ein bisschen wie das, was ich mit meinen Klienten mache, die Phobien haben.

Ja, genau das ist es.

Die Wände im Badezimmer werden wieder normal, aber vorsichtshalber deaktiviere ich meinen Geruchssinn.

Die Geschwister streiten sich immer noch. Sichtlich frustriert, hilft Bernard dem Jungen, sein Geschäft an einem niedrigen Pissoir zu beginnen, und schleppt dann das weinende Kleinkind in eine Kabine. Meine nebulöse Präsenz folgt ihnen hinein, denn dies ist

Bernards Traum und Erinnerung, und ich kann nur dasselbe erleben wie er.

Über das Weinen hinweg höre ich, wie jemand Neues ins Bad kommt.

Der Junge schreit.

Bernard erstarrt einen Moment lang, dann tritt er die Kabinentür auf – gerade noch rechtzeitig, um den Rücken eines Mannes zu sehen, der aus dem Bad eilt.

Der Junge ist weg.

Diesmal kommen die Mauern wegen Bernard immer näher. Er schnappt sich das hysterische Kleinkind wie einen Sack, rauscht aus dem Badezimmer und sieht sich verzweifelt auf dem Spielplatz um. Er sieht den Mann am Parkeingang.

»Halt«, schreit er. »Gib ihn zurück!«

Der Kidnapper rennt zu einem Auto, das an einem Hydranten geparkt ist, wirft den Jungen auf den Rücksitz und springt hinter das Lenkrad.

Bernard sprintet ihm hinterher, aber die Reifen drehen bereits durch. »Was war das für ein Nummernschild?«, schreit Bernard das Kleinkind in seinem Griff an.

Das Mädchen weint hysterisch.

Die Qualen auf Bernards blütenweißem Gesicht sind schmerzhaft anzusehen.

»Bailey«, sagt eine bekannte Stimme in mein Ohr. »Sie sind da.«

Mist, ich bin noch nicht fertig. Da steckt mehr dahinter, das kann ich sagen. Aber es gibt einen Druck auf meinem Arm, der nichts mit dem Traum zu tun hat, und meine Wange brennt, als ob jemand daraufgeschlagen hätte.

Wie ein platzender Ballon bricht meine traumwandlerische Trance, und ich öffne die Augen in der wachen Welt.

Ein bleicher, wieselgesichtiger Mann schlägt mir so heftig auf die andere Wange, dass ich zurücktaumele und fast auf den schlafenden Bernard falle.

Als er den Tumult hört – oder, wahrscheinlicher, aus seinem Alptraum erwacht – öffnet Bernard seine Augen und sieht dasselbe, was ich gerade sehe.

Einen Raum voller Vampire.

KAPITEL FÜNF

DIE AUGEN DES VAMPIRS, der mich geohrfeigt hat, verwandeln sich in Spiegel, während er Bernard in die Augen sieht.

»Du wirst in die Küche gehen und dort zehn Minuten lang sitzen bleiben«, sagt er mit honigsüßer Stimme und einem leichten schottischen Akzent. »Danach wirst du vergessen, dass wir jemals hier waren. Verstanden?«

»Ja«, sagt Bernard in dem Roboterton, den bezirzte Leute gerne annehmen. »Ich werde jetzt gehen.«

»Und vergessen«, sagt der Vampir.

»Und vergessen.« Schamlos zeigt uns Bernard seinen behaarten Körper und stolpert zu seinem Ziel.

Ich gebe mein Bestes, um meinen rasenden Puls unter Kontrolle zu bringen. »Worum geht es hier?« Ich nehme mein Handdesinfektionsmittel heraus und trage eine großzügige Menge auf meine geschlagenen Wangen und meinen berührten Arm auf. Wer weiß, wo die Hände dieses Vampirs vorher gewesen sind? »Ich war gerade mitten in einer Sache.«

»Wir sind im Auftrag des Rates hier«, sagt der Größte des Haufens, ein ungewöhnlich unattraktives Exemplar seiner Art. Seine Hakennase sitzt über einem dünnen, nach unten gerichteten Mund, und sein braunes Haar ist schlaff und sieht fettig aus. Seine bleichen Augen bergen jedoch eine intensive Art von Intelligenz in sich.

»Wahrscheinlich stimmt das«, flüstert Felix. »Das ist Kain, der neue Anführer der Vollstrecker. Ich erinnere mich wegen *Legacy of Kain* an ihn. Er sieht sogar ein bisschen aus wie der Typ in der Spielserie.«

Ich würde Felix sagen, er soll die Klappe halten, aber ich will seine Anwesenheit nicht verraten. Kein Grund für ihn, als mein Komplize unterzugehen.

»Warum will der Rat mich sehen?«, frage ich in einem Ton, der so ruhig ist, dass ich selbst überrascht bin.

»Du wirst nur sprechen, wenn du angesprochen wirst«, knurrt der Vampir, der mich vorhin geohrfeigt hat.

»Kein Grund, unhöflich zu sein, Firth«, sagt Kain zu seinem Lakaien. Er richtet seinen blassen Blick auf mich. »Ich fürchte, du wirst vor dem Rat erscheinen müssen, um mehr zu erfahren.«

Ich zähle mindestens ein Dutzend Vampire um mich herum. Nicht gut. »Muss ich das?«

»Wenn du leben willst«, sagt Kain emotionslos.

»Okay, dann. Ich schätze, ich brenne darauf, zu gehen.«

Er neigt seinen Kopf. »Leg den Inhalt deiner Taschen auf das Bett.«

Für einen flüchtigen Moment erwäge ich, mir den Weg nach draußen zu erkämpfen. Warum sonst habe ich all diese Kampfkünste in den Träumen von berühmten Meistern gelernt? Das Problem ist, dass Vampire viel stärker und schneller sind, ganz zu schweigen davon, dass ich völlig in der Unterzahl bin.

Ich schaue Pom nicht an, damit sie nicht merken, dass er Schmuggelware aus einer anderen Welt ist, und hole die Schlafgranate, mein irdisches Smartphone, meinen gomorrhischen Kommunikator und das Fläschchen mit verdünntem Vampirblut heraus. Ich lege alles vorsichtig auf die zerknitterten Laken, die noch warm von Bernard sind.

»Ich sollte sie abtasten«, sagt Firth – meiner Meinung nach übereifrig.

»Nein«, sagt Kain gebieterisch. Er kommt näher, um meine Sachen zu durchsuchen. Sofort nimmt er meinen gomorrhischen Kommunikator an sich. »Das ist Otherland-Technologie. Es ist verboten, sie zur Erde zu bringen.«

»Hoppla.« Ich ziehe eine Grimasse. »Ich schwöre, ich habe es keinem Einheimischen gezeigt.«

Kain nickt Firth zu, und der dünne Vampir zerquetscht das Gerät in seiner Faust und steckt die Scherben ein. Was für ein Arschloch. Ich bin froh, dass ich meinen teuren Hygieia-Stab nicht von zu Hause mitgebracht habe. Die Handdesinfektionsmittel der Erde sind unendlich schlechter in der Keimabtötung, aber zumindest sollten sie nicht konfisziert werden.

Ich bin kurz davor, Kain für die Zerstörung meines Besitzes anzuschnauzen – Kommunikatoren sind auch nicht gerade billig –, aber Felix flüstert mir ins Ohr: »Er hat dir gerade einen großen Gefallen getan. Wenn der Rat dich damit erwischen würde, wärst du in großen Schwierigkeiten – na ja, in noch mehr Schwierigkeiten als die, in die du dich schon gebracht hast.«

Gut. Vielleicht hat er recht. Als Erdenbürger kennt Felix alle dummen Regeln hier viel besser als ich.

Kain untersucht mein Telefon, bevor er sich der Granate zuwendet.

»Sie soll mir bei meiner Arbeit helfen«, sage ich schnell. »Das ist eine Schlafgranate, die die Opfer in Schlaf versetzt.«

Er legt die Granate hin und hebt die Phiole auf. Er entkorkt sie, schnüffelt daran und schaut mich mit hochgezogener Augenbraue an.

Ich fühle mein Blut in mein Gesicht rauschen. »Es ist nicht für das, was du denkst.«

Seine Augenbraue hebt sich höher.

»Ich benutze das nur, um das Bedürfnis nach Schlaf zu unterdrücken.«

Seine Augenbraue wandert wieder nach unten. »Ich dachte, sogar Traumwandler brauchen Schlaf, um zu überleben.«

Ich zucke mit den Schultern und widerstehe dem

Drang, ihn auf die Ironie hinzuweisen, von einem Vampir über Blutkonsum gemaßregelt zu werden.

»Die Sachen kannst du wiederhaben.« Kain deutet auf das Bett.

Ich desinfiziere das Telefon, das Fläschchen und die Granate, bevor ich sie wieder in meine Taschen stecke. Bei diesem Tempo brauche ich vielleicht noch eine Flasche Desinfektionsmittel, es sei denn, sie töten mich bald und machen dieses Problem hinfällig. Und da ich schon mitten in diesem morbiden Gedankengang bin, hoffe ich, dass sie das Schwert – oder die Axt –, mit dem sie mich enthaupten wollen, sterilisieren, so, wie es die Menschen mit den Nadeln für ihre tödlichen Injektionen tun. Eines ist sicher: Ganz sicher werden diese Vampire nicht bereit sein, bei einer Apotheke für mehr Handdesinfektionsmittel vorbeizuschauen, selbst wenn sie auf dem Weg liegt.

Firth erhascht meinen Blick mit seinen wachsamen Augen und formt mit seinem Mund etwas, was verdächtig nach *Bluthure* aussieht – eine abwertende Bezeichnung für eine Vampirsüchtige, was ich nicht bin. Hoffentlich.

So oder so, es ist jetzt amtlich: Von jetzt an ist Firth Filth, also Dreck, obwohl ich ihn aus Sicherheitsgründen vielleicht nur hinter seinem Rücken so nennen werde.

»Was war in diesem Fläschchen?«, flüstert Felix.

Ich bin froh, dass die verdünnte Lösung mehr nach Wasser als nach Blut aussieht, und ignoriere seine

Frage. Es ist sowieso nicht so, dass ich in der Lage wäre, ihm zu antworten.

Die Vampire eskortieren mich zu einer Limousine, und wir fahren mit Rennwagengeschwindigkeit die nächtlichen Straßen von Manhattan entlang.

»Ich habe mich in das GPS der Limousine gehackt«, informiert mich Felix. »Sie fahren zur Burg des Rates, genau wie sie behauptet haben.«

Gut zu wissen. Wenn ich jetzt nur wüsste, ob das gute oder schlechte Nachrichten sind.

Da Felix nichts mehr sagt, starre ich aus dem Autofenster, um nicht durchzudrehen. Wir kommen am Times Square vorbei, einem der belebtesten Teile der Stadt. Er kann nicht einmal mit der ruhigsten Straße in Gomorrha verglichen werden, aber durch die Hektik fühle ich mich wie zu Hause. Nur, dass es keine Menschen auf Gomorrha gibt – was all diese Leute hier sind.

Es ist verblüffend. Die Cogniti machen weniger als ein Prozent der Erdbevölkerung aus, aber nach dem, was ich über die Homo sapiens dieser Welt weiß, würden sie uns als Bedrohung ansehen, wenn sie von unseren Kräften erfahren würden, und dementsprechend handeln. Ich weiß nicht, ob sie uns eine Vivisektion verpassen oder uns einfach auslöschen würden, aber ich bin mir sicher, dass das Ergebnis kein Spaß wäre. Aus diesem Grund halten wir unsere Existenz unter strenger Geheimhaltung und gehen so weit, das Schweigen mit einer barbarischen Praxis namens Mandat zu erzwingen, die jedem den Tod verordnet, der dumm genug ist, auf fortschrittlichen, von Menschen beherrschten Welten wie der Erde über die Cogniti zu reden.

Vielleicht ist es das, was die Vampire wollen. Bin ich schon lange genug auf dieser Welt, um den dummen Mandatsritus zu brauchen? Ich dachte, man müsste das anfordern – und auch planen, sich auf der Erde niederzulassen. Ich bezweifele, dass man zu der Zeremonie wie ein VIP begleitet wird.

Felix gähnt in mein Ohrstück. Ich könnte ihn auf der Stelle erwürgen. Das Letzte, was ich brauche, ist, dass meine Schlafentzugssymptome wieder auftauchen.

Er gähnt noch einmal.

Das reicht. Ich schiebe die Hand in meine Tasche, ziehe mein Handy heraus und schreibe heimlich eine SMS. *Mach ein Nickerchen.*

»Was?«, sagt Felix. »Ich werde nicht …«

Bitte, schreibe ich. Ich verstecke mein Handy, bevor Filth mich sieht und es zerstört wie den gomorrhischen Kommunikator.

»Bist du sicher?«, murmelt mein Freund.

Ich drehe mich so, dass die Vampire es nicht sehen können, zeige meiner Revers-Kamera den Daumen nach oben und umklammere meine Hände wie im Gebet.

»Okay, gut«, flüstert er. »Wenn sie dich wirklich zum Rat bringen, kann ich sowieso nicht viel für dich tun.«

Großartig. Ich bin jetzt so viel ruhiger.

Als wir die Stadt verlassen, beschließe ich, dass Bernard genug Zeit hatte, wieder ins Bett zu gehen. Das bedeutet, dass ich in seine Träume zurückkehren, meine Arbeit beenden und Valerian eine E-Mail mit der Kontonummer von Mamas Krankenhaus auf Gomorrha schicken kann. Hoffentlich wird er immer noch bezahlen, auch wenn ich tot bin. Aber ich hoffe, dass ich leben werde. Das Geld von diesem Job wird nur die ausstehenden Rechnungen decken, nicht ihren zukünftigen Aufenthalt.

Genug gegrübelt.

Es ist Zeit zum Traumwandeln.

Es gibt viele Wege, um in Träume zu gelangen. Die klassische Methode ist es, selbst einzuschlafen, was dank des Vampirblutes, das ich genommen habe, und all dieser existentiellen Angst schwierig sein könnte. Die Strategie, die ich in letzter Zeit öfter anwende, ist, einen Träumer zu berühren – wie meine legalen Therapiekunden, illegale Jobs à la Bernard und, am häufigsten, Pom, den Looft an meinem Handgelenk.

Ich schiebe heimlich eine Hand zu Pom. Das Letzte, was ich will, ist die Aufmerksamkeit auf seine Existenz zu lenken. Als Looft verbringt Pom neunundneunzig Prozent seines Lebens im REM-Schlaf und verschafft mir so ein Tor in die Traumwrelt, das ich immer zur Hand habe. Nun, fast immer – er ist bei super seltenen Gelegenheiten wach, aber in der wachen Welt würde man keinen Unterschied sehen, hier wäre er immer noch ein Pelzarmband.

Ich streichele ihn, beruhige mich und konzentriere

mich auf mein Vorhaben, in seinen Traum einzudringen.

Genau wie wenn ich irgendeinen anderen Schlafenden berühre, spannen sich meine Muskeln an, bevor sie sich entspannen, ich Ozon rieche und das Gefühl habe, zu fallen, während die Limousine um mich herum dunkler wird und die wache Welt sich verabschiedet.

KAPITEL SECHS

ICH FINDE mich in meinem Traumpalast wieder. Fantastisch. Die Vampire werden es nicht merken – es gibt einen Grund dafür, dass ich es ertrage, dass etwas, was im Grunde ein Parasit ist, an meinem Handgelenk lebt.

»Was?« Pom erscheint in dem wütendsten Rotton vor mir, den ich je gesehen habe. »Ich kann nicht glauben, dass du das P-Wort benutzt hast.«

Ich mache meine Haare und Augen extra feurig. »Wie oft muss ich dich noch bitten, nicht in meinen Gedanken zu schnüffeln? Du darfst dich nur aufregen, wenn ich mit meinem Mund etwas Gemeines sage.«

»Aber ein *Parasit*?« Die Spitzen seiner Ohren wechseln von Rot zu Blau. »Ich bin ein Symbiont.«

»Sicher.« Ich fliege hoch und steuere auf den Turm der Schlafenden zu. »Was immer du sagst.«

»Du musst es so meinen.« Er zoomt vor mir heran, und seine Ohren werden wieder rot.

»Wenn du darauf bestehst, diese Unterhaltung zu führen, lass mich dich etwas fragen: Bin ich oder bin ich nicht deine Nahrungsquelle?«

»Sozusagen. Ich bekomme meine Nährstoffe aus deinem Blutkreislauf.«

»Und wohin gehen deine Stoffwechselnebenprodukte?« Schon während ich die Frage stelle, erschaudere ich vor den Bildern, die sie erzeugen.

Pom wird einen Schatten blasser. »Du meinst wie Fürze und Kacke? Ich glaube nicht, dass ich diese Dinge tue, aber wenn ich es täte, würde es wohl in deinen Blutkreislauf gelangen. Aber deine Leber …«

»Ist sicher nicht da, um mich vor Looftkacke zu retten. Aber, wie nennt man eine Kreatur, die so von jemandem lebt?«

Er schwirrt um mich herum. »Wenn sie nutzlos wäre, wie eine Zecke, würdest du sie zu Recht einen Parasiten nennen. Aber wenn das edle Wesen dem Wirt Nutzen bringt, ist es ein Symbiont.«

»Nutzen?« Ich fliege über die Treppe. »Welcher wäre das? Außer meine Augäpfel mit extremer Niedlichkeit zu betören und mir zu helfen, in die Traumwelt zu gelangen – beides Dinge, für die ich hypothetisch einen Koalabären benutzen könnte. Wusstest du, dass Koalas bis zu zweiundzwanzig Stunden am Tag schlafen? Das ist nur eine Stunde und fünfundfünfzig Minuten weniger als du.«

Er schnaubt. »Du kannst einen Koala nicht von Welt zu Welt bringen. Und ich tue mehr für dich, als du denkst. Ich helfe dir, schlank zu bleiben, wenn du zu viele Kalorien verbrauchst und …«

»Moment.« Ich werde langsamer, um in seine großen, arglosen Augen zu schauen. »Willst du damit sagen, dass ich mich vollstopfe?«

»Nun … ich helfe dir auch, deinen Appetit zu regulieren.«

Hm. Das mag erklären, warum ich in letzter Zeit nicht mehr so hungrig war. »Das wusste ich nicht.«

Er bläht sich auf. »Es gibt vieles, was du über die Loofts nicht weißt.«

»Du hast gewonnen«, sage ich, hauptsächlich weil wir den Turm erreicht haben und ich mich auf Bernard konzentrieren muss. »Du bist ein Symbiont.« Leise füge ich hinzu: »Wie Darmbakterien.«

»Das habe ich gehört«, grummelt Pom, während ich zu Bernards Nische schwebe. »Aber weißt du was? Ihr Cogniti seid Parasiten, wenn es um Menschen geht. Ihr hättet keine Kräfte, wenn es ihren Glauben an euch nicht gäbe. Du würdest nicht …« Er hält inne, als er meinen niedergeschlagenen Gesichtsausdruck sieht. »Es tut mir leid. Das war gemein.«

Ich winke ab. »Nein, du kannst mich Parasit nennen, wenn du willst. Ich hatte nur gehofft, den Job beenden zu können.« Enttäuscht blicke ich auf Bernards leeres Bett.

»Oh, ja, er schläft nicht mehr«, sagt Pom. »Schau in ein paar Stunden wieder vorbei. Ich bin mir sicher, er kommt später zurück.«

Ich tue mein Bestes, um einen Gedanken in der Art

von *vorausgesetzt, ich habe ein Später* zu unterdrücken. Kein Grund, den kleinen Kerl zu beunruhigen.

Pom stößt seinen Kopf gegen mich. Hat er diese Sorge doch bemerkt?

Bevor er mich ausfragen kann, und weil ich mich selbst beruhigen muss, begebe ich mich in die Luft und in einen angrenzenden Teil des Palastes.

Poms Fell wird golden, als er merkt, wohin ich will. »Welche Erinnerung wirst du dieses Mal erleben?«, fragt er eifrig und huscht um mich herum.

»Ich bin mir noch nicht sicher.«

Meine Erinnerungsgalerie dient einem ähnlichen Zweck wie Fotoalben auf der Erde und VR-Videos auf Gomorrha, und hilft mir dabei, mich in einen Traum zu versetzen, der auf einer liebevoll gehüteten Erinnerung basiert. Jedes plasmagerahmte Gemälde, das in dem höhlenartigen, museumsähnlichen Raum hängt, stellt eine wichtige Momentaufnahme meines Lebens dar.

Ich schwebe an den Wänden entlang und betrachte die verschiedenen Bilder, bis ich mich für eines entscheide.

»Das?«, fragt Pom, als ich neben meiner Wahl stehen bleibe.

»Es ist meine früheste Erinnerung.«

Die Spitzen seiner Ohren färben sich hellorange. »Wie alt warst du damals?«

»Sieben, glaube ich.«

»Und das ist deine früheste Erinnerung?« Seine Ohren sind jetzt ein Sammelsurium von Farben.

»Erinnern sich die meisten Leute nicht auch an Ereignisse vor diesem Alter?«

Ich versuche, nicht zu zeigen, wie sehr mich seine unschuldige Frage stört. »Ich denke, das ist bei jedem anders. Ich hatte immer das Gefühl, dass es Teile meiner Kindheit gab, an die ich mich nicht erinnern konnte – und Mama war nicht sehr hilfreich, als ich sie bat, die Lücken zu schließen.«

Eine Untertreibung. Der häufigste Auslöser für Streit zwischen uns über die Jahre hinweg war, dass ich etwas über die Vergangenheit gefragt hatte, wie *Wer war mein Vater?* oder *Wo ist er?* und sie mich daraufhin anfauchte.

Pom bringt seine kleinen Pfötchen zusammen. »Na gut, dann mach das, wofür du hergekommen bist.«

»Bin bald zurück«, sage ich und springe in das Bild.

KAPITEL SIEBEN

ICH BIN KLEINER ALS SONST. Mein Körper ist der meines siebenjährigen Ichs, ebenso wie meine Emotionen – es sei denn, ich halte die Erinnerung an und reflektiere als mein erwachsenes Ich, was ich selten tue.

Mama ist im Badezimmer, und mir ist langweilig. Als ich ein interessantes Objekt auf Mamis Kommode sehe, klettere ich auf einen Stuhl und stelle mich auf Zehenspitzen, um es zu erreichen.

Es fühlt sich rau an, anders als jedes andere Material, mit dem ich je zu tun hatte. Ist es Lehm? Ich weiß nicht, woher ich dieses Wort kenne, aber ich bin mir ziemlich sicher, dass das Objekt – eine Vase – daraus gemacht ist.

Noch interessanter sind die Handabdrücke darauf. Es gibt vier von ihnen, und sie stammen von zwei kleineren Kindern. Oder einem Kind, das seine Abdrücke zweimal auf der Vase hinterlassen hat.

Ich denke angestrengt nach, um herauszufinden, ob sie von mir sind.

Nichts.

»Was machst du da?«

Mamas Stimme erschreckt mich, und ich lasse die Vase fallen.

Sie schlägt auf dem Boden auf, zerbricht, und überall fliegen Tonscherben herum, während sich die Augen meiner Mutter vor Entsetzen weiten.

Ich klettere mit tief hängendem Kopf vom Stuhl.

Mama fällt auf die Knie und tastet sich durch die Stücke, während ihr Gesicht rot und fleckig wird und ihre Augen sich mit Feuchtigkeit füllen.

Ich will nicht, dass sie weint. »Mama, es tut mir so leid. Es war ein Unfall.«

Schnell blinzelnd hüllt sie mich in eine Umarmung. »Es ist okay, Liebling – es war nur eine Vase. Wir können eine andere bekommen.« Aber ihre Stimme ist angestrengt, und ein nasser Tropfen fällt auf meine Stirn.

Ich beginne zu schluchzen.

»Nein, nein, Liebling, beruhige dich.« Sie schaukelt mich hin und her. »Wir können immer eine neue Vase machen.«

Ich ziehe mich zurück, und meine Stimmung hebt sich. »Kann ich meine Handabdrücke darauf machen?«

Sie lächelt, obwohl ihre Augen weiterhin nass glänzen. »Natürlich.«

Der Erinnerungstraum endet, und ich bin mit

aufgewühlten Gefühlen wieder außerhalb des Gemäldes.

Vielleicht hätte ich nicht diese spezielle Erinnerung wählen sollen. Als ich sie vor Mamas Unfall noch einmal durchlebte, hatte ich mich getröstet und beruhigt gefühlt, als ob Mamas Arme noch um mir liegen würden. Aber heute hat sie den tief sitzenden Schmerz in meiner Brust nur noch verstärkt. Ich vermisse Mama so sehr, dass es wehtut. Trotz all unserer Kämpfe ist sie für mich die gesamte Familie, die einzige Person auf der Welt, die mich bedingungslos liebt. Ich würde alles dafür geben, die Zeit zurückzudrehen und …

»Hast du noch eine Vase gemacht?« Pom hüpft um mich herum, und das glückliche Violett seines Fells beweist, dass er sich, wie versprochen, aus meinem Kopf heraushält.

Ich schiebe die düsteren Gedanken beiseite, nur für alle Fälle, und setze ein Lächeln auf. Jetzt ist nicht die Zeit, über meine Familie oder deren Abwesenheit nachzudenken. »Irgendwie«, antworte ich, während ich mich auf den Weg zurück zum Turm der Schlafenden mache. »Am nächsten Tag besorgte mir Mama ein VR-Headset, damit ich Hunderte von Vasen machen konnte – und die gingen nie kaputt.«

Pom beeilt sich, um vor mir zu schweben. »Wessen Handabdrücke waren auf der Vase?«

Ich hebe meine Hände und stelle sie mir winzig klein vor. »Meine, vielleicht. Oder Mamas, als sie klein war. Sie sagte, sie erinnere sich nicht mehr.« Das war ihre Antwort auf die meisten meiner Fragen, eine Antwort, die ich hasste, weil sie keinen Sinn ergab.

Warum regt man sich über eine zerbrochene Vase so auf, wenn man sich an nichts darüber erinnert?

Pom muss diesen letzten Gedanken aufgeschnappt haben. »Sie hat dich nicht angeschrien, weil du sie kaputtgemacht hast«, meint er tröstend.

»Nein, hat sie nicht.« Ich seufze, als der dumpfe Schmerz zurückkehrt. »Das hat sie nie – es sei denn, ich fragte nach der Vergangenheit.«

Als ich über all das nachdenke, entsteht ein überwältigendes Verlangen, im Krankenhaus nach Mama zu sehen. Wenn ich Glück habe, gibt es vielleicht einen Weg – aber ich muss mich erst mit Bernard befassen.

Aber Bernard ist immer noch nicht in seinem Bett, als Pom und ich den Turm erreichen.

Es scheint, als hätte ich doch noch Zeit, nach meiner Mutter zu schauen.

Ich fliege hinüber zu einer anderen Ecke. *Strike.* Der Träumer, den ich brauche, ist da. Heute ist mein Glückstag – abgesehen davon, dass ich mich möglicherweise gerade auf meiner Fahrt in den Tod befinde.

»Wer ist das?« Pom landet auf dem Bett und betrachtet den weiblichen Gargoyle von der Flügelspitze bis zum spitzen Schwanz.

»Sie ist eine Krankenschwester, die auf der Arbeit geschlafen hat, als Mama ins Krankenhaus eingeliefert wurde. Ich habe heimlich eine Verbindung zu ihr hergestellt, falls ich über Träume nach Mama sehen wollte.«

»Ah.« Pom springt auf meine Schulter. »Ich will mitkommen.«

Ich kraule ihn hinter dem Ohr, mache uns beide unsichtbar und betrete die Träume der Krankenschwester.

SIE TRÄUMT VOM KRANKENHAUS – noch ein bisschen mehr Glück –, wo sie mit gesenktem Kopf Daten auf der Pflegestation eingibt.

Ich fange einen Moment ein, in dem ihre Aufmerksamkeit auf dem Bildschirm liegt, und ändere die Umgebung so, dass sie zu Mamas Zimmer passt.

Es ist ein Raum, den ich zu verabscheuen gelernt habe. Dort machen Maschinen alles, was Mamas Gehirn nicht will, von der Atmung bis zur Ernährung.

Poms Füße drücken beruhigend auf meine Schulter.

Als die Krankenschwester vom Bildschirm aufschaut, füllt ihr Unterbewusstsein die Details des Traums aus – mit Hilfe ihrer Erinnerungen, was ein Segen für mich ist.

»Hi, Lidia«, sagt die Krankenschwester und nähert sich Mamas Bett.

Mama antwortet nicht. Bei ihrer mangelnden Hirnaktivität ist es eine philosophische Frage, ob sie tatsächlich hört, was die Krankenschwester sagt.

Die Krankenschwester hebt Mamas Bein an. »Wie

wäre es, wenn wir ein wenig Sport machen?« Sie fährt fort, Mama wie eine Puppe zu bewegen.

Natürlich. Wenn sie so lange im Bett liegt, verkümmern Mamas Muskeln, oder würden verkümmern, wenn die Krankenschwester nicht genau das hier tun würde. Meine Brust zieht sich eng zusammen. Das ist der Grund, warum ich das Geld brauche, warum ich überleben muss.

Das ist auch der Grund, warum ich Valerians Auftrag beenden sollte.

Ich verlasse den Traum der Krankenschwester und sehe nach Bernard.

Er ist immer noch nicht zurück.

Ich kehre auf die Galerie zurück und spiele eine Erinnerung ab, um das Krankenhauszimmer vor meinem geistigen Auge zu verbannen. Es ist eine Erinnerung an mich, wie ich die Kerzen auf einer Torte zu meinem neunten Geburtstag ausblies, und im Gegensatz zu dem Vorfall mit der Vase fühle ich mich nicht schlechter, als sie vorbei ist.

Als ich zurückkehre, um nach Bernard zu sehen, ist er immer noch verschwunden.

Poms Sichtbarkeit kehrt in dieser Grinsekatzenart zurück. »Ist das nicht Felix?«

Ich schaue in eine Nische in der Nähe. Das ist er. Mein Freund ist letztendlich eingeschlafen.

Obwohl ich Felix sagte, dass er genau dies tun sollte, dachte ein Teil von mir, dass er Probleme damit haben würde, zu schlafen, während ich in Gefahr bin. Andererseits muss es vier Uhr morgens sein, und im Gegensatz zu mir hat er kein Vampirblut getrunken.

Ich schwebe hinüber zur Ecke, wo er hörbar schnarcht, und sein dunkles Haar ist noch zerzauster als sonst. Wie ich muss Felix jeden auf der Erde überfordern, der versucht, seine ethnische Zugehörigkeit zu bestimmen – obwohl er im Gegensatz zu mir aus einer langen Reihe von Erdcogniti stammt und tatsächlich den Menschen aus seinem Heimatland Usbekistan ähnelt. Wenn ich ihn jemandem aus Gomorrha beschreiben müsste, würde ich sagen, er sieht aus wie ein gebräunter, dünner Elf, nur sehr behaart und ohne die spitzen Ohren.

»Vielleicht möchtest du dieses Mal aussetzen«, sage ich zu Pom. »Er hat einige schlimme Dinge durchgemacht.«

Pom geht sofort, um das zu tun, was auch immer er tut, wenn er mich nicht nervt. Gut. Ich will ihn eigentlich aus dem Weg haben, damit Felix und ich frei über die Gefahr sprechen können, der ich mich bald stellen muss.

Ich stelle sicher, dass ich immer noch unsichtbar bin, und strecke einen Finger aus, um Felix direkt über seiner Monobraue zu berühren. Sobald die Verbindung hergestellt ist, springe ich in seinen Traum.

KAPITEL ACHT

ICH BIN in einem verlassenen Lagerhaus mit Fenstern, die auf das Empire State Building zeigen. Hm. Haben sie überhaupt Lagerhäuser in diesem Teil von New York? Irgendwo rechts von mir schreit ein Mädchen so laut, dass ich froh bin, dass meine Trommelfelle nicht echt sind.

Ich drehe mich um, um zu sehen, was vor sich geht. Ein Kobold mit Schaum vor dem Mund hält Felix' zierliche Freundin in seinen pelzigen Pfoten, während etwa ein Dutzend andere Kobolde versuchen, sie aus seinen Fängen zu reißen. Das arme Mädchen. Mit behaarten Körpern, Hörnern und Hufen sehen Kobolde den Darstellungen von Satyrn und Dämonen auf dieser Welt sehr ähnlich – nur mit haifischähnlichen Zähnen. Auf Gomorrha haben Kobolde den schlechtesten Ruf aller Kreaturen, zum Teil wegen der negativen Darstellung in den Medien, aber hauptsächlich, weil sie ihre Opfer gerne vergewaltigen, töten und essen – und nicht immer in dieser Reihenfolge.

Anders ausgedrückt: Die Freundin von Felix ist gefickt.

»Hilf mir, Neo Golem!«, schreit sie mit einer Stimme, die erstaunlich unversehrt ist, nach all dem Geschrei. »Du bist meine einzige Hoffnung.«

Ernsthaft?

Wie als Antwort auf ihre Bitte zerspringt das Lagertor in winzige Stücke, und eine riesige Gestalt kommt mit hämmernden Schritten herein.

Ach, richtig. Als Felix sich darauf einließ, die Welt zu retten, entwarfen er und unsere Zwergenfreundin einen Roboteranzug für ihn. Nachdem er offensichtlich zu viele Erdencomics gelesen hatte, insbesondere *Iron Man,* hat Felix dieses Design entworfen – und sogar einen Superhelden-Namen für sich gewählt: Neo Golem.

Der Roboter stürzt sich mit einer Geschwindigkeit auf den nächstgelegenen Kobold, der für etwas so Großes viel zu schnell zu sein scheint. Er packt den Kobold am linken Horn und wirft ihn aus dem Fenster, so dass die Kreatur in das Empire State Building kracht.

Die Kobolde lassen von dem Mädchen ab und umkreisen Felix.

Er knallt einen Roboterarm in den Bauch des Kobolds, der seine Freundin gehalten hatte, und lässt die Kreatur an die Wand fliegen und in einem kaputten Haufen herunterrutschen.

Ein größerer Kobold durchbohrt Felix' Schulter mit einem diamantharten Horn, das das Metall wie Alufolie zerfetzt. Aber als er das Horn herausreißt, fließt kein Blut. Er scheint Felix nicht erwischt zu haben. Das ist gut. Soweit ich mich erinnere, wird mein Freund beim Anblick von Blut ohnmächtig, besonders von seinem eigenen.

Während ich zuschaue, rächt sich Felix mit einem Tritt und schleudert den angreifenden Kobold auf seine Brüder. Sie fallen um wie Bowlingkegel.

»Ja!«, schreit Felix. »Mit Neo Golem legt man sich nicht an.«

Die Brust des Roboters öffnet sich, und an der Stelle, an der Felix' Brustwarzen sein würden, tauchen zwei riesige Kanonen auf – und feuern auf die restlichen Kobolde.

Eine spektakuläre Explosion später ist Felix mit seiner schluchzenden Freundin allein.

Wow. Ich kann sagen, dass der letzte Teil des Angriffs auf einer echten Erinnerung an einen Kampf basierte, in dem Felix war. Ich bin versucht, mir das genauer anzusehen, aber ich bin aus einem anderen Grund hier.

Felix legt seinen Roboteranzug ab und geht zu dem Mädchen.

Dieser Teil hier ist eindeutig reine Fiktion; sein nackter Körper sieht viel muskulöser aus, als seine Gestalt in der wachen Welt vermuten ließe.

Sie küssen sich. Oh Mann. Wenn ich mich jetzt nicht einmische, bin ich mir ziemlich sicher, dass ich herausfinden werde, wie diese Jungfrau ihren Ritter in glänzender Rüstung belohnen wird.

Ich mache mich sichtbar und räuspere mich.

Felix' Kopf dreht sich umgehend zu mir. Als er mein Gesicht und mein feuriges Haar sieht, wachsen seine Augen zu Untertassen heran, buchstäblich – was nur im Traum möglich ist.

In aller Eile bringe ich meine Haare wieder in Ordnung und kleide Felix mit einer Handbewegung in Jeans und ein T-Shirt. »Ich bin es, Bailey. Ich habe dich gebeten, ein Nickerchen zu machen, damit wir reden können, erinnerst du dich?«

Felix schaut zwischen mir und seiner Freundin hin und her. Um sicherzugehen, dass sie ihn nicht ablenkt, lasse ich sie verschwinden.

Felix reibt sich die Augen. »Was zum Teufel geht hier vor?«

»Das ist ein Traum«, sage ich geduldig.

Er sieht nicht so aus, als würde er mir glauben, also verändere ich unsere Umgebung zu dem Ort, an dem ich normalerweise Gesprächstherapie mache – eine kissenförmige Wolke, die über einem beruhigenden Ozean schwebt.

»Ein Traum?« Felix plumpst auf die weiße Plüschcouch, auf der meine Patienten gerne sitzen.

»Ein unrealistischer noch dazu.« Ich setze mich auf einen kuscheligen, mit Fleece bezogenen Stuhl, der passenderweise unter meinem Hintern erscheint. »Denk darüber nach. Das Lager war in Manhattan, wie auf der Erde, aber es gibt keine Kobolde auf der

Erde. Außerdem könnten – und würden – die Kobolde erst das Mädchen töten und dann dich angreifen. Und der Teil mit *Du bist meine einzige Hoffnung* ... Würde das außerhalb von *Star Wars* wirklich jemand sagen?«

Ich kann das dämmernde Verständnis in seinen Augen sehen.

»Mach dir nichts draus. Träume sind schließlich meine Spezialität.«

Er schwenkt seinen Kopf von Seite zu Seite und registriert unsere Umgebung. »Unglaublich. Ich war völlig ahnungslos.«

»Es ist schwer, die Traumrealität in Frage zu stellen.« Ich lasse mein Haar wieder feurig werden.

Er sieht ehrfürchtig aus. »Es ist, als wäre man in der *Matrix*.«

Oh, Mist, sein Lieblingsfilm. Wenn ich nicht das Thema wechsele, wird er nicht aufhören, darüber zu reden. »Ich wollte dich nach diesem Rat fragen, der mich entführt hat. Ich habe eine vage Vorstellung davon, wie er funktioniert, aber ich könnte mehr Details gebrauchen.«

»Moment.« Er setzt sich aufrechter hin. »Wie bist du in meine Träume gekommen? Du bist in der Limousine mit den Vampiren.«

Ich hatte gehofft, dass er diesen Teil nicht hinterfragen würde. »Ich hatte bereits eine Verbindung mit dir.«

»Seit wann?«

Ich seufze. »Weißt du noch, wie du während des

Videospieldesign-Kurses eingeschlafen bist, den wir zusammen gemacht haben?«

»Neiiiiiin …«

»Doch, das bist du.« Ich verändere die Umgebung um uns herum, damit er sehen kann, was ich an diesem Tag gesehen habe: seinen Kopf auf dem Schreibtisch, etwas Sabber im Mundwinkel. »Siehst du, wie deine Augen zucken? Das ist der REM-Schlaf. Eine zu gute Gelegenheit, um sie zu verpassen.« Ich pantomime, wie ich seine Stirn berühre. Als ich es damals gemacht habe, war natürlich Händedesinfektionsmittel im Spiel.

»Also hast du dich ohne meine Erlaubnis in meinen Traum geschlichen?« Seine Stimme erhebt sich, und ich befürchte, er könnte versuchen, mir die Kontrolle über seine Traumwelt zu entreißen – etwas, was ich bekämpfen kann, aber lieber nicht tue, besonders nicht bei einem Freund.

»Das war kurz nachdem du meinen Laptop gehackt und dich über mein Projekt lustig gemacht hast«, erinnere ich ihn.

»Das ist etwas anderes. Dies ist ein viel größerer Eingriff in die Privatsphäre.«

»Du hast damit angefangen.«

Er massiert sich den Nasenrücken. »Gut. Was war es, was du über den Rat wissen wolltest?«

»Alles, was du mir sagen kannst. Tu so, als ob ich nichts wüsste.«

»Richtig«, sagt er in einem belehrenden Tonfall. »Also, die Ratsmitglieder sind eine Form von

Regierung. Ihr Hauptziel ist es, sicherzustellen, dass die Cogniti vor den Menschen verborgen bleiben.«

»Okay, vielleicht nicht so einfach.« Ich stehe auf, um auf unserer Wolke hin und her zu gehen.

»Dann weiß ich nicht, was ich dir erzählen soll.«

»Wie wäre es mit etwas, was mir helfen kann?«

Er überlegt es einen Moment lang. »Die Ratsmitglieder setzen sich aus den mächtigsten Cogniti des Gebiets zusammen, die sie abdecken. Der Rat von New York gehört zu den mächtigsten Ratsmitgliedern der Erde.«

Ich rolle mit den Augen. Das wird zu keinen schnellen Ergebnissen führen. »Und?«

»Also verärger sie nicht.«

»Das ist eine große Hilfe, danke. Irgendwelche anderen Perlen der Weisheit, die du mir vermitteln möchtest?«

Seine Monobraue zieht sich zusammen. »Nun ja. Denk darüber nach: Allein die Tatsache, dass die Vollstrecker dich zum Rat bringen, ist eine gute Nachricht.«

»Ach?«

»Ohne das Mandat ist dein Ansehen in unserer Gemeinschaft bestenfalls wackelig. Sie hätten dich einfach auf der Stelle töten können, und niemand hätte etwas gesagt.«

Ich bleibe stehen. »Tolle Regierung.«

»Bevor ich schlafen ging, versuchte ich, meine Kräfte einzusetzen, um herauszufinden, was sie wollen.

Leider sind ihre Computer nicht mit dem menschlichen Internet verbunden.«

Er hat versucht, sie zu hacken? Ist er verrückt? »Tu nichts, was sie dazu bringt, dich als Nächsten holen kommen zu wollen.«

»Ich *kann* sowieso nichts tun.« Er betrachtet mich. »Hast du ernsthaft keine Ahnung, was sie wollen könnten?«

»Keine Ahnung. Ich kenne nur ein paar Leute von diesem Rat, und der Mächtigste von ihnen ist im Moment nicht einmal auf der Erde.« Ich streiche mit den Fingern durch mein feuriges Haar und lasse die Glut fliegen. »Es gibt Kit – du weißt schon, die Gestaltwandlerin. Wir haben uns in der Reha getroffen, wo ich arbeite. Ich glaube, sie mag mich, und sie ist im Rat. Vielleicht kann sie helfen? Ich bezweifle, dass sie hinter dem steckt, was auch immer das ist.«

Felix nickt. »Kit ist ein guter Mensch.«

Ich strapaziere mein Gedächtnis für jeden anderen im Rat. »Hey, vielleicht ist es …«

Bevor ich den Satz beenden kann, erscheint Pom neben mir, und sein Fell leuchtet hellorange.

Die Augen von Felix weiten sich unglaublicherweise noch mehr. »Was ist *das*?«

»Ich habe dir von Pom erzählt.« Bei Felix' verständnislosem Blick erkläre ich: »Mein Looft.«

»Das flauschige Armband?« Felix beäugt mein derzeit nacktes Handgelenk.

Ich grinse. »Hier drinnen sieht Pom so aus.«

Pom beugt seine kurzen, pummeligen Beine zu

einem Knicks. »Schön, dich kennenzulernen, Felix. Dieser Traum ist nicht so schlimm, wie Bailey ihn dargestellt hat.«

Felix betrachtet ihn vorsichtig. »Danke … glaube ich.«

»Ich denke, es ist das Beste, wenn du jetzt aufwachst«, sage ich ihm.

»Aber …«

»Kein Grund, Pom mit unseren Problemen zu langweilen«, sage ich betont.

Eine echte Glühbirne erscheint über Felix' Kopf; ich bin mir nicht sicher, ob er merkt, dass er sie versehentlich herbeigerufen hat. »Verstanden. Aber bevor ich gehe … kannst du mir noch ein paar coole Traumsachen zeigen?«

Ich lächele und schnippe mit den Fingern, um uns in meinen Palast zu bringen.

Felix schaut sich neugierig um. »Cool … Erinnert mich an Peachs Schloss von *Mario*, aber mit Einflüssen von Escher und Salvador Dalí.«

Ich schnappe mir eine Penrose-Dreiecksuhr aus der Luft und lasse sie in meiner Hand zerfließen. »Du liegst fast richtig. Ich habe diesen Ort ein wenig verändert, nachdem wir diesen Kurs belegt hatten. Das Videospieldesign hat mich zu einem viel besseren Traumwandler gemacht.«

Felix schaut zur Decke hinauf, einem Teil des Palastes, der so alt ist, dass ich mich nicht einmal daran erinnern kann, ihn gebaut zu haben. Die Decke besteht aus mehrfarbigem Glas und ist ein Mosaik, das ein

Mandala in Form einer Bogenschießscheibe darstellt. Dann starrt er die Wände und den Boden an. »Was hat es mit der verrückten Farbgebung auf sich?«

Ich grinse. »Sie sind als ›verbotene Farben‹ bekannt, weil sich ihre Lichtfrequenzen in unseren Augen automatisch gegenseitig aufheben. Aber wir sehen hier nicht wirklich durch unsere Augen, daher Rot-Grün und Blau-Gelb, wie ich mir diese Schattierungen vorstelle. Ich denke darüber nach, auch ultraviolette und infrarote Akzente hinzuzufügen.«

Begierig darauf, weiter zu prahlen, bringe ich uns in die Erinnerungsgalerie und erkläre, wie ich sie benutze.

Felix schaut neidisch auf ein Bild von einer Überraschungs-Geburtstagsparty, die Mama für mich geschmissen hat, als ich zwölf wurde. »Ich würde eine Million Dollar zahlen, um einige meiner Kindheitserinnerungen wiederaufleben zu lassen.«

»Ich könnte es für dich möglich machen«, sage ich. »Nur nicht heute.«

»Natürlich.« Er grinst. »Danke, dass du mir das gezeigt hast.«

»Du solltest ihn in den Turm der Schlafenden bringen«, schlägt Pom vor. »Das ist *mein* Lieblingsplatz.«

Ich packe Felix an der Schulter und fliege ihn zum Turm.

»Abgefahren«, haucht er, als er die Nische sieht, in der eine andere Version von ihm schläft, und eine andere Version von mir mit dem Finger an seiner Stirn über ihm gebeugt steht.

»Das sind du und ich in Poms Traum, in diesem Fall mein Tor zur Traumwelt«, erkläre ich. »Wir sind jetzt sozusagen am selben Ort, aber in deinem Traum. Daher die zusätzlichen Körper. Wenn ich deinen Traum verlasse, werde ich in diesem Körper sein – und ich werde zu meinem *echten* Körper in dieser Limousine zurückkehren, nachdem ich in Poms Traum fertig bin.«

»Wie ich schon sagte, abgefahren.« Er schaut auf und blickt auf eine Nische einen Stock höher. »Warte mal … Ist das Ariel?«

Mist. Ich habe vergessen, dass sie zusammen in einer WG leben. Im Nachhinein betrachtet, hätte ich ihn nicht hierherbringen sollen. Was, wenn Ariel nicht will, dass er weiß, dass sie eine Patientin von mir ist?

»Du musst ernsthaft aufwachen«, sage ich ihm mit Nachdruck. »Jetzt.«

Er spürt meine Besorgnis. »Oh, mach dir keine Sorgen. Sie sagte mir, dass du ihr hilfst.«

Ich zeige ihm mein bestes Pokerface. »Ich kann das weder bestätigen noch leugnen.«

»Nun, ich möchte dir trotzdem danken. Ariel hat eine Menge durchgemacht, und seit sie in der Reha war und deine Behandlungen begonnen hat, habe ich echte Fortschritte bei all ihren Problemen bemerkt.«

Ich zucke innerlich zusammen. »Bitte, lass uns nicht über meine hypothetischen Therapiesitzungen sprechen.«

»Verstanden. Mach einfach weiter mit dem, was du tust. Ich brauche nicht zu wissen, was es ist.«

Ich seufze. »Sonst noch etwas?«

»Ja.« Er schaut sich wieder um. »Wie wache ich auf?«

»Wünsch es dir einfach.«

Er schließt die Augen, was ich ihm nicht gesagt habe, und bekommt einen angestrengten Gesichtsausdruck – aber er wacht offensichtlich nicht auf. Nach ein paar Sekunden wird mir langweilig, und ich stoße ihn mit einem kleinen Ruck meiner Kräfte aus der Traumwelt.

Beide Felixe verblassen ins Nichts, während die Version von mir aus Felix' Traum verschwindet und ich mich in dem Körper neben dem leeren Bett wiederfinde, wo Felix gerade war.

Pom fliegt hoch und landet auf dem Kissen. »Also. Wirst du jetzt Ariel helfen?«

»Es spricht eigentlich nichts dagegen.« Ich gehe hinüber zu ihrer Ecke.

»Gut«, sagt Pom. »Ich mag Ariel.«

Natürlich mag er Ariel. Pom ist schließlich männlich. Sozusagen. Vielleicht.

Auf Gomorrha nennen wir Ariels Art von Cogniti *Uber*. Das liegt nicht daran, dass sie jeden herumchauffieren – unsere Autos fahren selbst –, sondern daran, dass sie überstark und überattraktiv sind. Der Begriff, den die Cogniti der Erde benutzen, ist *Strongmen*, was dumm ist, weil weibliche Uber genauso stark sind wie männliche, und weil er ihr außergewöhnliches Aussehen nicht ansatzweise einbezieht.

Als ich ihr Bett erreiche, schaue ich Ariel an. Mit ihrem glänzenden, dunklen Haar und ihrer leicht gebräunten Haut ist sie selbst für einen Uber umwerfend. Ihr Gesicht mit der starken Nase und dem fein definierten Kiefer ist so symmetrisch, dass man denken könnte, ein Videospieldesigner hätte sich jahrelang abgemüht, um eine solche Perfektion zu schaffen, und ihr Körper ist das, was die Menschen auf der Erde als *einen unmöglichen Schönheitsstandard* bezeichnen.

Ich bin eigentlich froh, dass Felix sie hier bemerkt hat. Dies könnte meine letzte Chance sein, eine Therapie für irgendjemanden anzubieten, und Ariel ist nicht mehr nur eine Patientin. Sie ist eine Freundin geworden.

»Bleib unsichtbar«, sage ich zu Pom.

Er nickt enttäuscht.

Ich berühre Ariels bonbonglatte Stirn und versinke in ihre Träume.

KAPITEL NEUN

EINE ARIEL in Uniform läuft mühelos mit einem Fünfzig-Kilo-Rucksack auf dem Rücken. Sie sieht umwerfend aus, wie immer, obwohl sie verschwitzt, ungeschminkt und mit Dreck beschmiert ist.

Ich war schon einmal in einer Version dieses Traums. Dies ist eine Erinnerung an Ariels Training bei der Armee.

»Ariel«, rufe ich sanft.

Sie hält abrupt an und zieht mit Panik in den dunkelbraunen Augen ihre Waffe.

Für alle Fälle verwandele ich die Kugeln in Watte. »Ich bin's, Bailey. Du kennst mich.«

»Das tue ich«, sagt sie, offensichtlich immer noch orientierungslos. »Was machst du hier?«

»Du träumst«, antworte ich ihr.

Noch einen Moment lang sieht sie verwirrt aus, dann breitet sich langsam ein Grinsen über ihr Gesicht aus. »Ich bin in der Reha-Einrichtung?«

»Ich bin mir nicht sicher. Ich mache gerade Ferntherapie, also habe ich keine Ahnung, wo dein Körper ist.«

Ich bringe uns zu meinem Therapieraum in den Wolken über dem Ozean, und bevor sie mich darum bittet, tausche ich ihre Kleidung zu ihrem liebsten kleinen Schwarzen.

Anstatt sich auf die Couch zu setzen, verlagert sie ihr Gewicht von einem Fuß auf den anderen. »Also … was wolltest du heute machen?«

Ich schenke ihr ein beruhigendes Lächeln. »Das ist eine Frage für dich. Wolltest du mit dem Gedächtnis experimentieren oder …«

»Nein!« Sie spannt sich an wie eine Kobra, die bereit ist, zuzuschlagen. Dann zwingt sie sich, sich zu entspannen, und fragt in einem ruhigeren Tonfall: »Können wir noch etwas mehr von dieser Expositionstherapie machen? Ich fühle mich fast so, als wäre ich bereit, in der Nähe von Vampiren zu sein, ohne auszuflippen.«

Wie ich es mir schon dachte – Ariel hat ein tiefsitzendes Trauma und ist noch nicht bereit, sich damit zu beschäftigen. Eine schreckliche Sache ist während ihres Dienstes passiert, ein Ereignis, das ich in einer Traumaschleife miterlebte, als ich anfing, mit ihr zu arbeiten. Sie hat ihre wachen Erinnerungen daran blockiert. Ich habe versucht, sie dazu zu überreden, es noch einmal zu erleben, aber sie ist offensichtlich noch nicht bereit. Wenigstens ist sie für *einige* Formen der Traumtherapie bereit. Nicht wie andere Patienten von mir … und definitiv nicht wie Mama.

Ich habe immer vermutet, dass Mama etwas Traumatisches durchgemacht hat, aber ich habe keine Ahnung, was es ist, da sie sich nie von mir in irgendeiner Weise behandeln ließ. Ganz im Gegenteil: Allein von der Vorstellung, dass ich in ihr traumwandeln könnte, bekam sie einen Anfall. Als ich ein Kind war, ließ sie mich schwören, niemals in ihre Träume einzutreten, und ich habe meinen Schwur bis heute gehalten. Manchmal frage ich mich, ob sie nach Gomorrha gekommen ist – einem Ort ohne Menschen und ihren machtsteigernden Glauben –, um ihre Traumwandlerfähigkeiten komplett zu verlieren. Vielleicht sind unsere Kräfte irgendwie an das gebunden, was sie traumatisiert hat.

Gewohnte Schuldgefühle überfluten mich bei dem Gedanken. Am Morgen von Mamas Unfall haben wir uns über genau dieses Thema gestritten. Ich habe Dinge gesagt, die ich bereue, und wünschte …

Ariel räuspert sich.

»Entschuldigung«, sage ich, »mit welcher Art von Aussetzung sollten wir anfangen?«

»Blut«, sagt sie, den Blick nach unten gerichtet. »Ich fühle mich heute mutig.«

Mehr braucht sie nicht zu sagen. Die Vampirblutabhängigkeit ist der Grund, warum sie sich selbst in die Reha geschickt hat. Sie wurde süchtig, nachdem sie mit der Substanz geheilt worden war, und fing dann an, sie in der Freizeit zu benutzen, wahrscheinlich als eine Form der Selbstmedikation.

»Blut also.« Ich bringe uns in einen Raum, den ich ein paarmal benutzt habe, einen, der einem Club in Gomorrha nachempfunden ist, der von Vampirblutliebhabern frequentiert wird. Hier gibt es so viele Spielzeuge und Instrumente für eine sexy Folter, dass man meinen könnte, ein BDSM-Kerker hätte sich hier ausgekotzt. Angekettet an ein Kreuz in der Mitte des Ganzen ist ein Vampir, den ich wie Filth aussehen lasse – eine kleine Bosheit meinerseits.

Ariel hebt ein großes Messer auf und nähert sich Filth. Ich gehe ihr aus dem Weg und beobachte.

»Du weißt, dass du es willst«, sagt Filth in einem Tonfall, der viel freundlicher ist, als ich glaube, dass die echte Version von ihm dazu fähig ist. »Trink von mir.«

Mit kleinen, vorsichtigen Schritten kommt Ariel nahe genug heran, um eine tiefe Wunde in seinen Unterarm zu schneiden. Ich versuche dafür zu sorgen, dass das Blut langsam und, in Ermangelung eines besseren Wortes, verführerisch fließt.

Ariel starrt es wie hypnotisiert an. Das tue ich auch. Manchmal mache ich mir Sorgen, dass ich selbst süchtig werde, weil ich Vampirblut benutze, um den Schlaf zu vertreiben, aber bis jetzt scheint es mir gut zu gehen. Andererseits, selbst wenn ich süchtig nach dem Blut wäre, bezweifele ich, dass ich bei Filths Blut in Versuchung käme.

Ariels Gesicht zeigt ihren seelischen Aufruhr. Ich halte meinen Atem an. Sie wird sich entweder nach vorne beugen und gierig aus der Wunde trinken, wie sie es während der meisten unserer Sitzungen getan hat, oder sie wird sich abwenden, wie sie es nur ein paarmal geschafft hat.

Mit Schweißperlen auf der Stirn wendet sie sich von dem Blut ab und geht auf mich zu.

»Großartige Arbeit.« Ich klopfe ihr auf die Schulter und führe uns zurück auf die Wolke.

Ariel sieht immer noch zweifelnd aus. »Das ist alles schön und gut, aber ich weiß nicht, ob ich in der realen Welt einer solchen Versuchung widerstehen könnte.«

Sie gibt sich selbst nicht genug Anerkennung. »Ich glaube, du würdest es können. Du bist …«

Die ganze Welt bebt.

»Mach die Augen auf, Schlampe«, dröhnt eine Stimme, die wie Filths klingt.

Pfui, nicht jetzt.

Eine Ohrfeige reißt mich aus der Traumwelt, und ich finde mich in der Limousine wieder, und Filth beugt sich über mich.

»Was?«, fahre ich ihn an.

»Du sollst nicht träumen«, zischt er.

»Das hab ich nicht. Das war eine meditative Trance.«

»Das sollst du auch nicht.«

Ich schmiere Handdesinfektionsmittel auf meine schmerzende Wange und blicke Kain anklagend an.

Das Oberhaupt der Vollstrecker zuckt mit den Schultern. »Wir wissen, dass du im Schlaf mit Menschen kommunizieren kannst.«

»Na und? Sogar die Polizei erlaubt einer verhafteten Person einen Anruf.«

»Wir nicht.« Filth lehnt sich mit einem spöttischen Grinsen in seinen Sitz zurück. »Schließe wieder die Augen – und ich schneide dir die Lider ab.«

»Keine Widerworte«, drängt Felix in meinem Ohr. Er klingt wie am Rande einer Ohnmacht. »Er sieht aus, als ob er das ernst meint.«

Das scheint zu stimmen. Filth wirkt begierig darauf, mich zu verstümmeln.

Was für ein Kotzbrocken.

»Firth«, sagt Kain, »ihr darf kein Schaden zugefügt werden.« Er richtet seinen Blick auf mich. »Bleib wach, bis wir an unserem Ziel ankommen.«

»Gut.« Ich starre Filth ein paar Kilometer lang böse an und gebe mein Bestes, nicht zu blinzeln. Dem Bastard scheint es aber egal zu sein. Er sitzt nur da, mit einem Grinsen auf seinem Wieselgesicht.

Als mir klar wird, dass der starrende Blick mir mehr ausmacht als ihm, schaue ich stattdessen aus dem Fenster. Ein Vollmond beleuchtet malerische Wälder und entfernte Berggipfel, als wir in ein eingezäuntes Gebiet fahren, vorbei an einem Schild, das das Betreten des Geländes verbietet. Als wir uns einem großen Berg nähern, verwandelt sich die unbefestigte Straße in eine schön gepflasterte, und ein paar Minuten später erreichen wir eine Blockade, die von Vampiren besetzt ist, die uns grüßen – oder besser gesagt Kain grüßen.

Meine Hoffnungen auf Flucht verfliegen.

Es wimmelt von Vollstrecker-Vampiren.

Die Limousine überquert einen Graben und fährt auf hochhausgroße Türen am Berghang zu, die weit geöffnet sind, um eine mittelalterliche Burg zu enthüllen, die sogar meinen Traumpalast beschämend klein wirken lässt. Das Verrückteste daran ist, dass sich die gesamte Burg im Inneren des Berges befindet – ein Cogniti mit Kontrolle über Steine muss bei diesem Projekt geholfen haben, denn es ist wirklich beeindruckend.

Die Limousine fährt in den Berg, wo eine sehr unmittelalterliche Beleuchtung prachtvolle Bastionen und zinnenbewehrte Türme beleuchtet. Ich speichere diese Bilder ab, falls ich sie für meine eigene Traumarchitektur plagiieren will.

Die Limousine bleibt stehen.

»Wir sind drin«, sagt Filth anzüglich.

Ich zwinge das wahnsinnigste falsche Lachen über meine Lippen, das ich aufbringen kann. »Du bist *so* lustig.«

Er packt meinen Oberarm und zerrt mich aus dem Auto.

»Lass sie los«, befiehlt Kain stirnrunzelnd.

Filth nimmt seine Hände von mir, und ich massiere meinen brennenden Arm, während ich mehr Desinfektionsmittel auf ihm auftrage. Ziemlich sicher werde ich dort fingerförmige blaue Flecken haben.

Im Inneren der Burg gehen wir durch kalte Steingänge, die mit vermummten Mönchsgestalten gefüllt sind. Einer von ihnen reicht Kain ein gefaltetes Bündel, ohne ein Wort zu sagen.

»Ist das die Bruderschaft?«, frage ich in die Runde.

»Sprich nur, wenn du angesprochen wirst«, bellt Filth.

»Ja, das ist sie«, antwortet Kain fast zur selben Zeit. »Habt ihr keine auf Gomorrha?«

»Ich denke schon«, sage ich, »aber ich habe sie noch nie getroffen.«

Die Bruderschaft ist eine Gruppe von Cogniti ohne irgendwelche Kräfte, oder zumindest ohne Kräfte, von denen ich weiß. Sie folgen einer seltsamen Religion, deren Hintergründe ich ebenfalls nicht kenne.

Schließlich erreichen wir eine große Reihe von Türen, die sich zu einem Indoor-Miniaturkolosseum öffnen, das von Kerzen beleuchtet wird, die in der Luft schweben – ein nettes Detail.

Filth zeigt auf die kreisförmige Plattform in der Mitte. »Stell dich dorthin und schlaf nicht ein.«

»Das ist alles«, sagt Kain zu seinen Lakaien.

Als alle Vollstrecker gehen, Filth eingeschlossen, entfaltet Kain das Stoffbündel, das ihm der Mönch gegeben hat. Es entpuppt sich als ein schwarzes Gewand mit Kapuze.

Er zieht es an. »Jetzt warten wir auf die Ratssitzung. Sie wird gleich morgen früh abgehalten.«

»Das ist noch lange hin«, sage ich. »Gibt es eine Chance, dass du mir sagen kannst, worum es hier geht?«

»Nein. Aber was ich tun kann, ist, die Zeit schneller vergehen zu lassen, während du wartest.«

»Sicher, aber wie …«

Als sich seine Augen in Spiegel verwandeln, wird mir mein Fehler klar.

Er ist dabei, mich zu bezirzen.

Ich bin resistent gegen das Bezirzen, zumindest von den gewöhnlichen Vampiren, aber Kain ist eindeutig mächtig, und das Trinken von Vampirblut macht mich anfälliger für deren …

»Du wirst dich nicht an die nächsten fünf Stunden erinnern«, sagt Kain mit einer Stimme aus geschmolzenem Karamell.

Das Nächste, was ich merke, ist, wie steif ich mich davon fühle, die ganze Zeit auf derselben Stelle zu stehen.

Aber jetzt bin ich vom Rat umgeben.

KAPITEL ZEHN

IN IHREN VERSCHIEDENFARBIGEN KAPUZENROBEN, ähnlich der, die Kain angezogen hat, sehen die New Yorker Ratsherren aus, als hätten sie ihre Modeberatung von einem gruseligen Geheimbund erhalten.

»Guten Morgen«, sage ich höflich und überlege sogar, zu knicksen. »Ich bin bereit, zu erfahren, warum ich festgenommen worden bin.«

»Endlich«, sagt Felix in mein Ohr. »Ich dachte, du würdest nie aus diesem Zustand rauskommen.«

Kain steht auf. »Bitte nenne für das Protokoll deinen Namen.«

»Bailey Spade.« Ich suche den Raum nach Verbündeten ab, aber es ist schwer, jemanden in diesen Kapuzen-Kostümen zu erkennen.

»Danke«, sagt Kain. »Ich werde die neutrale Partei in diesem Verfahren sein.«

»Ich denke, das ist gut«, flüstert Felix. »Er ließ deine

gomorrhische Technik durchgehen. Vielleicht ist er mehr als neutral.«

In der dritten Reihe steht eine schlanke Gestalt in einem magentafarbenen Gewand auf und zieht ihre Kapuze zurück.

Ich kenne sie. Das ist Kit, die Gestaltwandlerin, die ich durch meinen Reha-Job kennengelernt habe. Zurzeit trägt sie ihre Lieblingsgestalt, eine Blondine mit runden Wangen, direkt aus einem japanischen Rollenspiel oder Anime.

»Ich diene als Verteidigung für das heutige Verfahren«, sagt sie mit einer hohen Stimme, die zu ihrem Videospiellook passt.

Eine andere Frau im blaugrünen Gewand steht auf und schiebt ihre Kapuze zurück, wodurch hohe Wangenknochen in einem bekannten ovalen Gesicht zum Vorschein kommen. »Und ich bin Gertrude, die Klägerin im heutigen Verfahren.«

Verdammter Mist. Die kenne ich auch. Ich hatte nur nicht gewusst, dass sie in diesem Rat war.

Gertrude kam auf Gomorrha zu mir und beklagte sich über Symptome, die nach REM-Schlaf-Verhaltensstörung klangen. Menschen mit diesem Zustand leben ihre Träume körperlich aus, manchmal durch Sprechen und manchmal durch die Bewegung ihrer Arme und Beine. Ich hatte Gertrude gesagt, dass ich weder damit noch mit irgendetwas anderem Physischem helfen könnte, da meine Kräfte nur im Traum wirken. Stattdessen riet ich ihr zu offensichtlichen Sicherheitsvorkehrungen, die sie treffen könnte, wie zum Beispiel sich einen gepolsterten Boden verlegen zu lassen, gefährliche Gegenstände aus der Reichweite zu entfernen und allein zu schlafen. Und etwas – wahrscheinlich der Teil mit dem Alleinschlafen – hat sie verärgert, und jetzt sieht es so aus, als hätte sie die ganze Zeit einen Groll gehegt. Zumindest genug Groll, um heute gegen mich aussagen zu wollen.

Hat sie noch nie von der ganzen *Den-Boten-erschießen*-Sache gehört?

»Sei vorsichtig. Diese Gertrude hat eine beängstigende Macht«, flüstert mir Felix ins Ohr. »Ihre Haut tötet jedes Gewebe, mit dem sie in Kontakt kommt.«

Das ist einfach großartig. Eine Wundbrandüberträgerin hat etwas gegen mich. Können die Dinge noch schlimmer werden?

»Warum erkläre ich die Anklage nicht?«, bietet Gertrude an. Als niemand widerspricht, sagt sie: »Die Angeklagte hat den Menschen ihre Kräfte offenbart.«

Ich habe *was* gemacht? Wann?

Ein gedämpftes Flüstern im Publikum setzt ein.

»Mist, das ist, als würde man das Mandat brechen«, sagt Felix im Ohrhörer. »Nicht gut.«

Ich wünschte, er würde mit den pessimistischen Kommentaren aufhören. Ich würde den Ohrhörer zum Schweigen bringen, aber wenn der Rat merkt, dass ich mit ihm verbunden bin, könnte ich Felix in Schwierigkeiten bringen.

»Ich bin sicher, was auch immer passiert ist, war ein

bedauerlicher Irrtum.« Kit verwandelt sich selbst in eine Version von mir, mit einem unnatürlich unschuldigen Ausdruck.

»Was *hast* du getan?«, flüstert Felix.

Ich habe immer noch keine Ahnung. Ich habe sicherlich nie irgendetwas den Menschen offenbart. Warum sollte ich das tun?

»Warum entscheidet nicht jeder für sich selbst?« Gertrude fummelt an einem Telefon herum.

Einen Moment später kommt Filth in den Raum und rollt einen Wagen mit einem 75-Zoll-Monitor herein.

»Vielen Dank.« Gertrudes Lächeln zeigt zu viele Zähne, und Filth verbeugt sich vor ihr, bevor er geht.

Gertrude steigt mit katzenhaften Schritten von ihrem Sitz herab. In der ersten Reihe hält sie neben einer Kapuzengestalt inne. »Hekima, könntest du mir dabei helfen?«

Die Kapuzengestalt steht auf und zeigt ihr Gesicht. Ihr krauses, graues Haar und ihre freundlichen, tief verwitterten Gesichtszüge lassen sie so aussehen, wie ich mir meinen Großvater immer vorgestellt habe – nicht, dass ich etwas über meine Großeltern wüsste. Mama weigerte sich immer, über sie zu sprechen.

»Das ist Dr. Hekima«, sagt Felix. »Er ist ein guter Kerl. Ich hatte ihn zur Einführung – einer Art Schule für die jungen Cogniti hier auf der Erde.«

Das ergibt Sinn. Sein Großvateraussehen passt definitiv zu einem weisen Lehrer.

Hekima gesellt sich zu Gertrude neben den

Fernseher und spricht die Menge mit einer tiefen, melodischen Stimme an. »Bitte sprecht, wenn ihr nicht in die Illusion eintauchen wollt.«

»Oh«, sagt Felix, »das vergaß ich zu erwähnen. Er ist ein Illusionist.«

Ein weiterer Illusionist? Valerian, der Typ, der mich für den Job bei Bernard eingestellt hat, sagte, er sei diese Art von Cogniti. Illusionisten können jemanden das sehen lassen, was sie einen sehen lassen wollen, indem sie eine Art virtuelle Realität erschaffen, ohne dass sie irgendwelche Hardware benötigen.

Ein paar Ratsmitglieder heben die Hand, um zu zeigen, dass sie nicht wollen, dass ihr Verstand durcheinandergebracht wird, aber die meisten sind damit einverstanden. Ich behalte meine Hand an meiner Seite, denn so kann ich die Beweise besser sehen – außerdem bin ich mir nicht sicher, ob ich ablehnen darf.

Als Gertrude die Leinwand zu den Menschen dreht, die nicht Hekimas Macht unterworfen sein werden, hebt dieser theatralisch die Arme, als ob er vorhat, ein Orchester zu dirigieren.

Bevor ich blinzeln kann, strömt pulsierende rote Energie aus Hekimas Fingern in die Köpfe aller.

Als ob man von einer Traumumgebung in eine andere wechselt, verschwindet der Versammlungssaal und wird durch eine Kunstgalerie ersetzt. Nur drei Leute sind anwesend, um die unzähligen Gemälde zu genießen: Kain, Gertrude und ein sehr vertrauter Mensch – ein Maler aus meiner Vergangenheit.

Verdammter Mist. Ich beginne, eine Ahnung von meinem Verbrechen zu bekommen.

Kains Augen gehen in den Bezirzungsmodus, und er richtet sie auf den menschlichen Maler. »Du wirst alle Fragen ehrlich beantworten.«

»Das werde ich«, sagt der Maler roboterhaft.

Gertrude zeigt auf die Wand gegenüber. »Warum hast du das gemalt?«

»Mist«, sagt Felix.

Mist, in der Tat. Ich bin auf dem Gemälde zu sehen – so, wie ich in der Traumwelt aussehe, mit feurigem Haar.

»Das ist meine Traum-Muse«, sagt der Maler. »Sie erschien in der Nacht in meinem Traum, in der ich auf die Idee kam, ein völlig neues Medium zu erforschen. Seitdem …«

Hekima muss sein Ding durchziehen, denn die Galerie wird weggezaubert, ersetzt durch ein Schlafzimmer, das ich als das des Maler wiedererkenne. Die Vollstrecker durchkämmen den Raum wie Tatortermittler, bis Filth ein einzelnes lockiges braunes Haar auf dem Teppich findet und ekelhafterweise an ihm riecht.

»Das war's fürs Erste«, sagt Gertrude, während das Kolosseum wieder um uns herum auftaucht. »Um das klarzustellen: Die Vollstrecker benutzten das Haar, um die Traumwandlerin zu finden.«

»Vampire können das tun, sie benutzen DNA, um jemanden ausfindig zu machen«, erklärt Felix unnötigerweise in meinem Ohr.

»Außerdem«, fährt Gertrude fort, »folgten Kain und sein Team ihr mehrere Wochen lang. Sie beobachteten, wie sie in die Häuser und Wohnungen verschiedener Menschen einbrach und ihnen zweifellos auch ihre Kräfte offenbarte. Die Vollstrecker erwischten sie schließlich auf frischer Tat und brachten sie hierher.« Sie schaut Kain an. »Ist das richtig?«

Er schüttelt den Kopf. »Wir haben keinen Beweis dafür, dass sie sich in den Träumen von jemand anderem als dem Maler gezeigt hat. Und einige der Wohnungen, in die sie eingebrochen ist, gehören anderen Cogniti.«

Kit räuspert sich lauthals. »Kommt irgendetwas davon überraschend? Wir haben alle Baileys Spitznamen, Freda Krueger, gehört.« Sie verwandelt sich in das Brandopfer und den Horrorfilm-Bösewicht, der zu dem Spitznamen geführt hat, den ich nicht mag. »Und wir alle wissen von Baileys Ruf als eine Art Cogniti-Privatdetektiv.«

Kains Gesichtsausdruck wird unleserlich.

»Wenn Geheimnisse gestohlen werden müssen«, fährt Kit fort, »gehen wir zu ihr. Offensichtlich macht sie es durch Traumwandeln. Es ist, als würde man mich des Formwandelns beschuldigen.« Sie demonstriert es, indem sie sich in mehrere zufällige Menschen und Tiere verwandelt.

Gertrude schenkt Kit ein böses Lächeln. »Wenn jemand die Angeklagte angeheuert hat, sich vor Menschen zu entblößen, sollten wir für denjenigen eine ähnliche Anhörung abhalten.«

Entblößen? Sie lässt es so klingen, als wäre ich in einem Stripclub angestellt worden.

Ich bin mir über das Protokoll hier nicht ganz sicher, aber ich habe jetzt lange genug schweigend zugehört. »Vielleicht könnte ich es erklären?« Bevor irgendjemand Nein sagen kann, rattere ich los: »Niemand hat mich engagiert, um meine Traumform diesem Maler oder irgendjemand anderem zu zeigen. Ich wurde angestellt, um ihn zu ermutigen, für eine VR-Firma zu arbeiten – das ist alles. Traumwandeln wird normalerweise unsichtbar durchgeführt, aber das habe ich damals vergessen. Es war ein bedauerlicher Fehler. Seitdem ist es nicht mehr passiert, und es wird auch nicht mehr passieren.«

Eigentlich wäre es heute fast mit Bernard passiert, aber das brauchen sie nicht zu wissen. Alles andere, was ich gesagt habe, ist die absolute Wahrheit. Valerian, der Illusionist, der mich für Bernards Job angeheuert hat, wollte, dass ich den Maler *inspiriere*, Meisterwerke in der virtuellen Realität zu erschaffen. Ich glaube, Valerian besitzt eine VR-Firma, wahrscheinlich die, in der Bernard arbeitet.

»Wir können diese Behauptung überprüfen und die anderen Opfer befragen«, sagt Kain.

Gertrude runzelt die Stirn. »Das spielt keine Rolle. Es gibt physische Beweise für ihr Verbrechen. Wäre sie unter dem Mandat gewesen, hätte es sich aktiviert, als sie ›vergaß‹, sich im Traum dieses Menschen unsichtbar zu machen – vorausgesetzt, sie sagt die Wahrheit, was ich bezweifle.«

»Ich denke, wir sollten abstimmen«, sagt Kit. »Ich bin sicher, dass Bailey entlastet wird.«

»Ich stimme zu«, sagt Kain, »aber da gibt es etwas, was nichts mit diesem Fall zu tun hat, das aber jeder im Auge behalten sollte.«

Gertrudes Stirnrunzeln vertieft sich, doch die anderen Ratsmitglieder betrachten Kain neugierig.

»Wie ihr wisst, haben wir eine sehr rätselhafte Untersuchung am Hals«, sagt er, und gedämpftes Murmeln ertönt erneut. »Und Bailey ist ein Spürhund.«

Ich bin genauso ein Spürhund wie eine Ballerina, aber ich sehe keinen Grund, dem zu widersprechen, was er sagt, wenn es mir helfen könnte.

»Ich glaube nicht, dass sich jemand um Dinge Gedanken machen sollte, die nichts mit ihrem Verbrechen zu tun haben«, schnappt Gertrude. »Es ist an der Zeit, darüber abzustimmen. Wenn ihr denkt, dass die Traumwandlerin sterben sollte, wie es unseren Gesetzen bezüglich der Aussetzung unserer Kräfte an Menschen entspricht, steht bitte auf.«

Sterben? Will sie mich auf den Arm nehmen?

Mein Herzschlag schießt in die Höhe, als die Kapuzengestalten eine nach der anderen aufstehen.

Ich bin so am Arsch.

KAPITEL ELF

ABER SIE STEHEN NICHT alle auf.

Kit und Kain setzen sich hin, und als ich den Raum betrachte, wird mir klar, dass nur eine Minderheit dieses Rates mich tot sehen will.

Wow.

»Damit ist die Sache erledigt«, sagt Kain. »Jetzt beantrage ich, dass wir darüber abstimmen, Bailey mit unserer Untersuchung zu beauftragen.«

»Weißt du«, flüstert Felix, »ich bekomme das Gefühl, dass die ganze Enthüllungssache eine List war, um dich für den nächsten Teil zu gewinnen.«

Er könnte recht haben. Nachdem ich der Hinrichtung ausgewichen bin, fühle ich mich durchaus bereit, alles zu tun, was sie wollen. Außerdem könnte das eine Gelegenheit sein, die ich für Mama nicht verpassen darf. Der Rat hat Ressourcen, die …

»Alle, die dafür sind, stehen auf«, sagt Kain.

Die meisten Ratsherren stehen auf, auch diejenigen,

die mich vor einer Sekunde tot sehen wollten. So unentschlossen? Wie dem auch sei, es klingt so, als ob ich gerade so eine Art Job aufgezwungen bekommen hätte.

Als die Leute anfangen, ihre Plätze zu verlassen, spreche ich. »Gibt es da nicht etwas, was ihr vergesst?«

»Was machst du da?«, schreit Felix mir ins Ohr.

Alle schauen mich an, als ob meine Haare Feuer gefangen hätten – etwas, was ich in der wachen Welt nicht sicher tun kann.

Ich verschränke meine Arme vor der Brust und starre die Menge offensiv an. »Meine Bezahlung. Ich arbeite nicht umsonst.«

Kain schenkt mir ein seltenes Lächeln. »Du weißt nicht einmal, was wir von dir wollen.«

»Was auch immer es ist, ich muss dafür bezahlt werden«, sage ich. »Meine Mutter hatte einen Unfall. Maschinen halten sie am Leben, und meine Jobs decken kaum ihre Behandlungskosten. Als Bezahlung für diesen Job möchte ich also, dass ihr sie heilt. Nicht mit Vampirblut – das hat nicht funktioniert –, mit einem echten Heiler. Tut das, und ich werde tun, was immer ihr wollt.«

Kain sieht nicht im Geringsten überrascht aus. Er blickt eine Frau zwei Reihen von ihm entfernt an, die ihre Kapuze zurückzieht, um feine Gesichtszüge, umgeben von glänzendem schwarzem Haar, zu enthüllen.

»Das ist Isis«, sagt Felix. »Sie ist eine Heilerin, die vor kurzem einen Ratssitz bekommen hat.«

»Löse den Fall, und ich werde deiner Mutter helfen.« Isis wirft mir einen abwertenden Blick zu. »Ich hoffe, du weißt, was eine solche Zahlung wert ist.«

Oh, das weiß ich. Es würde jegliches Geld erfordern, das ich in meinem Leben gesehen habe, mal tausend, um einen Heiler auf Gomorrha anzuheuern.

»Lass uns über die Details reden«, sagt Kain und verlässt das Kolosseum.

Ich folge seiner stummen Gestalt durch die Burg und eine enge Treppe hinauf in das, was ein Turm sein muss. Die rostigen Eisenscharniere quietschen, als er die massive Tür aufstößt und wir einen runden Raum mit Steinwänden betreten.

»Hey, deine Kamera ist gerade ausgegangen«, sagt Felix besorgt. »Hast du …?«

»Also«, sage ich zu Kain und ignoriere die technischen Probleme von Felix, »was ist es, was ich herausfinden soll?«

»Bevor ich es dir erkläre, solltest du wissen, dass dies eine heikle Angelegenheit ist.« Kain lehnt sich gegen die Wand und verschränkt die Arme vor der Brust.

Großartig. Heikle Angelegenheit, mächtige Menschen. Was könnte da schon schiefgehen? »Ich behandle alle meine Jobs vertraulich«, sage ich und schaue ihn misstrauisch an.

»Gut. Aber ich möchte trotzdem betonen, wie heikel diese Situation ist.« Er lässt seine Reißzähne aufblitzen, wodurch sein ohnehin schon unattraktives Gesicht praktisch gruselig wird. »Wenn das bekannt wird, werde ich dich persönlich töten. Und zwar ganz langsam.«

Die Drohung wird in dem beiläufigen Tonfall ausgesprochen, den ich verwenden würde, wenn ich einen Kollegen frage, wie spät es ist. Wow. Ich dachte, Kain wäre auf meiner Seite, aber es scheint, dass er mich nur vor Filth beschützt hat, weil er mich intakt für diesen Job brauchte.

Ich hebe mein Kinn an. »Wenn etwas über was auch immer das hier ist bekannt wird, dann nicht, weil ich mich verplappert habe.«

»Gut.« Seine Reißzähne verschwinden. »Hier ist der Deal. Vier Mitglieder des Rates sind unter seltsamen Umständen gestorben. An diesem Punkt denkt jeder, dass es sich um Mord handelt und dass ein Mitglied des Rates dafür verantwortlich sein muss.«

Felix pfeift in meinen Ohrhörer und erinnert mich daran, dass das Geheimnis bereits gelüftet ist.

Ich schlucke. Jemand hat vier der mächtigsten Cogniti auf dieser Welt getötet? Wie zum Teufel soll ich so etwas lösen? Ich kann nicht einmal herausfinden, wer von meinen Kollegen in der Reha-Einrichtung meine Essensreste isst – zumindest nicht, ohne in ihre Träume einzudringen.

Oh. Er kann nicht *das* meinen.

»Ich werde alle überzeugen, dir Zugang zu ihren Träumen zu geben«, sagt Kain, der mir schon weit voraus ist. »Du wirst ihre Erinnerungen sehen und den Schuldigen herausfinden können, richtig?«

»Vielleicht.« Ich versuche, meine Stimme

gleichmäßig zu halten. »So einfach ist das nicht. Manchmal muss ich daran arbeiten …«

»Auf die Details brauchen wir jetzt nicht einzugehen. Was auch immer du tun musst, du wirst es tun.«

»Ja, natürlich werde ich das«, sage ich, mehr, um mich selbst anzufeuern, als um ihn zu beruhigen. »Das Leben meiner Mutter hängt davon ab.«

»In der Tat.« Seine Reißzähne tauchen wieder auf. »Und falls das nicht Motivation genug ist, hängt auch dein eigenes Leben davon ab.« Er beugt sich nach vorne und flüstert mir in das Ohr ohne Ohrstöpsel: »Ich habe den Rat nicht über das ganze Ausmaß deiner Verbrechen informiert. Es ist verboten, gomorrhische Technologie in diese Welt zu bringen, und wie du dir vorstellen kannst, würde dich der Rat nicht so leicht davonkommen lassen, wenn er noch einmal abstimmen müsste, gerade nach deinem Scheitern.«

Ich ziehe mich zurück, und mein Puls ist ungleichmäßig. Pom an meinem Handgelenk ist pechschwarz geworden. »Du brauchst mir nicht zu drohen«, sage ich, erstaunt darüber, wie ruhig meine Stimme unter diesen Umständen ist. »Ich werde alles tun, um meiner Mutter zu helfen.«

»Umso besser«, sagt er. »Ich wollte nur, dass es keine Missverständnisse gibt.«

Ich richte meine Wirbelsäule auf. »Ich brauche die Details der Morde und Zugang zu den Träumen aller, sowie die Befugnis, Leute zu befragen und alle Aufzeichnungen zu überprüfen, die ich wünsche.«

»Du wirst all das bekommen. Ich werde die Vorbereitungen treffen. Warte hier.« Er verschwindet mit Vampirgeschwindigkeit aus dem Raum.

Felix räuspert sich. »Ein ungelöster Mordfall muss als neuer Chef der Vollstrecker schlecht für ihn sein.«

Daran hatte ich nicht gedacht. Trotzdem musste er nicht so …

»Hallo, Bailey«, ertönt eine sanfte, tiefe Männerstimme rechts von mir. »Angesichts der Umstände habe ich beschlossen, dass wir miteinander reden müssen.«

KAPITEL ZWÖLF

»WER IST DAS?«, fragt Felix im Ohrhörer.

Großartige Frage. Ich schaue aufmerksam auf den Ort, von dem die Stimme kam, sehe aber niemanden.

Dann materialisiert sich ein Mann vor mir.

Und was für ein Mann. Groß und breitschultrig, mit einem maßgeschneiderten Anzug, der seinen muskulösen Körper an den richtigen Stellen betont. Sein Gesicht, umrahmt von dickem, seidig aussehendem dunklem Haar, ist noch beeindruckender. Ozeanblaue Augen glitzern mir unter geraden schwarzen Augenbrauen entgegen, und seine hohen Wangenknochen scheinen von einem Bildhauer geschnitzt worden zu sein, ebenso wie sein gemeißelter Kiefer und sein mit Grübchen versehenes Kinn. Oh, und da ist ein Hauch von Bartstoppeln auf diesem wunderschönen Gesicht, als hätte er sich heute Morgen nicht rasiert.

Es ist amtlich. Er ist heißer als Adonis, der

beliebteste Uber-Sänger auf Gomorrha. Moment – vielleicht *ist* er ja ein Promi. Etwas an seinem Gesicht kommt mir bekannt vor ...

Während ich seine Gesichtszüge betrachte, ertappe ich mich dabei, dass ich diese festen und doch vollen Lippen küssen will. Was mehr als wahnsinnig ist. Wir haben uns gerade erst kennengelernt, und ich habe große Probleme mit Berührungen im Allgemeinen, ganz zu schweigen von Berührungen, die zum Austausch bakterienhaltiger Körperflüssigkeiten führen.

Verdammter Mist. Ich starre ihn immer noch an. Wie lange ist es gesellschaftlich akzeptabel, jemanden anzustarren? Schlimmer noch, mein pelziges Armband hat sich gerade in ein peinliches Korallenrosa verwandelt – die Farbe der sexuellen Erregung.

Wenigstens weiß dieser Typ nicht, dass mein Looft meine Emotionen zeigt oder was die einzelnen Farben bedeuten.

Moment mal. Er hat mich die ganze Zeit genauso intensiv angestarrt. Ich muss etwas sagen. Irgendetwas.

Was herauskommt ist ein lahmes »Hi.«

Ein sinnliches Lächeln berührt diese verführerischen Lippen. »Hallo, Bailey.« Er streckt seine Hand aus. »Ich bin Valerian.«

Wie ferngesteuert ergreife ich seine Hand und bemerke in meinem Unterbewusstsein, wie groß und warm sie ist. Er drückt meine Hand sanft, dann lässt er sie los, und sein Lächeln wird breiter bei meiner anhaltenden sprachlosen Stille.

Vier Sekunden lang greife ich nicht nach dem Desinfektionsmittel – eine Art Rekord.

Dann setzt mein gesunder Cognitiverstand ein, und ich hole die Flasche heraus und sterilisiere meine Hand, um endlich seine Vorstellung zu verarbeiten.

Valerian. Das ist der Typ, der mich für all diese VR-bezogenen Jobs angeheuert hat.

So sieht er aus? Bis jetzt haben wir über verschlüsselte E-Mails kommuniziert. Wenn ich alle Fakten gekannt hätte, wären unsere Meetings persönlich gewesen. Vielleicht sogar an einigen romantischen, landschaftlich reizvollen Orten, wie dem Ufer dieses wunderschönen Sees …

Mit Mühe zügele ich die unangemessene Fantasie, die in meinem Kopf aufsteigt, und sage in einem möglichst ruhigen Tonfall: »Schön, dich persönlich kennenzulernen, Valerian. Bist du in diesem Rat?«

»Ich bin es nicht.« Die Art und Weise, wie er es sagt, lässt es allerdings so klingen, als hätte er das Wort *noch* ausgelassen.

Ich blinzele ihn an. »Wie hast du es dann geschafft, in die Burg zu kommen? Was das betrifft, wie konntest du unsichtbar sein?«

»Er war unsichtbar?«, fragt Felix. »Wie …«

»Gleiche Antwort auf beides.« Valerians sinnliche Lippen wölben sich wieder. »Wie du weißt, bin ich ein Illusionist. Während du mit Kain gesprochen hast, gab ich euch beiden die Illusion, allein im Raum zu sein. Genauso bin ich auch in die Burg gekommen. Ich habe es so gemacht, dass mich niemand sehen kann. Oh, und ich trage ein Gerät, das alle Kameras um mich herum ausschaltet.«

Mein Ohrhörer füllt sich mit Murren. »Deshalb kann ich also nichts sehen. Hoffen wir, dass die Kamera wieder funktioniert, wenn er geht.«

Ich ignoriere Felix und verarbeite, was Valerian gesagt hat. Als Hekima sein illusionistisches Ding machte, schoss er diese Energiebögen auf die Köpfe aller. Anscheinend ist das nicht die einzige Art und Weise, wie diese Macht genutzt wird. Die Realität ist viel erschreckender: Man bemerkt nicht unbedingt, wann ein Illusionist seine Kräfte einsetzt.

Dann fällt mir etwas sehr Enttäuschendes ein. Wenn man Valerians Kräfte bedenkt, sieht er vielleicht nicht wirklich wie ein Sexgott aus. Ich wette, niemand sieht so aus, und schon gar nicht dieser Valerian.

Wie traurig.

Das Seltsame daran ist, dass er ebenso fasziniert von mir zu sein scheint, denn seine Augen tasten mein Gesicht ab, als ob er plant, mich später zu zeichnen. »Ich weiß, das wird sich wie eine Anmache anhören«, murmelt er und tritt näher, »aber ich werde das Gefühl nicht los, dass du mir bekannt vorkommst. Kennen wir uns?«

Ich nehme einen angenehmen Hauch von warmer männlicher Haut und Kiefer wahr, und meine Gedanken füllen sich mit Bildern von sonnenbeschienenen Waldwiesen und langen, langsamen Küssen auf einer Picknickdecke. Ich schlucke, um die plötzliche Trockenheit in meiner

Kehle zu bekämpfen. »Das glaube ich nicht, aber du kommst mir auch bekannt vor. Hast du Tranquility schon einmal besucht? Die Reha-Einrichtung auf Gomorrha?« *Oder hast du dich operieren lassen, um wie ein Promi auszusehen?* Letzteres frage ich nicht.

Seine hypnotischen Augen funkeln vor Belustigung. »Leider nein. Ich halte meine Laster unter Kontrolle.«

Ich brenne plötzlich darauf, alles über diese Laster zu erfahren, aber ich zwinge mich zur Konzentration. »Basierend auf den Jobs, die du mir gegeben hast, stehst du auf VR. Vielleicht hast du ein paar Videospieldesign-Kurse hier auf der Erde belegt? Oder auf Gomorrha?«

»Ich bin Autodidakt.« Er schaut auf seine Uhr, dann auf die Tür. »Wir haben nicht viel Zeit, also würde ich gerne auf den Punkt kommen.«

»Sicher.« Ich verberge meine irrationale Enttäuschung. »Was für ein Punkt ist das?«

Alle Andeutungen von Belustigung verschwinden aus seinem Gesicht. »Der letzte Job, den ich dir gegeben habe, ist sehr wichtig.«

Job, richtig. Deshalb redet er mit mir. »Du bezahlst viel dafür, also dachte ich mir das auch«, sage ich, passend zu seinem geschäftsmäßigen Ton. »Unglücklicherweise, wie du sehen kannst, bin ich im Moment ein bisschen in der Zwickmühle.«

Er nickt, und sein Blick ist düster. »Wenn besagte missliche Lage deine Fähigkeit beeinträchtigt, meine Arbeit zu erledigen, würde ich gerne meine Kräfte einsetzen, um dich aus dieser Burg herauszuführen.«

»Wow«, flüstert Felix. »Er kann dich tatsächlich retten.«

»Ich kann nicht weg«, sage ich zu den beiden. »Der Rat hat mir etwas angeboten, was ich mir nicht entgehen lassen kann.«

Valerian neigt den Kopf. »Was, wenn ich mit dem gleichziehe, was er dir angeboten hat?«

»Ich bezweifele, dass du das kannst. Außerdem haben die Vollstrecker meine DNA, was bedeutet, dass sie mich überallhin verfolgen können, wo du mich hinbringst. Ich will nicht wirklich den Rest meines Lebens damit verbringen, mir nach Vampiren über die Schulter zu schauen.«

»Ich verstehe.« Er runzelt die Stirn, und selbst dieser Ausdruck sieht gut aus auf seinem gemeißelten Gesicht. »Du willst also sagen, dass du Bernard aufgibst?«

»Nein, den schweren Teil der Arbeit mit Bernard habe ich schon erledigt. Ich habe eine Traumverbindung hergestellt. Wenn die Nacht hereinbricht, werde ich Zeit finden, in seinen Traum zu schlüpfen und zu beenden, was ich begonnen habe.«

Das Stirnrunzeln ist augenblicklich verschwunden, und ich beschließe, dass ich sein Gesicht in glatt viel lieber mag. »Danke«, sagt er. »Bist du sicher, dass du nicht fliehen willst? Ich fahre für ein paar Tage nach Gomorrha, also werde ich nicht erreichbar sein, falls du deine Meinung änderst.«

»Ich bin mir sicher. Oh, und es gibt einen Weg, wie ich dich erreichen kann, sogar auf einer anderen Welt.«

Ich versuche, meine nächste Frage so beiläufig wie möglich klingen zu lassen. »Was hältst du davon, jetzt ein Nickerchen zu machen?«

Er grinst und zeigt seine weißen Zähne. »Netter Versuch, aber ich glaube nicht, dass ich bereit bin, dich in mein Unterbewusstsein zu lassen. Wir haben uns gerade erst kennengelernt.«

Ich gebe mein Bestes, die Schmetterlinge, die meinen Magen füllen, zu ignorieren. »Wie du willst. Es hätte Spaß machen können, zusammen in einem Traum zu sein.« Besonders für mich. Bei dem Gedanken lecke ich mir fast die Lippen.

»Flirtest du mit diesem Typen?«, zischt Felix.

Mist, ich habe total vergessen, dass wir ein fünftes Rad am Wagen haben.

Valerians Grinsen wird anzüglich. »Wir brauchen deine Kräfte nicht, um Spaß zu haben«, sagt er mit einer Stimme wie Honig, während der Raum um uns herum schimmert und zu einem üppigen Schlafzimmer mit einem riesigen Bett wird, das in Seidenlaken gehüllt und mit Rosenblättern übersät ist.

Mein Puls schlägt aus, als die Schmetterlinge eine Schießerei in meinem Bauch anfangen. Passiert das wirklich? Bin ich dabei, …

»Leider können wir das heute nicht«, sagt Valerian, und zu meiner großen Enttäuschung verschwinden sowohl das Bett als auch seine wunderschöne Persönlichkeit.

»Warte!« Ich schaue mich in dem leeren Raum um. »Warum brauchst du mich überhaupt? Für den

Bernard-Job, meine ich. Wie du gerade demonstriert hast, sind deine Kräfte den meinen sehr ähnlich.«

Seine körperlose Stimme kommt aus der Nähe des Türrahmens. »Ich stehe unter dem Mandat. Das schränkt das, was ich mit Menschen machen kann und was nicht, stark ein. Außerdem wird dein Weg viel besser sein. Trauminspiration ist schließlich ein Klassiker.«

»So, so. Bist du sicher, dass du nicht einfach willst, dass jemand anderes das Risiko übernimmt?«

Er antwortet nicht. Muss wohl schon gegangen sein.

Ich seufze und fühle mich seltsam leer. Die Idee, mit Valerian *Spaß zu haben*, war mehr als nur ein wenig verlockend, und nicht nur, weil wir es über seine Illusionskraft oder meine Fähigkeit, zu träumen, tun könnten – und daher ohne jeglichen Austausch von Körperflüssigkeiten. Nein, er hat etwas an sich, was mich fast die Gefahren von Viren und Bakterien vergessen lässt.

Wo wir gerade davon sprechen – ich schmiere meine Hände wieder mit Desinfektionsmittel ein. Was stimmt nicht mit mir? Ich rede zwei Minuten lang mit einem heißen Typen und bin bereit, Syphilis zu riskieren? Vielleicht sieht er nicht einmal so aus, wie er mir erschien.

Es muss die Ermangelung eines Sexlebens sein, die mich einholt. Ich habe eine komplexe Beziehung zu meiner Libido. In den Träumen anderer Leute habe ich Tausende von orgastischen Begegnungen erlebt, sowohl aus ihren Erinnerungen als auch aus ihren Fantasien. Auch in meinen eigenen Träumen habe ich mit jedem, der mir gefiel, gemacht, was ich wollte. Manchmal mit vielen von ihnen auf einmal. Aber in der wachen Welt war ich noch nie mit jemandem intim.

Trotz eines ganzen Harems von Partnern in der Traumwelt bin ich eine sechsundzwanzigjährige Jungfrau, die noch nie einen Kerl geküsst hat.

Hey, das bringt mich auf eine verrückte Idee. Was wäre, wenn die Mönche der Bruderschaft hinter meiner Entführung durch die Vollstrecker stecken würden? Vielleicht braucht die Gottheit, die sie anbeten, ein Jungfrauenopfer.

Nein. Ein zu verworrener Plan für so etwas.

Felix knistert in meinem Ohr. »Die Kamera hat gerade wieder angefangen zu funktionieren.«

Bevor ich auch nur mit einem Daumen nach oben antworten kann, kommt Kain mit einem dicken Ordner in der Hand zurück in den Raum. »Gehen wir in dein Quartier, damit wir das alles durchgehen können.« Er winkt mit der Mappe und dreht sich auf dem Absatz um.

Ich habe ein Quartier?

Ich folge und atme schwer bei dem Versuch, mit ihm Schritt zu halten – obwohl er für einen Vampir praktisch kriecht.

Wir eilen durch die halbe Burg zu dem, was irgendwann einmal der Kerker gewesen sein muss, in dem Gefangene vor der Folter oder Schlimmerem gefangen gehalten wurden.

»Wie trostlos«, murmelt Felix.

Das ist milde ausgedrückt.

Kain führt mich durch einen Korridor, den selbst die Ratten zu deprimierend finden müssen, um ihn zu frequentieren. Der Ort riecht schwach nach vergorenem Abwasser, und ich muss meinen Würgereflex bekämpfen. Mit einem entschlossenen Gesichtsausdruck macht Kain eine scharfe Rechtskurve und bleibt neben einer großen Zelle mit einem an die Wand geschweißten Eisenring stehen – immer wieder ein nettes kleines Detail. Er macht eine höfliche Geste und führt mich hinein.

»Du machst wohl Witze«, murmele ich, als ich eintrete.

Das ist mein Quartier? Statt einer soliden Tür gibt es Eisengitter, genau wie in einer Gefängniszelle, und es gibt nicht einmal eine moderne Toilette. Da ist nur ein Loch im Boden mit etwas Trübem ein paar Meter tiefer, was verdächtig nach der Flüssigkeit im Burggraben rund um das Schloss aussieht. Großes Igitt.

Das Einzige, was diesem Ort das Gefühl gibt, etwas anderes als eine Gefängniszelle zu sein, sind ein neues Bett, ein Tisch und ein Stuhl. Und die Tatsache, dass die Tür nicht mit dem rostigen Vorhängeschloss verschlossen ist, das an der Außenseite hängt. Stattdessen hat es tatsächlich einen Bolzen an der Innenseite.

Hekima erscheint im Korridor hinter Kain und blickt missbilligend durch die Gitterstäbe. »Sind das die besten Unterkünfte, die wir anbieten können? Bailey ist schließlich unser Gast.«

Kain legt den Ordner auf den Tisch. »Vielleicht hast du recht. Hier wollten wir sie hinbringen, wenn sie für schuldig befunden würde, aber sie wurde nicht für schuldig befunden. Ich werde sehen, ob wir etwas Besseres finden können.«

»Bitte«, sagt Hekima. »Macht es euch etwas aus, wenn ich in der Zwischenzeit die Szenerie wechsle?«

Kain und ich zucken mit den Schultern.

Hekima schießt seinen auffälligen Energiebogen auf unsere Köpfe, und die Zelle wird zu einem frisch duftenden, sonnenbeschienenen Versammlungsraum. Nur die Möbel sehen gleich aus.

»Also gut.« Kain öffnet den Ordner. »Kommen wir zu den Morden.«

KAPITEL DREIZEHN

IN DER MAPPE oben befindet sich ein Foto einer umwerfenden Frau.

»Sie sieht aus wie Lara Croft«, flüstert Felix. »Oder sah so aus. Vergangenheitsform.«

»Das ist Tatum«, sagt Kain düster. »Das erste Opfer.«

Er blättert die Seite um, und ich sehe Tatums Leiche mit einem Pfeil in ihrem Herzen auf dem Dach eines der Türme der Burg liegen.

»Warum zeige ich dir nicht, was unserer Meinung nach passiert ist?«, fragt Hekima.

Mehr Illusionen. Warum nicht?

Ich stimme zu, und ein Bogen illusionistischer Energie trifft meinen Kopf.

Ich finde mich am Tatort wieder, stehe vor einer lebenden Tatum. Sie riecht umwerfend, was mir eine Ahnung von ihrem Cogniti-Typ gibt. Sie nimmt einen Joint aus ihrer Tasche und beginnt, ihn anzuzünden, als – mit einem scharfen *Zischen* – ein Pfeil ihre Brust durchbohrt.

»Lass mich den letzten Teil verlangsamen«, sagt Hekima, nachdem sie zusammenbricht.

Diesmal kann ich die Flugbahn des Pfeils sehen. Er scheint aus dem Boden unter uns zu kommen – ein unmöglicher Schuss.

»Wann war das?«, frage ich, als der Pfeil in die Brust der armen Frau kriecht.

»Vor sechs Tagen«, ertönt Kains körperlose Stimme. »Um vier Uhr nachmittags.«

»Und was kannst du mir über sie erzählen?«

»Sie war ein Sukkubus. Der mächtigste, dem ich je begegnet bin.«

Genau wie ich dachte. Dieser leckere Geruch ist unverkennbar. »Hast du eine Ahnung, wer ihren Tod wollen würde?«

Der Pfeil beginnt, in Tatums Brust einzudringen.

»Niemand«, sagt Hekima. »Jeder liebte sie.«

»Ein bisschen zu wortwörtlich«, sagt Kain. »Wie du dir vorstellen kannst, hatte sie viele Liebhaber.«

Stimmt. Wenn einer von ihrer Sorte jemanden will, benutzen sie ihre Macht, um sich sexuell unwiderstehlich zu machen. Deshalb halte ich mich so weit wie möglich von Sukkubi und Inkubi fern. Sie haben zweifellos unzählige Keime von all diesen Partnern, außerdem können sie ihren Liebhabern während der Intimität Energie entziehen – etwas, was sogar zum Tod führen kann, wenn sie es wünschen.

Nein, danke. Ich werde meine Traumliebhaber jederzeit vorziehen.

Ich wende mich ab, bevor ich mit illusorischem Blut bespritzt werden kann. »Könnte ein Liebhaber sie getötet haben? Morde werden oft von Menschen begangen, die dem Opfer nahestehen. Vielleicht wurde jemand eifersüchtig.«

Der Raum wird wieder normal – das heißt, er kehrt zu seiner Gestalt als Meetingraum zurück.

»Wie ich schon sagte, sie hatte viele Liebhaber«, sagt Kain. »Der Pool der Verdächtigen ist zu groß.«

Ich betrachte noch einmal das Foto ihrer Leiche. »Dieser Pfeil. Bist du sicher, dass deine Nachstellung ihres Todes korrekt ist?«

»Wir haben Experten konsultiert«, sagt Hekima. »Ich bin mir sicher.«

»Aber wer könnte einen solchen Schuss machen? Es gibt keine Elfen auf dieser Welt, also …«

Ich halte inne, als Kain und Hekima einen Blick austauschen.

»Manche Elfen lassen sich plastisch operieren, um sich menschlicher aussehen zu lassen und sich hier niederzulassen«, sagt Hekima.

Hm. Das wusste ich nicht. »Gibt es solche Elfen im Rat?«, frage ich.

»Die gibt es ganz sicher«, flüstert Felix mir aufgeregt ins Ohr. »Einer hat uns erst kürzlich in einem Konflikt geholfen.«

Ich bin gerade dabei, ein paar Fragen zu stellen,

aber Kain blättert ein paar Seiten in seiner Mappe um und zeigt mir ein Bild von einem dünnen Mann.

»Ja, genau den meinte ich«, sagt Felix. »Sieht er nicht aus wie Tingle von *Zelda*?«

Kain blättert die Seite noch einmal um und zeigt ein Foto eines gebrochenen Körpers, der über einige Felsen ausgebreitet ist – ein Körper, der das gleiche Individuum sein muss wie auf dem vorherigen Bild.

»Oh, Mist«, flüstert Felix. »Er ist ein weiteres Opfer.«

»Wir fanden Ryan tot, nur ein paar Stunden, nachdem wir Tatum gefunden hatten«, sagt Kain. »Und bevor du fragst, er war der einzige Elf im Rat, und er war nicht nur Tatums Liebhaber. Er war ihr Ehemann.«

Ich reibe meine Schläfen. Ich bin erst bei dem zweiten Mordopfer, und mein Kopf tut schon weh. Um mich auf etwas so Gehirnstrapazierendes zu konzentrieren, bräuchte ich eine ganze Nacht Schlaf, etwas, was ich seit vier Monaten nicht mehr hatte. »Ist es möglich, dass der Elf den Sukkubus aus Eifersucht umgebracht und sich dann vor Kummer selbst getötet hat?«, frage ich. »Die Menschen begehen ständig diese Art von Mord-Selbstmord, nicht wahr?«

»Das dachten wir auch«, sagt Kain, »bis zum nächsten Mord.«

»Richtig«, sage ich und erinnere mich daran, dass es vier waren. Ich betrachte den gebrochenen Körper auf den Felsen. »Du glaubst also, jemand hat den Elfen geschubst?«

»Es scheint so«, sagt Hekima.

»Aber das ergibt keinen Sinn«, sagt Kain. »Ryan war extrem paranoid. Ich glaube nicht, dass er sich so von einem Feind überfallen lassen würde.«

»Also war es vielleicht ein Freund«, sage ich. »Hatte er viele?«

»Einen«, antwortet Kain mit einem finsteren Blick.

»Leal?«, fragt Hekima. »Aber er …«

»Es ist möglich, dass er die Tat schon vorher begangen haben könnte«, sagt Kain.

Hekima hebt seine Arme. »Willst du, dass ich diese Theorie ausspiele?«

»Bitte«, sage ich, und Kain nickt.

Hekima schießt wieder mit seiner Kraft auf uns, und wir befinden uns auf einer Klippe mit dem Rücken des Elfen zu uns. Ein Mann mit wilden grauen Haaren in einem weißen Laborkittel nähert sich dem Elfen von hinten. Der Elf dreht sich um und richtet einen gezogenen Bogen auf den Neuankömmling.

»Leal«, sagt er mit einem Hauch eines Lächelns. »Du hast mich erschreckt, alter Freund.« Er lässt den Bogen sinken und dreht dem Neuankömmling den Rücken zu. »Ich komme hierher, wenn ich mich unruhig fühle. Es ist fast …«

Der grauhaarige Kerl stößt ihn über die Klippe, und wir sind zurück im Besprechungsraum, bevor der Elf auf die Felsen schlägt.

Kain sieht nachdenklich aus. »Ich weiß nicht so recht. Warum sollte Leal seinen engsten Verbündeten töten?«

Ja, warum? »Vielleicht könnte ich in seinen Traum gehen, um es herauszufinden?«

Kain seufzt und blättert ein paar Seiten in seiner Mappe um. Es gibt ein Bild von einem Mann mit dünnen Haaren in einem weißen Kittel und mit einer Taube, die auf seiner Schulter sitzt, als wäre er ein Pirat, und es fehlte ein Papagei.

»Ich will nicht respektlos gegenüber den Toten sein«, sagt Felix, »aber er sieht total aus wie Doktor Wily aus der *Mega-Man*-Serie.«

Oder irgendein verrückter Wissenschaftler, wenn wir schon dabei sind.

»Das nächste Bild ist verstörend«, sagt Kain. »Atme tief ein.«

Ich tue, was er mir vorschlägt, und er blättert die Seite um.

Verdammter Mist. Der Fleischklumpen auf dem Foto ist kaum als Mann zu erkennen.

Felix macht ein seltsames keuchendes Geräusch. Ist er gerade ohnmächtig geworden?

Ich ziehe meinen Blick von dem schrecklichen Bild weg. »Was könnte so etwas tun?«, frage ich Kain.

»Die Tauben«, sagt er.

Ich blinzele ihn verständnislos an.

»Ich glaube, er meint wie in dem Film von Alfred Hitchcock«, sagt Felix mit dünner Stimme. Er ist wohl doch nicht ohnmächtig geworden. »Du weißt schon, *Die Vögel*.«

Kain wendet sich an Hekima. »Kannst du ihr eine Simulation zeigen?«

Bevor ich *Nein, danke* sagen kann, sehe ich einen intakten Leal in einem Labor stehen, das mit Käfigen voll weißer Vögel gefüllt ist. Ohne Vorwarnung werden die Tauben unruhig. Eine schafft es, aus dem Käfig auszubrechen, gefolgt von einer weiteren und noch einer.

Leal schaut die befreiten Vögel ohne Furcht an. »Was hat euch erschreckt, meine Lieben?«, fragt er mit rauer Stimme.

In dem Moment fliegt eine Taube auf ihn zu und hackt ihn ins Auge.

Er schreit auf und bedeckt das Auge, aber ein anderer Vogel fliegt bereits zu seinem Gesicht. Weitere Tauben verlassen ihre Käfige und schließen sich der angreifenden Horde – oder Schar, wie eine Gruppe von Tauben genannt wird – an. Einige von ihnen verletzen sich dabei selbst, aber das scheint sie nicht aufzuhalten.

»Genug!«, rufe ich hektisch. »Ich hab's kapiert.«

Sofort werden das Blut und die Fleischfetzen durch den Meetingraum ersetzt.

»Tut mir leid«, sagt Hekima, »ich habe nicht …«

»Es ist in Ordnung.« Ich zwinge ein Lächeln auf mein Gesicht und ignoriere die Übelkeit, die mir den Magen umdreht. »Ich musste wissen, was passiert ist.«

Kain und Hekima warten, während ich meine Atmung beruhige. Und hey, ein Vorteil, wenn man an einem Tag nichts gegessen hat, ist, dass man nicht kotzen kann – eine meiner unbeliebtesten Aktivitäten.

»Gibt es jemanden im Rat, der Tiere kontrollieren

kann?«, frage ich, als meine Stimme ruhig genug ist. »Auf Gomorrha rufen wir Leute, die das können …«

»Gemma.« Kain blättert eine Seite in dem Ordner um.

Eine langhaarige Schönheit blickt mich von dem Foto aus an. Sie ist ganz in Leder gekleidet und steht auf hohen Absätzen.

»Die hier sieht aus wie Bayonetta«, sagt Felix, und seine Stimme ist wieder normal. »Sie ist diese Wahnsinns-Videospiel-Hexe, die …«

Kain blättert zur nächsten Seite, und Felix macht ein würgendes Geräusch. Mein Magen krampft auch. Obwohl es wohl nicht so schlimm ist wie das vorherige Bild, ist es trotzdem ziemlich grauenhaft.

Jemand oder etwas hat diese Frau buchstäblich in zwei Hälften gerissen.

»Ich will keine Nachstellung davon sehen«, sage ich Hekima, bevor er sein Ding machen kann. »Es ist selbsterklärend. Jemand sehr Starkes zog sie in zwei verschiedene Richtungen.«

»In der Tat«, sagt Kain. »Gemmas Art ist sehr zerbrechlich, und deshalb haben wir leider viele Cogniti im Rat, die genug Kraft dafür haben.«

Nun, das wird Spaß machen. »Habt ihr eine Ahnung, wie das alles zusammenhängt?«, frage ich. Vielleicht, wenn sie …

Kain knallt den Ordner zu. »Das ist es, was du hier herausfinden sollst.«

Richtig, okay. Ich Glückspilz. »Hat der Vogel-Typ …«

»Leal«, korrigiert Kain.

»Richtig. Hatte Leal ein Problem mit der letzten Dame?«

»Gemma«, sagt Kain.

»Ja, Gemma. Hatte Leal …«

»Leal hatte nur einen Freund – Ryan, den Elfen«, sagt Hekima, und seine großväterlichen Gesichtszüge sind voller Mitleid. »Niemand im Rat mochte ihn besonders, außer vielleicht Kain und die anderen Vampire.«

»Ach?«

»Ich würde sogar so weit gehen zu sagen, dass ich Leal als Freund betrachte«, sagt Kain. »Oder zumindest einen Verbündeten.«

»Aber warum mögen die anderen ihn nicht?« Ich widerstehe der Versuchung, den Ordner zu öffnen und den fraglichen Mann anzuschauen.

»Seine Kräfte«, sagt Kain. Mit einem scharfkantigen Lächeln fügt er hinzu: »Er war ein Traumwandler.«

Ein Traumwandler? Ich starre Kain an. »Warum erzählst du mir erst jetzt davon?«

Der Vampir zuckt mit den Schultern. »Wann hätte ich es dir sagen sollen? Gerüchten zufolge hatte er Erpressungsmaterial über alle anderen Mitglieder des Rates. Sie dachten, er hätte es in ihren Träumen gesammelt.«

Der Schmerz in meinen Schläfen verstärkt sich. »Du willst mir also sagen, er könnte getötet worden sein, weil er in den Träumen der Leute herumgeschnüffelt hat?«

»Es ist möglich«, sagt Hekima sanft.

Ich atme tief ein und versuche, Pom nicht anzusehen, der sich an meinem Handgelenk schnell schwarz färbt. »Aber das ist genau das, was ihr von mir verlangt. Was soll sie davon abhalten, *mich* töten zu wollen?«

Kain winkt ab. »Du solltest dich nur um den Mörder sorgen. Das ist der, der dich wirklich töten will – wenn du etwas taugst.«

»Danke. Dadurch fühle ich mich gleich viel besser.«

Kain schmunzelt. »Wenn ich du wäre, würde ich mein Bestes tun, um *nicht* irgendwelche kompromittierenden Informationen in den Köpfen der Ratsmitglieder zu finden.«

Ich schließe meine Hände über den Augen, die Ungeheuerlichkeit der Aufgabe trifft mich wie ein Schlag ins Gesicht.

»Warum machst du dein Ding nicht mit den Ratsmitgliedern, die mehr Grund haben, unter Verdacht zu stehen?«, schlägt Hekima vor. »Alle Starken.«

Ich senke meine Hände. »Sicher, ich fange mit denen an, die mich in zwei Hälften reißen können. Da fühle ich mich gleich sicherer.«

»Es ist keine schlechte Idee«, sagt Kain. »Trotzdem möchte ich, dass du eine Traumverbindung zu jedem im Rat herstellst. Auch mit mir.«

Ich atme noch einmal ein und versuche zu denken,

wie der Detektiv, der ich nicht bin. »Dieser Leal, hat er irgendwelche Notizen hinterlassen? Wie du gesagt hast, wusste er Geheimnisse über den Rat. Vielleicht hat er sie irgendwo aufgeschrieben.«

Und vielleicht, nur vielleicht, hat er auch etwas über die Kunst des Traumwandelns selbst geschrieben. Ich habe außer Mama noch nie Traumwandler kennengelernt – wir sind ziemlich selten auf Gomorrha –, und zwischen ihrem fleißigen Vermeiden davon, über unsere Fähigkeiten zu sprechen, und der Tatsache, dass ich nie eine formelle Ausbildung im Umgang mit meinen Kräften erhalten habe, gibt es eine Menge, was ich über meine eigene Art nicht weiß.

»Ich werde dich in sein Labor bringen«, sagt Kain mit einem unleserlichen Gesichtsausdruck.

Hekima beendet seine Illusion, und die triste Zelle kommt zurück – ebenso wie der Gestank.

»Lass mich wissen, wenn ich weiterhelfen kann«, sagt Hekima zu Kain. »Und, Bailey, wenn du etwas über die Geschichte des Rates oder irgendetwas anderes wissen musst, bin ich für dich da.«

Felix lacht leise. »Guter alter Hekima. Er wird nach jeder Ausrede suchen, um eine Einführung durchzuführen.«

Ich lächele den älteren Illusionisten an. »Vielen Dank. Ich werde zu dir kommen, wenn ich etwas brauche.«

Hekimas dunkle Augen funkeln. »Ich schätze, ich werde dich heute Nacht in meinen Träumen sehen.«

»Nicht, wenn ich nur eine Verbindung aufbaue«, sage ich.

Hekima geht, und Kain nimmt die Mappe und geht hinaus.

Ich sprinte, um mit ihm Schritt zu halten.

Ein paar verwinkelte Gänge später kommen wir zu dem Labor, das ich in Hekimas Nachstellung des grausigen Vogelangriffs gesehen habe. Obwohl jemand aufgeräumt hat, kann ich mir die blutige Leiche nur allzu leicht vorstellen. Was schlimmer ist, ist dass die Tauben jetzt hier sind und in denselben Käfigen schlafen, aus denen sie ausgebrochen sind, um ihren Pfleger zu ermorden. Und der Geruch, der aus diesen Käfigen strömt …

»Gruselig«, bemerkt Felix, als Kain sagt: »Ich lasse dich allein. Ich komme in einer Stunde zurück.«

Hunderte von safranfarbenen Augen starren mich hungrig aus den Käfigen an. Bevor ich Kain bitten kann, mich nicht mit den stinkenden Killervögeln allein zu lassen, verschwindet er und schließt die Tür hinter sich.

Als ob es das ist, worauf sie die ganze Zeit gewartet haben, beginnt der Schwarm der mörderischen Federtiere, bedrohlich zu gurren.

KAPITEL VIERZEHN

DAS GURREN SCHWILLT AN, füllt den Raum und spiegelt den wachsenden Knoten in meinem Hals. Aber die Vögel greifen mich nicht an. Sie versuchen nicht einmal, aus ihren Käfigen zu entkommen. Sie gurren nur und fressen Getreide aus ihren Futterstellen, und gelegentlich höre ich ein nasses Platschen, wenn einer von ihnen kackt.

Wirklich ekelhaft.

Trotz des Gestanks, der meine Nasenlöcher quält, beginnt das vom Tod durch Vögel inspirierte Adrenalin, meinen Blutkreislauf zu verlassen. Und während das geschieht, werden meine Augen dick, meine Lider werden schwer, und ein Gähnen entkommt meinem Mund. Oh ja, ich fange an, mich wie jemand zu fühlen, der seit vier Monaten nicht mehr geschlafen hat.

Ich würde eine Menge Geld dafür geben, um jetzt

ein Nickerchen zu machen. Aber andererseits bin ich erst im Schlafentzug geendet, weil ich Geld brauchte.

Aber ich habe keine Zeit zum Schlafen, egal wie ich mich fühle, und es ist zu früh, um noch eine weitere Dosis meiner *Medizin* zu nehmen. Also mache ich die nächstbeste Sache, eine Übung namens *Blasebalg-Atmung*. Ich atme für kurze Zeit tief und schnell ein, als ob ich hyperventilieren würde. Die Blasebalg-Atmung kann im Notfall einen kleinen Energieschub geben, und das hier ist mit Sicherheit ein Notfall.

Es hilft ein wenig. Statt einer Zehn von zehn auf der Schrecklichkeitsskala fühle ich mich nur wie eine gute, solide Neun.

»Geht es dir gut?«, fragt Felix leise.

Ich nehme mein Handy heraus und schreibe heimlich eine SMS. *Noch nie besser. Zeit, zu meinen Ermittlungen zurückzukehren.*

»Du kannst einfach laut sprechen«, sagt er. »Ich bezweifle, dass Leals Labor irgendwelche Abhörgeräte hat.«

Bist du sicher?, schreibe ich.

»Positiv.«

»In Ordnung«, sage ich laut. Selbst wenn jemand *zuhört*, wird er wahrscheinlich nur denken, dass ich verrückt bin.

Ich schaue mich um und betrachte die surrealen Bilder an den Wänden um mich herum.

Abgesehen von den stinkenden Vögeln gehörte dieses Labor eindeutig einem Traumwandler.

»Sehr cool«, sagt Felix, als ich vor einem berühmten

Gemälde von Salvador Dalí stehe – *Traum, verursacht durch den Flug einer Biene um einen Granatapfel, eine Sekunde vor dem Aufwachen.* »Ich frage mich, wie es wohl gewesen wäre, in den Träumen des Künstlers zu wandeln.«

»Vielleicht hat Leal genau das getan«, sage ich, während ich mich umdrehe, um ein Gemälde zu betrachten, das eine Treppe zeigt, die sich im Kreis dreht, anstatt nach oben oder unten zu gehen. Solche Strukturen können in der realen Welt nicht existieren, aber sie können in der Kunst und in den Träumen existieren. Tatsächlich habe ich in meinem eigenen Traumpalast eine ähnliche Treppe wie diese.

»Das ist M. C. Escher«, sagt Felix unnötigerweise. »Dieses Stück heißt *Aufsteigend – Absteigend.*«

Ich zwinge mich, die coole Kunst zu ignorieren und nach allem zu suchen, was für diesen Fall relevant ist. Aber es gibt keine Notizen auf dem Schreibtisch, kein Tagebuch im Bücherregal, nichts, was ich gebrauchen kann. Wenn die Tauben Papageien wären, könnte ich sie bitten, etwas zu wiederholen, aber so wie es ist, führt das nirgendwohin.

Ich betrachte die Art und Weise, wie die Kunstwerke verteilt sind, und benutze dabei mein Traumwandlerauge für Details.

Aha. Jedes Bild hängt bündig an der Wand, außer einem. *Aufsteigend und Absteigend.* Ich ziehe den schweren Rahmen von der Wand weg und schaue dahinter. Strike. Hier gibt es eine Tasche mit etwas darin.

Ich fische das kleine Gerät heraus und untersuche es genau.

»Ein gomorrhischer Kommunikator«, sagt Felix und bestätigt meine Vermutung.

»Muss Generationen alt sein.« Ich drehe das klobige kleine Ding in meinen Händen. »Meiner war uralt, und er war viel kleiner.«

»Sogar ein altes Kommunikationsgerät hat wahrscheinlich ein Petabyte an Daten und mehr Rechenleistung als jeder Supercomputer auf dieser Welt«, sagt Felix ehrfürchtig. »Sei vorsichtig damit.«

»Otherland-Technologie ist absolut verboten«, sage ich in meiner besten Imitation von Kain. Mit meiner normalen Stimme füge ich hinzu: »Es sei denn, du bist im Rat.«

»Sie sind Heuchler«, sagt Felix. »Wenigstens hat der Traumwandler das Gerät versteckt. Einige der anderen Ratsmitglieder brechen ihre eigenen Regeln sehr viel offener.«

Ich fühle ein Gähnen aufkommen und schüttele den Kopf. »Zurück zu den Ermittlungen. Kommen wir zu diesem Ding.« Ich halte den Kommunikator näher an die Kamera. »Das ist deine Chance, deine Kräfte zu zeigen, falls das nicht offensichtlich ist.«

Er seufzt. »Ich kann nicht.«

»Was?« Ich klopfe auf den Hörer, als ob das seine Antwort ändern würde.

»Ich meine, ich könnte, aber es müsste persönlich sein. Das Gerät ist nicht mit dem Internet verbunden und ...«

»Du kannst nicht persönlich hier sein.« Ich drehe mich herum, um ihn daran zu erinnern, wo ich bin. »Vielleicht kann ich sie bitten, mich zu dir zu bringen? Aber nein, dann wüssten sie von dir.«

»Ja, ich möchte da lieber nicht hineingezogen werden. Aber es *gibt* einen Weg, wie ich ohne viel Aufhebens persönlich in die Burg gelangen kann. Die Tochter der besten Freundin von Ariels Cousine hat dort in ein paar Tagen ihre Mandatszeremonie.«

»Oh? Was hat das mit dir zu tun?«

»Mandatszeremonien sind eine große Sache. Jeder kommt, um sie zu unterstützen, also wird es nicht verdächtig sein, wenn ich Ariel begleite.«

»Ich hoffe, dass ich bis dahin am Leben bin«, sage ich zweifelnd.

»Nun … vielleicht kann ich jetzt einige der Daten aus dem Cache holen. Aber wir riskieren, das Gerät zu beschädigen.«

»Dann mach es – aber vorsichtig. Ich glaube nicht, dass ich ein paar Tage Zeit habe, um damit herumzuspielen.«

»Ich werde mein Bestes tun. Lege den Kommunikator oben auf dein Handy.«

Ich stelle mein Erdtelefon auf den Schreibtisch und lege den Kommunikator darauf.

»Jetzt sei still«, sagt er.

Ich beobachte das Gerät auf irgendein Zeichen von *etwas*. Gerade als ich Felix fragen will, was los ist, schlängelt sich eine seltsame magentafarbene Energie vom Telefon in den Kommunikator.

»Ich habe etwas«, ruft er. »Ein paar Auszüge aus einer Art Tagebuch. Ich schicke sie dir jetzt per E-Mail.«

Ich stecke das Gerät in die Tasche und öffne die erste E-Mail von Felix auf meinem Handy.

Roger kam heute mit der neuesten Ladung des Medikaments zurück. Der Vogel, an dem ich es getestet habe, schlief sofort ein und schlief sechs Stunden lang, drei Stunden länger als mit der vorherigen Formel. Aber genau wie vorher starb er, anstatt aufzuwachen. Trotzdem, mit nur 10 Dollar pro Taube bietet dies unbegrenzten Zugang zur Traumwelt. Nächstes Mal werde ich ihn ...

Dort endet der Eintrag.

»Das ist alles?«, frage ich Felix. »Gibt es eine Chance, zu sehen, was vor oder nach diesem Auszug kam?«

»Nein, aber es gibt noch ein weiteres Stück, wenn du bereit bist.«

»In einer Sekunde«, sage ich und beginne, den Raum erneut zu durchsuchen.

Aber egal, wie sehr ich mich anstrenge, ich finde keine Anzeichen des seltsamen Medikaments, das in der E-Mail beschrieben wird.

»Warum sollte er Vögel töten, indem er sie zum Träumen bringt?«, fragt Felix, während ich einen Schreibtisch in der Nähe durchsuche.

»Um die Traumwelt zu betreten, ohne einzuschlafen.« Ich schaue hinter ein weiteres Gemälde – vergeblich. »Dafür benutze ich Pom. Ich schätze, dieser Leal hat seine eigene Methode gefunden.«

»Indem er die armen Tauben tötet«, sagt Felix missbilligend.

»Richtig.« Ich werfe einen unruhigen Blick auf die gurrenden Kreaturen. »Am Ende haben sie ihre Rache bekommen, nicht wahr?«

»Ich denke schon. Ich schicke dir das andere Stück Text, das ich im Cache gefunden habe.«

Ich schaue hinter das letzte Bild. Nichts. Na gut.

Ich öffne meine E-Mail.

Ein weiterer Werwolf, ein weiterer Misserfolg. Der innere Wolf und der Mann griffen mich wieder einmal gemeinsam an, und es war zu schwer sie abzuwehren. Dadurch habe ich meine Kräfte für den Tag verloren. Werwölfe erweisen sich als die schwierigsten von allen Cogniti, um in ihnen zu traumwandeln. Eduardo macht es auch nicht leicht. Er verbot seinem Rudel, mir zu erlauben, diese Forschung fortzusetzen. Der Mistkerl mag es, dass ich machtlos gegen ihn bin. Ich muss die Mehrkörpertechnik beherrschen, wenn ich Erfolg haben will. Auf diese Weise kann eine meiner Versionen den Wolf angreifen, während sich die andere mit dem Mann beschäftigt. Leider scheitere ich auch daran. Vielleicht wenn ...

Mist, wieder abgeschnitten. Ich klopfe auf den Ohrhörer. »Hey, ich will den Rest davon lesen.«

»Tut mir leid, es ist nur noch ein Leckerbissen übrig, und der ist aus einem anderen Teil des Tagebuchs.«

»Schick ihn mir.«

»Eine Sekunde. Ich möchte verstehen, was er mit dem gemeint hat, was du gerade gelesen hast.«

»Ist das nicht offensichtlich? Werwölfe sind ein Problem, wenn es um das Traumwandeln geht. Ich habe von dieser Art von Dingen mit einigen anderen Arten von Cogniti gehört. Man sagt, dass man sich zum Beispiel niemals in die Träume von Zwergen schleichen kann, wenn sie dich nicht hereinlassen.«

»Richtig, dieser Teil war mehr oder weniger klar«, sagt Felix. »Aber ich verstehe den Teil mit dem Verlust seiner Kräfte und dem Mehrkörper-Ding nicht.«

Ich schaue mir die Nachricht noch einmal an. »Ich glaube, er meinte, dass er seine Traumwandlungskraft so sehr im Traum des Werwolfs einsetzen musste, dass ihm der Saft ausging. Es gibt eine Grenze, wie viel Traumwandeln man an einem Tag machen kann. Er muss diese Grenze erreicht haben.«

»Und der Teil mit den mehreren Körpern?«

Ich lese die E-Mail noch einmal. »Klingt, als ob er davon spricht, zwei Körper in der Traumwelt zu haben, die gleichzeitig denken und fühlen können. Wenn ja, ist das sehr faszinierend und nichts, was ich jemals versucht habe. Ich kann meinen Körper sozusagen verlassen und ihn wieder betreten, aber das ist nicht dasselbe. Irgendwann muss ich das mal ausprobieren.«

»Wie abgefahren«, sagt Felix. »Ich kann mir nicht vorstellen, wie es wäre, an zwei Orten gleichzeitig zu sein, nicht einmal im Traum.«

»Die Logik macht Urlaub in der Traumwelt, das ist sicher. Jetzt hört auf, Zeit zu schinden, und schickt mir das nächste Stück von diesem Tagebuch oder was auch immer.«

Er tippt etwas so laut, dass ich es hören kann. »Erledigt.«

Ich rufe die E-Mail auf.

Jeder Traum kann hinter dem schwarzen Fenster versteckt werden – mein eigener, der Traum einer anderen Person oder der Traum der Person mit den schwarzen Fenstern selbst. Das Bemerkenswerte ist, dass, wenn der Traum eine Erinnerung der Person ist, diese Erinnerung so tief unterdrückt wird, dass die Person selbst sich an diese Ereignisse überhaupt nicht mehr erinnern kann. Noch faszinierender ist, dass die Testperson ihr Gedächtnis nicht wiedererlangt, wenn ich das schwarze Fenster wieder betrete. Das Zerbrechen des schwarzen Fensters ist der einzige Weg, wie die Person die dahinter eingeschlossenen Ereignisse wieder erleben kann. Wenn es die eigene Erinnerung ist, gewinnt sie sie zurück, aber wenn es ein implantierter Traum ist, verwirft sie ihn als eine Erfindung ihrer ...

Das Stück endet hier.

Enttäuscht lese ich erneut, was vorhanden ist. »Bist du sicher, dass es nicht mehr drüber gab?«

»Nein, warum?«, fragt Felix. »Ergibt das für dich einen Sinn?«

»Vage.« Gierig untersuche ich jeden Satz nach Hinweisen. »Was auch immer dieses schwarze Fenster ist, es scheint dich die schmerzhaften Erinnerungen der Menschen löschen zu lassen. Davon habe ich noch nie gehört.«

»So wie in dem Film *Vergiss mein nicht!*« Felix'

Stimme ist voller Ehrfurcht. »Macht aber Sinn – du beschäftigst dich schließlich mit dem Unterbewusstsein. Trotzdem beängstigend.«

»Ja.« Ich stecke mein Handy in die Tasche. »Und der Teil über das Verstecken seiner eigenen Träume oder der Träume anderer Leute in der Traumlandschaft eines anderen – das ist genauso verrückt. Es würde Traumwandlern eine Möglichkeit geben, Informationen zu verstecken, so dass nur ein anderer Traumwandler sie finden könnte.«

»Nicht die beste Methode«, sagt Felix. »Was ist, wenn die Person, die Informationen in ihren Träumen versteckt hat, stirbt?«

Wir schweigen beide. Es ist offensichtlich, dass er denkt, was ich denke: Könnte Leal etwas in den Träumen der anderen Opfer versteckt haben, etwas, wofür jemand ihn getötet hat, damit es nicht ans Licht kommt? Und wenn ja, wer?

Ich gehe auf die Tür zu. »Ich glaube, ich brauche mehr Informationen darüber.« Ein weiteres Gähnen droht, während ich gehe, und ich klopfe instinktiv auf das Fläschchen mit Vampirblut in meiner Tasche.

Moment einmal. Es ist noch zu früh für einen weiteren Schluck, also warum denke ich überhaupt darüber nach? Ist dies ein Verlangen? Der Beginn einer Sucht?

Ich sollte das besser im Auge behalten.

Ich führe die Blasebalg-Atmung aus, um mich ein wenig aufzuwecken, und greife nach dem Türknauf.

Was zum Teufel …? Jemand hat mich eingeschlossen.

War das Kain?

Das ist einfach großartig. Jetzt muss ich das Gegenteil von Blasebalg-Atmung machen, um meine Panik zu bekämpfen.

»Er hat gesagt, dass er in einer Stunde zurück ist«, wirft Felix ein, als ob er meine Gedanken lesen könnte. »Du musst nicht lange warten.«

»Trotzdem.« Ich beobachte die gurrenden Tauben. »Diese Kannibalen haben eine Vorliebe für das Fleisch von Traumwandlern. Wir sind wahrscheinlich köstlich.«

»Kannibalische Tauben würden andere Tauben fressen, keine Menschen.«

»Danke, Felix, das beruhigt mich wirklich.« Bevor er antworten kann, sage ich: »Auf jeden Fall ist das Gute daran, Pom am Handgelenk zu haben, dass ich immer bereit bin, in die Traumwelt zu gehen. Da ich hier festsitze, werde ich einige der Dinge ausprobieren, über die der tote Traumwandler gesprochen hat.«

Ich hebe meine Hand, damit Felix sie sehen kann, berühre Poms Fell und gleite in Trance.

KAPITEL FÜNFZEHN

DER LECKERE DUFT von Manna füllt meine Nasenlöcher, als ich in der Lobby meines Traumpalastes erscheine.

Pom taucht neben mir auf. »Ich habe dich vermisst.«

Ich grinse ihn an. »Wir sind verbunden, wie du weißt. Aber ja, ich habe dich auch vermisst.«

Pom wird violett, und seine Ohren flattern in einer Art fröhlichem Tanz.

Ich erzähle ihm eine bearbeitete Version der Ereignisse, die sich bis jetzt ereignet haben, was darauf hinausläuft, dass ich *angeheuert* wurde, um einen Fall für den New Yorker Rat zu lösen.

Als ich zu dem Teil über Valerian komme, sagt er: »Ich kann dir sagen, ob er wirklich so aussieht, wie du denkst. Ich kann durch jede Illusion hindurchsehen.«

Ich schaue meinen pelzigen Freund von oben bis

unten an, was bei seiner kleinen Statur nicht lange dauert. »Wie?«

Er schwebt auf meine Augenhöhe. »Ich sehe durch deine Augen, wenn ich wach bin. Ziemlich sicher müsste der Illusionist *mich* mit seinen Kräften ins Visier nehmen, um uns beide das Gleiche sehen zu lassen.«

»Durch meine Augen sehen, richtig. Völlig normales Verhalten für einen Symbionten. Überhaupt nichts, was ein Parasit tun würde.«

»In der Tat«, sagt er, ohne meinen Sarkasmus zu bemerken. »Und es kann nützlich sein.«

Ich schnaufe. »Nicht wirklich. Du hast gesagt, du musst wach sein. Du bist fast nie wach.«

Seine Ohren färben sich wie Karotten. »Aber du kannst mich aufwecken.«

»Kann ich? Wie?«

»Indem du in Gedanken nach mir rufst.« Eine Glühbirne erscheint über seinem Kopf. »Warum wachst du nicht auf und versuchst es jetzt gleich?«

Neugierig verlasse ich die Traumwelt und öffne meine Augen wieder im Labor.

Pom, schreie ich in Gedanken. *Pom, wach auf!*

Dann schaue ich auf mein Handgelenk.

Man kann erkennen, dass er wach ist, wenn sein Fell anfängt, seine Gefühle auszudrücken, anstatt die meinen. Oh, und bei einer seltenen Gelegenheit wird er sich herablassen, als eine Stimme in meinem Kopf zu sprechen.

Das Fell ist hellorange, was seine oder meine Neugierde sein könnte. Es gibt keinen einzigen Piep von ihm in meinem Kopf.

Pom! Pom, wach auf!

Keine Reaktion.

Ich berühre sein Fell und ziehe mich zurück in die Traumwelt.

»Was ist passiert?«, fragt er, als ich wieder im Palast auftauche. »Du hast es nicht getan.«

»Ich schrie wie eine Wahnsinnige in Gedanken.« Ich schüttele den Kopf. »Ich weiß nicht, Pom. Ich glaube nicht, dass man dich aufwecken kann.«

Er schnaubt. »Bei all dem Schlafmangel ist dein Geist einfach zu matschig.«

»Sicher, schieb es auf mich.«

Er runzelt die pelzige Stirn. »Es ist ein Wunder, dass du überhaupt funktionieren kannst.«

Ich halte mich gerade noch so davon ab, mit den Augen zu rollen. »Weißt du was? Lass mich dir den Rest erzählen.« Ich fahre fort, ihm von den Teilen des Tagebuchs des Traumwandlers zu erzählen – der Grund, warum ich überhaupt hierhergekommen bin.

»Hast du eine Verbindung zu einem Werwolf, um dir diese innere Wolfssache anzuschauen?«, fragt er, als ich fertig bin.

»Leider nein. Ich habe nie mit ihrer Art gearbeitet. Ich schätze, ich werde herausfinden, wie sie sind, wenn ich mich mit diesem Werwolf aus dem Rat auseinandersetzen muss.«

Die Spitzen seiner Ohren verdunkeln sich. »Erinner mich daran, mich dir nicht anzuschließen, wenn du es tust. Klingt beängstigend.«

»Abgemacht.« Ich kraule die Spitze seines pelzigen Kopfes, bis seine Ohren violett werden. »Jetzt werde ich die ganze Sache mit dem ›doppelten Bewusstsein‹ versuchen.«

»Ich werde zusehen.« Er fliegt ein paar Meter hoch und schaut mich aufmerksam an – etwas, was ihn dank seiner teetassengroßen Augen grenzwertig verrückt aussehen lässt.

Ich verlasse meinen Körper, werde zu einem Traumgeist und erschaffe ein exaktes Duplikat dieses Körpers. So weit, so gut. Als Nächstes versuche ich, in beide Körper gleichzeitig zurückzukehren. Ich ende nur in einem – dem Original. Der zweite Körper steht einfach da wie eine Schaufensterpuppe.

Ich verlasse meinen Körper wieder, gebe den beiden Baileys feurige Haare und versuche, in beide einzutreten.

Nein. Trotzdem lande ich nur in einem.

Pom kommt nach unten und stupst den zweiten Körper mit einem Zeh an. »Vielleicht solltest du daraus eine dieser Traumgestalten machen, mit denen du gerne Sex haben möchtest?«

»Pom!« Ich werfe ihm einen bedrohlichen Blick zu. »Wie oft muss ich dir noch sagen, dass das privat ist?«

Er nimmt die Farbe von Roter Bete an. »Du hast mich nicht jedes Mal gebeten, dich nicht auszuspionieren. Ich habe angenommen, dass es okay wäre.«

Großartig. Zuerst hatte ich vergessen, mich unsichtbar zu machen, wenn ich in Menschen träume, und jetzt stellt sich heraus, dass ich auch vergessen hatte, Pom während meiner privaten Abenteuer um Privatsphäre zu bitten. Das muss der Schlafentzug sein.

»Lass mich deine Idee ausprobieren«, sage ich und ersetze den Körper vor uns durch eine Traumgestalt von mir, etwas, was ich noch nie zuvor ausprobiert habe.

»Hallo«, sagt das neue Ich sinnlich. »Wie kann ich dir behilflich sein?«

Pom schaut zwischen mir und meiner Schöpfung hin und her. »Wollen sie alle Sex haben?«

Ich zucke mit den Schultern. »Sie sind wie jeder Mensch, dem man im Traum begegnet.«

»Was wir Traumcharaktere sagen und tun, wird vom Unterbewusstsein des Träumers gesteuert«, sagt mein anderes Ich. »Daher weiß ich, dass sie oft *darüber* nachgedacht hat.« Sie springt zu mir und platziert einen feuchten Kuss auf meinen Lippen.

»Hey!« Ich schiebe sie weg. »Nicht vor Pom.«

Sie schmunzelt. »Ich werde aufhören, wenn du es zugibst.«

»Gut. Schuldig im Sinne der Anklage. Ich *habe* darüber nachgedacht. Über dich. Darüber, Dinge mit mir selbst zu tun. Aber ich habe es nie gemacht, weil es ein bisschen narzisstisch wirkt.«

Sie nimmt eine Lotus-Pose ein. »Jeder, mit dem du

in dieser Traumwelt Sex hast, bin im Wesentlichen ich. Ich mag vorgeben, sie zu sein, aber wir wissen beide, dass in Wirklichkeit du es bist, oder ein Teil von dir, der die Fäden zieht.«

Das läuft nicht so, wie ich erwartet hatte. »Sei einfach still«, befehle ich ihr.

Sie erstarrt in einer komischen Pose. Ich konzentriere mich darauf, zu sehen, ob mein Bewusstsein in uns beiden ist.

Nein.

Ich schwebe aus meinem Körper heraus und versuche wieder, in beiden Körpern zu landen.

Ein weiterer Fehlschlag.

Ich lasse das zweite Ich verschwinden. »Sieht so aus, als wäre ich nicht mächtig genug für das doppelte Bewusstsein.«

»Oder vielleicht hast du einfach nur zu viel Schlafentzug, um deine Kraft richtig zu nutzen«, meint Pom und kommt zu mir, um sich auf meine Schulter zu setzen. »Es ist, wie ich dir gesagt habe. Es ist mehr als vier Monate her, seit …«

»Du bist wie ein nörgelnder Ehemann.« Ich greife seinen pelzigen Körper und halte ihn vor mein Gesicht. »Ich kann nicht genug Geld für Mamas Rechnungen aufbringen, wenn ich Zeit mit schlafen verschwende. Jetzt muss ich auch diesen Fall so schnell wie möglich lösen.«

Seine lavendelfarbenen Augen schauen mich ernst an. »Du vermeidest also nicht den Schlaf, weil du Angst vor bösen Träumen hast?«

Pfui Teufel. Wer ist gestorben und hat Pom zu meinem Therapeuten gemacht? »Erinnerst du dich an die Sache mit der Privatsphäre, über die wir vor einer Minute gesprochen haben?«

Er lässt die Schultern hängen.

»Ja, du hast es erraten.« Ich setze ihn ab. »Kann ich bitte für die nächsten paar Minuten welche bekommen?«

»Wenn du darauf bestehst«, sagt er mürrisch.

»Ich bestehe darauf. Und du musst versprechen, mir nicht nachzuspionieren. Ich meine es ernst.«

»Ich schwör's mit dem kleinen Finger.« Er streckt eine Pfote mit drei Fingern aus.

Da alle Finger gleich sind, nehme ich an, dass der ganz rechte der kleine ist, und schüttele ihn feierlich, um den Deal zu besiegeln. »Und jetzt verschwinde.«

Er vollführt das langsamste Grinsekatzen-verschwinden aller Zeiten.

Als ich mir sicher bin, dass er weg ist, verändere ich meine Umgebung in mein Lieblingsschlafzimmer im Palast und lasse meine Gedanken zu Valerian schweifen. Wenn er mich durch sein Aussehen beeindrucken wollte, *ist* es ihm gelungen. Ihn zu visualisieren ist einfach – ich nehme an, sein leckeres Gesicht hat sich in meine Vorstellung eingebrannt.

Kurzerhand lasse ich eine Traumversion von Valerian vor mir erscheinen, gekleidet im gleichen Anzug wie in der realen Welt.

»Hallo, Hübsche«, sagt der Traum-Valerian. »Vermisst du mich schon?«

»Hör auf, zu reden.« Ich versuche, meine Stimme ruhig zu halten. »Du weißt, was ich will.«

Er grinst anzüglich, und während er den obersten Knopf seines Hemdes aufknöpft, kommt er auf mich zu. Obwohl ich mich in der Traumwelt befinde und er eine Simulation dessen ist, was wahrscheinlich eine Illusion war, fühlt sich die Reaktion meines Körpers ziemlich realistisch an – bis ins kleinste Detail.

Das wird Spaß machen.

Auch wenn der echte Valerian nicht so aussehen sollte, bin ich ihm für die Inspiration dieses Traumdesigns etwas schuldig.

Traum-Valerian bewegt sich mit räuberischer Anmut, verringert den Abstand zwischen uns und küsst mich. Seine sinnlichen Lippen sind so weich, wie ich es mir vorgestellt habe. Ich schmelze in seinen Armen, fühle seine …

»Bailey«, dröhnt Felix' Stimme von überall her. »Die Tür.«

Ernsthaft? Ich hatte keine Ahnung, dass Felix so eine Spaßbremse ist.

»Die Ermittlung, erinnerst du dich?«, schreit Felix aus der Außenwelt. »Jemand ist hier.«

»Gut«, knurre ich, und verlasse einen enttäuschten Traum-Valerian und kehre in die wache Welt zurück.

Das Gurren der kannibalischen Vögel ist zurück, ebenso wie der ekelerregende Geruch ihrer Käfige.

Ich öffne meine Augen. Die Tür ist schon offen, und Kit steht mit einem neugierigen Gesichtsausdruck viel zu nah bei mir.

Ich trete unbeholfen zurück. »Hi.«

»Ich bin hier, um für eine Weile für Kain einzuspringen«, sagt sie und verwandelt sich in ihn. »Komme ich zu einem ungünstigen Zeitpunkt?«

Ich zaubere ein Lächeln auf mein Gesicht. »Nein. Ich wartete darauf, hier rauszukommen.«

»Um was zu tun?«, fragt sie mit Kains Stimme.

»Ich möchte die stärksten Mitglieder des Rates befragen. Jeder, der in der Lage ist, einen Menschen in zwei Hälften zu reißen.«

»Ich verstehe.« Kit verwandelt sich zurück in ihr Anime-Ich. »Mit wem möchtest du anfangen?«

Ich bereite mich darauf vor, ihre Reaktion zu beobachten. »Mit dir.«

Ihr Gesicht verrät nichts.

»Mit deiner Macht könntest du dich in einen Ork verwandeln und seine Kraft haben, richtig?«

Sie verwandelt sich in einen riesigen grünen Ork – eine muskelbepackte Kreatur, die die Erdenbewohner für einen Hulk mit Stoßzähnen halten könnten. »Ich bin eine Verdächtige?«, dröhnt sie.

Neben etwas so Großem zu stehen aktiviert die Urangst in meiner Amygdala, also kann ich nur den Kopf schütteln.

»Also dann«, knurrt Ork Kit und schlägt mit der Faust gegen die Tür. Das schwere Holz zersplittert in winzige Stücke und beantwortet meine Frage nach ihrer Stärke. Die Vögel hören auf zu gurren und blinzeln den Ork mit panisch-kannibalistischen Augen an.

Ich weiß, was sie denken: *Wir werden gleich sterben.*

Oder sie denken vielleicht daran, wie köstlich meine Überreste sein werden.

»Jetzt«, knurrt Kit und macht einen bedrohlichen Schritt auf mich zu. »Lass uns reden.«

KAPITEL SECHZEHN

MEINE ATMUNG BESCHLEUNIGT SICH.

Bin ich ein Opfer meines eigenen Erfolges? Die erste Person, die ich formell befrage, entpuppt sich als die schuldige?

Das könnte sein. Kit hätte sich in Leal, den Traumwandler, verwandeln können, um nahe genug heranzukommen und Ryan, den Elfen, von der Klippe zu stoßen. Sie hätte sich in einen Vogel verwandeln können, Leal zu Tode picken und die Käfige öffnen können, um es den Tauben in die Schuhe zu schieben. Und sie hat gerade bewiesen, dass sie sich in einen Ork verwandelt haben könnte, um Gemma, die Tierkontrolleurin, in zwei Hälften zu reißen. Der einzige Teil, über den ich mir nicht im Klaren bin, ist, wie sie Tatum, den Sukkubus, mit einem Pfeil von so weit weg erschossen haben könnte – aber vielleicht hatte sie sich in eine Elfe verwandelt und ihre perfekte Treffsicherheit erreicht?

Aber wenn Kit die Mörderin ist, warum hat sie mich bei der Verhandlung verteidigt? Umgekehrte Psychologie vielleicht?

Eines ist sicher: Wenn sie mich jetzt tötet, wird das beweisen, dass ich recht habe.

Ich ziehe mich zurück. So sehr ich es auch liebe, recht zu haben, das ist ein zu hoher Preis. Vielleicht kann ich noch rennen? Sie versperrt die Tür, aber …

Anstatt sich vorwärtszustürzen und mich in Fetzen zu reißen, verwandelt sich Kit wieder in ihr kleines, rundwangiges Selbst. »Ich bekomme nur die körperlichen Eigenschaften von der Gestalt, in die ich mich verwandle, nicht deren Macht.«

Heißt das, dass sie mich nicht töten wird? Das ist gut. Wenn sich jetzt nur mein rasendes Herz beruhigen würde.

»Ist die Treffsicherheit der Elfen eine Macht?«, frage ich vorsichtig. »Oder ist das wie die Stärke der Orks, etwas, was man entwickelt, wenn man den richtigen Körper hat?«

»Das ist eine hervorragende Frage.« Sie verwandelt sich selbst in eine Elfe. »Hast du Pfeil und Bogen?«

Ich mime das Abtasten meiner Taschen. »Ja klar, ich trage immer Pfeil und Bogen bei mir, direkt neben meinem Schwert und meiner Axt.«

»Sei nicht gemein.« Elf-Kit geht an mir vorbei, setzt sich auf einen Stuhl und schlägt verführerisch die Beine übereinander. »So sehr es mir schmeichelt, eine Verdächtige zu sein, warum sollte ich diese vier töten wollen? Besonders Tatum.«

Ich nehme ihr gegenüber Platz. »Warum gerade Tatum?«

»Sie war die beste Liebhaberin, die ich je hatte«, sagt Kit wehmütig und verwandelt sich in Tatum, aber ohne den typischen Sukkubusduft.

»Kit ist sexsüchtig«, mischt sich Felix ein. »Das ist keine Überraschung.«

Ich weiß davon – es ist der Grund, warum sie in der Reha war, als wir uns trafen. Aber woher weiß Felix Bescheid?

Hmm, vielleicht will ich die Details gar nicht wissen.

Kit verwandelt sich zurück in sich selbst, und ihr Ausdruck wird ungewöhnlich heftig. »Tatum zu töten war eine Gräueltat, die der Zerstörung eines unersetzlichen Kunstwerkes gleicht. Wenn ich herausfinde, wer es getan hat, werde ich ihn nicht einfach töten – ich werde mich in einen Drekavac verwandeln, um es zu tun.«

Ich unterdrücke ein instinktives Schaudern. Drekavacs sind entsetzliche Kreaturen, von denen gesagt wird, dass sie ihre Opfer durch unsäglichen Schmerz töten. Sie sind noch furchterregender als Kobolde.

»Ich glaube nicht, dass sie blufft«, flüstert Felix. »Sie hat schon mal jemanden auf diese Weise getötet. Jemanden, der es verdient hatte, aber trotzdem.«

Also *kann* Kit foltern und töten, wenn ihr danach ist. Sie sieht von Sekunde zu Sekunde unschuldiger aus. *Nicht.*

»Kannst du mir bitte sagen, wo du zur Zeit der Morde warst und was du gemacht hast?«, frage ich mit so ruhiger Stimme, wie es mir möglich ist. »Kain sagte, Tatum sei vor sechs Tagen gestorben.«

»Ich weiß, wann jedes einzelne der Opfer starb.« Kits Gesicht verdunkelt sich weiter. »Das tun wir alle. Als Tatum starb, hatte ich gerade Sex.«

Ich blinzele.

»Nicht mit Tatum, offensichtlich.« Sie verwandelt sich in eine blonde Bombe. »Ich bin vor zwei Wochen auf Lola gestoßen und habe mich erst kürzlich von ihr losgerissen.«

»Lola ist eine Nymphe, die ihre Ermöglicherin ist«, flüstert Felix.

Ich überlege wieder, ihn stummzuschalten … er erzählt mir immer wieder Dinge, die ich schon weiß.

Ich konzentriere mich wieder auf Kit und frage: »Was hast du gemacht, als der Elf …«

»Lola. Bei allem Morden.« Sie verwandelt sich zurück in ihr normales Ich. »Wie du weißt, können die Dinge ein bisschen außer Kontrolle geraten, wenn Lola und ich zusammenkommen.«

Ein bisschen außer Kontrolle? Sicher, nennen wir es so. Ich habe einige von Kits Träumen mit Lola gesehen, als sie in der Reha war. Für mich schien es, als ob Kit nicht diejenige mit der Sucht war, sondern Lola. Das, oder unersättlich zu sein, ist Teil von Lolas Natur. Das Wort *Nymphe* ist schließlich die Wurzel der Nymphomanin.

»Kannst du mir ein paar Details geben?«, frage ich,

als Felix sich unbehaglich räuspert. »Gab es etwas Unvergessliches bei diesen Liebesspielen? Wie hat der Raum ausgesehen?«

Als Kit mich übermäßig freundlich anlächelt, räuspere ich mich auch und füge hinzu: »Das ist für das Traumwandeln.«

Sie erzählt mir von den Räumen, die sie benutzten; dann erzählt sie genüsslich, in welchen Stellungen sie und Lola waren, welches Spielzeug für welche Öffnungen verwendet wurde, wie viele Orgasmen jede von ihnen hatte und wie oft sie ihre Form in etwas oder jemanden änderte, mit dem Lola Sex haben wollte – und auch, wie viele Phallusse jede dieser Formen hatte. Obwohl Felix normalerweise nur beim Anblick von Blut in Ohnmacht fällt, ist er in meinem Ohrhörer so stumm, dass ich mich frage, ob Kits Details ihn völlig ausgeknockt haben.

Ich ziehe mein Telefon heraus und mache ein paar Notizen, um nichts zu vergessen, so unwahrscheinlich das auch erscheint. »Das muss ich alles in deinen Träumen überprüfen«, sage ich Kit, als ich fertig bin. »Aber wenn du mit Lola zusammen warst, so wie du sagst, bist du nicht schuldig.«

»Großartig.« Sie steht auf. »Wen willst du als Nächstes befragen?«

»Wer sonst ist stark genug?«

Sie verwandelt sich in Kain, Hakennase und so weiter. »Ein alter Vampir?«

»Du verdächtigst ihn?« Ich schaue verstohlen zur Tür.

Sie verwandelt sich wieder in sich selbst. »Ich sage dir nur, wer stark ist.«

»Aber trotzdem … Würde Kain so hart daran arbeiten, diesen Fall zu lösen, wenn er der Schuldige ist?«

»Niedlich.« Sie verwandelt sich in mich – eine gut ausgeruhte Version, ohne Tränensäcke unter den Augen. »Du gehst davon aus, dass dich anzuheuern das Gleiche ist, wie ›hart an der Lösung dieses Falles zu arbeiten‹.«

Ich verenge die Augen.

»Sei nicht sauer.« Sie verwandelt sich wieder in ihr gewohntes Ich. »Du bist eine großartige Therapeutin, versteh mich nicht falsch, und du kannst sicherlich Geheimnisse stehlen, wenn du es versuchst. Aber seit wann bist du ein Detektiv?«

Du kannst mich mal, Lady. »Du selbst hast mich beim Prozess als Detektivin bezeichnet.«

Sie zuckt mit den Schultern. »Ich habe versucht, dein Leben zu retten. Wenn Kain wirklich einen Detektiv wollte, könnte er einen Menschen bezirzen oder jemanden finden …«

»Aber ich merke, wenn man mich anlügt. Ich kann in Träume gehen und Geschichten mit Erinnerungen vergleichen.«

»Es gibt direktere Wege herauszufinden, ob jemand lügt«, sagt Kit. »Ich würde sagen, dich einzustellen ist keiner davon.«

Sie redet wahrscheinlich über den Mann, den ich gerne Bowser nenne, ein Mitglied des Rates, der gerade im Urlaub ist. Er *weiß* einfach, ohne Zweifel, ob ihm jemand die Wahrheit sagt. Wenn er hier wäre, wäre der Fall so einfach, weil er nur jeden fragen müsste: »Warst du es?«

Ich frage mich, ob das der Grund ist, warum der Mörder jetzt zuschlug, wo Bowser auf unbestimmte Zeit weg ist. Es ist seine oder ihre einzige Chance, damit durchzukommen.

»Lass uns sehen, ob Kain mich in sich traumwandeln lässt«, sage ich. »Als Vampir braucht er nicht zu schlafen, also müsste es freiwillig sein.«

»Gute Idee.« Kit verwandelt sich in einen Riesen, wenn auch einen kleinen, und sagt mit einer Stimme, die tief genug ist, um Death Metal zu singen: »Eine weitere starke Person ist offensichtlich Colton.«

»Der total wie die Riesen aus dem Spiel *Skyrim* aussieht«, sagt Felix verschwörerisch.

»Wer noch?«, frage ich.

»Eduardo.« Kit verwandelt sich in einen zottig behaarten Mann, nicht viel kleiner als der Riese, der sich dann in einen riesigen Wolf verwandelt.

»Ich finde, Eduardo sieht aus wie Donkey Kong«, wirft Felix ein. »Aber erwähne das ihm gegenüber nicht, sonst bin ich tot.«

Klar, ich war total kurz davor, auf einen Werwolf zuzugehen und ihm zu sagen, dass er wie ein Videospielgorilla aussieht. Ich bin ganz bestimmt *so* selbstmordgefährdet. »Okay, wer noch?«

Kit verwandelt sich wieder in sich selbst. »Muss es körperliche Kraft sein?«

»Wie meinst du das?«

Sie verwandelt sich in eine auffällige schwarzhaarige Frau mit dicken dunklen Augenbrauen, einem kleinen Ring in ihrem rechten Nasenloch und silbernen Nieten an den Ober- und Unterlippen. »Nina ist nicht per se körperlich stark«, sagt sie mit einer melodischen Stimme, von der ich annehme, dass sie zu Nina gehört. »Aber ihre Telekinese ist so stark, dass sie damit jemanden in zwei Hälften reißen könnte.«

Oh, auch ein Telekinetiker. Wie lustig. »Ich würde auch gerne mit ihr sprechen. Wer sonst könnte jemanden in Stücke reißen?«

»Niemand, der mir einfällt«, sagt Kit.

Ich stehe auf. »Dann lass uns mit Kain, Colton, Eduardo und Nina anfangen.«

»Sicher.« Kit nimmt ihre großäugige, übermäßig süße Anime-Gestalt an und rennt zur Tür.

Ich folge ihr ein paar Korridore entlang. Als wir eine massive Tür erreichen, klingelt ihr Telefon.

Sie zieht es heraus. »Hallo?« Sie lauscht für ein paar Sekunden, aber ich kann die andere Seite nicht hören. »Sicher, ich bekomme das Übliche. Wenn sie Lachs in Sashimi-Qualität haben, fünf Pfund.«

»Da hat aber jemand Hunger«, murmelt Felix. »Oder hat, wie ich, eine Katze mit exquisitem Geschmack.«

Kit hört noch eine Sekunde lang zu. »Ja, sie ist bei mir.« Sie legt die Hand über das Telefon. »Kain hat Firth einkaufen geschickt. Brauchst du etwas?«

Ich bitte um eine Kiste Bananen, zwanzig Liter destilliertes Wasser, ein Dutzend Flaschen Handdesinfektionsmittel und – nur, um Filth zu ärgern – jedes weibliche Hygieneprodukt, das mir einfällt, plus Abführmittel und Windeln für Erwachsene.

Kit blinzelt nicht, als sie meine Liste für Filth wiederholt. Leider kann ich nicht hören, ob er sich beschwert.

Ich ziehe heimlich mein Handy heraus und schreibe Felix eine SMS:

Schau mal, ob du dich in die Kamera des Ladens einhacken kannst, um Firth beim Kauf von all dem Zeug aufzunehmen. Bonuspunkte, wenn die Erwachsenenwindeln nicht gescannt werden können und der Verkäufer den Preis manuell nachschlagen muss.

Er erstickt vor Lachen. »Ich werde es versuchen.«

Kit legt auf. »Ich glaube, ich weiß, warum du alles verlangt hast, mit Ausnahme der Bananen.« Sie verwandelt sich in einen Affen und kratzt sich mit dem Fuß am Kopf, bevor sie sich wieder in sich selbst verwandelt.

Felix stöhnt. »Ich kann nicht glauben, dass sie gerade *dieses* Thema angesprochen hat. Ich werde dich stummschalten.«

»Wenn du es wissen willst«, sage ich zu Kit, »es ist eines der wenigen Dinge, bei denen ich mich auf dieser Welt sicher fühle, es zu essen. Man kann Bananen vorsichtig schälen, ohne das Innere zu berühren. Selbst wenn sie an der Außenseite von Salmonellen wimmelt, ist man sicher.«

Kits Augen weiten sich. »Wirklich?«

Ich kann der Gelegenheit nicht widerstehen. »Die Lebensmittelindustrie hier auf der Erde ist ekelhaft. Wusstest du, dass in Hotdogs menschliche DNA steckt? Oder dass die FDA der Vereinigten Staaten Maden, Nagerhaare, Zigarettenkippen und Schimmel in Lebensmitteln erlaubt? Wusstest du, dass Milch Eiter und Blut enthalten darf oder dass jedes Fleisch, das dir einfällt, fäkal…«

»Bitte aufhören.« Kit lässt ihre Ohren verschwinden und wieder auftauchen. »Ich will nicht für den Rest meines Lebens Bananen essen.«

»Entschuldigung. Willst du wissen, wofür das Desinfektionsmittel ist?«

Sie rollt mit den Augen. »Das ist ziemlich klar. Ich nehme an, mit dem anderen Zeug willst du Firth ärgern?«

»Ist das so offensichtlich?«

Sie nimmt Filths Wieselgesicht an. »Weißt du, in wie vielen Witzen ein Vampir und ein Tampon vorkommen?«

Ich grinse. »Du solltest mir einige erzählen. Aber erst, nachdem ich diesen Fall gelöst habe.«

»Stimmt.« Sie wird sie selbst und klopft an die riesige Holztür vor uns.

Der Riese – Colton – öffnet. Es ist nicht überraschend, dass er genauso aussieht wie Kits

Imitation von ihm, mit dem Unterschied, dass er eine Schürze trägt.

»Ich habe eine Rinderbrust im Ofen«, dröhnt er. »Wird es lange dauern?«

Felix schnaubt. »Stichwort Bananentirade.«

Ich schnippe heimlich gegen den Ohrstöpsel, um Felix hoffentlich taub werden zu lassen. »Nicht lange. Aber wir können das auch später machen.«

»Nein, kommt rein.« Der Riese öffnet die Tür weiter.

Ich trete ein, aber bleibe wachsam, um nichts anzufassen, was er während der Essenszubereitung verunreinigt haben könnte. Das Aroma von gebratenem Tierfleisch ist unverkennbar.

»Setzt euch«, drängt er, als wir eine überraschend moderne Küche betreten – gut, modern für die Erde. Angesichts des mittelalterlichen Ambientes der Burg hatte ich schon halb erwartet, einen unglücklichen Schweinekopf auf einem Spieß über einem Feuer zu sehen. Stattdessen gibt es weiße Quarzarbeitsplatten, Geräte aus Edelstahl und einen schlichten Tisch mit rückenfreien Stühlen, die für einen Riesen dimensioniert zu sein scheinen. Und, schätze ich, eine Rinderbrust im Ofen.

Ich umklammere zur Beruhigung das Desinfektionsmittel in meiner Tasche. »Ich bleibe stehen, danke.«

»Wie du willst.« Er lässt sich auf einen der Stühle fallen und lässt ihn unter seinem Gewicht knarren. »Was wolltest du wissen?«

»Es läuft alles auf eine Frage hinaus«, sage ich, begierig darauf, der unhygienischen Umgebung so schnell wie möglich zu entkommen. »Was hast du gemacht, als Gemma auseinandergerissen wurde?«

Er runzelt die Stirn. »Du denkst, ich …«

»Sie muss jeden fragen«, sagt Kit. »Sogar mich.«

Er stößt einen resignierten Seufzer aus. »Ich habe die Ziegen gehütet.«

Ich richte meinen Blick von ihm auf Kit, die sich in eine der koboldartigen Kreaturen verwandelt und blökt.

Colton wirft ihr einen tadelnden Blick zu. »Ziegen halten die Sträucher rund um den Berg in Schach, sind den Mönchen eine Quelle für Milch und Käse und versorgen jeden gelegentlich mit Hammelfleisch.«

»Milch, Käse, Hammelfleisch – eine weitere Gelegenheit für die Bananentirade«, murmelt Felix.

Wenn ich mich dazu herablassen würde, seine Existenz anzuerkennen, würde ich ihm sagen, dass sich frei herumstreifende Ziegenprodukte für mich viel sicherer anfühlen als keimbefallene Lebensmittel aus der industriellen Landwirtschaft, zumindest was *Salmonellen* und *E.-coli-Bakterien* betrifft.

»Was ich wirklich brauche, sind ein paar Details«, sage ich zu Colton. »Zum Beispiel, wie der Himmel aussah oder in welcher Formation die Ziegen standen – alles, was diesen Nachmittag einzigartig machte.«

»Sicher.« Er erzählt mir, dass der Tag neblig war und dass ein Haufen Pilze auf dem nahegelegenen

Hügel sprossen. Während er weiterredet, mache ich mir Notizen auf meinem Telefon.

»Danke«, sage ich, als er fertig ist. »Das ist alles, was wir brauchen.«

»Bist du sicher, dass du nicht den Braten probieren …?«

»Wir sollten Nina nicht warten lassen. Vielleicht ein anderes Mal.«

Kit schaut sehnsüchtig zum Ofen. Ich stoße sie vorsichtig mit dem Ellenbogen an. Sie verwandelt sich in einen Affen – zweifelsohne eine Spitze gegen meinen Bananenverzehr – und rennt buchstäblich mit mir auf ihrem Schwanz aus der Höhle des Riesen. Sie führt mich durch weitere Korridore zu einer Tür, die so groß ist wie die, die zu Coltons Wohnhaus gehörte. Kit wird wieder sie selbst und drückt auf die Türklingel.

Ein blutrünstiges Wolfsgeheul ertönt hinter der Tür.

KAPITEL SIEBZEHN

»ICH WEISS«, sagt Kit, als sie sieht, wie blass ich geworden bin. »Eduardos Türklingel ist gewöhnungsbedürftig.«

»Das war die Türklingel?«, flüstert Felix. »Es klang, als würde jemand ermordet werden.«

Die Tür öffnet sich, und zum Vorschein kommt ein großer Mann mit zotteligen Haaren und intensiven Wolfsaugen. Er sieht auch aus wie Kits Imitation von ihm – und wie Donkey Kong, wie Felix erwähnte, allerdings in einen Maßanzug gekleidet.

»Ich war gerade auf dem Weg nach draußen«, knurrt er. »Worum geht es?«

Der Typ ist so heftig, dass ich nicht anders kann, als einen Schritt zurückzutreten. »Hast du eine Minute Zeit? Ich befrage jeden für die Ermittlungen.«

Er schaut auf seine Jaeger-LeCoultre-Uhr. »Du hast zwei Minuten.«

»Wo warst du, als Gemma starb?«, platze ich damit heraus. »Erzähl es mir so detailliert, wie du kannst.«

Seine Augen verengen sich. »Ich war mit meinem Rudel auf der Jagd. Es war neblig. Wir haben einen Bock mit einem gebrochenen Geweih erlegt. Ist das detailliert genug?«

»Das ist es, danke …«

»Dann geh mir aus dem Weg.« Er kommt auf mich zu.

»Moment«, sagt Kit und bleibt stehen. »Wohin gehst du so eilig?«

Er starrt Kit so an, wie der große böse Wolf Rotkäppchen angesehen haben muss. Ich schlucke. Werwölfe auf Gomorrha sind berüchtigt für ihr übellauniges Temperament, und Eduardo kommt mir nicht wie ein besonderes Zen-Mitglied seiner Art vor.

Ohne mit der Wimper zu zucken, verwandelt sich Kit in einen Ork.

»Packgeschäfte«, knurrt er. »Jetzt beweg dich.«

»Er ist der Alpha des besagten Rudels«, flüstert Felix, leiser als sonst. »Ich würde gehorchen.«

Ich ziehe an Kits Ärmel. »Nochmals danke. Kit, wir müssen noch mehr Leute befragen.«

»Viel Spaß.« Ork Kit verwandelt sich wieder in sich selbst und geht Eduardo gemächlich aus dem Weg.

Die nächste Tür, zu der Kit mich führt, ist nicht mehr als eine große Felsplatte. Ich sehe keinen Griff oder Scharniere. Seitlich an der Wand befindet sich eine Kamera mit einer Türklingel, auf die Kit drückt.

»Ja?«, ruft die melodische Stimme, die Kit vorhin nachgemacht hatte. »Was wollt ihr?«

»Bailey ist hier, um dich zu befragen«, sagt Kit. »Es soll bei den Ermittlungen helfen. Ich bin mir sicher, es macht dir nichts aus.«

Als Antwort rutscht der riesige Stein nach oben.

Nina sieht genauso aus, wie Kit es mir vorhin gezeigt hat, ist aber mit einer schwarzen Lederjacke und Jeans bekleidet. Sie deutet mit der Hand zu der Steinplatte, und ihr markantes Gesicht sieht konzentriert aus.

Natürlich – sie öffnete die Tür mit Telekinese.

»Kommt rein.« Sie winkt uns mit ihrer freien Hand herein.

Kit tänzelt hinein, aber ich zögere, als Pom an meinem Handgelenk schwarz wird. Wenn Nina aufhört, diesen Felsen mit ihrer Kraft hochzuhalten, wird sich derjenige, der zu diesem Zeitpunkt darunter befindet, in einen Pfannkuchen verwandeln.

Nina runzelt die Stirn. »Komm schon. Ich werde dir nichts tun.«

Verdammter Mist. Wenn sie mich vorher nicht zerquetschen wollte, könnte sie es nach dieser Kränkung. »Ich wollte damit nicht andeuten, dass du es mit Absicht machst. Es ist nur so ein großer Stein, und …«

»Wenn ich dich töten wollte, könnte ich ihn *auf* dich fliegen lassen.« Der Stein hebt sich um ein paar weitere Zentimeter, dann beginnt er in meine Richtung zu schweben.

»Gut.« Ich eile durch die Tür. »Danke, dass du ihn nicht fallen gelassen hast.«

Ohne dies mit einer Antwort zu würdigen, senkt Nina die Platte an ihren Platz und führt uns in ihr Wohnzimmer, wo sie uns mit einer Geste bedeutet, uns auf etwas zu setzen, was wie ein IKEA-Futon aussieht. Im Allgemeinen scheint ihr Dekor von minimalistischer Überzeugung zu sein, mit einer Art New-Age-Flair.

»Wollt ihr etwas trinken?« Eine Flasche Wein steigt von selbst aus der Bar und entkorkt sich.

Ich schüttele den Kopf. »Nicht im Dienst.«

»Wenn es dir nichts ausmacht, ich gerne«, sagt Kit.

Ein Glas fliegt vom Tisch nebenan hoch, die Flasche schüttet Wein in der Luft hinein, und das Glas gleitet in Kits ausgestreckte Hand.

»Nicht nur rohe Kraft, sondern feine Kontrolle«, murmelt Felix. »Beeindruckend.«

»Wie kann ich helfen?«, fragt Nina.

»Kannst du uns sagen, was du getan hast, als Gemma getötet wurde?«, frage ich. »Es war …«

»Ich weiß, wann«, sagt sie, und ihr Gesichtsausdruck verdunkelt sich. »Bedeutet das, dass ich eine Verdächtige bin?«

»Mach sie nicht wütend«, flüstert Felix. »Sie könnte wie Darth Vader auf dich losgehen und dich mit ihrer Kraft ersticken.«

»Jeder im Rat ist ein Verdächtiger«, sage ich vorsichtig, da mir das Bild, das Felix skizziert, nicht gefällt. »Ich fange nur mit denen an, die die Fähigkeit hätten, das letzte Verbrechen leicht zu begehen, aber ...«

»Sie hat mich dasselbe gefragt.« Kits Form fließt in Colton, dann Eduardo. »Andere werden auch drankommen, aber bis jetzt sind wir nur so weit.«

Ninas Gesicht entspannt sich, und sie schaut mich neugierig an. »Du bist eine Traumwandlerin, richtig? Von der gleichen Art wie Leal?«

»Wir haben die gleiche Kraft, ja, obwohl ich mir nicht sicher bin, ob ich mich mit seinen Fähigkeiten messen kann.«

Sie gießt sich ein Glas Wein in der Luft ein und nippt nachdenklich daran.

Könnte sie doch die Schuldige sein? Sie antwortet nicht auf meine Frage, und insgesamt sieht es so aus, als würde sie etwas verheimlichen.

»Also«, frage ich vorsichtig, »als Gemma ...«

»Ich habe Yoga gemacht«, sagt sie abrupt.

Hm. Ich nehme an, das passt zur New-Age-Atmosphäre. »Erinnerst du dich an irgendetwas Bestimmtes aus dieser Sitzung?«

»Das fragst du, damit du in meinen Träumen überprüfen kannst, ob ich die Wahrheit sage, richtig?«

»Genau. Je mehr Details, desto einfacher ist meine Arbeit.«

»Ich war in diesem Raum.« Sie macht eine Geste, die bewirkt, dass alle Möbel einige Meter hochschweben und den Boden freimachen – wie sie es vermutlich für die Yogapraxis tun würde. »Ich begann mit der Pose des Kindes, dann floss ich in den herabschauenden Hund.«

Sie wirft mir weitere Yoga-Posen zu, und ich notiere jede einzelne in meinem Telefon. »Am Ende mache ich immer eine entspannende Leichenhaltung. Ich habe nie darüber nachgedacht, wie makaber das klingt, bis ich es jetzt gesagt habe – als Mordverdächtige«, fügt sie hinzu und fummelt an ihrem Nasenring herum.

»Du wirst nicht lange verdächtig sein«, verspreche ich. »Jetzt, da ich weiß, was du gemacht hast, kann ich dich leicht entlasten.«

»Richtig. In meinen Träumen.« Ihre dunklen Augenbrauen ziehen sich zusammen. »Ich möchte gerne mit dir reden, sobald du keine Zweifel mehr daran hast, dass ich unschuldig bin.« Sie blickt Kit an. »Unter vier Augen.«

Okay, worum geht es *dabei*?

Ich platze mit einer wilden Vermutung heraus. »Wenn du weißt, wer der wahre Mörder ist, kann ich Kit bitten zu gehen, damit wir …«

»Das tue ich nicht.« Sie senkt die Möbel wieder auf den Boden. »Aber wir sollten reden. Danach. Nun, wenn das alles ist, solltest du besser mit dem Rest deiner Verdächtigen reden.«

Kit steht auf und stellt ihr Glas auf den Tisch neben ihr. »Danke für den Wein.«

Als wir unter dem riesigen Felsen herausgehen, ist das viel weniger beängstigend als beim Eintreten.

»Kain ist der Nächste«, sagt Kit über ihre Schulter. »Hoffentlich ist er wieder da.«

Bevor ich sie fragen kann, wo er hingegangen war,

sehe ich eine vertraute Gestalt den Korridor entlangkommen.

Es ist Filth, und er blickt mich wütend an.

»Wenn das nicht die Bluthure ist«, spottet er, als ich in Hörweite bin. »Lass mich wissen, wenn du bereit für einen unverdünnten Schluck bist.«

Ich blicke ihn ruhig an. »Hattest du Probleme, die Tampons zu besorgen, Laufbursche?«

Felix lacht leise. »Ich habe vergessen, dir zu sagen, dass ich ihm die Zeit an der Kasse erschwert habe – und es *gibt* ein Video.«

Filth lässt seine Reißzähne aufblitzen. »Ich werde dich zerreißen …«

»Nein, das wirst du nicht.« Kit hat sich in Kain verwandelt.

»Wo wir gerade von Zerreißen sprechen …« Ich schaue über Filths blassen Körper. »Bist du stark genug, um jemanden in zwei Hälften zu reißen?«

Kain-Kit wirft mir einen bösen Blick zu, »Verärgere ihn nicht weiter.«

»Ich frage im Rahmen meiner Untersuchung«, sage ich und dehne die Wahrheit nur ein wenig aus. »Es ist in gewisser Weise ein Kompliment. Du hast gesagt, dass nur die ältesten Vampire eine solche Leistung vollbringen können.«

»Ich habe noch nie versucht, jemanden in zwei Hälften zu reißen. Ich vermute aber, dass ich es sehr genießen würde.« Filth betrachtet mich von oben bis unten.

»Das ist schön«, sage ich. »Und was hast du gemacht, als Gemma getötet wurde?«

»Einen Job erledigt, mit Kain.« Seine Reißzähne verschwinden. »Jemand ohne Mandat ist aus der Reihe getanzt, also haben wir ihn wie einen tollwütigen Hund eingeschläfert – so wie wir es mit dir hätten tun sollen.«

»Danke«, sage ich ruhig. »Klingt, als ob du und Kain gegenseitig eure Alibis seid. Ich hoffe, du nimmst es nicht persönlich, wenn ich deine Geschichte mit Kain und in der Traumwelt verifiziere.«

»Du machst weiter deinen angeblichen Job. Ich werde warten, bis du versagst.« Er streift an uns vorbei.

Kit verwandelt sich wieder in ihr gewohntes Selbst und geht den Korridor hinunter zu einer schwarzen Metalltür. Sie klopft an, und gerade als ich sie einhole, öffnet Kain die Tür.

»Sie gehört wieder dir«, sagt Kit. Sie dreht sich zu mir um. »Ich habe noch etwas zu erledigen, aber ich schätze, ich werde dich in meinen Träumen sehen?«

Ich lächele. »Danke für deine Hilfe.«

»Wie laufen die Ermittlungen?«, fragt Kain und bedeutet mir, dass ich hereinkommen soll.

Er führt mich in eine elegante Küche, die mich an die von Colton erinnert, nur mit einem normal großen Tisch und Stühlen, und zeigt auf einen stilvollen schwarzen Barhocker. Ich nehme Platz, während ich ihn über alles auf den neuesten Stand bringe, außer dem Alibi, das Filth vor einer Minute geliefert hat. Es ist unwahrscheinlich, dass ihre Geschichten nicht übereinstimmen werden, aber wenn ja, wäre das ein großer Durchbruch. Und ich darf nicht vergessen, was Kit über die mögliche Schuld Kains gesagt hat.

Der Vampir öffnet eine Flasche destilliertes Wasser und stellt sie mir wie ein Barkeeper vor die Nase. »Heute Abend wirst du eine Traumverbindung mit allen Mitgliedern des Rates herstellen. Du wirst in jedem, mit dem du bisher gesprochen hast, traumwandeln, plus in ein paar Leuten, die ich persönlich verdächtige.«

Gierig trinke ich das Wasser. »Ich werde vielleicht nur das eine oder das andere tun können. Es gibt ein Limit, wie viel von meiner Kraft ich an einem Tag verbrauchen kann, und das Einrichten von Verbindungen ist anstrengend. Warum baue ich nicht einfach Verbindungen zu den Leuten auf, mit denen ich bisher gesprochen habe, und traumwandele in ihren Träumen?«

»Ich möchte, dass jeder im Rat das Gefühl hat, dass seine Träume jeden Moment überfallen werden können.« Er kauert auf einem Hocker neben mir. »Dann, wenn du genug Macht hast, können wir tiefer in die Verdächtigen eintauchen.«

»Du denkst doch nicht, dass es Eduardo, Colton, Kit oder Nina waren, die Gemma getötet haben?«

»Es ist egal, was ich denke. Tu einfach, was ich dir sage.«

Ich schlucke eine weniger höfliche Antwort herunter. »Sicher. Ach – und das ist reine

Formsache –, kannst du mir sagen, was *du* gemacht hast, als Gemma getötet wurde?«

Er blinzelt nicht einmal. »Kein Problem. Nutze deine Macht, um mich sofort von dem Verdacht zu befreien, damit du offener mit mir über den Fall sprechen kannst.«

»Das werde ich – obwohl es bedeuten könnte, dass ich heute nicht mit allen im Rat in Verbindung treten kann.«

»Gut, gut. Du kannst dir die mit den starken Alibis für später aufheben.« Er steht auf, nimmt einen Blutbeutel aus dem Kühlschrank und wirft ihn in die Mikrowelle. »Es war ein anstrengender Tag gewesen. Ein wahnsinniger Werwolf aus einem der Otherlands kam auf dem örtlichen Flughafen an und griff die Menschen dort an. Wir mussten ihn töten und Hunderte von Opfern bezirzen, um sie den Vorfall vergessen zu lassen.«

»Wow«, flüstert Felix.

In der Tat. Ich würde kein Vollstrecker sein wollen, das ist sicher.

»JFK-Flughafen?«, frage ich, als die Mikrowelle piept.

»Genau der.« Er nimmt seinen Snack heraus und kehrt zu seinem Platz neben mir zurück. Er reißt eine Ecke des Beutels auf und nimmt einen großen Schluck davon.

Ich unterdrücke meinen instinktiven Ekel davor, zu sehen, wie er die Körperflüssigkeiten von jemandem verzehrt. »Kannst du mir etwas über das Ereignis erzählen, das es einzigartig macht?«

»Wie oft, glaubst du, tauchen verrückte Cogniti auf dieser Welt auf?«

»Keine Ahnung. Nicht oft?«

»Dies war der erste Vorfall, mit dem ich zu tun hatte. Neuankömmlinge wie du halten normalerweise den Kopf gesenkt. Sie wissen, dass sie ohne das Mandat ohne ein ordentliches Verfahren getötet werden können, nur weil sie hier sind.«

Er kippt den Rest des Blutbeutels hinunter, zweifellos, um zu veranschaulichen, was jemandem mit leckerem Blut unter solchen Umständen passieren würde. Wenn es eine Drohung sein soll, funktioniert es gut.

Ich zwinge meine Stimme, ruhig zu bleiben. »Das sind genug Details.«

»Gut.« Er rutscht von seinem Hocker herunter und streckt seine Hand aus. »Komm mit mir.«

Ich schaue auf seine Hand, genau die, die noch vor einer Sekunde einen Beutel mit Blut hielt. Er wirft mir einen Blick zu, der darauf hindeutet, dass kein Händchenhalten keine Option ist. Ich zucke innerlich zusammen und nehme mir fest vor, später eine ganze Flasche Desinfektionsmittel zu benutzen. Dann umfasse ich locker seine Hand und lasse mich von ihm tiefer in die Wohnung führen.

Oh, Mist.

Der letzte Raum, den wir betreten, ist sein Schlafzimmer.

Das Schlafzimmer eines Vampirs, oder das, was als Schlafzimmer eines Vampirs gilt, da sie nicht schlafen müssen.

Meine Herzfrequenz schießt in die Höhe. Dieser Ort sieht zu sehr nach dem Traumraum aus, in dem ich Ariels Expositionstherapie mache. Instrumente für erotische und weniger erotische Folterungen glitzern und schimmern überall. Das Bett selbst hat Eisenringe, die in das Kopfteil und den Sockel eingebaut sind, offensichtlich, um es einfacher zu machen, Leute für schändliche Zwecke anzuketten.

Auf Gomorrha denkt jeder, dass Vampire pervers sind, und dieser hier spielt genau in dieses Klischee hinein.

Kain lässt meine Hand los und schaut mit einem seltsamen Ausdruck zwischen mir und dem Bett hin und her.

Ich schlucke hörbar.

Ist er hungrig … oder schlimmer?

KAPITEL ACHTZEHN

ER KANN NICHT HUNGRIG SEIN. Er hat gerade den ganzen Beutel getrunken, und warum sich den Appetit vor dem Abendessen verderben, richtig? Was bedeutet …

Bevor ich diesen Gedanken beenden kann, klettert Kain auf das Bett.

Glaubt er, dass ich ihm folgen werde? Nicht in einer Million Jahren.

Er breitet sich auf seinem Rücken aus, seine bleichen Augen starren auf mein Gesicht. »Ich weiß, es klingt verrückt, aber ich bin ein bisschen unsicher, was auf mich zukommt.«

Unsicher weswegen? Weil er mich zu einem Austausch von Körperflüssigkeiten einladen will?

Er streicht sich über die Stirn und schiebt dabei eine schlaffe braune Haarsträhne zurück. »Ich habe seit Jahrzehnten nicht mehr geschlafen. Ich kann mich nicht erinnern, wann ich das letzte Mal überhaupt geträumt habe, und jetzt bin ich dabei, es mit einem Zeugen zu tun.«

Ich blinzele, während alles einrastet. Er will, dass ich ihn *sofort* von jedem Verdacht freispreche. Puh, das ergibt mehr Sinn. Der verdammte Schlafentzug macht mich paranoid.

»Ich werde unsichtbar sein, während du träumst«, sage ich so beruhigend, wie es mir mit all dem Adrenalin in meinem Blutkreislauf möglich ist. »Es besteht auch eine gute Chance, dass du den Traum vergessen wirst, wenn du aufwachst.«

Er nickt und schließt die Augen. »Gib mir eine Sekunde.«

Ich habe das schon einmal gesehen. Vampire brauchen nicht zu schlafen, aber wenn sie wollen, driften sie sofort ab, ohne dass sie Moofts zählen müssen. Bald ändert sich Kains Atmung, und ein paar Minuten später sehe ich, wie sich seine Augen im verräterischen Zeichen des REM-Schlafs schnell hinter seinen Augenlidern bewegen.

»Wow«, murmele ich, »wenn es nur mit allen anderen so einfach wäre.«

Felix antwortet nicht. Tatsächlich höre ich jetzt, da ich aufpasse, ein schwaches Schnarchen am anderen Ende unserer Verbindung. Natürlich, er ist die ganze Zeit über wach gewesen. Na gut. Ich schätze, er wird das hier verpassen.

Mit der Hand, die Kain vorhin verunreinigt hat, berühre ich seine Stirn und falle in seine Traumwelt.

ICH FINDE mich in Kains Küche wieder.

Er spricht lebhaft am Telefon – ich glaube, es geht um Steuern –, also mache ich mich unsichtbar, bevor er mich sehen kann. Jahrzehnte ohne Schlaf … und sein Unterbewusstsein heckt einen so langweiligen Traum aus? Wie enttäuschend. Auf jeden Fall kann ich erleichtert aufatmen. Er war tatsächlich schon im REM-Schlaf, also habe ich die gefährlichen Subträume übersprungen. Im Gegensatz zu Bernard scheint Kain auch keine tiefsitzenden Alpträume zu haben, über die er sich Sorgen machen müsste – Alpträume, in denen ich jetzt wäre, wenn es sie gäbe. Es sei denn, er mag es *wirklich* nicht, mit seinem Buchhalter zu telefonieren? Es wäre gar nicht so verrückt. Wenn es um Tod und Steuern geht, müssen sich Vampire um Ersteres weniger Gedanken machen.

Ich taste nach meinem leeren Handgelenk. Weil ich in Kains Traum bin und nicht in Poms, taucht Pom hier nicht sofort auf. Das ist wahrscheinlich das Beste, denn ich denke, er würde es vorziehen, den Teil mit dem Werwolf zu verpassen.

Zeit der Traummanipulation.

Ich manifestiere das gewünschte Datum und die Uhrzeit und verwandele die Umgebung mittags auf einen internationalen Flughafen. Ich mache das immer so reibungslos, wie ich es schaffen kann. In diesem Fall hat die Küche bereits Barhocker, also wird sie zu einer Flughafen-Bar. Kain stellt diese neue Realität nicht in

Frage, also füge ich langsam Geräusche von sprechenden Menschen und klirrenden Gläsern hinzu.

Immer noch gut. Kain plaudert weiter am Telefon.

Ich beende den Anruf.

Er zuckt mit den Schultern und verlässt die Bar, als wäre es die natürlichste Sache der Welt. Ich werde mutiger und füge Details aus seiner Geschichte hinzu: blutige Mordschreie von den Opfern des Werwolfs, in Panik geratene Menschen, Mitstreiter der Vollstrecker, die in Aktion treten. Es ist mehr Kunst als Wissenschaft, dem Träumer genug Details zu geben, damit er den Traum von dort übernehmen kann und sein Unterbewusstsein hinzufügt, was auch immer nötig ist. Als Kain damit beginnt, entspanne ich mich und beobachte, wie sich die Ereignisse entwickeln.

Mit Schaum vor dem Maul reißt der Wolf eine alte Dame in Stücke. Kain beschießt ihn mit einem Betäubungspfeil, und er lässt den Menschen los und rast zum Terminal 8. Filth und ein paar weitere Vollstrecker warten dort bereits mit Betäubungspistolen in der Hand.

Uninteressiert an dem blutigen Ausgang, stelle ich mir eine einzige Frage: Ist dieser Traum eine Erinnerung? Meine Macht bestätigt es, genau wie bei Bernards Traum. Gut. Wenn Kain der Mörder wäre, wäre ich in einer verwundbaren Position in der realen Welt, da ich mich in seinem Kerkerschlafzimmer befände und so weiter.

Job erledigt. Ich reiße mich selbst aus dem Traum zurück in die wache Welt.

———

BEVOR KAIN AUFWACHT, benutze ich die Reste des Desinfektionsmittels, um endlich meine Hand zu reinigen.

Nachdem ich fertig bin, rufe ich leise: »Kain. Wach auf.«

Mit ausgefahrenen Reißzähnen springt er vom Bett, als wolle er um sein Leben kämpfen. Als er mich sieht, hält er inne, und Verstehen erscheint in seinen Augen.

»Du bist offiziell nicht schuldig, Gemma getötet zu haben«, sage ich ihm. »Das entlastet Firth und einen Haufen anderer Vollstrecker auch.«

Er massiert seinen Nasenrücken. »Ich war in meiner Küche und am Flughafen. Das macht keinen Sinn, aber in jenem Moment war es so logisch und real. Irgendwie wusste ich das Datum und die Uhrzeit, ohne auf irgendwelche Uhren zu schauen. Fühlte es, fast.«

Ich nicke. »Träumende fragen sich fast nie: ›Wie bin ich hierhergekommen?‹ Diejenigen, die es tun, merken manchmal, dass sie in einem Traum sind. Man nennt es luzides Träumen, und es kann mir Probleme bereiten, deshalb bin ich froh, dass es selten ist.«

»Ich glaube, ich könnte jahrhundertelang aufs Träumen verzichten.« Er geht aus dem Schlafzimmer, und ich folge ihm gerne.

Ohne anzuhalten, geht er aus der Wohnung hinaus und einen schmalen Gang hinunter, in dem es von Mönchen wimmelt. Als wir eine baufällige Holztür erreichen, öffnet er sie. »Dies ist dein neues Quartier.«

Der Ort sieht spartanisch aus, mit nur einem kleinen Bett und einem Holztisch in einem kleinen, fensterlosen Raum, aber es ist luxuriös, verglichen mit der Kerkerzelle. Es gibt sogar eine Art Badezimmer mit einer Dusche und einer richtigen Toilette.

»Das Zeug, das du wolltest, ist da.« Er zeigt auf einen Haufen Plastiktüten hinter dem Bett. »Du hast ein wenig Zeit, während ich die Vorbereitungen für das Einschlafen der Ratsmitglieder treffe.«

Als er weg ist, durchstöbere ich die Einkaufstüten. Ja, alles, worum ich gebeten habe, ist hier, inklusive Windeln für Erwachsene und Abführmittel. Ich suche die Bananen, Wasser und Desinfektionsmittel heraus und stelle alles auf den Tisch.

Vampirblut hat viele Nebenwirkungen, und eine davon ist die Unterdrückung des Hungers zusammen mit dem Schlaf. Also esse ich – geleitet vom gesunden Menschenverstand – alle paar Stunden ein paar hundert Kalorien. Ich bin eigentlich weit hinter meiner Quote zurück, also desinfiziere ich sieben Bananen und zwinge mich, sie eine nach der anderen zu essen – was zwanzig Minuten dauert, die sich wie fünf Stunden anfühlen.

Danach komme ich mir vor wie ein ausgestopfter Affe, spüle die Früchte mit viel Wasser herunter und benutze die Toilette, solange ich sie habe. Ein Nebeneffekt davon, dass ich so selten esse und ständig dehydriert bin, ist, dass ich das nicht oft tun muss.

Die Benommenheit eines Nahrungskomas trifft

mich so stark, dass ich mich ohrfeigen muss, um aufzuwachen. Aber ich kann jetzt nicht schlafen. Kain wird jede Sekunde zurückkommen. Ich desinfiziere meine Hände, bis die Haut sich rau anfühlt, dann ziehe ich das Fläschchen mit dem verdünnten Vampirblut heraus. Ich halte es außer Sichtweite von Felix' Kamera und nehme den kleinsten Schluck, den ich kann.

Sofort bin ich hellwach. Eine Welle orgastischer Lust fegt über mich hinweg, doppelt so intensiv wie beim letzten Mal.

Verdammter Mist.

Ich stelle mir vor, dass die Wand Filths Gesicht ist, und schlage mit meiner Faust, so fest ich kann, in sie hinein. Es gibt überhaupt keinen Schmerz, nur ein leichtes Druckgefühl, und meine Lust hält unvermindert an.

Doppelter Mist.

Ich schlage mit meiner Faust immer wieder auf dieselbe Stelle und hinterlasse blutige Abdrücke auf dem Stein. Wenn die Haut an meinen Knöcheln reißt, schließt sie sich sofort wieder – die heilenden Eigenschaften von Vampirblut. Wenn ich mir irgendwelche Knochen breche, werden auch sie wieder verheilen, alles ohne einen Hauch von Schmerz.

Irgendwann lässt das Lustgefühl nach und hinterlässt nur noch die ebenso unwillkommene sexuelle Erregung.

Wow, dieses Mal war es schlimm. Sogar verdünnt wirkt es auf mich fast wie außerhalb meiner Kontrolle.

Ich muss diesen Fall lösen und Mama retten, damit ich von der widerwärtigen Substanz wegkomme, sonst trete ich am Ende vielleicht in Ariels Fußstapfen. Vorerst verdünne ich das halbleere Fläschchen mit Wasser, bis es wieder voll ist. Vielleicht wird eine noch stärker verdünnte Version eher wie früher funktionieren?

Jetzt wünsche ich mir, dass Kain zurückkommen würde, damit ich etwas Nützliches tun kann.

Eigentlich *gibt* es etwas, was ich tun kann. Wenn Kit ins Bett gegangen ist, was vernünftig wäre, könnte ich überprüfen, ob sie hinter all den Verbrechen steckt. Trotz allem, was sie über Tatum gesagt hat, ist sie immer noch eine meiner Hauptverdächtigen.

Ich berühre Pom, wechsele in den Trancezustand und treffe Poms Traumform in meinem Palast. Er schwebt zufrieden in der Luft und winkt mir zur Begrüßung mit einer pelzigen Pfote zu.

»Ich gehe in Kits Träume.« Ich schenke mir mein feuriges Haar. »Ich hätte gerne etwas Privatsphäre.«

Wenn Kit nicht gelogen hat, werden ihre Träume nicht jugendfrei sein, und das ist keine Erfahrung, die ich mit einer wuscheligen Kreatur ohne sichtbare Genitalien teilen möchte.

»Ich werde Jenga spielen gehen«, sagt er. Ein Turm aus Holzklötzen erscheint auf dem Boden. »Tu, was du tun musst.«

Ich tätschele ihm den Kopf und eile zum Turm der Schlafenden.

Ich habe zur Abwechslung einmal Glück gehabt. Kit ist hier und schläft, und Felix auch – meine frühere Vermutung war richtig.

Ich berühre Kits Stirn und lande mitten in einer Orgie mit jeder Art von Cogniti, die ich mir vorstellen kann, plus einigen, die ich noch nie gesehen habe. Alles klar. Es sollte einfach sein, diesen Traum in die zuvor beschriebene Situation zu verwandeln.

Ich beginne damit, Kit das Gefühl zu geben, dass dies alles an dem Datum und zu der Zeit passiert, als Gemma auseinandergerissen wurde. Dann entferne ich etwa ein Dutzend Teilnehmer und verwandele einen der verbleibenden in Lola.

Wir sind fast am Ziel. Das Problem ist, dass diese Lola nicht das tut, was Kit beschrieben hat. Ich fühle mich wie ein total Perverser, übernehme die Kontrolle über Traum-Lola und lasse sie Kit bitten, sich in das zu verwandeln, was sie mir vorhin beschrieben hat, wobei ich darauf achte, dass ich die richtige Anzahl Phallusse anfordere, wenn ich schon dabei bin.

Die Szene fängt an, so auszusehen, wie Kit sie beschrieben hat – und sobald es so weit ist, weiß ich, dass es eine Erinnerung ist.

Wow. So sehr ich mir auch wünsche, dass diese Untersuchung vorbei ist … Kit ist meine Freundin, deshalb bin ich wirklich froh, dass sie nicht die Schuldige ist.

Auf dem Weg aus Kits Traumwelt heraus überlege ich, mit Felix zu reden, aber entscheide mich dagegen.

Zwischen dem Vampirblut und Kits Träumen bin ich zu aufgekratzt, um ihm gegenüberzutreten.

Aber es gibt etwas, was ich tun *kann*, um die Sache zu entschärfen.

Mit einem tiefen, köstlichen Atemzug denke ich zurück an das luxuriöse Schlafzimmer, das Valerian mit seinen illusionistischen Kräften um uns herum erschaffen hatte. Ich beginne die Nachbildung mit dem großen Bett, das in Seidenlaken gehüllt und mit Rosenblättern bedeckt ist, bevor ich den Mann selbst erschaffe, in all seiner – wahrscheinlich gefälschten – Herrlichkeit.

»Hallo, meine Schöne«, murmelt Traum-Valerian. »Endlich Zeit für mich gefunden?«

»Komm näher.« Ich lasse meine Kleider mit einem Schnipsen meiner Kräfte verschwinden.

Er reißt die Knöpfe von seinem Hemd, während er zu mir kommt.

Meine übertaktete Libido geht in den Overdrive.

Traum-Valerian küsst mich intensiver als beim letzten Mal, und seine rechte Hand streichelt meinen unteren Rücken, während seine linke …

»Was hat das zu bedeuten?« Kains Stimme klingt wie Donner.

Mit einem Seufzer ziehe ich mich von der Traumwelt weg, öffne die Augen und schaue auf den wütenden Kain.

»Du hast gesagt, deine Macht hat Grenzen«, knurrt er lispelnd, wegen seiner verlängerten Reißzähne. »Wie kannst du es wagen, sie damit zu verschwenden, dich zu vergnügen?«

Was zum Teufel …? Woher weiß er das? Kann er es an mir riechen?

Pfui Teufel. Ich muss mein Gehirn in Desinfektionsmittel baden.

Als ich sehe, wie sich seine Augen in Spiegel verwandeln, platzt es aus mir heraus: »Ich habe meine Arbeit gemacht.«

Seine Augen verblassen zur Normalität, was mir die Hoffnung gibt, dass ich nie erfahren werde, wozu er mich bezirzen wollte.

»Wie?«, zischt er.

»Kit. Ich habe ihr Alibi überprüft, und es stimmt.«

»Ich verstehe.« Seine Reißzähne ziehen sich zurück. »Ich habe am Tag nach dem Mord mit Lola gesprochen, aber es ist gut, Kits Geschichte zu bestätigen. Diese Nymphe würde alles sagen, um ihre unersättliche Freundin zu schützen.«

Er wusste es? Andererseits war Kit nie schüchtern, was ihre Abenteuer betrifft. Na gut. Ich schnappe mir eine Wasserflasche und stecke mein Handdesinfektionsmittel ein. »Ich bin bereit, mich mit anderen zu verbinden und Alibis zu überprüfen.«

»Lass uns in mein Quartier gehen.«

Wieder sein Quartier? Warum?

Angesichts der Drohung von eben, mich zu bezirzen, frage ich nicht weiter.

Als wir unser Ziel erreicht haben, führt er mich zu

seinem Verlies oder Schlafzimmer – was all meine früheren Sorgen wieder aufleben lässt.

Kurz bevor er den gefürchteten Raum betritt, dreht er sich so schnell um, dass ich fast in ihn hineingekracht wäre.

»Das bleibt unter uns«, sagt er schroff. »Verstanden?«

KAPITEL NEUNZEHN

ICH STARRE IHN AN, und meine Herzfrequenz
verdoppelt sich.

»Es ist eine heikle Situation«, fährt er fort. »Diese
Frau hasst Traumwandler, leidenschaftlich sogar.«

Ich blinzele ihn an, noch verwirrter.

»Geh einfach rein«, fährt er mich an. »Geh, oder
ich werde dich dazu zwingen.«

Während Pom an meinem Handgelenk
pechschwarz wird, betrete ich den verfluchten Raum
und erstarre, unfähig, zu glauben, was ich da sehe.

Es ist Gertrude.

Sie liegt auf Kains Bett und starrt mit
ausdruckslosen Augen an die Decke.

»Sie ist meine Hauptverdächtige«, sagt Kain, als ob
sie nicht da wäre. »Sie beneidete Tatum und Ryans
Ehe – frag mich nicht, warum –, und sie verachtete
Gemma heftig und offen. Du weißt bereits, wie sie über
Traumwandler denkt.«

»Aber niemand ist gestorben, indem er zu Tode verrottet ist«, sage ich.

»Natürlich nicht. Sie ist nicht so dumm, auf diese Weise zu töten – sie wäre die einzige Verdächtige.«

Ich schaue auf ihren unbeweglichen Körper. »Was stimmt nicht mit ihr?«

»Ich musste sie bezirzen«, sagt Kain. »Sie hat ein großes Problem damit, vor anderen zu schlafen, um es milde auszudrücken.«

»Sie hat gute Gründe.« Ich trete zur Seite und zurück, lasse ihn zwischen mich und Gertrude. »Zwischen ihrer REM-Schlafstörung und der Übertragung von Wundbrand wäre es für alle Zeugen gefährlich.«

»Und doch werde ich sie schlafen lassen, und du wirst dich vergewissern, dass sie nicht hinter den Morden steckt.« Er dreht sich zu der Frau mit den leeren Augen um und weist sie mit honigsüßer Stimme an: »Gertrude, befestige deinen rechten Knöchel mit Handschellen an der rechten unteren Ecke des Bettes.«

Sie setzt sich auf und tut wie befohlen. Ein weiterer Befehl, und sie fesselt ihren linken Knöchel und ihre rechte Hand, bis sie größtenteils gespreizt ist. Ich erwarte von Kain, dass er etwas mit ihrer linken Hand macht, aber er tut es nicht.

»Mit diesem freien Arm kann sie immer noch einen von uns packen und alles, was sie berührt, verrotten lassen«, sage ich ihm. »Du musst ihn befestigen.«

»Willst *du* ihn befestigen?«, fragt er spöttisch. »Ich gehe nicht in die Nähe ihrer Haut.«

Also können Vampire verrotten. Was für eine ekelhafte Erkenntnis.

Ich schaue Gertrude an. Mit ihrem kurzen Rock und ärmellosen Oberteil zeigt sie viel zu viel Haut, um sich ihr ohne Schutzanzug zu nähern.

»Gertrude, schlaf«, säuselt Kain.

Sie schließt sofort die Augen, und ihr Atem wird ruhig und gleichmäßig.

Wow, für diese besondere Kraft würde ich viel geben.

»Jetzt mach dein Ding«, befiehlt Kain.

Ich trete behutsam näher, um ihre Augenlider zu beobachten.

»Warum dauert das so lange?«, fragt er.

Ich drehe mich wieder zu ihm um. »Ich muss warten, bis sie im REM-Schlaf ist.«

»Bedeutet REM-Schlaf nicht, dass der freie Arm zum Problem wird?«

Ich seufze. »Wenn ich jetzt hineingehe, muss ich mich mit dem Subtraum beschäftigen, der seine eigene Gefahr in sich trägt.«

Er hebt eine Augenbraue.

»Ich könnte in der Traumwelt sterben.«

Die Augenbraue geht weiter auf fast komische Weise in die Höhe.

»Wenn ich dort sterbe, werde ich mörderisch wahnsinnig.«

Die Augenbraue kommt wieder nach unten und begegnet dem Nachbarn mit einem Stirnrunzeln. »Laufen die Dinge für alle Traumwandler so ab?«

»Soweit ich weiß, ja.«

Kains Blick wird schärfer. »Könnte das mit Leal passiert sein? Wie in … er starb während des Traumwandelns und wurde …«

»Wurde Gemma nicht getötet, *nachdem* er bereits tot war? Außerdem, willst du damit sagen, dass er sich mit diesen Vögeln umgebracht hat?«

»Wir müssen die Möglichkeit in Betracht ziehen, dass es mehr als einen Mörder gegeben haben könnte«, sagt er mit weniger Begeisterung.

»Wenn es Leal gewesen wäre, wären die Morde noch viel brutaler gewesen«, sage ich. »Jeder von euch hätte gewusst, dass er verrückt geworden ist. Er hätte sich wie ein Kobold verhalten.«

»Ich verstehe«, sagt Kain. »Trotzdem sage ich, dass es gut ist, dass du die meiste Aufmerksamkeit auf Gemmas Mord richtest.«

»Richtig.« Ich schaue wieder auf Gertrudes Augenlider.

»Worauf wartest du dann noch?«

»Ich habe es dir gerade gesagt. Der Subtraum …«

»Geh rein«, fährt er mich an. »Und nicht sterben. Warten ist riskanter, vertrau mir.«

Ich gehe vom Bett weg, als sich seine Augen in Spiegel verwandeln. »Ich werde es tun …«

Seine Augen werden normal.

»… aber es gibt noch weitere Probleme. Wenn ich die Subtraumsektion überlebe, wird meine Kraft Gertrude dazu zwingen, in den REM-Schlaf zu fallen.

Das bedeutet, dass ihre lose Hand wirklich zu einem Problem wird.«

»Ich werde dich von ihr wegziehen, sobald ich Anzeichen von REM-Schlaf sehe«, sagt er. »Ich weiß, du kannst dann aus der Ferne in ihre Träume zurückkehren.«

Er weiß das? Ich habe versucht, das für mich zu behalten.

»Das könnte funktionieren«, sage ich zähneknirschend. »Aber es gibt noch ein anderes, größeres Problem. Damit ich meine Macht nutzen kann, muss ich sie berühren – und wenn ich sie berühre, verliere ich meinen Finger.« Ich blicke vorsichtig auf Gertrudes entblößte Haut.

»Kannst du in den Traum von jemandem eintreten, indem du sein Haar berührst?«, fragt er. »Ich habe gesehen, wie Gertrude sich entspannt hat, während einer der Mönche ihr die Haare geschnitten hat, was mir sagt, dass es sicher sein sollte, ihre Haare zu berühren.«

»›Sollte‹ klingt nicht beruhigend.«

Seine Augen verengen sich. »Kannst du oder kannst du nicht Haare für deine Arbeit benutzen?«

»Keine Ahnung. Theoretisch wüsste ich nicht, was dagegen spräche. Der Körper ist überall behaart, also habe ich es wahrscheinlich aus Versehen getan. Aber ich habe es noch nie mit den Haaren auf dem Kopf von jemandem versucht, denn das ist eine Jauchegrube aus Schuppen, Öl, Milben, Keimen …«

In ihren Schlitzen verwandeln sich seine Augen

wieder in Spiegel. »Bailey«, sagt er mit dieser besonderen Stimme, »du wirst die Haarspitzen von Gertrude berühren, weit weg von ihrer Haut. Jetzt.«

Ich versuche, gegen den Zwang anzukämpfen, aber er überholt mich noch schneller als damals, als er mich vor der Ratsversammlung bezirzte. Mein Körper bewegt sich von selbst vorwärts, mein Arm streckt sich aus, und mein Finger landet auf der Haarsträhne, die am weitesten von Gertrudes Gesicht entfernt ist.

Wenn mein Gesicht unter meiner Kontrolle wäre, würde es kribbeln.

Zu meiner Erleichterung verfault mein Finger nicht. Andererseits … vielleicht kommt das noch.

»Bailey, ich entlasse dich vom Bezirzen«, sagt Kain feierlich. »Tritt jetzt in ihren Traum ein.«

Der einzige Grund, warum ich nicht in Obszönitäten explodiere, ist, dass ich Gertrude wecken würde, und sie würde mich erst verrotten lassen und danach die Fragen stellen.

»Hör auf, zu zögern«, knurrt Kain. »Ich habe dir gesagt, dass ich dich wegziehen werde, sobald ich sehe, dass sich ihre Augenlider bewegen. Jetzt mach deine Arbeit.«

Gut. Ich hoffe, dass das funktioniert, sonst bin ich mir ziemlich sicher, dass er mich dazu bringt, sie dort zu berühren, wo mein Finger in noch mehr Schwierigkeiten wäre.

Ich beiße die Zähne so fest zusammen, dass mein Kiefer schmerzt, und zwinge mich, in Gertrudes Träume einzutreten.

Die Haare funktionieren. Ich fange einen Hauch von Ozon ein und erlebe das Gefühl des Fallens, als sich der Raum um mich herum verdunkelt und mich in die vertraute Trance treibt.

Jetzt hoffe ich nur, dass der Subtraum mich nicht in den Wahnsinn treibt.

KAPITEL ZWANZIG

ICH STEHE auf einem ruhigen schwarzen Ozean mit einem Magmahimmel darüber. In der Ferne reiten zwei Kreaturen rittlings auf einer anderen Art von Kreaturen auf mich zu und schreien entsetzliche Schlachtrufe, während sie sich nähern.

Etwas schlängelt sich von meinem Handgelenk auf den Boden und wächst zu einem pelzigen Einhorn heran.

»Wir verschwinden hier besser«, sage ich zu meinem neuen Ross. »Was auch immer diese Dinger sind, sie klingen nicht freundlich.«

Das Einhorn schnaubt, und sobald ich seinen Hals umklammere, galoppiert es so schnell weg, dass seine Hufe kaum noch das Wasser berühren.

Die Schlachtrufe, wenn es das ist, was sie sind, rücken hinter uns heran. Sie sind furchterregend. Ich stelle mir vor, dass die Zähne der Kobolde so klingen müssen, wenn sie an den Knochen ihrer Opfer kratzen.

Trotzdem ... aus irgendeinem Grund werde ich das Gefühl nicht los, dass in diesen hässlichen Schreien eine Botschaft eingebettet ist, nur in einer Sprache, die ich nicht kenne.

Ich werfe einen Blick über meine Schulter und betrachte die Monstrositäten. Die Reittiere sehen aus wie Warzenschweine gekreuzt mit Spinnen, und ihre Reiter erinnern mich an Nacktmulle – nur riesig und mit Tentakeln.

Ich beschleunige, aber eines der Paare holt trotzdem auf. Als es neben uns kommt, schreit das zweite Paar direkt hinter mir.

Ein Tentakel fängt meinen Hals wie ein Lasso ein. Bevor es die Chance bekommt, mich wegzureißen, dreht sich mein Reittier zur Seite und spießt den Reiter mit seinem Horn auf.

Als das Ding stirbt, lockert der Tentakel seinen Griff an meinem Hals.

Die reiterlose Bestie brüllt. Mit einem wütenden Beben von Nasenlöchern bäumt sich mein Einhorn auf, und ich halte mich um mein Leben an seiner pelzigen Mähne fest, während es einen Huf gegen die Schläfe der Bestie schlägt und auf der Stelle tötet, bevor es gegen den Kopf des Warzenschweins hinter uns tritt. Die Bestie taumelt, tödlich verwundet, aber ihr Reiter, der Nacktmull, landet auf seinen Hinterbeinen und entblößt seine säbelartigen Stoßzähne für uns.

Mein Einhorn greift an.

Der Nacktmull weicht dem Horn aus und erwischt

mein Handgelenk mit einem Tentakel. Wie ein Bungee-Seil zieht sich der Tentakel zusammen und die abscheuliche Kreatur sich auf mich zu. Ich zucke mit der Hand, aber es ist nutzlos. Das Ding ist schon auf mir, und sein Stoßzahn durchbohrt meinen Hals.

Blut sprudelt aus der Wunde und ich fühle mich benebelt.

Ich ignoriere den Schmerz, schlage meinem Gegner meinen Kopf in den Schlund und werfe ihn zurück. Da er immer noch mit seinem Tentakel an mir hängt, fliegt er nicht weit – aber weit genug.

Mit einer Drehung seines Halses spießt mein Einhorn die Kreatur auf und versetzt ihr einen tödlichen Schlag.

———

KEUCHEND und stark blutend betrachte ich die rötlich-grünen Wände und schwebenden unmöglichen Gegenstände.

Natürlich. Dies ist mein Palast, und dieses blutige Chaos war ein weiterer Subtraum.

Wieder einmal hatte ich keine Ahnung, dass ich träume. Warum passiert das? Was muss passieren, damit ich es merke – Einhorn-Pom furzt Regenbögen?

Ich zoome aus meinem Körper heraus und heile die Wunden an Hals und Stirn.

Es ist amtlich: So nah bin ich dem Traumtod und dem anschließenden Wahnsinn noch nie gekommen.

Wo wir gerade vom Tod sprechen ... ich habe

Gertrude völlig vergessen. Da ich sie gerade in den REM-Schlaf versetzt habe, könnte sie mich jeden Moment mit ihrer freien Hand berühren.

Ich springe zurück in meinen Körper und wecke mich selbst auf.

KAPITEL EINUNDZWANZIG

MEINE AUGEN ÖFFNEN SICH, und ich blicke auf Gertrudes freie Hand, die unregelmäßig schwingt.

Mist, jetzt fliegt sie in meine Richtung.

Noch bevor ich das Wort *ausweichen* überhaupt denken kann, zieht mich jemand mit Gewalt zurück. Gertrudes Hand fliegt direkt an meiner Nase vorbei.

Ich schwanke leicht in meiner neuen Position, betäubt. Hat sie meine Nase berührt? Wenn ja, werde ich sie verlieren – im besten Fall.

Kain untersucht mein Gesicht wie ein plastischer Chirurg, der sich auf eine Nasenoperation vorbereitet. »Es geht dir gut. Sie hat dich nicht berührt.«

»Gut?« Ich schaue auf meinen Finger, der Gertrudes Haar berührt hat. Obwohl er nicht verrottet ist, ist er immer noch unhygienisch.

»Komm.« Kain führt mich zur Küchenspüle, nimmt den Finger, mit dem ich ihr Haar berührt habe, und schüttet Spülmittel darauf.

»Ekelhaft«, zische ich leise vor mich hin.

Ich schrubbe meine Hände mehrere Minuten lang, um mich davon abzuhalten, einen Vampir zu verärgern, was ich *wirklich* tun möchte.

Kain reicht mir eine Rolle Papierhandtücher. Ich trockne meine Hände ab und gebe eine halbe Flasche Desinfektionsmittel dazu.

»Ich nehme an, dass du keine Chance hattest, Gertrude zu entlasten«, sagt er.

Ich schüttele den Kopf, immer noch zu wütend für Worte.

»Tu es jetzt. Ich will sie nicht länger als nötig hierbehalten.«

»Es gibt ein Problem.« Ich lasse mich auf einen Barhocker fallen. »Um es schnell und einfach zu machen, muss ich wissen, was sie zum Zeitpunkt des Mordes getan hat. Sonst könnte das ein riesiges Projekt werden.«

»Oh, das hat sie mir gesagt.« Er holt eine weitere Wasserflasche aus dem Kühlschrank und reicht sie mir. »Sie sah sich in ihrem Zimmer einen Film an.«

»Alleine?« Widerwillig nehme ich einen Schluck von dem Wasser – es bringt nichts, wenn ich dehydriert bin, nur weil ich wütend auf den Vampir vor mir bin.

»Richtig, keine Zeugen.« Er lehnt sich gegen den Tresen. »Noch ein weiterer Grund, warum ich sie verdächtige.«

»Kannst du mir ihr Zimmer beschreiben? Und welchen Film sie sich angesehen hat?«

Er beschreibt mir ihr Wohnzimmer und sagt dann: »Der Film war *Catwoman*. Ich wusste nicht einmal. dass wir diesen Mist in unserer Bibliothek haben.«

»Ich habe ihn noch nie gesehen. Worum geht es?«

Er winkt ungeduldig mit der Hand ab. »Ich habe ihn auch nicht gesehen. Er hat einen schrecklichen Ruf, sogar so schlimm, dass ich es verdächtig fand, dass Gertrude ausgerechnet diesen angeschaut haben soll.«

Ich massiere mir den Nasenrücken. »Nun … einfach nur zu wissen, dass Catwoman dabei ist, könnte reichen.«

»Okay, gut.«

»Kannst du auf Gertrude aufpassen?«, frage ich. »Lass mich wissen, wenn sie aufwacht.«

Wenn er merkt, dass ich nicht will, dass er aus der Ferne sieht, wie ich meine Magie ausübe, zeigt er es nicht.

Sobald er weg ist, streichele ich Poms Fell ein paarmal, um mich zu beruhigen und in die Trance zu gleiten.

———

POM IST PECHSCHWARZ, als ich wieder in meinem Traumpalast auftauche. »Das war doch irgendein Subtraum, nicht wahr?«

Ich fliege. »Lass uns auf dem Weg zum Turm der Schlafenden reden. Ich nehme an, du hattest auch keine Ahnung, dass es ein Traum war?«

Er holt mich in der Luft ein, und sein Fell hat jetzt

die Farbe Roter Bete. »Ja, genau, ich hatte auch keine Ahnung.«

»Obwohl du ein Einhorn warst?« Ich lasse eine Miniaturnachbildung des Einhorns neben uns fliegen.

»Du wusstest auch nicht, dass es ein Traum war.« Er fliegt nach vorne, um vor meinem Gesicht zu schweben. »Und du bist diejenige mit Traumkräften.«

»Aber alles, was du tust, ist schlafen und träumen. Von uns beiden hast du mehr Chancen, zu erkennen, dass ein Subtraum nur ein Traum ist – und wenn du das tust, kannst du mir das sagen.«

»Nun, das wusste ich nicht.« Die Spitzen seiner Ohren sehen aus wie Karotten. »Vielleicht nächstes Mal?«

»Ich will nicht, dass es ein nächstes Mal gibt.« Ich betrete den Turm. »Das war zu knapp für mich.«

Wir fliegen in mürrischer Stille, während ich Gertrude ausfindig zu machen versuche. Als wir uns ihr nähern, sehe ich die verräterischen dunklen Miniaturwolken über ihrem Kopf fliegen.

»Nicht das schon wieder«, murmele ich. Wie bei Bernard muss ich mich erst mit ihrer Traumaschleife auseinandersetzen, bevor ich ihre Unschuld bestätigen kann.

Gut. Angesichts der Komplikation werde ich ein wenig mehr Vorbereitungen treffen.

Ich lokalisiere den schlafenden Felix und trete in seine Träume ein.

———

FELIX SPIELT ein gewalttätiges Videospiel mit seiner zweiten Mitbewohnerin, einem Mädchen, das ich scherzhaft Prinzessin Peach nenne. Jeder von ihnen hat ein Haustier auf dem Schoß – er eine Katze und sie einen Chinchilla.

Felix entfesselt eine Flut von Tritten und Schlägen auf dem Bildschirm und reißt Peachs Charakter den Kopf ab.

Interessant. Bei so viel Blut und Innereien würde ich erwarten, dass er ohnmächtig wird, aber stattdessen grinst er. Entweder fühlt sich Gewalt im Spiel für ihn nicht real an, oder es liegt daran, dass dies ein Traum ist. Wahrscheinlich Letzteres. In der realen Welt würde seine Gegnerin jede seiner Bewegungen mit ihren Seherkräften vorhersehen.

Ich räuspere mich.

Sie schauen mich beide an, aber nur Felix' Augen verraten echte Intelligenz.

»Das ist ein Traum«, sage ich. »Für den Fall, dass das nicht offensichtlich war.«

Felix springt auf »Ich bin eingeschlafen?«

Ich transportiere uns beide in meine Wolkenumgebung. »Das bist du.«

Er zieht sein »there is no spoon«-T-Shirt zurecht. »Es tut mir leid. Ich habe zwei Red Bull getrunken und ...«

»Mach dir darüber keine Sorgen.« Ich versinke in meinem Wolkenstuhl. »Ich brauche deine Hilfe. Hast du den Film *Catwoman* gesehen?«

Er plumpst auf die Therapieliege. »Der ist scheiße.«

Pom taucht neben mir auf, und ich streichele faul sein flauschiges Fell. »Ich brauche nicht deine Fähigkeiten als Filmkritiker. Ich gehe in den Traum von jemandem, der diesen Film gesehen hat, und ich brauche Details.«

»Ich glaube, es hatte etwa drei von zehn Punkten auf der IMDb«, sagt er und schaut Pom fragend an. »Halle Berry, der Star des Films, wurde für ihre Leistung mit einem Razzie Award entehrt.«

»Okay, es klingt so, als ob du zumindest die Schauspielerin kennst, die mitgespielt hat.« Ich lehne mich nach vorne. »Wie sieht sie aus?«

Er sieht mich nachdenklich an. »Ein bisschen wie du, eigentlich.«

Pom nimmt ein merkwürdiges Hellorange an, als ich ihn auf meinen Schoß lege und Felix sage: »Wie wäre es, wenn du sie dir in deinem Kopf vorstellst, damit ich es selbst sehen kann?«

Ich gebe ihm einen Moment Zeit, bevor ich ihn mit einem Energieschub beschieße.

Eine attraktive Frau erscheint neben Pom. Sie trägt die Art von Lederanzug, die Vampirsüchtige oft auf Gomorrha tragen. Muss der berüchtigte Catsuit sein.

Pom rümpft seine pelzige Nase. »Sie sieht überhaupt nicht aus wie Bailey.«

Wehmütig speichere ich diese Wangenknochen ab. »Ja, sie ist viel hübscher.«

»Wenn du wirklich den Plot brauchst, frag Ariel«, sagt Felix selbstvergessen. »Sie liebt alles, was mit

Batman zu tun hat, und hätte sich diesen Film nicht entgehen lassen, egal wie schlecht er war.«

»Gute Idee«, sage ich. »Bleib hier und rede mit Pom. Ich bin gleich zurück.«

Bevor einer von ihnen etwas sagen kann, kehre ich zum Turm zurück, um nachzusehen, ob Ariel schläft.

Ich habe Glück – sie ist hier.

Ich berühre ihre Stirn und trete in ihren Traum ein.

––––––––

EIN ORK SCHLEUDERT seine riesige Faust gegen Ariels Kiefer. Sie weicht aus, zieht von irgendwo ein riesiges Messer hervor und durchsticht seine Faust mit einer schnellen Bewegung. Der Ork brüllt und versucht, sie zu treten –sie weicht aber auch dem Fuß aus.

Wow. Ariel ist sehr gut darin, trotz der Verzierungen, die in Träumen so häufig vorkommen. Vielleicht besuche ich später ihre Träume, um einige ihrer Kampftricks zu lernen. Fürs Erste muss ich ihr Gehirn anzapfen, also helfe ich ihr sanft dabei, den Ork zu besiegen, und als er hinfällt, trete ich vor sie.

»Bailey.« Ariel steckt ihr Messer in die Scheide. »Was machst du hier?«

Ich lächele. »Und wo ist *hier*?«

Ariel bemüht sich, zu antworten, aber es fällt ihr nichts ein.

»Es ist üblich, den Ort eines Traums nicht in Frage zu stellen«, sage ich.

Sie betrachtet den toten Ork. »Das ist ein Traum?«

»Orks kommen nicht auf der Erde vor.« Ich lasse den toten Körper verschwinden. »Außerdem … Warum sollte dich einer angreifen?«

»Okay, es *ist* ein Traum.« Ihre perfekt glatte Stirn legt sich in Falten. »Ist es Zeit für meine Therapie?«

»Nein, ich brauche dich für etwas.« Ich führe sie zu meinem Wolkenbüro, wo Felix und Pom bei einer Partie Dame in der Luft schweben.

»Oh, hey, Felix. Und Pomsie!« Ariel reißt meinen pelzigen Symbionten aus der Luft, grinsend wie eine Fünfjährige, die ein Geschenk aufmacht. »Ich habe dich vermisst.«

Pom nimmt in ihren Armen das tiefe Violett des Glücks an.

Wow. Wenigstens ist es nicht Korallenrosa. Das wäre ein bisschen unangenehm, wenn auch verständlich, wenn er durch Ariel erregt werden würde. Ich schätze, ihre Liebe ist platonisch, zumindest auf Poms Seite. Sie lernten sich kennen, nachdem ich entschieden hatte, dass Ariel vielleicht von so etwas wie einer Haustiertherapie profitieren könnte, und sie verstanden sich so gut, dass ich Pom schließlich bitten musste, ihre Sitzungen zu meiden, damit sie etwas anderes tat, als ihn nonstop zu streicheln.

»Hat Ariel es dir erzählt?« Felix' Monobraue tanzt auf seiner Stirn.

»Ihr was erzählt?« Ariel umklammert Pom fester.

»*Catwoman*.« Felix schaut von mir zu ihr. »Bailey wollte die Handlung dieser Gräueltat wissen.«

»Ich hatte keine Chance, es zu erklären.« Ich plumpse in meinen Stuhl. »Hast du den Film gesehen?«

Sie quetscht Pom wieder. Wäre er nicht eine Traumkreatur, hätte ihr enthusiastisches Gekuschele ihm vielleicht schon das Rückgrat gebrochen. »Felix weiß, dass ich das habe.«

»Ich habe es dir doch gesagt.« Felix grinst mich an. »Wahrscheinlich mochte sie ihn auch.«

»Das tat ich nicht.« Nach dem Zusammendrücken krault sie Poms Bauch, der sich prompt blau färbt.

»Du mochtest *Batman und Robin*.« Felix legt sich auf die Therapieliege. »Der ist auch nicht viel besser.«

»*Mögen* ist ein starkes Wort.« Sie krault Pom unter dem Kinn, so wie Katzen es bevorzugen. »Zu meiner Verteidigung, Batman kam darin vor. Und George Clooney. Und …«

»Leute, ich brauche die Handlung von *Catwoman* für einen wichtigen Job«, sage ich. »Bitte.«

Ariel wirft Felix einen warnenden Blick zu und beginnt mit einer Zusammenfassung des Films.

»Danke«, sage ich, als sie fertig ist. »Ich kann euch alle hierlassen, während ich mich um meine Angelegenheiten kümmere, oder ich kann euch aufwachen lassen. Was immer ihr möchtet.«

»Ich werde bleiben«, sagt Felix.

»Ich auch.« Ariel reibt ihre Wange an Poms Fell.

»Und ich auch«, schnurrt Pom.

Felix zeigt auf die Wolke und den Ozean darunter. »Wie wird das funktionieren?«.

»Wenn ich mit meinem Geschäft fertig bin, werde

ich mich selbst aufwecken«, sage ich. »Und weil ich dich hineingezogen habe, wirst du an diesem Punkt von hier verschwinden, was bedeutet, dass du aufwachen musst.«

Felix nickt. »Verstanden. Und wir werden dich bald persönlich sehen. Erinnerst du dich, dass ich dir von der Mandatszeremonie der Tochter der besten Freundin von Ariels Cousine erzählt habe? Ich komme auf jeden Fall mit, damit ich mir den Kommunikator dieses Traumwandlers für dich ansehen kann.«

»Klingt großartig«, sage ich. »Bis dann, ihr beiden.«

Ich fliege zum Turm der Schlafenden und murmele vor mich hin: »Vorausgesetzt, ich bin nicht tot.«

Ich begebe mich zu Gertrudes Bett, mache mich unsichtbar und berühre ihre Stirn.

Traumaschleife, ich komme.

KAPITEL ZWEIUNDZWANZIG

DIE GERTRUDE in diesem Traum sieht jünger aus. Sie sitzt mit einem hübschen blonden Kerl auf einer Couch, der aus einer Bierflasche nippt, während sie sehnsüchtig auf seine Lippen schaut.

Er bietet ihr die Flasche an. »Willst du etwas?«

Sie schreckt zurück, als ob es Gift wäre. »Ich muss die absolute Kontrolle über meine Fähigkeiten haben, um meine Macht zu unterdrücken.«

Sein Grinsen ist übermütig. »Alles, damit ich dich berühren kann, richtig?«

Sie nimmt ihm die Flasche aus der Hand, stellt sie auf den Tisch und küsst ihn. Als sie weitermachen, bemerke ich zwei Dinge: Dies ist eine Erinnerung, wie die meisten Traumaschleifen, und der Kerl verrottet nicht, trotz des Hautkontaktes mit ihr. Ich schätze, Wundbrandüberträger können ihre Kräfte ausschalten. Das ergibt Sinn. Wenn sie das nicht könnten, wie würden sie sich fortpflanzen?

Apropos Fortpflanzung … der Typ fischt ein Kondom aus seiner Tasche, und sie lassen den Dingen ihren Lauf.

Ich gähne und beobachte sie. Sie sind nicht sehr kreativ – definitiv nichts im Vergleich zu einigen anderen Träumen, die ich gesehen habe. Wenn ich jemals dazu komme, das mit Traum-Valerian zu machen, wird es viel mehr Akrobatik geben.

»Du musst jetzt gehen«, sagt Gertrude schläfrig, als sie fertig sind.

Er blickt sie mit Welpenaugen an. »Können wir nicht ein paar Minuten in Löffelchenstellung bleiben?«

»Zwei Minuten. Leg eine Decke zwischen uns, nur für alle Fälle.«

Er tut, was sie sagt, und sie kuscheln sich durch die Decke, bis ihr Atem sich ändert. Als er merkt, dass sie schläft, klettert er vorsichtig von der Couch und beginnt, seine Kleidung aufzuheben. Bevor er sich die Hose anziehen kann, tritt sie in den REM-Schlaf ein. Er bekommt es nicht mit.

An diesem Punkt ist der Traum keine Erinnerung, sondern Gertrudes Vorstellung davon, was geschehen sein muss.

Ihr Arm schwingt wild umher, so wie vorhin, als sie fast meine Nase berührt hätte. Durch reinen Zufall verbindet sich ihre Hand mit seinem Knöchel und wickelt sich darum, als hätte sie einen eigenen Willen.

Die Fäulnis setzt augenblicklich ein. Nach nur wenigen Augenblicken sieht sein Bein aus, als wäre es seit Wochen infiziert.

Er umklammert sein Bein und schreit.

Sie rührt sich, als würde sie aufwachen, aber ihr Griff löst sich nicht, und der Wundbrand breitet sich immer weiter aus, bis sein Schreien aufhört und er als ein verrotteter Haufen zusammenbricht.

Der Traum ist wieder eine Erinnerung.

Gertrude öffnet die Augen – und springt von der Couch, wobei sie einen so gequälten und entsetzten Schrei ausstößt, dass meine Brust vor aufrichtiger Anteilnahme schmerzt.

Wie schrecklich sie bei der Verhandlung auch zu mir war, das hat sie nicht verdient.

Aber es ist meine Chance, das zu tun, wofür ich hergekommen bin, also lasse ich die Leiche des Typen verschwinden, lege sie zurück auf die Couch und sorge dafür, dass Gertrude wieder einschläft. Dann verändere ich den Raum so, dass er so aussieht, wie Kain es beschrieben hat, verschiebe die Couch, stelle auf der Uhr das Datum und die Uhrzeit von Gemmas Mord ein und pausiere *Catwoman* auf dem Fernseher.

Dann benutze ich meine Kraft, um Gertrude hier in der Traumwelt zu *wecken*.

Mit der Fernbedienung in der Hand, reibt sie sich verwirrt die Augen, und ihre Qualen sind fürs Erste verschwunden. Wie ich gehofft hatte, denkt sie, dass sie vor dem Beginn ihres Films ein Nickerchen gemacht hat. Später, wenn sie wirklich aufwacht, wird sie den schrecklichen Vorfall, dessen Zeuge ich gerade war, verarbeiten, soweit so etwas verarbeitet werden kann.

Zu meiner Erleichterung fällt Gertrude perfekt in

den neuen Traum. Sie packt den Film aus, schaut ihn an, und alles andere ist vergessen. Es dauert nicht lange, bis ich sehe, dass das Ansehen dieses Films tatsächlich eine Erinnerung ist.

Kain hatte Unrecht, sie zu verdächtigen. Ihr Alibi stimmt.

Ein Teil von mir ist enttäuscht. Wenn man bedenkt, wie sehr sie mich aus nichtigen Gründen zu hassen scheint, hätte es das Leben leichter gemacht, wenn sie die Schuldige gewesen wäre. Trotzdem: Nachdem ich diese Traumaschleife gesehen habe, verstehe ich, warum sie so wütend auf jeden ist, der nichts gegen ihren Schlafzustand tun kann.

Na gut.

Zeit zum Aufwachen.

ICH ÖFFNE die Augen in Kains eleganter Küche und gehe hinüber in sein Schlafzimmer, wo er Gertrude im Auge behalten sollte. Er steht wie ein Wächter über dem Bett und erfüllt gewissenhaft seine Pflicht.

»Hey«, sagt Felix in meinem Ohrhörer. »Ich bin gerade aufgewacht.«

Ich ignoriere ihn und sage zu Kain: »Gertrude ist nicht die Schuldige. Sie hat *wirklich* den Film gesehen, wie sie sagte.«

Kain flucht leise. Er sieht aus, als wäre er bereit, jemanden zu töten.

»Was jetzt?«, frage ich vorsichtig.

»Ich bringe dich zum nächsten Schlafenden und komme dann zurück, um dieses Chaos aufzuräumen.« Er geht aus dem Zimmer.

Ich rase ihm hinterher. »Wie?«

»Ich werde Gertrude mit Bezirzen dazu bringen, dass sie vergisst, was gerade passiert ist«, sagt er über seine Schulter, als wir sein Quartier verlassen.

»Wird sie nicht misstrauisch werden, wenn sie die einzige Person ist, die keinen Traumwandel machen muss?«

»Ich werde ihr sagen, dass sie die Letzte sein wird.« Mit langen Schritten lässt er den Korridor schnell hinter sich. »Und wir werden den wahren Mörder vorher finden.«

»Vorausgesetzt, du tust es«, sagt Felix, während ich mich bemühe, Schritt zu halten, ohne zu joggen. Glücklicherweise wird Kain ein wenig langsamer, als wir die nächste Kurve nehmen.

»Wohin gehen wir?«, frage ich atemlos.

»Zu Colton«, antwortet er und wird wieder schneller. »Er ist der einzige deiner Verdächtigen, der heute Abend verfügbar ist.«

Verdammter Mist. Ich muss rennen, um ihn einzuholen. »Wie meinst du das?«

»Eduardo hat Packgeschäfte, und Nina sagte, dass sie sich auf eine wichtige Reise in die Otherlands begibt.«

Keuchend hole ich ihn ein. »Findest du das nicht verdächtig?«

»Ein bisschen.« Er wird etwas langsamer, um mich

anzuschauen. »Sie wissen, dass ihnen morgen Nacht ein Traumwandeln bevorsteht.«

»Aber was, wenn sie nicht zurückkommen?«

Er bleibt neben der massiven Holztür stehen. »In diesem Fall betrachte ich den Fall als abgeschlossen und das Problem als gelöst. Unsere Hauptpriorität ist es, die Morde zu stoppen. Die Gerechtigkeit ist nebensächlich.«

Er drückt die Tür auf und führt mich in das Schlafzimmer des Riesen.

»Wow«, sagt Felix. »Ich denke, das sind zwei California-Kingsize-Betten.«

Ja, ich kann sehen, wo ein Bett endet und das andere beginnt. Ich schätze, niemand auf dieser Welt macht Betten für Leute von Coltons Größe.

»Er ist nicht im REM-Schlaf«, flüstere ich Kain zu. »Du kümmerst dich um Gertrude, und ich warte auf die passende Gelegenheit.«

Er geht, während ich mich auf die Bettkante setze, um Coltons geschlossene Augen zu beobachten – langweilig genug, um ein Gähnen an meinem Kiefer zerren zu lassen, trotz des Vampirblutes, das ich kürzlich konsumiert habe.

»Diese Traum-Session mit Ariel und Pom war so cool«, sagt Felix – endlich mal eine willkommene Ablenkung. Er fährt fort, mir zu erzählen, was sie gemacht haben, während ich mit Gertrude zu tun hatte: hauptsächlich herumalbern.

Nach ein paar langen Minuten kommt Kain zurück und sieht mich ungeduldig an. Ich zeige auf Coltons

Augenlider und zucke mit den Schultern. Wenn ich keine Angst hätte, den Riesen zu wecken, würde ich ihm erklären, dass der REM-Schlaf normalerweise etwa neunzig Minuten nach dem ersten Einschlafen stattfindet.

Kain geht zu einer Ecke hinüber und wird ganz still, wie eine Alabasterstatue. Muss irgendeine seltsame Vampir-Meditation sein.

Ich wende meine Aufmerksamkeit wieder Colton zu. Nach einer gefühlten Stunde zeigen seine Augenlider endlich den REM-Schlaf – obwohl, wenn es nach mir ginge, würde ich Ausrüstung benutzen, um es sicher zu wissen. Wenn ich das falsch interpretiere, muss ich mich wieder mit dem Subtraum beschäftigen. Trotzdem bin ich mir ziemlich sicher, dass er träumt. Seine Augen sind, wie der Rest von ihm, gigantisch. Die Bewegung ist kaum zu übersehen.

Vorsichtig berühre ich den Handrücken des Riesen und stürze mich in die Traumwelt.

———

»ARIEL UND FELIX SIND SO LUSTIG«, hechelt Pom aufgeregt, als ich in meiner Traumpalastlobby auftauche. »Du musst sie eines Tages zurückbringen.«

»Das werde ich«, sage ich ihm, während ich zum Turm der Schlafenden gehe. »Sagt mir, was ihr gemacht habt.«

Ich höre kaum zu, als er einiges von dem wiederholt, was Felix mir erzählt hat. Ich denke über eine Theorie nach, die sich in meinem Kopf zusammenbraut, seit wir Gertrudes Zimmer verlassen haben.

Es gibt eine Möglichkeit, dass Kain trotz seines Alibis immer noch hinter den Morden stecken könnte. Was, wenn er andere bezirzt hat, um sie dazu zu bringen, die Drecksarbeit zu erledigen und zu vergessen, dass es jemals passiert ist? Immerhin konnte er Gertrude, ein anderes Ratsmitglied, bezirzen. Andererseits ist es unmöglich, dass er mächtig genug ist, jeden zu bezirzen, den er möchte. Er konnte *mich* nur dank meines Vampirblutkonsums bezirzen.

Hmm. Könnte Gertrude auch auf dem Blut sein? Wenn ich an ihrem Zustand leiden würde, würde ich diesen Weg gehen, um den Schlaf so weit wie möglich zu vermeiden.

So oder so, ich fahre mit meinem aktuellen Aktionsplan fort. Wenn Kain jemandem ein falsches Alibi in den Kopf gesetzt hat, wird das in der Traumwelt nicht stimmen. Ich sollte nachschauen, ob ich eine Erinnerung daran abrufen kann, wie ich bezirzt wurde. Ich habe das nie versucht, aber es könnte funktionieren.

Entschlossen lokalisiere ich den schlafenden Colton im Turm.

»Wow«, sagt Pom. »Das Bett ist gewachsen, um sich ihm anzupassen.«

Ich bin nicht überrascht. »Die Nische auch. Das ist das Schöne in der Traumwelt.«

Die gute Nachricht ist, dass sich keine

Traumaschleifenwolken über Colton sammeln, also wird dies eine schnelle Hinein-und-hinaus-Nummer werden.

Ich mache mich unsichtbar und betrete seinen Traum.

Um uns herum ist eine Welt, in der es keinerlei technologische Fortschritte gibt, nicht einmal so bescheidene wie die Technologie auf der Erde. Stattdessen sehe ich Lehmhütten in der Größe von Hochhäusern, unbefestigte Straßen in der Breite einer großen Schnellstraße, riesige Windmühlen und schlicht gekleidete Riesen, die hin und her laufen.

Colton stapft die Straße hinunter und sieht neben seinen Verwandten sehr klein aus. Ich denke, es ergibt Sinn, dass er winzig ist. Um auf der Erde leben zu können, muss er als Mensch durchgehen. Wenn er aber tatsächlich ein Mensch wäre, hätte er wahrscheinlich ernsthafte Probleme mit der Hirnanhangdrüse.

Zu Beginn meiner Arbeit lasse ich einen Nebel aufziehen, um die Hütten und die Menschen zu verdunkeln. Ich dünne die Menschenmassen auf den Straßen aus, entferne die Hütten vollständig und ersetze sie durch eine hügelige, mit Pilzen übersäte Landschaft. Schließlich stelle ich Datum und Uhrzeit ein und füge die Ziegen hinzu.

Als ob es die ganze Zeit das Ziel gewesen wäre, beginnt Colton heiter, die Tiere zu hüten.

Ja, das ist die Erinnerung. Eine weitere Person mit einem Alibi.

Enttäuscht wache ich auf.

———

ICH MACHE KAIN EINE GESTE, mir zu folgen, und gehe auf Zehenspitzen aus Coltons Schlafzimmer und direkt zum Ausgang.

Sobald wir vor dem Quartier des Riesen sind, desinfiziere ich meine Finger. »Er ist nicht schuldig. Das sieht nicht gut aus für Eduardo und Nina.«

Kain sieht grimmig aus. »Verbinde dich einfach mit so vielen Ratsmitgliedern, wie du kannst. Albina ist in der Nähe, also kannst du mit ihr anfangen.«

Ich habe nichts dagegen, und er führt mich zu einer normal großen Stahltür, durch die wir eintreten.

Albina ist nicht in ihrem Bett. Stattdessen liegt ein Zettel auf dem Kissen:

KAIN, es tut mir sehr leid, aber es kam etwas dazwischen. Ich werde an der Traumuntersuchung morgen Abend teilnehmen müssen.

Grüße, Albina

»VERDÄCHTIG«, sage ich. »Ist sie stark genug, um jemanden in Stücke zu reißen?«

»Nein.« Kain verlässt Albinas Unterkunft. »Sie kann Materie in nichts zerbrechen. Hätte sie ihre Kraft benutzt, hätten wir gedacht, das Opfer wäre spurlos verschwunden. Es wäre dumm von ihr gewesen, Leichen zurückzulassen.«

Wir gehen in das Quartier eines anderen Subjekts, als ich frage: »Ist es nicht immer eine schlechte Idee, Leichen zurückzulassen?«

»Wenn man nicht Albina ist, dann könnte es schwierig sein, eine Leiche in dieser Burg loszuwerden. Aber du hast recht. Es ist möglich, dass der Mörder etwas sagen will, indem er die Leichen so liegen lässt – in diesem Fall könnte es auch Albina sein. Irgendwie.«

Wir halten neben einer weiteren Holztür an, und er hält sie für mich auf.

»Ist Gertrude auf Vampirblut?«, frage ich so beiläufig, wie ich kann.

»In der Tat.« Er runzelt die Stirn. »Firth ist der Lieferant – und der einzige Grund, warum ich es erlaube, ist, dass es mir Macht über sie gibt.«

»Ist noch jemand im Rat auf Vampirblut?«, frage ich, immer noch nach Beiläufigkeit strebend.

»Nicht dass ich wüsste.« Seine Reißzähne fahren aus. »Und Gertrude ist die einzige Person im Rat, die ich so bezirzen kann, wie ich es getan habe. Ich könnte zum Beispiel Colton nicht dazu bringen, Gemma auseinanderzureißen.«

»Natürlich würde er das sagen«, flüstert Felix. »Wenn ich du wäre, würde ich diese Theorie nicht so schnell abtun.«

Ich ignoriere Felix – und sehe Kain finster an. »Sei nicht so empfindlich. Ist es nicht meine Aufgabe, an alle Möglichkeiten zu denken?«

»Mir wäre es lieber, du würdest dich auf den Teil

deines Jobs konzentrieren, der da drin ist.« Er nickt in Richtung der Wohnung.

Als ich an ihm vorbeigehe, um einzutreten, verschwinden seine Reißzähne.

Die Schlafende in diesem Schlafzimmer ist Isis, die Rätin, die sich verpflichtet hat, Mama zu heilen, wenn ich meine Arbeit erfolgreich abschließe.

Ich sollte mich lieber von meiner besten Seite zeigen.

Schweigend warte ich, bis Isis in den REM-Schlaf geht, bevor ich in die Traumwelt eintrete. Dort angekommen, schaue ich nach, ob sie im Turm der Schlafenden auftaucht, und gehe wieder hinaus, wobei ich mich vorsichtig bewege, um sie nicht zu wecken. Ich schnüffele nur auf ausdrücklichen Wunsch in Isis' Träumen herum. Ihre Macht ist zu wertvoll für mich, um sie zu verärgern. In der Tat, wenn sie sich als die Mörderin herausstellt, könnte ich sie erpressen, um Mama zu retten, anstatt dem Rat von ihrer Schuld zu erzählen. Nicht, dass ich glaube, dass eine Heilerin dahinterstecken könnte.

Den Schlafenden, zu dem Kain mich als Nächstes bringt, kenne ich nicht. Wieder warten wir auf den REM-Schlaf, dann stelle ich die Verbindung her und verschwinde aus der Traumwelt.

Das nächste Ratsmitglied erkenne ich wieder. Es ist Hekima, der großväterliche Illusionist. Er erreicht innerhalb von Minuten eine weitere Phase des REM-Schlafs, und ich tauche in seinen Traum ein und komme gleich wieder heraus, wie ich es bei den anderen Ratsmitgliedern getan habe.

Die folgende Person kenne ich irgendwie auch. Obwohl wir nie persönlich miteinander gesprochen haben, habe ich ihn in Ariels Träumen gesehen. Sein bösartiges – oder besser gesagt satyrisches – Gesicht ist unverwechselbar. Es ist Chester, und er ist ein Wahrscheinlichkeitsmanipulator – oder Trickser, wie jemand von seiner Art hier mit Spitznamen genannt wird. Ein Wahrscheinlichkeitsmanipulator ist niemand, den ich mir als Feind wünsche, also stelle ich vorsichtig eine Verbindung her und verlasse sein Schlafzimmer auf Zehenspitzen.

Die nächste Rätin ist eine schöne Frau, die über eine Stunde braucht, um in den REM-Schlaf zu fallen.

Die Person nach ihr braucht nur fünf Minuten.

Ich knüpfe immer wieder Verbindungen, bis wir in das Schlafzimmer eines dünnen Mannes gehen, der seine Augen öffnet und uns anstarrt.

»Es ist Morgen«, sagt Kain, während wir aus der Behausung des dünnen Kerls huschen. »Du musst heute Nacht weitermachen.«

Juchu! Ich bekomme eine kleine Gnadenfrist.

Wir gehen zurück zu meinem Quartier.

»Waren das die meisten von ihnen?«, frage ich, als wir dort ankommen.

»Neunzig Prozent des Rates.« Er öffnet die Tür für mich. »Du dachtest, du würdest nicht genug Kraft haben, aber was uns tatsächlich ausgegangen ist, ist die Zeit.«

Ich bleibe in der Tür stehen. »Ich würde auch nachsehen, ob jemand ausschläft.«

Er schüttelt den Kopf. »Ich habe allen versprochen, dass du keine Unannehmlichkeiten bereiten würdest. Außerdem ist es weniger wichtig, eine Verbindung herzustellen, als sie *glauben* zu lassen, du hättest es getan.«

»Was meinst du damit?« Ich betrete mein Quartier und setze mich auf einen Stuhl.

Er bleibt bei der Tür. »Meine Hoffnung ist, dass der Mörder dich für eine Bedrohung hält. Dass er etwas unternehmen wird, um die Bedrohung zu beseitigen, und dann wird er sich mir offenbaren.«

Ich blicke ihn finster an. »Ich bin also der Köder? Du hoffst, dass er oder sie versuchen wird, mich zu töten, damit du weißt, wer es ist?«

»Ich oder einer der Vollstrecker wird dich beschützen«, sagt er abwinkend. »Und du bekommst deine Belohnung.«

»Wenn ich überlebe.«

Er sieht mich ruhig an. »Ich schwöre, deine Mutter wird geheilt werden, auch wenn du tot bist.«

»Nun, das ist auf eine kranke Weise beruhigend«, flüstert Felix.

Etwas von meiner Wut löst sich auf. »Vielen Dank. Das bedeutet mir eine Menge.«

Ohne sich mit einem *Gern geschehen* aufzuhalten, geht Kain, und ich höre, wie sich das Schloss dreht.

Ich schätze, ich bin eine Gefangene. Na gut.

Als Erstes schnappe ich mir ein paar Bananen und

fange an, sie zu essen, eine nach der anderen zu verzehren, während ich Felix' Sticheleien ignoriere.

»Wenn du mit diesem Affentheater fertig bist, wäre es ein guter Zeitpunkt für ein Nickerchen«, sagt er, als ich zu Banane Nummer sechs komme. »Ich könnte definitiv eines gebrauchen.«

Ich esse die Banane auf, reinige meine Hände und nehme mein Handy heraus, um eine SMS zu schreiben: *Dann mach das.*

»Das werde ich«, sagt er mit einem Gähnen. »Warte mal, warum schreibst du eine SMS? Glaubst du, es gibt Abhörgeräte im Raum?«

Das kann ich nicht ausschließen, schreibe ich. *Wenn Kain mir nicht vertraut, wäre es ihm zuzutrauen.*

»Gutes Argument. Genieß dein Nickerchen.« Er gähnt wieder. »Du kannst mich gerne in der Traumwelt besuchen, wenn dir danach ist.«

Ich mache eine Daumen-hoch-Geste vor meiner Revers-Kamera.

»Wir reden später weiter.« Ich höre Rascheln, als er sein Headset absetzt.

Ich trinke etwas Wasser und versuche zu entscheiden, was ich als Nächstes tun soll. Ein Nickerchen kommt nicht in Frage; das Vampirblut, das ich getrunken habe, wird das nicht zulassen. Da mir nicht die Kraft ausgegangen ist, beschließe ich, Valerians Auftrag zu Ende zu führen – und dann belohne ich mich vielleicht mit einem Besuch bei der Traumversion meines Arbeitgebers.

Ich streichele Poms Fell und komme in die

erforderliche Trance. Auf dem Weg zum Turm der Schlafenden informiere ich Pom über die Ermittlungen und sage ihm, was ich vorhabe.

»Du hast Glück«, sagt er, als wir Bernards Nische erreichen. »Er schläft heute aus.«

»Ich fühle mich nicht sehr glücklich.« Ich betrachte die Wolken um Bernards Kopf. »Seine Traumaschleife besteht aus mehr als einem Traum, wie es scheint.«

»Dieser ist weniger schlimm als der letzte«, sagt Pom und schnüffelt an den Wolken. »Trotzdem gehe ich nicht mit dir da rein. Tut mir leid.«

Ich zucke mit den Schultern und strecke die Hand aus, um Bernard zu berühren.

KAPITEL DREIUNDZWANZIG

EINE FRAU – Bernards Frau – packt wütend einen Koffer.

»Geh nicht.« Bernard zieht an seinem unordentlichen Bart, sein Haar ist zerzaust und sein Gesicht müde. »Bitte nicht.«

»So kann ich nicht leben«, sagt sie, ohne ihn anzusehen. »Dieser Mörder ist dir wichtiger als ich oder deine lebende Tochter.«

Ein Mörder? Wie schade. Klingt, als ob die Entführung, deren Zeuge ich war, auf die schlimmstmögliche Weise endete.

Bernards Hände ballen sich zu Fäusten, aber anstatt seine Frau anzuschreien – oder Schlimmeres – dreht er sich auf den Fersen um und knallt die Tür hinter sich so fest zu, dass sie fast aus den Angeln fliegt.

Er stürmt in sein Büro, wo ich das Ausmaß seiner Besessenheit sehen kann. Der Ort ist komplett mit

Zeitungsausschnitten bedeckt. An der Wand hängt eine Karte mit Stecknadeln, und es gibt sogar eine Sammlung von Milchtüten mit Bildern von Kindern darauf.

Die gute Nachricht für mich ist, dass dieser Abschnitt der Traumaschleife anscheinend vorbei ist. Die schlechte Nachricht ist, dass es mindestens noch eine weitere gibt. Ich kann fühlen, wie sie sich nähert.

Ich spüre einen vertrauten Druck auf meinem Arm, der nichts mit dem Traum zu tun hat, und wie um meinen Verdacht zu bestätigen, brennt meine Wange von einer Ohrfeige.

Genau wie beim letzten Mal bricht meine traumwandlerische Trance ab, und ich öffne meine Augen wieder in der wachen Welt.

Filth steht mit einem zufriedenen Ausdruck auf seinem blassen Wieselgesicht über mir.

»Kain sagte, du musst deine Kräfte für die Untersuchung sparen«, knurrt er. »Und hier komme ich und erwische dich dabei, wie du dich amüsierst.«

Ich überlege kurz, ob ich lügen soll, dass ich nur meinen Job gemacht habe, aber ich beschließe, es nicht zu riskieren. Dem Drang widerstehend, die Haut, die er berührte, zu desinfizieren, sage ich in dem nettesten Ton, den ich zustande bringe: »Ich bin froh, dass du hier bist.«

Er schaut mich an, als ob mir ein Elefantenrüssel gewachsen wäre. Dann spaltet ein böses Lächeln sein Gesicht. »Brauchst du etwas von mir?«, fragt er in einem, wie er wahrscheinlich denkt, verführerischen

Tonfall. Es ist abstoßend. »Vielleicht eine kostbare Flüssigkeit?«

Ich kämpfe gegen meinen Würgereflex. »Eigentlich brauche ich Informationen. Es hat mit dem zu tun, worüber du sprichst.«

»Oh?« Er zieht arrogant eine Augenbraue in die Höhe.

Ich erinnere mich daran, dass ich mit einer Tötungsmaschine spreche und dass es nicht klug wäre, ihm in diese Wieselfresse zu schlagen. »Vergiss nicht, dass ich wegen der Untersuchung frage, okay?« Ich atme tief durch. »Stimmt es, dass du Gertrude mit besagter kostbaren Flüssigkeit versorgst?«

Seine Fangzähne tauchen auf und machen sein Gesicht wirklich furchterregend – weniger Wiesel und mehr Wolf.

Ich ziehe mich unauffällig zurück. »Ich frage, weil Kain es mir gesagt hat. Ich will das nur überprüfen, also …«

»Kain ist der einzige Grund, warum du kein Blutbeutel bist. Verärgere mich noch einmal, und ich werde seinen Zorn riskieren.« Sein Blick fällt auf die Vene, die in meinem Hals pulsiert. »Ich würde dir gerne deinen Platz in der Nahrungskette zeigen.«

Ich denke, ich kann diese Reaktion getrost als ein Ja auffassen. Zeit für etwas Versöhnung. »Ich wollte dich nicht verärgern.«

Er starrt mich auf dieselbe Weise an, wie ich vorhabe, nach all diesen Erdenbananen ein ordentliches gomorrhisches Essen anzustarren.

Ich beschließe, ihm einen weiteren Olivenzweig hinzuhalten. »Dein Alibi hat sich übrigens bestätigt. Ich weiß nicht, ob Kain dir das gesagt hat.«

Sein Gesichtsausdruck ändert sich nicht.

Ich räuspere mich sehr trocken und frage: »Gibt es einen Ort, an dem der Rat Aufzeichnungen über Dinge wie Abstimmungen, die Mandatszeremonien oder wann jedes Mitglied dem Rat beigetreten ist aufbewahrt?«

Ich könnte genauso einige Akten durchwühlen, wie ein echter Detektiv.

Der Dreck starrt mich noch eine Sekunde lang an, dann dreht er sich auf den Fersen um und geht zur Tür.

Ich schnappe mir einen Haufen Bananen und folge ihm durch das Labyrinth der Gänge, wobei ich immer ein paar Meter Abstand zwischen uns lasse, nur für alle Fälle.

Er hält an, als wir eine Reihe von Türen erreichen, in die ein ausgefallenes Muster eingeritzt ist. Ohne ein Wort zu sagen, öffnet er sie für mich.

Sobald ich eingetreten bin, knallt er sie hinter mir zu.

KAPITEL VIERUNDZWANZIG

ERLEICHTERT, außerhalb seiner Sichtweite zu sein, desinfiziere ich alle Stellen, an denen er mich berührt hat, schaue mich um und pfeife anerkennend. Dies ist die größte Bibliothek mit Papierbüchern, die ich je gesehen habe. Wie viele Bäume starben dafür? Auf Gomorrha kostet ein Baum so viel wie eine Woche von Mamas Arztrechnungen, also lesen die meisten Leute elektronisch. Nur die unverschämt Wohlhabenden genießen gedruckte Bücher.

»Ist irgendwas Interessantes passiert?«, fragt Felix mit rauer Stimme. »Ich konnte doch nicht einschlafen.«

Nicht viel, schreibe ich ihm. *Ich sehe mir gleich ein paar Aufzeichnungen an.*

Das schwache Geräusch des Tippens kommt aus dem Ohrhörer. Wenn er nicht gerade irdische Banken und so hackt, verdient Felix seinen Lebensunterhalt, indem er für Menschen als Software-Ingenieur und ironischerweise auch als Cybersicherheitsberater arbeitet.

Ich dringe tiefer in die Bibliothek ein. Hinten sehe ich eine Person, die in einem Liegestuhl sitzt. Sie hält einen Bagel in der einen Hand und ein Papierbuch in der anderen.

Ich kenne sie. Es ist Chester, der Wahrscheinlichkeitsmanipulator, in dessen Traum ich vor ein paar Stunden eingedrungen bin – und er ist nicht allein.

Felix hört auf zu tippen. »Wow.«

Das kannst du laut sagen. Neben Chester liegt ein riesiger weißer Löwe, der etwas frisst, was verdächtig nach einem Stück Ziege aussieht. Zumindest hoffe ich, dass es eine Ziege ist und nicht, sagen wir, ein unglücklicher Mönch.

Ich bleibe einige Meter entfernt stehen und betrachte vorsichtig die Szenerie. Weder Mensch noch Löwe schenken mir Beachtung, also spreche ich lauter. »Entschuldigung. Ich hoffe, ich störe nicht beim Frühstück.«

Das Ohr des Löwen zuckt, aber er frisst weiter seine grausige Mahlzeit.

Chester legt sein Buch beiseite und lässt ein satyrisches Grinsen sehen. »Wenn das nicht die außergewöhnliche Detektivin ist. Hast du im Rahmen deiner Untersuchung Fragen an mich?«

Nervös schäle ich eine der Bananen. »Ich bin nur hier, um ein paar Aufzeichnungen durchzusehen.«

Chesters Grinsen wird breiter. »Ein Zufall, was?«

»Sieht er nicht genauso aus wie der Joker aus den

Arkham-Videospielen?«, flüstert Felix. »Sie sind Ariels Lieblingsspiele.«

Ich lächele Chester an und sage höflich: »Du bist ein Wahrscheinlichkeitsmanipulator, richtig?«

»Du hast in mich hineingeschaut?« Er kratzt den Löwen hinter dem Ohr, wie man es mit einer Katze machen würde. Die Bestie scheint nichts dagegen zu haben, vielleicht weil sie zu sehr mit dem Essen beschäftigt ist – oder vielleicht, weil Chesters Glück verhindert, dass er zerfleischt wird.

Ich schlucke ein Stück Banane, ohne zu kauen. »Ich habe eine Traumverbindung mit dir hergestellt, während du letzte Nacht geschlafen hast. Es ist gut für mich, mehr über dich zu wissen.«

Das ist natürlich eine Lüge. Ich kann nicht sagen, welche Kräfte viele der Ratsmitglieder, mit denen ich verbunden war, haben. Kain machte sich nicht die Mühe, mir das zu sagen.

»Hast du das gehört, Bertie?« Chester schaut auf den Löwen herab. »Ich habe dich nicht nur einfach aus Lust und Laune aus meinem Bett verbannt.« Er schenkt mir ein schiefes Grinsen. »Bert ist deswegen immer noch mürrisch.«

»Er schläft mit diesem Löwen?«, ruft Felix aus und sagt damit das, was ich gerade gedacht habe. »Warum hat er noch alle seine Gliedmaßen?«

»Ich weiß es zu schätzen, dass du Bert gebeten hast, nicht dabei zu sein.« Ich schlucke noch ein Stück Banane trocken. »Ich habe das Gefühl, er würde es nicht mögen, wenn jemand seinen Meister mitten in der Nacht berühren würde.«

Chesters Grinsen wird unheimlich. »Oh, er würde es lieben, wenn es jemand versuchen würde. Wenn man die Nickerchen nicht mitzählt, ist etwas zu töten Berties Lieblingsbeschäftigung.«

Wie reizend. Ich stelle mir den Löwen vor, der sich mit besagtem Zeitvertreib beschäftigt, und unterdrücke ein Schaudern. »Nun, es ist schön, euch beide getroffen zu haben. Die Nachforschungen warten.«

»Eine Sekunde.« Chesters Grinsen verflüchtigt sich. »Willst du nicht wissen, was ich gemacht habe, als Gemma gestorben ist?«

»Du bist nicht wirklich ein Verdächtiger.« Ich quetsche die Überreste meiner Banane etwas zu stark aus, und sie fallen auf den Boden, wo Bert, der Löwe, ihnen einen angewiderten Blick zuwirft. »Warum dich nerven, außer wenn es sein muss?«

»Das ist kein Problem. Ich ging zu der Zeit mit Bert spazieren.«

Die Löwenohren spitzen sich. Er muss das Wort *spazieren* erkennen, so wie Hunde das zu tun scheinen.

»Findest du nicht, dass er sich förmlich aufdrängt?«, flüstert Felix. »Wenn er nicht schon auf deiner Verdächtigenliste steht, würde ich ihn hinzufügen.«

Felix mag recht haben, aber ich muss vorsichtig vorgehen, und das nicht nur wegen des Löwen in meiner unmittelbaren Nähe.

»Danke dafür«, sage ich mit einem hoffentlich begeisterten Lächeln. »Jetzt brauche ich weder dich noch deinen Freund hier jemals wieder zu belästigen.«

»Hoffen wir, dass es so ist«, flüstert Felix.

»Beginne deine Suche dort drüben.« Chester zeigt auf einen Stapel Bücher zu seiner Linken.

»Danke.« Ich gehe gehorsam an den Ort, den er vorschlägt. Das erste Buch, das ich berühre, handelt zufällig von Wahrscheinlichkeitsmanipulatoren und den Kunststücken, die sie vollbringen können.

»Denkst du, das war eine Einschüchterungstaktik?«, fragt Felix, während ich meinen Finger über einen Abschnitt im Text ziehe, in dem es um die Fähigkeit eines Tricksers geht, die Wahrscheinlichkeit zu erhöhen, dass seine Feinde Krebs bekommen oder einen Unfalltod erleiden.

Oder ein Weg, sich von der Verdächtigenliste zu streichen, schreibe ich zurück. *Warum Leichen herumliegen lassen, wenn er subtilere Mittel einsetzen kann?*

»Um eine Botschaft zu hinterlassen?«, sagt Felix und greift damit Kains Vorschlag auf. »Ganz zu schweigen davon, dass ihn beim zweiten oder dritten Unfall sowieso jeder verdächtigen würde.«

Richtig, schreibe ich ihm. *Trotzdem bräuchte ich ein Motiv, bevor ich ihn gegen mich aufbringe.*

»Clever. Denk einfach daran, dass wenn es eine Art Vendetta ist, es nicht Chesters erste wäre. Er …«

»Lass uns gehen, Bertie«, höre ich Chester sagen. »Wenn du ein guter Junge bist, bringe ich dich morgen nach Afrika.«

»Hat er sich gerade eine Ausrede ausgedacht, um das Weite zu suchen?«, fragt Felix.

Vielleicht, schreibe ich zurück.

Ich beobachte Chester, wie er die Bibliothek verlässt – eine Hand lässig auf die weiße Mähne des Löwen gelegt –, und komme zu dem Schluss, dass das Etikett *Trickser* sehr gut zu diesem speziellen Wahrscheinlichkeitsmanipulator passt.

Okay. Zeit, nach etwas Nützlichem zu suchen.

Ich laufe überall herum, um zu sehen, ob die Staubmuster mir sagen können, ob etwas kürzlich aktualisiert wurde oder ob die Buchumschläge mir einen Hinweis geben können, wo ich anfangen soll.

Nein. Der Raum sieht aus, als wäre er sorgfältig abgestaubt worden, zweifellos von den Mönchen, und die Einbände der meisten Bücher sind identisch, was mich zwingt, jeden Wälzer öffnen zu müssen, um herauszufinden, was in ihm steht.

Ich seufze und schäle eine weitere Banane, während ich nach etwas suche, was Aufzeichnungen ähnelt.

Nichts

Ich esse eine Banane nach der anderen und suche weiter, aber finde nichts als nutzlose Kleinigkeiten. Ist es möglich, dass sie die alltäglichen Aufzeichnungen in höheren Regalen aufbewahren? Hier gibt es eine Leiter, aber ich bräuchte Monate, um sie alle durchzugehen.

Ein paar Stunden und Bananen später, als ich fast einen vollen Kreis zurück zu der Stelle gemacht habe, auf die Chester mich vorhin hingewiesen hat, entdecke ich etwas Nützliches auf einem leicht zugänglichen Regal.

Aufzeichnungen der Abstimmungen – Strike.

Siehst du das? Ich schreibe Felix eine SMS.

Sein Tippen in meinem Ohrhörer hört auf. »Interessant. Ich kann nicht umhin, zu bemerken, dass du, indem du dort angefangen hast, wo Chester hinzeigte, die längstmögliche Zeit gebraucht hast, um auf das Buch zu stoßen.«

Du hast recht, schreibe ich zurück. *Hatte er gehofft, dass ich aufgeben würde? Oder ist das ein Zufall?*

»Es gibt keine Zufälle, wenn Wahrscheinlichkeitsmanipulatoren beteiligt sind. Er wäre der erste, der dir das sagen würde.«

Er hat wahrscheinlich recht. Ich blättere im Buch nach hinten und schaue mir neugierig den letzten Eintrag an. Ja, die Abstimmung über mein Schicksal ist bereits Teil dieser Aufzeichnungen. Ich überprüfe die Namen von allen, die mich tot sehen wollten.

Gertrude. Keine Überraschung.

Eduardo der Werwolf. Interessant.

Albina, die Ratsherrin mit der Materie-auflösenden Kraft, die letzte Nacht einer Traumverbindung mit mir ausgewichen ist. Auch interessant.

Und – Überraschung: Chester hat auch dafür gestimmt, mich zu töten.

Ein paar der anderen Namen kenne ich nicht, also notiere ich sie in meinem Telefon, damit ich überprüfen kann, ob sie ein Alibi haben – zum Teil aus Bosheit, aber wohl eher aus solider Logik. Vor der Abstimmung war die Idee erwähnt worden, meine Fähigkeiten als Spürhund einzusetzen. Hätten die Schuldigen an meine Fähigkeiten geglaubt, hätten sie dafür gestimmt, mich zu töten, um zu verhindern, dass ich ihre Identität herausfinde.

Ich schreibe Felix meine Gedanken.

»Ich glaube, ich stimme dir zu. Aber nur, um den Anwalt des Teufels zu spielen. Wenn der Mörder vorsichtig ist, hätte er vielleicht nicht gegen dich gestimmt.«

Guter Punkt, schreibe ich zurück. *Trotzdem lohnt es sich, die Abstimmungsprotokolle genau zu prüfen.*

Felix gähnt. »Mach das. In der Zwischenzeit gebe ich dem Nickerchen eine weitere Chance.«

Ich öffne das Buch an einer zufälligen Stelle und lese über einen Fall, der meinem eigenen sehr ähnlich klingt. Wie ich, hatte die junge Frau, Siti, zur Zeit ihrer Verbrechen kein Mandat. Obwohl hier nicht steht, was ihre Kräfte waren, benutzte sie sie anscheinend, um menschlichen Hospizpatienten ihre letzten Tagen angenehmer zu machen. Dem Rat zufolge riskierte sie, »die Existenz der Cogniti der gesamten menschlichen Bevölkerung zu enthüllen.« Unglücklicherweise für sie war der Ausgang ihres Falles anders als der meine: Die Abstimmung verlief nicht zu ihren Gunsten, und sie wurde hingerichtet.

Ich erkenne eine Menge der Namen auf der Liste der Leute, die gegen dieses Mädchen gestimmt haben. Interessanterweise ist Chester nicht unter ihnen. Ich blättere so lange, bis ich noch einen ähnlichen Fall finde.

Ja, die gleichen Leute stimmten dafür, diesen Kerl wie das Siti-Mädchen zu töten, aber Chester tat es nicht.

Ich suche weiter.

Das Abstimmungsmuster bleibt unheimlich konsistent, was ich für logisch halte. Wenn man gegen jegliche Exposition gegenüber Menschen eingestellt ist, wird man es wahrscheinlich auch bleiben.

Ich blättere die Seiten schneller durch, bis ich auf einen Fall stoße, in dem die Abstimmungsergebnisse etwas anders sind. Wirklich sehr interessant. Der Angeklagte in diesem Fall war Prinzessin Peach, die Zimmergenossin von Ariel und Felix. In ihrem Fall stimmte Chester für die ultimative Strafe.

Ein noch interessanterer Fall wartet auf der nächsten Seite. Dieses Mal steht Chester selbst vor Gericht. Es werden nicht viele Details gegeben, außer »hat mit Uneingeweihten über die Geheimnisse der Cogniti gesprochen.« Im Gegensatz zu all den früheren Fällen, in denen die Abstimmung über die Hinrichtung entscheiden sollte, riskierte Chester nichts weiter, als aus dem Rat ausgeschlossen zu werden. Die Abstimmung verlief nicht zu Chesters Gunsten – sie haben ihn ausgeschlossen. Hm. Seitdem muss er sich seinen Weg zurück verdient haben. Aber es ist nicht überraschend, dass die gleichen Leute, die normalerweise in ähnlichen Fällen für die Hinrichtung gestimmt haben, auch für den Ausschluss von Chester gestimmt haben.

Könnte das sein Motiv sein? Alle toten Ratsmitglieder kamen von der Liste der Leute, die in diesen Fällen für die Hinrichtung stimmten. Könnte es sein, dass Chester sich für das rächen will, was er als eine Demütigung empfand? Es würde seine ungewöhnliche Stimme erklären, mich töten zu wollen, eine Person, die ihn möglicherweise bloßstellen könnte.

Wenn dies wahr ist, wird die nächste Person, die sterben wird, eines der Ratsmitglieder sein, die für die Hinrichtung oder den Ausschluss im Falle der Exposition gegenüber Menschen gestimmt haben.

Hey, machst du ein Nickerchen? Ich schreibe Felix eine SMS.

Er antwortet nicht.

Ich gehe in die Traumwelt, sage Pom, dass er die Chance hat, Felix wiederzusehen, und trete in Felix' Traum ein.

Er sitzt auf der Couch und spielt ein Videospiel, in dem Wesen, die ein bisschen wie Pom aussehen, mit coolen Superkräften gegeneinander kämpfen.

»Hey«, sage ich. »Ich dachte, du schläfst vielleicht.«

Felix schaut auf seinen Videospiel-Controller, auf die Kreaturen auf seinem Bildschirm, auf mich und schließlich auf Pom. Seine Monobraue wippt auf seiner Stirn. »Jedes einzelne Mal ist es so verdammt schwer, zu glauben, dass ich träume.« Er schaut wieder auf die

Leinwand. »Außerdem, warum mache ich nicht etwas Interessanteres in meinem Traum, wie fliegen?«

»Ich bin mir sicher, dass du das manchmal machst.« Ich schließe mich ihm auf der Couch an, und Pom huscht herüber, um sich zwischen uns zu setzen. »Entschuldige die Unterbrechung, aber ich muss mit dir über Chester sprechen.«

»Und ich muss das Spiel spielen.« Pom hüpft fast vor Eifer. »Was sind das für Wesen?«

»Pokémon.« Grinsend reicht Felix Pom den Videospiel-Controller. »Versuch, als Pikachu oder Jigglypuff zu spielen.«

Ein fröhlich violetter Pom fängt an, die Knöpfe zu zerdrücken.

Felix dreht sich zu mir um. »Also. Chester.«

Ich erzähle ihm, was ich entdeckt habe, und frage: »Glaubst du, er könnte der Mörder sein?«

»Über Wahrscheinlichkeitsmanipulation nachzudenken bereitet mir Kopfschmerzen.« Felix reibt sich theatralisch die Schläfen. »Ich glaube, er könnte es sein.«

»Ach?«

»Lass uns mit dem Pfeil anfangen. Hätte es eine Chance gegeben, Tatum damit zu treffen, hätte Chesters Macht sie zur Gewissheit gemacht. Und wenn es darum geht, sich an den Elfen anzuschleichen, hätte er seine Kraft so einsetzen können, dass der Elf seine Gegenwart erst zu spät bemerkt hätte, oder er hätte den Elfen aus Versehen von der Klippe fallen lassen können.«

Ich habe in die gleiche Richtung gedacht, aber es ist gut, zu hören, dass eine andere Person es bestätigt.

»Er könnte auch hinter dem Vogelangriff stecken«, fährt Felix fort. »Wenn es eine Chance gäbe, dass die Vögel eines Tages verrückt werden und den Traumwandler zu Tode picken würden, hätte Chester diese Wahrscheinlichkeit erhöhen können.«

»Richtig, aber was ist mit Gemma?«, frage ich. »Sie wurde in zwei Hälften gerissen. Es gibt keine Chance, dass er das getan haben könnte, oder?«

»Vielleicht sein Löwe?«

»Vielleicht. Das Ding sah wirklich wie pure Muskelmasse aus. Er muss unglaublich stark sein.«

Felix rutscht von Pom weg, der mit immer größerer Begeisterung spielt. »Du solltest so schnell wie möglich mit Kain darüber reden. Aber mach es vorsichtig. Ein Teil von Chesters Macht besteht darin, zur richtigen Zeit am richtigen Ort zu sein, damit er mithören kann.«

»Wie bin ich dann …«

»Störe ich dich wieder?«, dröhnt Kains Stimme aus dem Himmel.

Wenn man vom Teufel spricht. Er hat mich wieder in meiner Trance erwischt.

»Danke, Felix. Ich muss jetzt gehen.« Ich wecke mich selbst auf.

Wie erwartet steht Kain neben mir in der Bibliothek, und sein dünner Mund ist noch mehr nach unten gerichtet als sonst.

Ich lege meine Hand auf mein schnell schlagendes Herz. »Ich habe an dem Fall gearbeitet, ich schwöre.«

»Und?«

»Wir müssen reden, aber nicht hier.« Ich schaue mich verstohlen zwischen den Bücherregalen um. »Können wir nach draußen gehen, wo wir nicht belauscht werden können?«

Kain hebt eine Augenbraue. »Sicher.«

Er führt mich durch die steinernen Gänge, bis wir den Schlosseingang erreichen und zu dem waldigen Geruch der feuchten Vegetation und dem leichten Nieselregen aus dem Berg auftauchen.

»Lass uns am Wassergraben reden«, sage ich und ignoriere die Wassertropfen, die mir ins Gesicht schlagen. Hoffentlich sind sie nicht zu verseucht. Auf der Erde weiß man nie.

Kain nickt, und wir gehen schweigend, bis wir fast am Ziel sind – und ich ein paar Probleme mit meinem Plan bemerke.

Der Burggraben riecht wie ein Abwasserkanal, und Hekima steht bereits in der Mitte der Brücke, die über ihn führt.

Der ältere Illusionist hält einen Regenschirm in der Hand und zieht an einer Pfeife. Ich schätze, bei all den Karzinogenen, die in seine Lungen fließen, kann er den Gestank, der vom Wasser herüberweht, nicht riechen. Als er uns beide sieht, stößt er eine Rauchwolke aus und winkt mit seiner Pfeife.

So viel zu einem privaten Gespräch.

Kains Gesichtsausdruck ändert sich plötzlich. »Pass

auf«, schreit er und deutet auf etwas hinter Hekima. »Lauf!«

Hekima dreht sich auf der Ferse um und schreit vor Entsetzen.

Ich folge dem Weg von Kains Finger und verkneife mir einen eigenen Schrei.

Ein riesiger Kopf erhebt sich aus dem Graben auf einem langen, schlanken Hals. Es sieht aus wie ein Dinosaurier, obwohl ich keine Ahnung habe, was für einer es sein könnte.

Hekima beginnt, sich zurückzuziehen, aber rutscht auf den nassen Steinen aus und fällt hin. Hekimas Mund ist weit geöffnet, als er schreit, und er hebt seinen Arm defensiv hoch – gerade als die Kreatur ihren mit Zähnen gefüllten Schlund öffnet, zuschlägt und Hekimas Oberkörper mit einem einzigen Biss abtrennt.

KAPITEL FÜNFUNDZWANZIG

WAS VON HEKIMA ÜBRIG BLEIBT, lässt eine Blutfontäne in die Luft spritzen.

Ich schreie.

Kain fährt seine Reißzähne raus und schießt zum Rand der Brücke. Die Bestie muss die Vampire fürchten, denn sie nimmt den Rest von Hekima in ihr Maul und verschwindet in den trüben Gewässern.

»Was zum Teufel …?« Unkontrolliert zitternd, taumele ich hinter Kain her. »Was war das?«

Der Vampir flucht und starrt auf das Wasser, als ob er darüber nachdenkt, hineinzuspringen.

»Bist du verrückt?« Ich ergreife seine Schulter. »Hekima ist tot. Willst du dich ihm anschließen?«

Er dreht sich um, um mich anzusehen. »Du wirst niemandem davon erzählen«, sagt er mit zusammengebissenen Zähnen. »Der Regen wird das Blut wegspülen und …«

Ich weiß nicht, was er als Nächstes sagt. Ich reagiere

rein auf adrenalingefülltem Autopiloten, ziehe das Handdesinfektionsmittel heraus und reinige meine Hände, als ob das Blut, von dem Kain spricht, auf ihnen wäre.

»Mach dir keine Sorgen«, sage ich betäubt, als er mich schüttelt. »Ich werde es niemandem sagen.«

»Und dir ist klar, dass das ein weiterer Mord war, oder?« Er starrt mir in die Augen, als wolle er mich bezirzen.

»War es das?« Ich desinfiziere meine Hände wieder reflexartig.

»Komm rein.« Er ergreift meine frische, saubere Hand und zieht mich wie eine Stoffpuppe hinter sich her.

Ich bin mir nicht sicher, ob er mich bezirzt oder nicht, aber irgendwie finde ich mich in seinem Quartier wieder.

»Worüber wolltest du mit mir reden?«, knurrt er. »Sprich.«

Den Restschock abschüttelnd, schaue ich mich nach Abhörgeräten um. Ich sehe keine, aber das hat nicht viel zu sagen. »Kannst du wieder einschlafen? Niemand kann uns belauschen, wenn wir in der Traumwelt sprechen.«

Er rollt mit den Augen, geht aber gehorsam in sein Schlafzimmer und legt sich schlafen. Ich schlüpfe in die Traumwelt, bitte Pom, sich nicht zu zeigen, und suche Kain. Er ist bereits tief in einem Traum und trinkt Blut von einer Frau, die ich noch nie gesehen habe.

Ich lasse die Frau verschwinden, überzeuge ihn,

dass er träumt, und führe uns in mein Wolkenbüro – in diesem Fall, um meine eigenen angespannten Nerven zu beruhigen. Kain kann sich um sich selbst kümmern.

»Setz dich dorthin.« Ich zeige darauf, wo ich normalerweise sitze, und nehme die Therapieliege für mich selbst. »Also, was war das für ein Ding?« Ich repliziere die Kreatur, die Hekima ein paar Meter entfernt gefressen hat. »Leben solche Dinger auf der Erde?«

Er wirft meiner Kreatur einen unheilvollen Blick zu. »Das war Nessie. Sie war ein Geschenk des schottischen Rates.«

Ich blicke ihn an. »Das Monster von Loch Ness?«

Er nickt. »Die Menschen bekamen Wind von der armen Kreatur, also musste sie umgesiedelt werden.«

Oh, Scheiße – er meint das ernst. Ich lasse Nessie verschwinden und erstelle eine ausgestopfte Nachbildung von Poms üblicher Traumform, die ich an meine Brust drücken kann. »Warum sollte man etwas so Gefährliches in seinem Graben haben?«

Kain zuckt müde mit den Schultern. »Es geschah vor meiner Zeit, damals, als der Rat Gefangene im Kerker hielt. Jeder, der durch die Kanalisation entkam, wurde Nessies Mittagessen.«

Ekelhaft. Die Zelle, die sie mir anfangs als Raum gegeben hatten – wenn ich dieses Loch im Boden als Toilette benutzt hätte, hätte ich buchstäblich meinen Hintern aufs Spiel gesetzt. Ich atme tief ein und versichere mir, dass ich ohnehin nie in die Nähe dieses

Lochs in der Kanalisation gekommen wäre, Monster hin oder her. Viel zu unhygienisch.

Ich schiebe das unangenehme Bild beiseite und frage: »War das das erste Mal, dass Nessie außerhalb ihres Habitats jemanden angegriffen hat?«

Kain senkt sein Kinn mit einem einzigen Nicken. »Ich wusste nicht, dass es möglich ist. Wenn ich jetzt darüber nachdenke, schätze ich, jemand mit Gemmas Macht könnte Nessie dazu bringen, sich so zu verhalten, aber …«

»Gibt es noch jemanden mit Gemmas Macht im Rat? Er oder sie könnte hinter Leals Tod *und* hinter diesem Mord stecken.«

Kain seufzt. »Sie war die Einzige.«

»Was ist mit Wahrscheinlichkeitskräften?« Ich erstelle eine Replik von Chester vor uns. »Ich kann mir vorstellen, dass es immer eine kleine Chance gab, dass Nessie jemanden am Burggraben angreifen würde. Ein Trickser hätte diese Chancen erhöhen können.«

»Vielleicht. In der Theorie. Aber warum?«

Ich erzähle ihm von meinem Verdacht über Chester.

»Das passt nicht«, sagt er. »Hekima war noch nicht im Rat, als sie Chester rausgeschmissen haben.«

Mist, das ist richtig. Hekima war nicht auf der Liste der Leute, die gegen Chester gestimmt haben – oder irgendjemand anderen, was das betrifft. So viel zu dieser Theorie.

Ich umarme meine Pom-Replik noch fester. »Vielleicht war es also tatsächlich ein Unfall. Vielleicht hat Nessie nach all der Zeit ohne Gefangene zum Fressen Hunger bekommen.«

Kain schnaubt. »Die Mönche füttern sie mit einer Ziege pro Tag. Ich denke, wir müssen dies als Mord behandeln, weshalb ich dir gesagt habe, dass du schweigen sollst.«

Ich habe kein gutes Gefühl dabei. »Wie meinst du das?«

»Wie ich sagte, wenn es einen weiteren Mord gibt, wird dein Schicksal ungewiss. Um es milde auszudrücken.«

Meine Herzfrequenz verdreifacht sich. Da dies die Traumwelt ist, verlasse ich meinen Körper, um mich zu beruhigen.

»Ich wette, der wahre Grund ist sein Ruf als Chef der Vollstrecker«, flüstert mir Pom – der sich unsichtbar gemacht haben muss, um das Ganze zu hören – ins Ohr, als ich zurück bin.

Er hat recht. Dieser Mord geschah vor Kains Nase. Er wird bestimmt schlecht dastehen, wenn jemand davon erfährt.

Ich lasse Traum-Chester verschwinden und frage: »Was, wenn Hekima ihn irgendwie verärgert hat?«

»Könnte sein«, sagt Kain. »Warum überprüfst du nicht sein Alibi?«

»Das werde ich. Weißt du zufällig, wo er war, als Tatum mit diesem Pfeil erschossen wurde? Er gab freiwillig Auskunft über seinen Aufenthaltsort während des Mordes an Gemma, aber ...«

»Vegas. Ich glaube, er war in Las Vegas.« Kain steht

auf und beginnt, auf der Wolke hin und her zu gehen. »Sein Löwe hat eine Freundin unter den Löwen im Hotel Mirage, aber das ist nur die Ausrede. Chester geht gerne in Casinos und nutzt seine Macht, um an Spielautomaten zu gewinnen. Normalerweise eine unverdächtige Menge.«

Ich behalte im Hinterkopf, nachzusehen, wie das Casino des Mirage aussieht. »Sobald Chester schlafen geht, werde ich diese Alibis überprüfen.«

»Bis dahin sollst du in meinem Quartier bleiben, damit ich ein Auge auf dich haben kann«, sagt Kain. »Wir werden über nichts davon sprechen, für den Fall, dass deine Paranoia berechtigt ist. Du wirst auch nichts essen oder trinken. Wir wollen alle unglücklichen Unfälle vermeiden.«

Ich nicke feierlich und wecke uns auf.

Kain öffnet die Augen, springt vom Bett auf und geht ohne einen zweiten Blick zu seinem Essbereich.

Ich kämpfe gegen den Drang, mich auf die flauschige Decke zu legen, folge ihm und setze mich auf einen Barhocker neben der Küchentheke. Er ist schon an seinem Laptop und ignoriert mich völlig.

Ich nehme mein Handy heraus und schlage das Casino nach, um mir ein paar wichtige Details zu notieren. Dann lege ich mein Telefon weg und sitze einfach nur da, zu müde, um etwas anderes zu tun. Nach einer Weile tröpfeln die letzten Reste von Adrenalin aus meinem Körper, und die stärkste Müdigkeit, die ich je erlebt habe, überkommt mich.

Ich springe auf und beginne, auf und ab zu gehen –

aber ich fühle mich immer noch, als würde ich gleich einschlafen.

Das ist der Grund, warum die Menschen auf dieser Welt Schlafentzug als Folter anwenden. Weil es das ist. Ich würde alles tun, um etwas Schlaf zu bekommen. Nun, der Abend ist nur noch ein paar Stunden entfernt. Vielleicht könnte ich ein Nickerchen machen? Wenn ich Glück habe, wird es traumlos sein. Aber selbst wenn nicht, bin ich an diesem Punkt bereit, mich meinen schlimmsten Alpträumen zu stellen, nur damit dieses Gefühl aufhört.

»Kann ich dein Bett benutzen?«, frage ich und unterdrücke ein Gähnen.

Kain schaut von seinem Laptop auf. »Zum Schlafen? Was ist mit deinem Laster?«

Ich senke meinen Blick. »Es ist einige Zeit her, seit ich getrunken habe. Es gibt eine Chance, dass ich vielleicht einschlafen kann – eine kleine, aber …«

»Fühl dich wie zu Hause.« Er lenkt seine Aufmerksamkeit auf den Bildschirm zurück. »Ich werde dich wecken, wenn ich dich brauche.«

Was für eine Erleichterung. Ich gehe ins Schlafzimmer, und, die BDSM-Utensilien um mich herum ignorierend, stürze mich ins Bett.

Natürlich, jetzt, wo ich liege, kommt der Schlaf nicht mehr – typisch dafür, wie das bei Vampirblut funktioniert.

Ich versuche es trotzdem, indem ich Moofts zähle.

Bei fünftausendvierhundertundsieben kommt Kain in den Raum. »Es ist Zeit.«

Ich schiebe mich müde auf die Füße. »Glaubst du, Chester schläft?«

»Ich weiß es. Tu, was du tun musst«, sagt Kain und verlässt den Raum.

Ohne zu zögern, berühre ich Pom und betrete die Traumwelt.

Der Looft erscheint vor mir, färbt sich violett und quietscht, als hätte er mich ewig nicht gesehen. Andererseits, da er so viel in der Traumwelt ist, könnte sein Zeitgefühl verzerrt sein.

»Hey, Kumpel«, sage ich, während ich zum Turm der Schlafenden gehe. »Wie läuft es so?«

»Ich freue mich, dich zu sehen.« Er fliegt im Kreis um mich herum. »Ich war besorgt.«

Meine Adrenalinausschüttung muss ihn beeinflusst haben. Als Parasit – ich meine, Symbiont – bekommt er all meine Hormone.

Seine Ohren werden rot. »Du hast wieder dieses P-Wort gedacht.«

»Und du liest wieder meine Gedanken. Wenn du sie aufmerksam gelesen hättest, wüsstest du, dass ich mich geistig korrigiert habe.«

»Trotzdem«, sagt er mürrisch. »Du würdest es nicht mögen, wenn ich dich für gemein halte und mich danach daran erinnere, dass du nur PMS hast und deine Hormone daran schuld sind.«

»Ich weiß nicht einmal, wo ich damit anfangen soll.« Als ich den Turm erreiche, suche ich die Nischen nach Chester ab. »Ist dir klar, dass du dank deiner symbiontischen Natur auch PMS hast, wenn ich sie habe?«

Poms riesige Augen werden größer. »Habe ich?«

»Du bist von den gleichen Hormonen überflutet – und wirst genauso launisch.«

Er wackelt mit den Ohren. »Ich glaube, du bist einfach so gereizt, dass du mich als launisch *wahrnimmst*.«

Ich ignoriere ihn und fliege zu Chesters Bett, über dessen Kopf sich eine schwarze Wolke bildet. »Verdammter Mist.«

Pom schnüffelt an der Wolke. »Es ist schlimm. Wie faule Eier.«

Ich greife nach Chesters Stirn. »Ich gehe trotzdem rein.«

KAPITEL SECHSUNDZWANZIG

»SCHATZ?«, ruft Chester aus seinem Büro. »Liebling, das Baby weint.«

Keine Antwort.

Er runzelt die Stirn und geht zu dem Säugling. Er bleibt neben der Krippe stehen, lächelt das kleine Mädchen an, und es hört sofort auf zu weinen. Entweder hat es seinen Vater vermisst, oder er nutzt seine Macht, um die Chancen zu erhöhen, dass es sich beruhigt.

»Ich gehe Mama suchen«, sagt er besänftigend. »Es ist seltsam, dass sie dich nicht gehört hat. Ihre Ohren sind so empfindlich wie die des großen, bösen Wolfs.«

Das Baby schenkt ihm ein zahnloses Grinsen. Widerwillig verlässt er das Kinderzimmer und beginnt, das Haus Raum für Raum zu durchsuchen.

»Matilda?«, ruft er an der Tür des Hauptbadezimmers. »Bist du da drin?«

Keine Antwort.

Er dreht am Griff. Sie ist abgeschlossen. »Liebling, ist alles in Ordnung da drinnen?«

Schweigen.

Mit gerunzelter Stirn zerrt er am Türgriff. Ein seltsames Klicken ertönt, und die Tür öffnet sich – zweifellos wurde die Wahrscheinlichkeit dafür gerade erhöht.

Er schaut hinein.

Auf dem Fliesenboden liegt eine Rasierklinge, und Wasser läuft über die Seiten einer Badewanne. Rötliches Wasser.

Pom hatte recht. Dies ist ein schlechter Traum.

Chesters Gesicht verliert alle Farbe, und er stürmt herein.

In der Wanne liegt eine wunderschöne Frau mit makelloser Haut, die wie weiße, auf Seide geschmolzene Schokolade aussieht. Makellose Haut, abgesehen von den nicht mehr blutenden Schnitten an ihren Handgelenken.

Verzweifelt prüft er ihren Puls. »Nein!« Er ergreift ihren nackten Körper und zieht ihn aus der Wanne. »Nein. Bitte nicht.«

Er zeigt mit der Hand auf den Körper und spannt sich an, wobei er seine Kraft voll ausnutzt.

Es funktioniert nicht. Es muss keine Chance für diese Frau geben, ins Leben zurückzukehren.

»Wie konnte das passieren?«, heult er verzweifelt auf.

Ich wünschte, Pom wäre jetzt hier, damit ich ihn drücken kann. Eine Mutter, die für immer fort ist – das erinnert mich zu sehr an mich. Wäre es so schlimm, in meinen Traumpalast zurückzukehren, mich zu erholen und später wiederzukommen, um mit Chester fertigzuwerden?

Ich stähle mich selbst. Die Untersuchung wartet – und es ist ein Mittel, um meine Mutter zu retten, die, im Gegensatz zu Chesters Frau, immer noch gerettet werden *kann*.

Ich lenke meine Aufmerksamkeit wieder auf den vorliegenden Traum. Die Traumaschleife ist nun vorbei, aber meine Intuition zwingt mich quasi, die nächste Traumreihe trotzdem ablaufen zu lassen.

Chester sitzt in seinem Wohnzimmer, das Baby in seinen Armen. »Ich werde herausfinden, was mit Mama passiert ist.« Er verschiebt seinen Griff an der warmen Milchflasche. Seine Stimme wird grimmig. »Wenn ich das tue, wird derjenige, der dafür verantwortlich ist, bezahlen.«

Der Rest des Traums scheint keine Antworten bereitzuhalten, und der danach auch nicht.

Dann knacke ich den Jackpot.

Um uns herum ist das Labor mit den kannibalischen Tauben, und Chester ist dort und spricht mit Leal, dem Traumwandler.

»Unser lieber Seherkollege Darian prophezeite, dass, wenn meine Frau nicht sterben würde, unser Kind sterben würde«, sagt Chester mit leiser, wütender Stimme. »Aber das wusstest du natürlich schon.«

Leal steht auf. »Das wusste ich nicht. Ich meine, wir alle wissen, wie sehr du Darian hasst, aber …«

Chester erhebt sich ebenfalls. »Sie erfuhr diese üble Prophezeiung von einem Traumwandler. Wie viel von euch Abschaum kann es geben?«

»Ich war es nicht.« Leal zieht sich in Richtung der Vogelkäfige zurück. »Ich habe keinen Grund, zu lügen.«

»Du hast allen Grund dazu.« Chesters Kiefer spannt sich bedrohlich an.

»Das habe ich nicht.« Leal stoppt seinen Rückzug und macht seinen Rücken gerade. »Ich habe in deinen Träumen einige interessante Dinge entdeckt. Wenn mir etwas passieren würde – selbst durch einen Unfall –, würde jeder erfahren, was du getan hast.«

»Du drohst mir?« In seiner Wut sieht Chesters Gesicht unheimlich wie das eines Kobolds aus.

»Ich erinnere dich nur an die Konsequenzen voreiligen Handelns«, sagt Leal. »Und um dir unmissverständlich klarzumachen: Ich habe keinen Grund, dich anzulügen. Wenn deine Frau um etwas gebeten hätte, von dem ich gedacht hätte, du würdest es missbilligen, wäre ich zuerst zu dir gekommen. Du bist mein Mit-Ratsmitglied. Das war sie nicht.«

Hier bricht der Traum ab, und der nächste ist keine Erinnerung. Ich lasse ihn im Hintergrund ablaufen, während ich das Gelernte verarbeite.

Chester hatte einen Streit mit Leal. Er musste aber vorsichtig sein, wenn er sich mit ihm anlegen wollte. Leal verbarg etwas, etwas, was im Falle seines Todes herausgekommen wäre. Könnte es sein, dass Chester ihn trotzdem umgebracht hat? Oder ist meine frühere

Theorie richtig, und Chester hat diejenigen getötet, die ihn aus dem Rat gewählt haben? Aber warum hat Leal dann seine Drohung nicht wahrgemacht? Warum sind seine Geheimnisse über Chester nicht herausgekommen?

Außerdem, warum hat Chester Hekima getötet?

Auf jeden Fall erklärt das Chesters Stimme gegen mich. Es klingt, als ob ihn der Selbstmord seiner Frau dazu getrieben hat, Seher und Traumwandler nicht zu mögen, und ich bin einer der Letzteren.

Nun, er wird mich noch mehr hassen, wenn ich ihn als den Mörder entlarve.

Ich beobachte, wie seine Träume vorbeischwimmen, bis ich sehe, wie sein Löwe bösartig einen Menschen tötet. Ich verwandele mich in diesem Traum in den Löwen, der in einem Nebel vor dem Schloss läuft, Chester dicht hinter ihm. Ich setze das Datum und die Uhrzeit für den Gemma-Mord fest und warte auf Chester, um die Details hinzuzufügen.

Sie schlendern friedlich den Weg hinunter.

Was zum Teufel ...? Dieser Traum ist eine Erinnerung. Weder Chester noch sein Löwe rissen Gemma in zwei Hälften.

Wie wäre es, Tatum mit dem Pfeil zu erschießen?

Ich habe das Datum und die Uhrzeit festgelegt, um diesen Mord zuzuordnen und das Schlossgelände durch ein Casino zu ersetzen. Chester füllt wieder die Details aus, und ich sehe ihn einen kleinen Jackpot gewinnen – wieder eine Erinnerung. Wenn er in Las Vegas war, konnte er nicht Tatum in New York mit einem Pfeil erschießen, Wahrscheinlichkeitsmacht hin oder her.

»Bist du jetzt zufrieden?«, fragt Chester und sieht mich direkt an.

Ich starre ihn mit offenem Mund an.

»Du hast vergessen, dich unsichtbar zu machen.« Er grinst. »Glücklicherweise, sozusagen.«

Er hat recht. Ich habe es tatsächlich vergessen.

»Ich habe gerade bewiesen, dass du nicht schuldig bist«, sage ich schnell, bevor er sich entscheidet, mir Krebs oder Schlimmeres zu verpassen.

Er wirft eine Münze in einen Spielautomaten in der Nähe und gewinnt wieder. »Deshalb habe ich dafür gesorgt, dass ich im REM-Schlaf war, als du mich brauchtest.«

Ich benutze meine Kräfte, um mich kleiner und zerbrechlicher aussehen zu lassen. »Ich habe nichts übermäßig Persönliches erfahren.«

Er kichert humorlos. »Lass uns zur Sache kommen. Ich weiß, dass du weißt, dass ich dafür gestimmt habe, dich zu töten.« Er wirft eine Münze in einen weiteren Spielautomaten und bekommt einen Fluss von ihnen zurück. »Ich habe das getan, weil ich Traumwandler aus prinzipiellen Gründen nicht mag – und jetzt weißt du, warum.«

Ich nicke vorsichtig.

Er grinst, als er eine Handvoll Münzen nach derjenigen durchstöbert, die er will. »Als meine Kraft uns in der Bibliothek zusammenbrachte, wurde mir klar, dass du tatsächlich nützlich sein könntest. Ich hatte natürlich recht – du hast mich nur von jeglichem Fehlverhalten freigesprochen. Ich glaube, Kain hat mich ein wenig verdächtigt, also stell sicher, dass du das klarstellst.«

»Das werde ich. Ist jetzt alles geklärt zwischen uns?« *Muss ich mir über DNA-Mutationen und solche Dinge Gedanken machen?* ist das, was ich hinzufügen möchte, aber ich tue es nicht, falls ihn das auf die Idee bringt.

»Wenn du dich von diesem Moment an aus meinen Träumen heraushältst, brauchst du dir um mich keine Sorgen zu machen«, sagt er großmütig. »Nun wach auf.«

Das tue ich.

Ich suche Kain und sage ihm, dass Chester nicht schuldig ist.

»Wegen Hekima habe ich das auch nicht gedacht«, sagt Kain. »Also, was kommt als Nächstes?«

»Ich denke, ich sollte Traumverbindungen mit Eduardo und Nina eingehen, um ihre Alibis zu überprüfen. Danach kann ich mich mit dem Rest des Rates verbinden.«

Kain nickt und führt mich zu Ninas Quartier.

Die Steinplatte versperrt nicht den Weg – sie erwartet uns.

Ich streiche mit meinem Blick über die Stelle, an der sie angedeutet hatte, dass sie Yoga macht, merke mir ein paar wichtige Details und folge Kain ins Schlafzimmer.

Ich habe Glück.

Nina ist im REM-Schlaf, also trete ich schnell in ihre Traumwelt ein.

———

POM GRÜSST MICH, als ich zum Turm der Schlafenden eile. »An wem arbeitest du gerade?«

»Nina. Und ich fürchte, sie wird eine Traumaschleife haben.«

»Oh?« Er färbt sich hellorange.

Ich zucke mit den Schultern. »Sie strahlt so etwas aus.«

Als ich Traum-Nina ausfindig mache, atme ich erleichtert auf.

»Keine Wolke«, sagt Pom. »Ich schätze, sie ist nicht so beunruhigt, wie du dachtest.«

»Ja.« Ich stelle sicher, dass ich unsichtbar bin. »Es ist deine Entscheidung, ob du dich mir anschließen willst oder nicht.«

»Das will ich«, sagt er verschwörerisch und wird auch unsichtbar. »Können wir telepathisch sprechen?«

Schön, denke ich demonstrativ. Aber gewöhne dich nicht daran, meine Gedanken zu lesen.

Das werde ich nicht, sagt Pom als Stimme in meinem Kopf. *Danke.*

Ich berühre den Raum zwischen Ninas scharf abgegrenzten dunklen Augenbrauen.

———

DIE TENNISBALLMASCHINE SCHIESST mit der Geschwindigkeit eines Maschinengewehrs Bälle auf Nina. Sie fängt jeden Ball mit ihrer Telepathie auf und wirft ihn in einen Korb. Eine andere Ballkanone fängt an, aus einem anderen Winkel auf sie zu schießen, und sie lenkt diese Geschosse genauso einfach ab.

Was macht sie da?, fragt Pom.

Ihre Macht trainieren, denke ich zurück. Bitte lass mich mich konzentrieren.

Ich schaue mich auf dem Tennisplatz nach einem Weg um, um ihn in Ninas Wohnung zu verwandeln.

Etwas Seltsames erregt meine Aufmerksamkeit: Die Fenster dieses Gebäudes sind solide schwarz. Achselzuckend beschließe ich, zu warten, bis Nina der Übung überdrüssig wird.

Schließlich sammelt sie ihre Sachen zusammen und geht in die Umkleidekabine. Ich setze das Datum und die Zeit für Gemmas Mord und verschiebe den Ort. Anstelle eines Badezimmers geht Nina vom Spielfeld in ihre eigene Wohnung – und wie es so oft bei den Träumern ist, wundert sie sich nicht einmal darüber.

Die Fenster hier sind auch schwarz, ein merkwürdiges Detail, an das ich mich nicht erinnern kann.

Aber das spielt keine Rolle.

Nina lässt die Möbel schweben, rollt eine Matte aus und geht in ihre erste Yogastellung.

Verdammter Mist, denke ich für Pom. *Dies ist eine Erinnerung.*

Sie ist also nicht schuldig?

Sieht so aus. Ich werde jetzt aufwachen. Bis bald.

Bevor Pom protestieren kann, komme ich aus der Trance heraus.

———

NACHDEM ICH KAIN über meine Entdeckung informiert habe, machen wir uns auf den Weg zu Eduardos Quartier. Als wir dort ankommen, ist das Bett leer.

Kains Reißzähne erscheinen »Er sagte, er würde heute Abend hier sein.«

»Vielleicht geht er später ins Bett?« Ich schaue mich im spartanischen Schlafzimmer nach irgendwelchen Hinweisen um.

»Wir geben ihm ein paar Stunden«, knurrt Kain.

Danach laufen wir eine Weile in der Burg herum, und ich betrete die Schlafzimmer der Leute, stelle Verbindungen her und gehe dabei die Liste der Ratsmitglieder durch, die dafür gestimmt haben, mich zu töten. Als wir zum letzten auf der Liste kommen, erkenne ich das Wohnzimmer, das wir betreten.

Dies ist die Wohnung von Albina, der Stadträtin, die eine Notiz hinterlassen hatte, um sich dafür zu entschuldigen, dass sie beim letzten Mal ihre Traumverbindung verpasst hatte.

Ich werde munter. Mir damals aus dem Weg zu gehen war zwielichtig. Vielleicht sollte sie höher auf meiner Liste der Verdächtigen stehen.

Kain schnuppert an der Luft, und sein Gesicht

verdunkelt sich. Er fährt seine Reißzähne bis zum Anschlag aus und stürzt sich in Albinas Schlafzimmer.

Ich laufe ihm in den Raum hinterher, bleibe aber abrupt stehen.

An meinem Handgelenk wird Pom schwarz.

Auf dem Bett liegt Albina, nehme ich an. Ihr nackter Körper ist vampirblass, mit scheußlichen Blutergüssen am Hals. Angesichts ihres zerzausten Aussehens ist es nicht schwer, das als einen Fall von erotischem Sauerstoffentzug, der schiefgelaufen ist, abzutun.

Kain überprüft den Puls an ihrem Handgelenk, und ich halte den Atem an und bereite mich auf das vor, was er sagen wird.

»Nichts.« Er lässt ihr Handgelenk los. »Sie ist tot.«

KAPITEL SIEBENUNDZWANZIG

EIN ADRENALINSCHUB WISCHT alle Spuren meiner früheren Schläfrigkeit weg. Kain sagte, wenn noch mehr Menschen sterben, würde ich folgen – und jetzt sind zwei unter meiner Aufsicht gestorben.

Kain bewegt sich so schnell, dass er fast verschwimmt, reißt sich mit den Zähnen das Handgelenk auf und drückt Albina sein Blut in den Mund.

Nichts passiert.

Eigentlich stimmt das nicht. Etwas passiert, aber nicht mit Albina – sondern mit mir. Ich starre wie hypnotisiert auf das Blut, als Kain wieder Albinas Puls überprüft, flucht und aus dem Raum verschwimmt.

Ich stolpere aus dem Schlafzimmer, suche die Küche und würge halb verdaute Bananen in die Spüle.

Wohin ist Kain gegangen? Was soll ich tun? Fragen wirbeln durch meinen Kopf, aber keine einzige Antwort. Ich greife nach einem Glas, gieße etwas wahrscheinlich verunreinigtes Leitungswasser hinein und kippe es hinunter.

Mit einer weiteren Leiche unter meiner Aufsicht werde ich wahrscheinlich nicht lange genug leben, um krank zu werden.

Auf jeder möglichen Ebene fühle ich mich schrecklich. Ich zittere, mein Mund und mein Hals stehen in Flammen, und ich sehne mich nach Schlaf, so wie sich jemand in der Wüste nach Wasser sehnt.

Die Mauern um mich herum schließen sich.

Ich habe Schwierigkeiten, zu atmen.

Habe ich gerade eine weitere Leiche entdeckt? Habe ich wirklich gesehen, wie Hekima gegessen wurde?

Könnte mir der Schlafentzug Halluzinationen bescheren?

Ich greife nach dem Fläschchen mit dem verdünnten Vampirblut. Sehne ich mich danach? Zu sehen, wie Kains Blut aus seinem Körper strömte, ekelte mich nicht so sehr an, wie es sollte. Es faszinierte mich. Ist das die erste Stufe der Sucht? Oder ein späteres Stadium?

Andererseits, wenn ich nicht genau in dieser Sekunde zusammenbrechen und einschlafen will, muss ich *etwas tun*.

Ich kann versuchen, meine Dosis stark einzuschränken. Ich gieße einen Tropfen des verwässerten Blutes in mein Glas und fülle es wieder mit Wasser. Ich stecke das Fläschchen in die Tasche, tauche meinen Finger in das Glas und schnippe die meiste Feuchtigkeit ab. Es geht nicht verdünnter als das hier.

Ich lecke den Finger ab.

Die Lust ist so intensiv wie beim letzten Mal, vielleicht sogar noch intensiver. Ich stöhne und schlage meine Stirn gegen den Kühlschrank.

Ich kann den Schmerz kaum fühlen.

Verdammter Mist, etwas läuft mir die Stirn herunter.

Ich streiche darüber und starre auf die rote Flüssigkeit, die meine Finger befleckt. Blut. Im Gegensatz zu früher, heilen meine Wunden nicht. Ich schätze, meine Medizin war für diesen speziellen Effekt zu verdünnt.

Schlimmer noch, ich fühle mich fast genauso schlafentzogen wie vorher.

Kain stürmt mit einer zerzausten Isis im Schlepptau in die Wohnung.

Natürlich – als sein Blut nicht funktionierte, ging er einen Heiler holen.

Isis verengt ihre schläfrigen Augen auf mich, zeigt mit dem Finger auf meine Stirn, und beschießt sie mit goldener Energie.

Die heilende Wärme fühlt sich gut an, aber nicht so intensiv wie Vampirblut.

Ich berühre meine Stirn.

Die Wunde ist geschlossen.

»Kümmere dich nicht um sie«, knurrt Kain. »Deine Patientin ist da drin.« Er schleppt sie ins Schlafzimmer.

Ich folge ihnen hinein, gerade als Isis Albina mit

einem Strahl goldener Energie trifft, die sie aufrecht sitzen lässt, während sie die Lebenszeichen der toten Frau überprüft.

Der Strahl stoppt.

»Es tut mir leid«, sagt sie mit vom Schlaf rauer Stimme. »Sie war jenseits aller Heilung.«

Kain schlägt mit der Faust gegen die Wand und vergräbt seinen Arm bis zum Ellenbogen in ihr.

Isis zieht eine Decke über den Körper. »Wir sollten Roger – oder noch besser, einen menschlichen Gerichtsmediziner – einen Blick darauf werfen lassen.«

Roger. Dieser Name kommt mir bekannt vor. War er nicht derjenige, der ein Schlafmittel für Leal hergestellt hat?

Isis fängt meinen Blick ein. »Ich nehme an, du weißt nicht, wer das getan hat?«

Ich schüttele meinen Kopf, und Kain wirft mir einen so mörderischen Blick zu, dass ich voll und ganz erwarte, dass er mein Blut aussaugt – oder noch schlimmer – hier und jetzt.

»Der Werwolf. Eduardo.« Ich versuche, meine Stimme ruhig zu halten. »Hatte er eine Beziehung mit ihr?« Ich schaue auf die Leiche.

Mit angespanntem Kiefer schüttelt Kain den Kopf.

»Er war vorhin nicht in seinem Zimmer«, erinnere ich ihn. »Vielleicht war er hier.«

»Kümmere dich darum«, bellt Kain Isis an und geht so schnell heraus, dass ich rennen muss, um mitzuhalten.

Als wir in die Wohnung des Werwolfs zurückkommen, keuche ich schon nach Luft.

»Er sollte besser da sein«, knurrt Kain.

Wir stürmen in das Schlafzimmer und finden den großen Mann in seinem Bett, wo er schnarcht wie ein alter Hund.

Kain nickt dem Bett zu. »Mach deine Arbeit«, sagt er mir mit leiser, harter Stimme.

»Er ist nicht im REM-Schlaf«, flüstere ich. »Wir müssen warten.«

Seine Stimme wird lauter. »Meine Geduld geht langsam zu Ende. Zwei weitere Ratsmitglieder sind tot. Wenn ich du wäre, würde ich mich sofort nützlich machen.«

Verdammter Mist. Ich schätze, das ist kein guter Zeitpunkt, ihm von den Notizen des Traumwandlers zu erzählen, in denen er über die Schwierigkeit sprach, in Werwolfträume einzudringen.

Moment mal. Wie konnte ich das vergessen? Die schwarzen Fenster in Ninas Traum. Sie sind …

»Da«, sagt Kain, diesmal leiser. »Sieh dir seine Augenlider an.«

Er hat recht. Der Werwolf ist in den REM-Schlaf eingetreten – ein Rekord, wenn man bedenkt, dass er vor ein paar Minuten noch nicht im Bett war.

Ich täusche Selbstvertrauen vor, schleiche mich zu der liegenden Gestalt und berühre den muskulösen Hals.

KAPITEL ACHTUNDZWANZIG

POM TAUCHT AUF, sobald ich die Traumwelt betrete, und ich streichele ihn, um mich ein wenig zu entspannen, bevor ich die Mehrkörpertechnik aus Leals Tagebuch ausprobiere.

Wie zuvor erschaffe ich für mich selbst einen zweiten Körper, weit weg von dem, wo ich stehe, falls das hilft. Als Nächstes verlasse ich meinen jetzigen Körper und will in beide zurückkommen.

Nein. Ich lande im ursprünglichen Körper.

Ich tue es wieder und strapaziere meine Willenskraft.

Ich lande in dem weiter entfernten Körper anstatt in dem ursprünglichen, aber nicht in beiden.

»Ich schätze, das ist immerhin etwas«, sagt Pom aufmunternd. »Du hast eine Art von Teleportation gelernt.«

»Richtig, aber das ist nicht das, was ich brauche.«

Trotzdem hat Pom einen Punkt. Dieses *ist* eine

Möglichkeit, in der Traumwelt zu teleportieren. Aber andererseits, ist es nicht bereits Teleportation, wenn man in einen anderen Traum geht? Oder baut das die Realität um mich herum auf?

Ich hebe mir die Metaphysik für später auf, verlasse meinen Körper, erschaffe einen im Turm der Schlafenden und lasse den ursprünglichen verschwinden. Beim Wiedereintritt in mich selbst lande ich im Turm – funktionelle Teleportation.

Hey, das ist schon etwas.

Zur Sicherheit probiere ich die Mehrkörpertechnik noch einmal aus und falle durch. Ich schätze, es ist nicht zu ändern. Ich werde mit dem Werwolf auf die übliche Art und Weise umgehen müssen – als ein Körper.

Ich teleportiere mich in seine Nische, mache mich unsichtbar und berühre ihn so, wie ich es in der wachen Welt getan habe.

SOBALD ICH MICH in Eduardos Traumwelt materialisiere, sehe ich, was das Problem ist – und es ist ein großes.

Irgendwie hat der Werwolf zwei Träume gleichzeitig, etwas, was ich noch nie erlebt und nicht für möglich gehalten habe. Die beiden Träume liegen übereinander, zumindest aus meiner Sicht, wie zwei Filmprojektoren, die verschiedene Filme abspielen, die auf die gleiche Leinwand gerichtet sind.

In einem Traum – einem gewalttätigen Naturschauspiel – ist Eduardo in Wolfsform, reißt eine Gazelle in Stücke und genießt das Gefühl von warmem Blut in seinem Maul. In dem anderen Traum macht Eduardo, der Mann, es im Doggy-Style – oder ist es in diesem Fall Wolfs-Style? – mit einer Frau, die ich nicht kenne.

Könnte sie Albina sein?

Es ist schwer zu sagen, besonders wenn Sex und Gewalt ineinander übergehen.

Der Wolf hört abrupt auf zu fressen, hebt seine blutige Schnauze und schnüffelt an der Luft. Mit Tieraugen schaut er mich direkt an, heult und springt vorwärts. Im selben Moment hört der nackte Mann auf, zuzustoßen, und dreht sich um, um mich anzuschauen.

Ich will rennen, aber die zwei Umgebungen machen es schwierig, mich zu orientieren, und der Schmerz explodiert in meinem Nacken, als die Zähne des Wolfes zubeißen.

Bevor er diese Kiefer schließen und mich töten kann, wecke ich mich selbst auf.

———

ZURÜCK IN MEINEM WIRKLICHEN KÖRPER, hämmert mein Herz so stark, dass ich Angst habe, dass es ein Loch in meinen Brustkorb schlägt. Wenn der Wolf seine Zähne noch tiefer gegraben hätte, wäre ich in dem Traum gestorben und jetzt mörderisch.

Wo wir gerade von mörderisch sprechen, die Art und Weise, wie Kain mich ansieht, ist nicht gut.

»Es tut mir leid.« Ich ziehe mich zurück. »Ich konnte sein Alibi nicht überprüfen.«

»Du ... *was?*« Seine Reißzähne gleiten heraus.

»Ich wusste, dass dies passieren könnte. Es ist schwierig, in Werwölfen zu traumwandeln.«

Kains Augen werden zu Spiegeln. »Sag mir die Wahrheit«, befiehlt er in einer angespannten Version seiner üblichen honigsüßen Stimme.

Ich spreche roboterhaft, ohne es zu wollen. »Er träumte zwei Träume auf einmal, einen für die Wolfseite und einen für die Männerseite. Bevor ich etwas manipulieren konnte, stürzte er sich auf mich ...«

Kit platzt herein. »Was geht hier vor sich?«

»Du bist frei«, spuckt Kain mich an. Er dreht sich zu Kit um. »Ich habe diesem nutzlosen Blutbeutel bezirzt, um endlich etwas Wahrheit herauszuholen.«

Sie runzelt die Stirn. »Du bist empfänglich für Bezirzen?« Mit einem Blick zurück auf Kain sagt sie: »Wenn du wusstest, dass du sie auf diese Weise dazu bringen konntest, die Wahrheit zu sagen, warum hast du sie bei der Anhörung nicht von ihrer Schuld befreit?«

Großartige Frage. Ich wette, die Antwort ist, dass er einen Köder brauchte, damit ich den Mörder entlarve. Oder vielleicht hatte er gehofft, ich würde den dummen Fall tatsächlich lösen.

»Warum bist du hier?«, fragt er Kit harsch.

»Isis hat mich geweckt.« Ihre nixenhafte Gestalt kräuselt sich und wird zur Heilerin. »Sie erzählte mir, was mit Albina passiert ist, sagte, dass Bailey einen Werwolf erwähnte.«

Meine Aufmerksamkeit wandert zurück zu Eduardo. Obwohl er mich in seinem Traum gesehen hat, obwohl ich aufgewacht bin, und trotz der lauten Stimmen aller, schläft der Werwolf nicht nur noch, er träumt wie ein Baby.

»Wir sollten dieses Gespräch woanders weiterführen«, flüstere ich und denke mir, dass, falls sie mich zwingen, zurück in seinen Traum zu gehen – etwas, was ich um jeden Preis vermeiden möchte –, es besser ist, wenn er im REM-Schlaf bleibt.

Beide blicken auf den schlafenden Werwolf und machen sich auf den Weg, wobei Kit unterwegs ihre übliche Verkleidung annimmt.

Als wir die Wohnung verlassen, dröhnt ein seelenzerreißender Lärm durch die Burg. Es klingt, als ob jemand versucht, eine Bombenexplosion mit irgendeinem infernalischen Saiteninstrument nachzustellen.

»Was war das?«, rufe ich aus, als der Lärm aufhört.

Meine Ohren klingeln immer noch.

Kit verwandelt sich in eine Frau, die ich noch nie gesehen habe. »Dringlicher Sitzungsaufruf für den Rat.«

»Dieses Geräusch könnte die Toten aufwecken.« Ich werfe heimlich einen Blick in das Quartier des Werwolfs.

»Das passiert, wenn man eine Sirene in den Rat lässt.« Kain hält mich am Handgelenk fest. »Gehen wir.«

Ich blinzele. »Eure Sirene ist eine Sirene?«

»Hey, die Mönche benutzten davor Trompeten«, sagt Kit und verwandelt sich wieder in sich selbst. »Das hier ist viel besser.«

Kain treibt mich kommentarlos durch die Gänge, bis ich Filth neben einer vertrauten Tür stehen sehe.

»Wenn sie ihr Quartier verlässt, töte sie«, sagt Kain zu ihm.

Filth wirft mir einen Blick zu, der zu sagen scheint: *Bitte verlass es. Ein ganz liebes Bitte mit einer Blutkirsche obendrauf.*

»Bis bald«, sagt Kit, während Kain mich hineinschiebt und die Tür hinter mir zuschlägt.

Großartig. Der Rat wird sich treffen, und ich werde nicht da sein, um für mich selbst zu sprechen.

Ich bin so am Arsch.

Meine Hände im Waschbecken zu waschen beruhigt mich ein wenig; sie danach zu desinfizieren beruhigt mich noch mehr. Ich schnappe mir eine Banane und laufe durch den Raum, während ich kaue. Als ich es leid bin, auf der Stelle zu treten, setze ich mich auf den Stuhl und esse vier weitere Bananen hintereinander.

Es ist mindestens eine Stunde her. Wie lange dauert ein dummes Ratstreffen? Ich werde verrückt, wenn ich hier weiter warte.

Ich greife nach Poms Fell und betrete die

Traumwelt.

———

»MACHT das das Warten nicht noch schlimmer?«, fragt Pom, als ich ihn über meine Situation informiere. »Die Zeit fühlt sich an, als würde sie hier viel langsamer vergehen.«

»Aber hier habe ich dich.« Ich zerzause das Fell auf seinem Kopf. »Außerdem kann ich hier auch etwas Nützliches tun.«

Ich teleportiere mich in den Turm, schwebe ein wenig herum und schaue mir die Schlafenden an, die zum Traumwandeln zur Verfügung stehen. Da ist Felix, aber ich lasse ihn in Ruhe. Er verdient etwas Schlaf nach diesem Schlafentzug-Marathon, den ich ihn durchmachen ließ. Ich suche Nina, finde sie aber nicht, was sehr schade ist. Ich möchte etwas Wichtiges mit ihr besprechen. Es macht allerdings Sinn, dass sie nicht hier ist; sie ist in der Ratsversammlung.

Interessanterweise *schlafen* aber einige andere Ratsmitglieder – und lassen dafür das Meeting ausfallen. Dazu gehört Eduardo, der Werwolf, der Tiefschläfer.

»Ist das gut für dich oder schlecht für dich?«, fragt Pom, als ich ihn darauf hinweise.

»Gut, denke ich. Die meisten Schlafenden haben dafür gestimmt, mich zu töten, wenn also gerade jetzt eine weitere Abstimmung stattfindet, wird ihre Abwesenheit meiner Sache helfen.«

Pom wirft dem schlafenden Werwolf einen schmollenden Blick zu. »Hast du vor, wieder in seine Träume einzutreten?«

»Auf keinen Fall.« Ich fliege ohne zu überlegen am Zimmer des Werwolfs vorbei. »Ich werde einfach weiter an Bernard arbeiten.«

Ich nähere mich dem Mario-Wario-Doppelgänger.

Ja. Er hat immer noch Wolken, die auf eine Traumaschleife hindeuten – und ich habe schon gesehen, wie sein Kind entführt wurde und seine Frau ihn verlassen hat. Wie viel schlimmer kann es noch werden?

Ich bereite mich gedanklich auf das Schlimmste vor und berühre seine Stirn.

———

BERNARD SITZT auf der Kante seines Sitzes in einem Gerichtssaal. Seine Frau und seine Tochter sind in einer separaten Abteilung, und er wirft ihnen einen sehnsüchtigen Blick zu, den sie nicht erwidern. Er wendet sich dem Angeklagten zu, einem drahtigen, kahlköpfigen Mann mittleren Alters mit verschmitzten Augen. Als ob er den Todesblick von Bernard spürt, dreht sich der Mann um und zwinkert ihm böse zu, dann blickt er zurück zu der Richterin, die ein Papier in den Händen hält.

»Der Bastard hat es getan«, murmelt Bernard vor sich hin. »Er hat es getan, und er verspottet mich.«

Der Richter beginnt zu sprechen und fordert

Bernards volle Aufmerksamkeit. Er sieht aus, als würde er den Atem anhalten.

»… den Angeklagten für nicht schuldig zu befinden«, erklärt der Richter.

Bernard springt auf. »Das ist doch Schwachsinn! Die …«

Der Traum wird abgebrochen, bevor er wegen Missachtung des Gerichts verurteilt werden kann.

Wow. Ich fühle eine weitere Traumaschleife aufkommen. Dies ist wahrscheinlich eine Rekordzahl. Die meisten Leute haben eine, vielleicht zwei. Wusste Valerian, wie hart dieser Job sein würde? Bezahlt er mir deshalb extra viel? Oder vielleicht braucht er einfach die Endergebnisse, die ich noch nicht produziert habe.

Apropos Valerian, ich verspüre den plötzlichen Drang, eine Pause von Bernards Untergangsstimmung und Trübsinn zu machen und meinen überaus attraktiven Arbeitgeber in meinem Traumzimmer zu besuchen. Ich kann mir viele Wege vorstellen, wie sein Simulakra die Zeit vergehen lassen könnte. Er könnte mich mit prallen, saftigen Trauben füttern, meine Füße mit seinen starken, warmen Händen massieren, diesen sinnlichen Mund für …

»Bailey«, dröhnt Kits Stimme. »Aufwachen.«

Das war's dann mit *dieser* Idee.

Ich erwache aus meiner Trance, und der Geschmack von süßen Trauben verblasst auf meiner Zunge.

KAPITEL NEUNUNDZWANZIG

»DU BIST ECHT COOL«, sagt Kit, als ich meine Augen öffne. »Ich weiß nicht, ob ich unter solchen Umständen schlafen könnte.«

»Ich habe nicht geschlafen.« Ich setze mich hin. »Wie beschissen bin ich dran?«

Sie setzt sich auf die Bettkante und legt den Stapel Papiere ab, den sie in der Hand hält. »Die gute Nachricht ist, dass sie dich nicht gleich töten werden. Ich musste all meine

Überzeugungsarbeit einsetzen, um das durchzuziehen, aber Kain hat mir geholfen.«

»Hat er das?« Ich bewege mich aus dem Bett auf einen Stuhl ihr gegenüber. Das klingt nicht nach dem Vampir, den ich kenne.

Sie verwandelt sich in Kain. »Er ist nicht so schlimm, wie er scheint. Er ist einfach in einer beschissenen Situation. Da er der Kopf der Vollstrecker ist, werfen ihm alle vor, dass er die Morde nicht verhindert hat. Offensichtlich hat er sich dazu entschieden, etwas von diesem Druck auf dich abzuwälzen.«

Wie ich es mir schon dachte. »Dadurch fühle ich mich gleich so viel besser. Wie nett von ihm.«

Kit verwandelt sich zurück in sich selbst. »Der Anführer der Vollstrecker vor Kain war herausragend, so dass es für ihn nicht einfach ist, die Erwartungen zu erfüllen.«

Ich atme tief ein. »Was sind die schlechten Nachrichten?«

»Du hast noch drei Tage, um den Mörder zu finden«, sagt Kit. »Und wenn noch jemand stirbt, dann war's das für dich.«

»Verdammter Mist.« Ich springe vom Stuhl und beginne, durch den Raum zu laufen. Ich bin dabei, zu versagen. Schlimm zu versagen. Wenn ich mich nicht zusammenreißen kann, hat Mama keine Chance.

»Ich schwöre, dass ich mein Bestes getan habe«, sagt Kit. »Aber als Kain allen von Hekimas und Albinas Tod erzählte, ließ Gertrude es so klingen, als hätten sie dafür gestimmt, dich zu verschonen, in der Hoffnung, dass du diese Sache lösen könntest. Sie sagte, dass wir neu abstimmen müssten. Dann mischte sich Kain ein, um dir eine weitere Chance zu geben. Ich sagte ihnen, dass man jemanden, der so mächtig ist wie einer von uns, nicht am Morden hindern kann, aber das war ihnen egal.« Sie schimmert und verwandelt sich in Eduardo. »Du hast Glück, dass ein paar negative Dummköpfe ihren Schönheitsschlaf so sehr lieben. So unglaublich es auch klingt, die Abstimmung hätte schlechter ausfallen können. Eine der Optionen war, dich sofort zu töten.«

Ich ziehe eine Grimasse und bleibe vor ihr stehen. »Warum fühle ich mich dann nicht glücklich?«

»Wenn du willst, kann ich dir helfen, zu entkommen.« Sie verwandelt sich in mich. »Es wird bald eine Mandatszeremonie geben, und wir können dich verkleiden und dich zusammen mit den Gästen hinausschmuggeln. Ich kann für eine Weile so tun, als wäre ich du, um dir einen Vorsprung zu verschaffen.«

Verlockend. Sehr verlockend – und sehr nett von ihr, das anzubieten.

Bedauernd schüttele ich den Kopf. »Ich brauche Isis, damit sie meine Mutter heilt. Außerdem hat Kain meine DNA. Ich will mir nicht für den Rest meiner Tage über die Schulter schauen müssen.« Das sind die gleichen Gründe, aus denen ich auch Valerians Angebot ablehnen musste.

Ob es mir gefällt oder nicht, ich muss das durchstehen.

Kit verwandelt sich in Isis. »Du hast auch Glück, dass noch niemand *sie* getötet hat.«

Sie hat recht. Das wäre überhaupt nicht gut. »Wo wir gerade von Glück reden«, sage ich und schiebe die beunruhigende Möglichkeit beiseite, »hat Chester gerade für oder gegen mich gestimmt? Er hatte ein Alibi, aber ich frage mich immer noch, ob er hinter alldem stecken könnte.«

»Er hat dafür gestimmt, dir noch eine Chance zu

geben«, antwortet sie mit Chesters Stimme, während sie immer noch Isis' Gesicht trägt. »Chester kann eine Nervensäge sein, aber ich glaube nicht, dass er der Schuldige ist.«

»Gut«, sage ich müde. Mit dem Adrenalin, das meinen Blutkreislauf verlässt, trifft mich der Schlafentzug wieder heftig. Ich sinke zurück in den Stuhl. »Was jetzt?«

Kit nimmt ihre bevorzugte Anime-blonde Gestalt an und reicht mir den Stapel Papiere. »Kain ließ alle aufschreiben, was sie während der Morde taten. Sie haben alle geschworen, dass sie bald schlafen gehen werden, und Kain wird in Kürze alle überprüfen. Die Idee ist, dass du so bald wie möglich im Rest des Rates traumwandelst.«

»Keine schlechte Idee.« Ich schaue auf die Zettel. »Aber ich bin noch nicht mit allen verbunden.«

»Da komme ich ins Spiel. Ich bringe dich in die Schlafzimmer der richtigen Leute.« Sie wackelt lasziv mit den Augenbrauen.

Pfui Teufel. Typisch Kit, diesen notwendigen Teil meiner Macht ins Schmutzige zu ziehen.

»Es gibt noch ein anderes Problem«, sage ich. »Einige der Leute, die ich verdächtige, haben das Meeting nicht besucht.«

»Kain dachte auch daran. Alle außer Eduardo«, sie deutet auf einen hervorgehobenen Abschnitt auf dem oberen Papier, »waren zum Zeitpunkt der Morde in Gesellschaft von anderen Ratsmitgliedern, also kannst du mehrere Leute mit einem Alibi entlasten.«

»Ich weiß schon, was Eduardo gemacht hat, oder zumindest, was er gesagt hat.«

»Kain erwähnte deine Schwierigkeiten mit seiner Werwolfnatur.« Ihre Stirn runzelt sich besorgt. »Was wirst du tun?«

»Ich denke, ich fange mit den anderen an und lasse ihn bis zum Schluss übrig. Je mehr Leute ich als unschuldig erkläre, desto schlimmer sieht es für ihn aus, richtig?«

»Macht Sinn. Nun, wenn du bereit bist, wie wäre es, wenn wir ...«

Es klopft an der Tür.

»Ja?«, fragt Kit mit meiner Stimme.

»Ich bin es, Nina«, sagt eine andere bekannte Stimme.

»Komm rein«, antwortet Kit und verwandelt sich vollständig in mich.

Nina kommt herein. Ihr Blick huscht zwischen Kit und mir hin und her. »Bei all dem Aufwachen mitten in der Nacht sollte ich wohl dankbar sein, dass ich nicht dreifach sehe.«

»Danke für deine Stimme«, sagt Kit, immer noch als ich. »Du bist eine von den Guten.«

Nina stößt einen verzweifelten Seufzer aus. »Kann diejenige von euch, die Kit ist, uns etwas Privatsphäre ermöglichen?«

Ich schaue Kit an, und Kit schaut mich an.

»Ich kann das den ganzen Tag machen«, sage ich.

Kit schmollt.

»Was ich zu sagen habe, würde dich sowieso nicht so sehr interessieren«, sagt Nina beruhigend.

Kits Schmollmund wird noch schmollmundiger.

Nina hebt ihre Hand. »Ich schwöre feierlich, dass wir nicht ohne dich Netflix sehen und chillen werden.«

»Gut.« Kit stapft zur Tür. »Wie du willst.«

»Wenn du wie ich aussehend rausgehst, könnte Firth versuchen, dich zu töten«, sage ich zu Kits Rücken.

Ihre Nägel wachsen auf die Größe von Krallen. »In diesem Fall werde ich mich definitiv nicht ändern. Könnte lustig sein, zu sehen, wie er es versucht.«

Draußen vor der Tür höre ich Filth etwas Unanständiges sagen. Bevor ich herausfinden kann, ob er für mich ein B- oder ein S-Wort nutzt, stoppt ein Aufprall seine Tiraden. In der Stille ertönen schwere Schritte.

Nina rollt mit den Augen. »Ich frage mich, ob sie sich in Colton oder einen Ork verwandelt hat.«

»Bei ihr ist alles möglich.« Ich neige meinen Kopf und betrachte Nina. »Ich glaube, ich weiß, warum du gekommen bist.«

Sie setzt sich auf die Bettkante. »Kain sagte, dass du mich bereits entlastet hast, was bedeutet, dass du in meinen Träumen gewesen bist.«

»Das ist beides richtig.« Ich atme tief ein. »Und ich sah die schwarzen Fenster.«

»Also hast du es getan. Darf ich …?« Sie zeigt auf eine meiner Wasserflaschen.

»Natürlich.«

Bevor ich aufstehen und ihr eine Flasche geben kann, benutzt sie Telekinese, um sie in ihre Hand fliegen zu lassen. Schnell entleert sie sie und sitzt dann einfach da und kaut auf ihrer gepiercten Lippe.

»Du bist zu *mir* gekommen«, erinnere ich sie daran, während die Stille anhält.

Sie lässt die Wasserflasche zurückschweben. »Entschuldigung. Das ist nicht leicht.«

Ich lächele beruhigend. »Fang einfach irgendwo an und schau, wie es läuft.«

Sie spielt mit ihrem Nasenring. »Ich bin Leals Totmannschalter.«

»Du bist was?«

Sie holt tief Luft. »Ich habe Leal erlaubt, für den Fall, dass er stirbt, belastende Informationen über seinen Mörder in meinen Träumen zu verstecken.«

Ich starre sie an. »Du weißt, wer ihn getötet hat?«

»Das ist das Problem.« Sie spielt mit einem Piercing über ihrer Lippe, bevor sie das über ihrem Kinn berührt. »Solange ich nicht mit Sicherheit weiß, wer es war, wird sich mir die Information nicht offenbaren.«

»Das verstehe ich nicht.«

»Ich dachte, du kennst dich mit schwarzen Fenstern aus«, sagt sie. »Du bist ein Traumwandler wie er.«

»Irgendwie schon«, sage ich vorsichtig. Zumindest tue ich es jetzt, nachdem ich seine Notizen gelesen habe. »Sie sind eine Möglichkeit, einen Traum zu verbergen.«

Sie nickt. »Ein Traum, der die Erinnerung von jemandem sein kann. Oder die eigene.«

»Also die schwarzen Fenster, die ich in deinem Traum gesehen …«

»Eines enthält etwas, was ich verzweifelt vergessen wollte. Was auch immer es war, es zu vergessen, war die Bezahlung dafür, dass ich Leal mein Unterbewusstsein als Tresor benutzen ließ.« Sie schlingt ihre Arme um ihre schlanke Gestalt.

»Und die anderen Fenster?«

»Bei jedem wird es um etwas gehen, von dem jemand im Rat nicht wollte, dass es jemand anderes erfährt«, sagt sie. »Diese Fenster sind so programmiert, dass sie mir einen Traum von jemandem zeigen, von dem ich glaube, dass er Leal Schaden zugefügt hat.«

Ich setze mich aufrechter hin. »Was, wenn *du* ihn getötet hättest?«

»Meine eigene Erinnerung würde zu mir zurückkommen.« Sie erzittert sichtlich.

»Eine Erinnerung an was?«, frage ich finster dreinblickend.

»Ich weiß es nicht«, sagt sie leise. »Das ist ja der Sinn der Sache. Nachdem Leal sein Ding gemacht hatte, vergaß ich, was es war. Alles, woran ich mich erinnere, ist, dass ich mich auf keinen Fall daran erinnern will.«

Hm. Also hatte ich recht, als ich dachte, sie könnte eine Traumaschleife haben. Nachdem Leal ihr schwarzes Fenster erschaffen hatte, vergaß sie, was auch immer es war – nicht die gesündeste Art, mit Problemen umzugehen. Andererseits, wenn es wirklich unmöglich war, mit der Erinnerung zu leben, wäre das

Verdrängen der Erinnerung vielleicht ihre einzige gute Option gewesen.

Nina streckt ihre Hand aus, und ich fühle, wie ich schwebe. Bevor ich blinzeln kann, streift mein Rücken die Decke.

»Hey!« Ich fuchtele mit Armen und Beinen um mich – vergeblich. »Was machst du da?«

Sie starrt mich ohne zu blinzeln an. »Ich möchte sichergehen, dass du wirklich hörst, was ich als Nächstes sage.«

Ich höre auf zu zappeln und widme ihr meine volle Aufmerksamkeit.

»Wenn du in meinen Traum gehst und mich daran erinnerst, was Leal weggeschlossen hat, werde ich dich töten, wenn ich aufwache«, sagt sie ruhig.

Wow. Ich war besorgt, dass sie etwas Unmögliches verlangen würde. Erleichtert bewege ich meinen Kopf. »Verstanden. Das kam wirklich an, ich schwöre. Zur Sicherheit werde ich mich aus deinen Träumen heraushalten, Punkt.«

Sie lässt mich auf meine Füße herab, und ich sinke mit zitternden Knien auf den Stuhl.

»Du möchtest vielleicht in meine Träume eintreten«, sagt sie, als ob nichts geschehen wäre. »Es lohnt sich, einen Blick auf die anderen Fenster zu werfen. Sie könnten Hinweise darauf enthalten, wer der Mörder ist.«

Ich lege meine Handfläche über Poms schwarzes Fell, um meinen rasenden Herzschlag zu beruhigen.

»Weißt du, welches Fenster welches ist? Ich würde nicht versehentlich …«

»Ich weiß, welches man meiden muss.«

Poms Fell verändert sich von Schwarz zu hellorange.

»Wie würde ich überhaupt …«

»Leal flog von Zeit zu Zeit in die Fenster«, sagt sie. »Ich erinnere mich daran, Träume gesehen zu haben, wenn er es tat, aber ich vergaß sie, als ich aufwachte.«

Interessant. Ich lerne immerhin etwas über Traumwandler-Handwerk. »Er flog einfach in sie hinein?«

»So sah es für mich aus, aber es könnte noch mehr dahinterstecken. Er sagte, dass er jedes Mal riskierte, seine Kraft für den Tag zu verlieren. Ein paarmal passierte das sogar, und wir konnten unsere Traumzusammenarbeit erst am nächsten Tag wiederaufnehmen.«

Oh, Mist. Das könnte ernsthaft problematisch sein. »In meiner jetzigen Position käme der Verlust meiner Kraft für einen Tag einem Selbstmord gleich. Du warst bei der Abstimmung dabei. Du weißt das.«

Sie zuckt mit den Schultern. »Vielleicht sind die schwarzen Fenster dein letzter Ausweg?«

Ich nicke langsam. Sie hat recht – ich muss nicht irgendeine verrückte, unbewiesene Technik ausprobieren. Aber jetzt noch nicht. »Mal sehen, ob ich den Mörder ohne sie finden kann. Apropos, ich sollte wohl bald anfangen.«

Sie steht auf. »Ich hole Kit für dich.«

»Danke.« Ich schenke ihr ein hoffentlich freundliches Lächeln. »Und wenn du danach schlafen gehen könntest, damit ich die Möglichkeit habe, mir diese Fenster anzusehen, wäre ich dir sehr dankbar.«

»Erinnere dich daran, was ich über mein eigenes schwarzes Fenster gesagt habe.« Sie blickt auf die Stelle an der Decke, wo sie mich festgenagelt hatte, dann auf den Tisch, auf den ich gestürzt wäre, wenn sie mich fallen gelassen hätte.

Ich schlucke. »Mach dir keine Sorgen. Ich erinnere mich.«

»Großartig.«

Sie verschwindet, und ich gehe wieder auf und ab.

Als Kit nicht sofort zurückkehrt, beschließe ich, in die Traumwelt zu gehen, um zu sehen, ob einige der Schlafenden, die ich noch nicht für unschuldig erklärt habe, für mich bereit sind.

Ich ignoriere Felix und den noch schlafenden Werwolf und suche eines der Ratsmitglieder von der Liste derer, die dafür gestimmt haben, mich zu töten. Den Papieren zufolge, die Kit mitbrachte, trank dieser Typ Cocktails mit ein paar anderen Ratsmitgliedern. Da ich das Zimmer schon gesehen habe, gehe ich in seinen Traum, um zu überprüfen, ob er wirklich da war.

Das war er in der Tat. Mit einem Schlag entlaste ich ihn und alle anderen, die mit ihm zusammen getrunken haben.

Ich wache zu dem Anblick eines großen männlichen Orang-Utans auf, der eine Banane isst.

»Kit?«, sage ich zu dem Affen. »Bitte sag mir, dass du das bist.«

Der Orang-Utan verwandelt sich in Kit und wirft die halb gegessene Banane in den Müll. »Ich wollte sehen, ob sie besser schmecken würde, wenn ich diese Gestalt habe.« Sie zieht eine Grimasse. »Tut sie nicht.«

Sie führt mich in das Schlafzimmer eines älteren Mannes. Ich warte eine Stunde, bis er den REM-Schlaf erreicht hat, bevor ich schnell feststelle, dass er nicht der Mörder ist. Ich spreche das nächste Ratsmitglied auf die gleiche Weise frei, und die nächsten fünf auch.

Mit jedem Nicht-schuldig-Urteil mache ich mir mehr Sorgen. Was wird der Rat tun, wenn ich ihnen sage, dass ich nicht herausfinden konnte, wer der Mörder ist?

Nichts Gutes.

»Wie spät ist es?«, frage ich Kit. »Wie viele Leute sind noch übrig?«

Sie schaut auf ihre Uhr. »Es ist acht Uhr morgens. Vickie, die Sirene, ist unsere letzte Verdächtige.«

Die letzte Verdächtige. Was werde ich tun, wenn sie nicht schuldig ist? Ich schätze, das wird der Zeitpunkt sein, um entweder meinen Verstand mit dem Werwolf oder meine Kraft für den Tag mit Nina zu riskieren.

Vickie ist im REM-Schlaf, als wir ankommen, wie erwartet. REM-Perioden verlängern sich gegen Morgen immer mehr. Ich berühre die Stirn der Sirene und lande in der Traumwelt. Die meisten Ratsmitglieder sind aus dem Turm der Schlafenden verschwunden, aber Nina, mein möglicher Plan B, schläft noch. Genau wie der Werwolf, der Plan C ist, wobei das C für *crazy* steht.

Ich überprüfe die Sirene. Sie hatte wirklich Klavier gespielt, wie sie Kain erzählte.

Ich verlasse die Traumwelt, und Kit und ich verlassen die Wohnung der Sirene – nur um direkt auf Kain zu stoßen.

»Update«, fordert er.

Kit geht weiter. »Ich werde in meinem Zimmer sein und meinen Schönheitsschlaf halten.«

»Kannst du mir fünf Minuten geben?«, frage ich Kain.

Er stimmt widerwillig zu. Ich wende mich von ihm ab und benutze Pom, um wieder in die Traumwelt einzutreten.

Pom grüßt mich, und ich erzähle ihm auf dem Weg zum Turm der Schlafenden, was passiert ist.

»Also durch den Prozess der Eliminierung«, sagt er, »ist es der Werwolf.«

Ich nicke traurig. »Was schlecht ist. Sie werden mich dazu bringen, in seinen Traum zu gehen, um nachzusehen, und er wird mich wahnsinnig machen.«

»Das ist jetzt alles fraglich.« Pom zeigt hinter mich, und ich wirbele herum. »Er ist aufgewacht.«

Er hat recht. Der Werwolf ist nicht mehr in seiner Ecke.

Ich atme die Luft aus, die ich angehalten habe. »Das ist nur ein Aufschub der Hinrichtung. Sie können ihn bitten, wieder einzuschlafen.«

Poms Fell verdunkelt sich. »Vielleicht wird alles,

was du in Ninas schwarzen Fenstern findest, so verdammend sein, dass du gar nicht erst in ihm traumwandeln musst.«

»Vielleicht«, sage ich und gehe zu Nina.

Sie schläft immer noch.

Na gut.

Dann eben Plan B.

KAPITEL DREISSIG

DIESES MAL TRÄUMT NINA DAVON, Sushi zu essen. Sie benutzt keine Essstäbchen wie die Kunden in der Nähe. Stattdessen tauchen sich rohe Fischstücke in Sojasauce und fliegen ihr in den Mund.

Die Fenster im Restaurant sind schwarz, genau wie die Fenster aus ihren anderen Träumen.

»Erinnerst du dich an mich?« Ich rutsche auf den Stuhl gegenüber von ihr, nehme ein Stück rohen Lachs und lege ihn mir auf die Zunge. Wenn mir jemand in der wachen Welt eine Pistole an den Kopf setzen würde, damit ich diese Handlung wiederhole, würde ich mich wahrscheinlich weigern. Der Tod durch eine Waffe ist sicher, aber weniger schmerzhaft, als wenn dein Gehirn von den Parasiten gefressen wird, die auf der Erde in rohem Fisch leben.

Nina schaut sich um. »Das ist ein Traum?«

»Ich kann mir vorstellen, dass das Mandat dich

daran hindern würde, deine Kräfte in einem menschlichen Restaurant einzusetzen«, sage ich.

»Du hast recht.« Sie schaut zu den Fenstern. »Ich glaube, ich erinnere mich daran, weswegen du hierhergekommen bist.«

»Ja.« Ich folge ihrem Blick. »Welches ist nun das, das ich meiden sollte?«

»Das da.« Sie zeigt auf das schwarze Fenster neben dem Eingang des Restaurants.

»Verstanden.« Ich esse ein Stück fetten Thunfisch. »Also fliege ich einfach rein?«

»Das ist es, was Leal getan hat.«

Ich stehe auf und schwebe schon ein paar Zentimeter über den Boden. »Bevor ich gehe, ich habe mich gefragt … Warum hast du mir vorher nichts von den schwarzen Fenstern erzählt?«

»Ich wollte, dass du weißt, dass ich nicht schuldig bin. Schließlich ist mein schwarzes Fenster ein Motiv für mich, Leal zu töten.«

Ich hebe die Augenbrauen.

»Ich hätte ihn umgebracht, wenn er versucht hätte, das, was ich vergessen habe, gegen mich zu verwenden«, erklärt sie mit der Gelassenheit von jemandem, der über das Wetter redet. »Ebenso, wenn er versucht hätte, mich an das zu erinnern, was ich vergessen hatte.«

Notiz an mich selbst: Nina definitiv nicht verärgern.

»Macht Sinn«, sage ich. »Aber warum, glaubst du,

hat Leal überhaupt einen Totmannschalter eingebaut? Warum hat er deine Träume benutzt?«

Ein Stück Tintenfisch schwebt in ihren Mund, und sie sieht nachdenklich aus, während sie kaut. »Nach allem, was wir wissen, könnte er neben mir noch einen anderen Totmannschalter haben. Oder viele. Als ich die gleiche Frage stellte, sagte er, dass Computer gehackt werden könnten und dass viele Hacker auf diesen Job erpicht wären. Aber Traumwandler sind selten, und noch seltener sind Traumwandler, die sich mit schwarzen Fenstern auskennen.«

Damit hat sie mich erwischt. Ich nicke ernst.

»Weißt du was? Versuch das Fenster.« Sie zeigt auf das schwarze Glas zu meiner Linken.

»Warum?« Ich schwebe höher.

»Ich weiß es nicht.« Sie betrachtet das Fenster aufmerksam. »Ich hoffe, dass ich auf einer gewissen Ebene weiß, welche von ihnen etwas mit den Morden zu tun haben.«

Das reicht mir. »Dann lass uns das nehmen.« Selbstbewusst schieße ich auf das schwarze Fenster zu, das sie gerade ausgewählt hat.

———

FAST ERWARTE ICH, dass das Onyxglas um mich herum zersplittert und meine Haut aufschneidet, aber stattdessen lande ich in einem eiskalten, schwarzen See. Da ich Probleme habe, zu schwimmen, will ich leichter als Wasser werden.

Es funktioniert nicht.

Ich will, dass das Wasser salziger und damit schwerer wird, aber das funktioniert genauso wenig wie mir eine Rettungsweste anzulegen.

Mein abgehackter Atem wird schneller. Was zum Teufel …? Ich versuche, meinen Körper zu verlassen, damit ich eine Strategie entwickeln kann, aber ich stecke genauso in mir selbst fest, wie ich in diesem See stecke.

Gut. Ich werde einfach schwimmen.

Schlag auf Schlag nähere ich mich dem nächsten Ufer und teste dabei meine Macht. Wasser in Wolken zu verwandeln funktioniert nicht. Teleportation auch nicht. Ich rufe nach Pom, bekomme aber keine Antwort. Sehr seltsam.

Im Gegensatz zu den Zeiten, in denen ich in einem Subtraum bin, weiß ich, dass ich mich jetzt in der Traumwelt befinde. Aber meine Kräfte funktionieren nicht. Ich schätze, ich werde das Offensichtliche tun müssen – einfach weiterschwimmen.

Ich konzentriere mich auf das Schwimmen, einfach nur auf das Schwimmen. Und schwimme. Und schwimme. Das Atmen wird mühsam, aber das Ufer ist noch weit weg. Nach etwas, was sich wie eine Stunde anfühlt, schmerzen alle Muskeln, sogar einige, von denen ich nicht wusste, dass ich sie habe.

Das Ufer ist noch eine Meile entfernt, und ich habe das Bedürfnis, aufzugeben.

Aber ich darf nicht untergehen. Unterzugehen wird mich entweder töten – und mich in den Wahnsinn treiben – oder es ist die Art und Weise, wie man ein schwarzes Fenster *nicht betritt*, was die Strafe mit sich bringt, an diesem Tag die Macht zu verlieren.

Ich schnappe nach Luft und lasse die Bewegungen meiner Arme und Beine zu meinem einzigen Lebensinhalt werden. Mit jedem quälenden Schlag sage ich mir, dass meine Muskeln nicht wirklich brennen, dass es keine echte Luft ist, die ich gierig einsauge. Alles um mich herum ist so real wie eine Fata Morgana.

In dem Moment, in dem meine Hand den Schmutz des Ufers berührt, verschwindet der See – und meine Erschöpfung.

———

ICH FINDE mich in einem Traum wieder, in dem Gemma lebendig ist und in einer gut beleuchteten Turnhalle steht. Eines der Fenster ist schwarz. Vielleicht mein Rückweg?

Vor ihr läuft ein eselsgroßer Wolf auf einem Laufband in der Nähe. Muss ein Werwolf sein. Er oder sie wird so schnell wie ein Gepard und bearbeitet die Maschine so hart, dass sie unter der Belastung knarrt.

»Nicht aufhören«, befiehlt Gemma. »Ich will sehen, wozu deine Art wirklich fähig ist.«

Der Werwolf läuft mit Schaum vor dem Mund weiter, bis die Maschine anfängt zu rauchen und von selbst aufhört.

»Guter Junge«, sagt Gemma. »Jetzt wollen wir mal sehen, ob du den Ellipsentrainer benutzen kannst.«

Der Werwolf bewegt sich wie bezirzt und versucht, eine Maschine zu besteigen, die eindeutig nicht für ein Tier mit Pfoten gedacht ist. Gemma beobachtet seinen Kampf amüsiert.

Das ist seltsam. Warum hat Leal diesen Traum als Erpressung gespeichert? Außerdem, ist das eine tatsächliche Erinnerung, die er Gemma gestohlen hat, oder nur eine Erfindung seiner Fantasie? Mein üblicher Sinn für *Erinnerung oder nicht* funktioniert nicht, aber das könnte daran liegen, dass der Traum in Ninas Traumraum gespeichert ist, nicht in Gemmas.

Der Wolf scheint Schmerzen zu haben, als er vergeblich versucht, auf den Ellipsentrainer zu klettern, immer und immer wieder.

Dann verstehe ich es.

Gemmas Macht kontrolliert Tiere, normale Tiere, doch hier in diesem Traum ist sie in der Lage, auch Werwölfe in Tierform zu kontrollieren. Dies muss etwas sein, was nur die Mächtigsten ihrer Art tun können. Ich hatte keine Ahnung, dass es überhaupt möglich ist.

Vielleicht hat Eduardo, als Alpha des Rudels, es herausgefunden und missbilligt. Nachdem ich bezirzt wurde, kann ich ohne den Schatten eines Zweifels sagen, dass, wenn ich ein Werwolf wäre, ich das hier sehr missbilligen würde. Verdammt, vielleicht ist das sein Freund, den sie durch die Hölle gehen lässt, oder sogar Eduardo selbst.

Mit anderen Worten ... das könnte ein Motiv für Eduardo sein, Gemma zu töten – ein solides Motiv noch dazu.

Ich sehe zu, wie Gemma dem armen Wolf noch ein halbes Dutzend grausamer Torturen auferlegt, bevor ich wieder im Sushi-Laden lande.

Nina blinzelt mich mit einem verblüfften Gesichtsausdruck an.

»Hast du das gesehen?«, frage ich.

»Ich glaube, ich habe durch deine Augen gesehen. Es ist so seltsam, zu wissen, dass ich es vergessen werde, sobald ich aufwache. Es ist jetzt so klar in meinem Kopf.«

Ich klaue ein weiteres Stück Lachs von ihrem Teller. »Glaubst du, Eduardo hätte Gemma wegen dem, was ich gerade gesehen habe, getötet haben können?«

Sie zeichnet mit einem Fingernagel Kreise auf ihre Serviette. »Wenn jemand im Rat diese Art von Macht über *mich* hätte, wäre ich mir nicht sicher, ob ich ihn am Leben lassen würde.«

Notiz an mich selbst: *Nicht mit dieser Frau anlegen.* Ich unterstreiche es noch einmal im Geiste.

»Ich werde ein weiteres schwarzes Fenster überprüfen«, sage ich. »Welches soll ich als Nächstes ausprobieren?«

»Was ist mit dem da?« Sie deutet zur Bar. »Ich habe das Gefühl, dass es auch um Eduardo gehen wird, obwohl ich keine Ahnung habe, woher ich das weiß.«

Ich kippe ein Glas Wasser hinunter und stürze mich

in das von ihr gewählte Fenster. Dieses Mal achte ich genauer darauf, was während des Prozesses passiert.

Sobald die Spitze meines Kopfes das Glas berührt, tauche ich ins kalte Wasser, nur ist dieser See viel größer, also muss ich mindestens eine Meile weiter schwimmen. Nur Neugierde und mein eiserner Willen werden mich vor dem Ertrinken bewahren.

Als meine Hand das Ufer berührt, beginnt ein neuer Traum.

ICH FINDE mich in einem Schlafzimmer mit einem schwarzen Fenster wieder. Tatum ist in diesem Traum und lässt den Raum auf die verstörend sexuelle Art, die typisch für ihre Art ist, lecker riechen. Und sie ist sehr lebendig. Mit Eduardo in seiner menschlichen Gestalt verflochten, geht sie mit dem Enthusiasmus eines männlichen Teenager-Häschens an die Sache heran, aber mit allen Fähigkeiten einer Kurtisane.

Es ist eine Schande, dass jemand, der so gut in etwas ist, nicht mehr am Leben ist. Ich wette, sie hätte ein Buch schreiben können, das das Kamasutra prüde erscheinen ließe.

Als sie mit der ganzen Gymnastik fertig sind, wickelt sich Eduardo um ihren schweißbedeckten Körper. Er leckt ihr zartes Ohrläppchen und murmelt: »Ich liebe dich. Verlasse das Weichei … bitte.«

Tatum streckt sich in seinen Armen wie eine Katze.

»Du liebst mich nicht *wirklich*, mein Süßer. Du stehst nur unter meinem Bann.«

Er lässt sie los, und seine Augen werden wölfisch. »Ich stehe unter niemandes Bann. Ich will nur dich – und ich bekomme, was ich will.«

»Natürlich«, schnurrt sie. »Das große, böse Alphamännchen hat *immer* die Kontrolle.«

Der Raum riecht leckerer denn je, und Eduardos Pupillen weiten sich. Bald füllen sich andere Teile seiner Anatomie mit neuer Kraft.

Wow.

Die nächste Sitzung ist beeindruckender als die letzte, und weitere solcher Sitzungen folgen. Nachdem Tatum ihre Kräfte benutzt hat, um ihn noch fünfmal vor Lust verrückt zu machen, hört der Traum auf.

———

NINA WIRD ROT, als ich zurück in den Sushi-Laden komme, und ich kann es ihr nicht wirklich übelnehmen.

»Nun, das ist gerade passiert«, sage ich unbeschwert.

»Ich weiß.« Sie nippt an ihrem Pflaumenwein. »Tatum kontrollierte Eduardo auch mit ihren Kräften – eine schwere Beleidigung.«

»Als er sagte, sie solle das Weichei verlassen, meinte er ihren Mann, Ryan, den Elfen, richtig?«

»Zweifellos«, sagt sie. »Eduardo nannte ihn manchmal so, wenn sie sich nicht einig waren.«

Endlich, eine vielversprechende Spur. »Was ist also passiert? Hat Ryan von der Affäre erfahren, sich besoffen und Tatum mit einem Pfeil abgeschossen? Oder hat der Werwolf gelernt, wie ein Elf mit dem Bogen umzugehen?«

»Ich stelle mir Letzteres vor«, sagt sie. »Er hätte Ryan leicht von der Klippe stoßen können. In seiner Wolfsform hätte er nahe genug herankommen können, bevor Ryan bemerkt hätte, was vor sich ging.«

»Aber ich verstehe nicht, warum er sie beide hätte töten wollen. Ich meine, ich kann verstehen, warum er den Mann der Frau, die er begehrt, töten würde, aber …«

»Wahrscheinlich hat er sie getötet, um die Kontrolle wiederzuerlangen. Das Rudel setzte ihn unter Druck, eine Partnerin zu nehmen, und das musste ein anderer Werwolf sein. Er hätte den Elfen töten können, um seine Spuren zu verwischen. Oder er hätte es genauso gut aus Eifersucht tun können – und so etwas folgt nicht der Logik«, fügt sie mit einem Schulterzucken hinzu.

»Ich weiß es nicht«, sage ich. »Es fühlt sich zu vorsätzlich für eine Eifersuchtstat an. Aber mal angenommen, Eduardo ist der Killer. Warum sollte er auch Leal töten?«

Nina lässt ein Stück Krabbe in ihren Mund schweben. »Das ist schwer zu sagen. Vielleicht, weil er wusste, dass Leal seine Motive für den Mord an den anderen kennen würde. Oder vielleicht wusste Leal etwas anderes.«

Ich denke darüber nach. »Weißt du, Leal *hat* alles getan, um in die Träume der Werwölfe zu kommen.«

Ihr Blick wird scharf. »Da hast du es. Vielleicht ist es ihm gelungen, und eines der Fenster wird Eduardos Geheimnis bergen.«

Ich schaue auf besagte Fenster. »Was denkst du, welches es ist?«

»Keine Ahnung«, sagt sie. »Meine Intuition schlägt nichts mehr vor.«

»Mist. Ich schätze, dann kann ich irgendeines nehmen.«

»Lass uns nur hoffen, dass du kein Geheimnis erfährst, wegen dem dich später jemand umbringen will.«

»Toll, danke«, murmele ich. Ich atme tief durch, dann wähle ich das Fenster mit *Ene mene muh* aus. »Wird schon schiefgehen.«

Ich fliege auf die schwarze Oberfläche zu, bevor ich meine Meinung ändern kann.

DIESMAL WÄRE ES PRÄZISER, den See als Meer zu bezeichnen. Er ist so groß, dass ich nicht einmal das Ufer sehen kann. Da ich keine andere Wahl habe, schwimme ich.

Und schwimme.

Und schwimme.

Als meine Muskeln bis zum Punkt des Versagens ermüden, erblicke ich endlich in der Ferne das Ufer.

Der Anblick gibt mir einen Kraftschub, um weiterzuschwimmen, aber eine Stunde später kann ich nicht mehr. Das Ufer ist fünfhundert Meter entfernt, aber es könnte genauso gut am anderen Ende eines Ozeans liegen.

Ich beiße die Zähne zusammen und bewege meine bleiernen Glieder.

Ein Muskel in meinem Bein krampft, und ich beginne zu sinken.

Verdammter Mist. Ich muss wenigstens den Atem anhalten.

Nein. Es ist unmöglich, so abgehackt zu atmen.

Brennend wie Säure, läuft Wasser in meine Nebenhöhlen, und der Schmerz explodiert in meinen Lungen.

Ein paar quälende Sekunden später ertrinke ich.

KAPITEL EINUNDDREISSIG

ICH STEHE IM FLUR, mit dem Rücken zu Kain und mein Herz trommelt vor Angst.

Ich bin gerade in meinem Traum gestorben. Bedeutet das, dass ich mörderisch verrückt bin?

Als ich mich selbst auf mörderische Begierden untersuche, finde ich keine – zumindest nicht mehr als sonst.

Wow. Ich habe wohl nur meine Kräfte verloren.

Ich berühre Pom und versuche, in die Traumwelt zu gehen.

Nichts passiert.

Das war's also. Kein Traumwandeln mehr bis morgen. Mit einem schlechten Gefühl stelle ich mich Kain.

»Wer ist der Mörder?«, fährt er mich an.

Ich mache mich bereit. »Ich habe fast jeden überprüft. Sie sind alle unschuldig.«

Seine Reißzähne gleiten heraus. »Ich habe dich

nicht gefragt, wer *nicht* der Mörder ist. Ich habe gefragt, wer es *ist*.«

»Ich glaube, es ist Eduardo.« Ich wünschte, ich würde überzeugter klingen.

»Du hast herausgefunden, wie du in seine Träume kommst?«

Ich schüttele den Kopf. »Er wachte auf, bevor ich es konnte.«

Kains Augenbrauen ziehen sich zusammen. »Dann …?«

»Ich habe Grund zu der Annahme, dass er eine Affäre mit Tatum hatte. Er war eifersüchtig auf Ryan und mochte Leal nicht, weil er ein Geheimnis gestohlen hatte.«

Kains Oberlippe kräuselt sich, wodurch mehr von den Reißzähnen freigelegt werden. »Das könnte man über den größten Teil des Rates sagen. Wie bist du auf *ihn* gekommen?«

»Durch Eliminierung.«

»Das ist kein großer Beweis.« Aber die Reißzähne ziehen sich langsam zurück.

Ermutigt schlage ich vor: »Warum reden wir nicht trotzdem mit ihm? Das Mindeste, was er tun kann, ist, mich nicht zu bekämpfen, wenn ich wieder in seine Träume komme.«

»Gut.« Er packt meine Schulter und schleppt mich in die Wohnung des Werwolfs.

Am Eingang schnüffelt er an der Luft, stürmt herein und lässt die Tür angelehnt. Im Schlafzimmer schläft Eduardo noch – oder er sieht aus, als ob er schläft. Kain muss etwas anderes gerochen haben, denn er prüft Eduardos Puls.

»Tot.« Er dreht sich umher, und sein Gesicht ist eine Maske des Zorns. »Dein angeblicher Mörder wurde ermordet.«

Ich ziehe mich zurück.

Seine Augen werden zu Spiegeln. »Nicht bewegen.«

Das Bezirzen lässt mich an Ort und Stelle Wurzeln schlagen, trotz jedes Instinkts, der mir zuschreit, wegzurennen.

Kain reißt sich selbst das Handgelenk auf und zwingt Eduardo das Blut in den Mund. Genau wie bei Albina passiert nichts, außer dass mir auf beunruhigende Weise das Wasser im Mund zusammenläuft.

Kain flucht, rast aus dem Zimmer und lässt mich mit der Leiche allein.

Ich kann mich immer noch nicht bewegen. Meine Nase fängt an zu jucken, und ich kann mich nicht einmal kratzen, was sich wie eine kreative Form der Folter anfühlt.

Bald kommt Kain mit Isis zurück. Wie zuvor schießt sie mit ihrer Kraft auf das Opfer, aber es rührt sich nicht. Sie stürmen hinaus und schenken mir keine Aufmerksamkeit.

Etwas Zeit vergeht.

Meine Beine verkrampfen sich, und das Jucken an meiner Nase bekommt Ableger, die sich unter meiner linken Brust bemerkbar machen. Auf einer gewissen Ebene bin ich dankbar für das Unbehagen, denn es lenkt mich von der Tatsache ab, dass ich neben einem Toten stehe. Und die Tatsache, dass ich selbst bald tot sein werde, weil ich in meinem Job so spektakulär versagt habe.

Kain kommt mit einer neuen Gruppe von Leuten zurück. Gertrude ist bei ihm, und auch die Sirene sowie eine Person, die ich noch nie gesehen habe: ein blasser, rothaariger Kerl mit einer Brille, die so dick ist, dass seine Augen winzig aussehen. Er trägt einen Koffer.

»Roger«, sagt Kain zu dem Neuen. »Sag uns, woran er gestorben ist.«

Roger schwebt mit einer Lupe über Eduardos Körper. Er nähert sich der Ellenbeuge und sagt: »Da ist eine Einstichwunde. Seltsam. Ich wüsste nicht, dass er drogenabhängig war.«

»Ich glaube nicht, dass er es war«, sagt Gertrude.

»Er benutzte Steroide, um noch größer zu werden, als er ohnehin schon war«, sagt Kain missbilligend. »Vielleicht ging das schief?«

Roger zuckt mit den Schultern und macht sich daran, den Raum systematisch zu durchsuchen. Er kniet sich hin, um unter das Bett zu schauen, grunzt anerkennend und steht mit einer Spritze in der Hand wieder auf. Als er sie gegen das Licht hält, sind ein paar Tropfen Flüssigkeit darin.

»Lass uns nachsehen.« Er öffnet seinen Koffer und nimmt irgendein Hightech-Ding heraus, das aussieht, als käme es von Gomorrha. Er gibt einen Tropfen der Flüssigkeit in das Instrument und wartet.

Piep.

Er schiebt sich seine Brille weiter auf die Nase und blinzelt auf einen winzigen Bildschirm an der Seite des Gerätes. »Interessant. Ich kenne diese Formel. Ich habe diese Substanz selbst für Leal, euren geliebten verstorbenen Traumwandler, hergestellt. Er benutzte sie, um zu versuchen, seine Vögel für ein paar Stunden in den REM-Schlaf zu versetzen, woraufhin sie starben. Ich hatte versucht, die Formel zu verbessern, bevor er sie nicht mehr brauchte. Ihr wisst schon, weil er tot war.«

Stimmt. In Leals Notizen wurde jemand namens Roger erwähnt, der an der Schlafdroge arbeitet – die ich in seinem Labor nicht finden konnte. Und jetzt weiß ich, warum: weil der Mörder sie genommen und für einen der Morde benutzt hat.

Kein Wunder, dass Eduardo im REM-Schlaf gewesen war und nicht mehr aufwachen wollte.

Gertrude zeigt anklagend auf mich. »Sie war es. Sie hat den armen Eduardo ermordet.«

Wenn das Bezirzen mich nicht vom Sprechen abhalten würde, würde ich sie fragen, warum ich den Werwolf töten sollte – besonders, da er mein einziger Verdächtiger war.

Als hätte sie meine Frage gehört, fährt sie fort: »Ich wette, sie hat diese Droge in Leals Labor gefunden und sie bei Eduardo benutzt, weil sie Schwierigkeiten hatte, ohne sie in seine Träume zu gelangen.«

Ich weiß, dass ich es nicht getan habe, aber ich schätze, es ist möglich. Ihn so lange im REM-Schlaf zu halten, würde mir am ehesten die Gelegenheit geben, in ihm zu traumwandeln. Aber warum sollte ich so dumm sein, einem Mitglied des Rates eine tödliche Droge zu verabreichen?

»Es ist egal, ob sie es getan hat.« Kains Reißzähne stehen so weit hervor, dass er lallt. »Außerdem hätte sie die anderen nicht töten können.«

Gertrude legt ihre Hände auf ihre Hüften. »Trotzdem, wenn sie …«

»Was willst du?«, brüllt Kain. »Wenn sie Eduardo getötet hätte, würde sie hingerichtet werden – aber wir werden sie schon deshalb hinrichten, weil sie einen weiteren Mord zugelassen hat. Willst du sie zweimal töten?«

Gertrude blickt finster drein. »Ich will nur nicht, dass sie sich aus ihrer rechtmäßigen Bestrafung herauswindet, wie sie es zuvor getan hat.«

»Oh, das wird sie nicht«, sagt Kain kalt. Er zeigt mit dem Finger Millimeter von meiner juckenden Nase auf mich. »Sie ist erledigt.«

KAPITEL ZWEIUNDDREISSIG

BIN ICH DAS? Wenn da nicht das verdammte Bezirzen wäre, hätte ich in dieser Sache viel zu sagen.

Was wirklich verrückt ist, ist, dass das Bezirzen sogar verhindert, dass mein Körper ausflippt. Meine Atmung ist normal, und mein Herzschlag ist gleichmäßig. Das einzige Zeichen meines Aufruhrs ist Poms Fell. Es ist dunkler als ein schwarzes Loch.

»Soll ich die Ratsversammlung einberufen?«, fragt die Sirene mit himmlischer Stimme.

»Gib mir eine Sekunde.« Kains Augen verwandeln sich in Spiegel, und er blickt in meine Richtung. »Folge mir.«

Ich laufe ihm zombiemäßig durch die halbe Burg zu einem vertrauten Verlies hinterher.

Natürlich. Ich hätte ahnen müssen, dass ich hier enden würde, um auf meine Hinrichtung zu warten.

Der Ort riecht immer noch nach vergorenem

Abwasser, aber dank des Bezirzens stört mich mein Würgereflex im Moment nicht.

Kain biegt scharf rechts in die Zelle ein, die mein ursprüngliches Quartier war. Jetzt, wo das Bett, der Tisch und der Stuhl weg sind, sieht sie noch trostloser aus – eine beeindruckende Leistung.

Er blickt mich an. »Du bist raus.«

Sofort beginnt mein Herz wie ein ausgehungerter Specht gegen meinen Brustkorb zu hämmern.

»Du wirst hier warten.« Er geht zur Tür.

»Morgen«, sagt Felix in mein Ohr, schläfrig aber laut. »Habe ich etwas verpasst?«

Verdammter Mist. Was für ein schreckliches Timing. Ich drehe mich um, fische mein Handy so schnell ich kann heraus und tippe: *Ruhe. Wir reden in einer Sek...*

Eine stählerne Hand ergreift meine Schulter und dreht mich herum. »Das kannst du vergessen.« Kain ergreift das Telefon und zerquetscht es mit seiner Hand.

»Bailey?«, kreischt Felix. »Was ist los?«

Kain formt eine Zange aus seinen Fingern und reißt mir das Ohrstück mit einer blitzschnellen Bewegung, der einer Kobra würdig ist, vom Ohr.

Es ist, wie ich befürchtet habe. Mit seinem Vampirgehör hat er die Stimme von Felix wahrgenommen. Ich frage mich, ob er es schon die ganze Zeit gehört hat, aber sich einfach nicht die Mühe gemacht hat, etwas dagegen zu unternehmen. Ich hoffe, er weiß wenigstens nicht, wer am anderen Ende ist – ich will nicht, dass Felix in Schwierigkeiten gerät.

»Betrachte sie als tot«, knurrt Kain in das Ohrstück. »Und wenn ich erfahre, wer du bist, wirst du es auch sein.«

Okay, er weiß es also nicht. Eine gute Nachricht in dieser Dunglawine.

Kain wirft das Gerät auf den Boden und zermahlt es mit seinem Fuß zu Pulver. Dann reißt er mir die Kamera, durch die Felix hindurchsah, vom T-Shirt und macht dasselbe mit ihr.

»Du hättest den Fall lösen sollen«, sagt er grimmig und geht auf den Zelleneingang zu.

Mein Blick fällt auf den Schieberiegel auf meiner Seite der Tür. Sobald er draußen ist, stürze ich mich auf ihn und lasse ihn einrasten.

»Das wird nicht helfen«, spöttelt Kain von der anderen Seite der Gitterstäbe. »Ich kann diese Tür aus den Angeln reißen. Oder ich könnte dich einfach in dieser Zelle sitzen lassen, bis du verhungert bist.«

Mit diesen fröhlichen Abschiedsworten verschließt er die Tür mit einem Vorhängeschloss und geht.

Meine Atmung ist so schnell, dass ich zu viel von der fauligen Kerkerluft einatme. Galle steigt in meinem Hals auf, und ich suche verzweifelt das schreckliche Loch im Boden, das als Toilette gedacht war, um die Bananen aus meinem Magen hineinfallen zu lassen.

Perfekt. Jetzt werde ich noch eher verhungern.

Ich stehe auf und beginne, hin und her zu gehen, während ich Obszönitäten vor mich hin murmele. Ich fühle mich wie ein eingesperrtes Tier. Die Sekunden vergehen, eine länger als die andere. Es fühlt sich an, als ob eine Stunde vergeht, während ich hin und her wandere und versuche, dem Abwasserloch auszuweichen. Nach dem dritten Mal, bei dem ich fast hineinfalle, lasse ich mich auf den Boden sinken und umarme meine Knie.

Verdammter Mist. Verdammter Mist. Verdammter Mist. Wie konnte ich es nur so schlimm vermasseln? Das Ziel war es, Mama zu retten. Jetzt werde ich hingerichtet, und ohne mich ist sie ebenfalls so gut wie tot. Wenn ich Valerians Arbeit beendet hätte, könnte ich ihn anflehen, ihre Rechnungen zu bezahlen, was ihr Leben noch eine Weile verlängern würde, aber ich habe weder mein Telefon noch meine Kräfte, also kann ich nicht einmal das tun.

Mein Hals verengt sich, und meine Augen brennen, während ein Schluchzen in meiner Brust brodelt. Ein weiteres Schluchzen folgt schnell – diese Bastarde reisen im Rudel –, und egal, wie sehr ich mich anstrenge, ich kann die Tränen nicht davon abhalten, meine Wangen hinunterzulaufen. Ich weine um mich selbst und um meine Mutter, um all die Träume, in die ich niemals hineingehen werde, und um die Gespräche, die wir beide niemals führen werden. *Um die Entschuldigungen, die ich niemals aussprechen werde.* Ich habe mir noch nie so sehr gewünscht, die Uhr zurückdrehen zu können, habe noch nie so sehr die Geschichte umschreiben wollen. Aber diese Macht habe ich nur in der Traumwelt; hier draußen bin ich so nutzlos wie ein Mensch, völlig der Gnade des Rates und seinen Launen ausgeliefert.

Irgendwann versiegen meine Tränen, und ich sitze einfach nur da, jenseits des Elends. Wenn ich meine Kräfte hätte, könnte ich wenigstens in die Traumwelt entkommen. Aber ich habe nicht so viel Glück, jedenfalls nicht bis morgen – vorausgesetzt, es gibt ein Morgen.

Natürlich *gibt* es eine andere Form der Flucht, eine Möglichkeit, wie ich mich besser fühlen könnte. Das Fläschchen mit Vampirblut ist immer noch in meiner Tasche. Sogar so verdünnt, wie es ist, würde es mir ein gutes Gefühl geben. Ein sehr gutes.

Aber nein. Ich zeige Anzeichen von Sucht – daran gibt es keinen Zweifel mehr. Andererseits warte ich auf meine Hinrichtung, spielt das also eine Rolle?

Ich nehme die Phiole heraus. Sie ist so verlockend. Sie würde mich alles vergessen lassen, wenn auch nur für eine kleine Weile. Und wenn ich tot bin, werde ich nicht mehr mit den Folgen der Sucht zu kämpfen haben.

Nein, Scheiß drauf. Ich sterbe nicht als Süchtige. Nebenbei bemerkt, könnte die Benutzung dieses Zeugs dazu beigetragen haben, dass ich in diesem Höllenloch gelandet bin. Ich kann mich des Gefühls nicht erwehren, dass ich, wenn ich mich einfach schlafen lassen hätte, mit frischem Verstand herausgefunden hätte, wer der Mörder ist.

Grimmig entschlossen, schiebe ich mich auf die Füße und trete zu dem Loch im Boden hinüber. Ich schraube das Fläschchen auf, vergewissere mich, dass Nessie mich nicht aus dem trüben Wasser anstarrt, und gieße die Flüssigkeit feierlich aus.

»Nie wieder«, schwöre ich laut.

Zu meiner Überraschung fühle ich mich ein bisschen besser – genug, um wieder eine Weile auf den Beinen zu sein, anstatt zu weinen. Irgendwann werde ich müde, setze mich wieder hin, und meine Augen sind trocken und rau, während ich die Gitterstäbe an der Zellentür zähle.

Ein Gähnen zerrt an meinem Mund. Die Wirkung des Vampirblutes lässt nach. Und zum ersten Mal seit vier Monaten habe ich keinen Grund, gegen die Erschöpfung anzukämpfen, den Schlaf abzuhalten, nach dem ich mich so, so lange gesehnt habe.

Nun, ich denke, es gibt einen Grund.

Etwas sagt mir, dass ich mich meiner eigenen Traumaschleife stellen werden muss.

Ich gähne wieder. Das Gewicht der Welt drückt mit einem titanschweren Fuß auf meine Augenlider. Ohne das Vampirblut ist der Kampf gegen eine viermonatige Schlafschuld so, als würde ich meinen Atem länger als ein paar Minuten anhalten wollen. Misserfolg garantiert.

Gut. So soll es also sein.

Ich mache es mir auf dem Steinboden so bequem wie möglich, schließe die Augen und schlafe sofort ein.

KAPITEL DREIUNDDREISSIG

ICH BIN IN DEM APARTMENT, das ich mit Mama auf Gomorrha teile. Sie schaut mich an, und ihre hübschen braunen Augen sind wie immer traurig. Ich weiß genau, dass sie mindestens eine Woche lang schlecht geschlafen hat, und trotzdem ist sie so schön wie eh und je. Welche netten Gesichtszüge ich auch immer habe, ich habe sie zweifellos von ihr geerbt. Tatsächlich ist sie diejenige von uns beiden, die wie Halle Berry aussieht.

»Nicht das schon wieder«, sagt sie und klingt müde.

»Deine Symptome verschlimmern sich.« Meine Stimme steigt um eine Oktave an – ich kann nicht anders. »Ich hörte dich nachts schreien.«

Ihr Gesicht wird aschfahl. »Bist du in mein Schlafzimmer gekommen?«

Ich starre sie wütend an. »Nein. Was noch wichtiger ist, ich habe mein Versprechen nicht gebrochen. Ich bin nicht in deine kostbaren Träume eingedrungen.«

Sie atmet erleichtert aus. »Ich hatte nur einen Alptraum, das ist alles.«

»Worüber?« Ich verschränke meine Arme vor der Brust.

»Ich kann mich nicht erinnern«, sagt sie abweisend. »Können wir jetzt über etwas anderes reden?«

»Hatte er etwas mit meinem Vater zu tun?« Ich beobachte ihre Reaktion.

Einige Emotionen blitzen in Mamas Augen auf, aber so flüchtig, dass ich nicht sicher sein kann, dass ich es wirklich gesehen habe, geschweige denn herausfinden könnte, was es war. »Wie oft muss ich es dir noch sagen?«, faucht sie mich an. »Ich erinnere mich nicht an ihn, und das ist auch kein Thema, über das ich gerne spreche.«

»Wenn du dich nicht erinnerst, woher willst du wissen, dass du nicht darüber reden willst?«

Sie zuckt mit den Schultern und schaut weg.

»Gut. Du hast auch nicht viel gegessen. Und hast das Haus seit Ewigkeiten nicht mehr verlassen. Tatsächlich ist dies das erste Mal, dass ich dich diese Woche im wirklichen Leben sehe.« Ich werfe einen spitzen Blick auf die VR-Brille der letzten Generation auf dem Tisch.

Ihr Kiefer schiebt sich hervor wie bei einem Esel. »Vielleicht liegt es daran, dass mich in der VR niemand belästigt. Ich bin der Elternteil, und du bist das Kind, erinnerst du dich?«

Ich kratze meine gesamte Geduld zusammen. »Schau mal, Mama. Ich sehe deine Symptome die ganze Zeit. Wenn du mich einfach reinlassen würdest ...«

»Nein!« Sie rennt zur Tür und ruft über die Schulter: »Schlag das nie wieder vor.«

»Wenn sich deine Symptome weiter verschlimmern, habe ich vielleicht keine Wahl«, schreie ich zurück. »Wenn dein Leben auf dem Spiel steht, breche ich meinen dummen Schwur!«

Sie erstarrt, dreht sich um, um mich anzusehen, und ihr Gesichtsausdruck ist gänzlich erfüllt von dem Gefühl, verraten worden zu sein, sodass ich meine Worte sofort bereue.

»Das würdest du nicht«, sagt sie matt und geht zurück zur Tür. »Bitte sag, dass du das nicht tun würdest.«

»Gut.« Seit ich ein Kind war, ließ sie mich schwören, nicht in ihr zu traumwandeln – und ich habe mein Versprechen gehalten, trotz der überwältigenden Versuchung. »Aber du musst *jemanden* sehen. Vielleicht einen konventionellen Seelenklempner? Vielleicht einen Freund finden und mit ihm reden? Oder ...«

»Du verstehst das nicht! Ich habe alles versucht.«

»Nicht *alles*.«

Mit einem Knurren dreht sie sich auf der Ferse um und stürmt hinaus, wobei sie die Tür hinter sich zuschlägt.

»Sehr gut!«, rufe ich zur geschlossenen Tür. »Wenigstens bekommst du etwas frische Luft.«

ICH BIN IN DER NOTAUFNAHME. Mamas bewusstloser Körper ist an eine Reihe von Maschinen angeschlossen, die alles für sie tun, vom Atmen bis zum Essen. Die Linie ihrer Gehirnaktivität ist völlig flach.

»Sie wurde von einem Auto angefahren«, sagt die Sozialarbeiterin, eine Elfe, wie aus der Ferne. »Wir überlegen uns, was wir tun können …«

Ich schalte den Rest aus, denn meine Schuld und meine Trauer sind so überwältigend, dass ich kaum gerade stehen, geschweige denken kann. *Sie ging wegen meines Nachbohrens hinaus. Sie ging verärgert hinaus und sah nicht, dass das verdammte Auto auf sie zukam.*

»… habe nicht viel Erfahrung damit«, erreicht mich die Stimme der Elfe wieder. »Selbstfahrende Auto-Algorithmen verhindern so gut wie alle Unfälle. Das letzte Mal …«

»Wen interessiert das?«, knurre ich. »Glauben Sie, ich fühle mich besser, dass meine Mutter ein Eins-zu-einer-Million-Opfer ist?«

Die Sozialarbeiterin weicht zurück und murmelt Plattitüden – und mir wird klar, warum sie mir das erzählt hat.

Geld.

In Gomorrha gibt es eine kostenlose allgemeine Gesundheitsfürsorge, aber gelegentlich können die kostenlosen Krankenhäuser etwas nicht bewältigen, also wendet man sich an bezahlte Einrichtungen, die normalerweise nur von den Reichen frequentiert werden. *Wie dieser Ort.* Und angesichts der extremen Seltenheit dessen, was mit Mama passiert ist, gibt es keine Versicherung, die es abdecken würde, genau wie es keine Versicherung dagegen gibt, dass man von einem Meteoriten getroffen wird.

»Ich zahle, was immer nötig ist, um ihre Pflege fortzusetzen«, sage ich zu der Elfe. »Lassen Sie mich wissen, was ich unterschreiben muss.«

Sie sieht erleichtert aus. »Ich werde gleich einen Arzt holen, mit dem Sie sprechen können.«

Die Zeit des Wartens auf den Arzt sind die längsten zwanzig Minuten meines Lebens.

Als er endlich kommt, spüre ich einen Anflug von Erleichterung. Er ist ein Zwerg, eine Seltenheit in der Ärzteschaft. Zwerge haben den Ruf, auf jedem wissenschaftlichen Gebiet die Besten zu sein, aber sie wählen selten die Medizin. Hier gibt es anscheinend den seltenen Zwerg, der es getan hat – auch wenn es passt, dass die Besten der Besten in dieser *bezahlten* Einrichtung arbeiten würden.

»Ich bin Dr. Xipil«, sagt der rundwangige Zwerg mit einer durch seine Atemmaske verzerrten Stimme. »Als Ihre Mutter hierherkam, dachte ich, wir würden sie verlieren. Nach fünf Nano-Operationen und einer Vampir-Bluttransfusion waren wir in der Lage, die meisten körperlichen Traumata zu heilen. Ihr Gehirn ist jedoch eine andere Geschichte.«

Er lässt einen Schwall medizinischer Begriffe über mich regnen, der darauf hinausläuft, dass Mama im

Koma liegt und ihr Gehirn die Funktionen ihres Körpers nicht so ausführt, wie es sein sollte.

»Es gibt nicht viel mehr, was wir tun können«, sagt er. »Es ist möglich, dass ein Heiler helfen könnte, aber angesichts der Kosten ...«

Ich halte eine Hand hoch. »Nehmen wir einmal an, Geld wäre kein Hindernis.«

»Dann sollten Sie versuchen, einen Heiler zu engagieren. In der Zwischenzeit muss sie an den Maschinen bleiben.« Er runzelt die Stirn. »Vergessen Sie nicht: Die meisten Krankenhäuser würden an dieser Stelle den Stecker ziehen, aber hier können wir sie angeschlossen lassen, bis ...«

————

ICH WACHE von kaltem Schweiß durchnässt auf. Meine tränengeschwollenen Augen öffnen sich blinzelnd, und ich merke, dass ich immer noch in der stinkenden Zelle bin.

Ich hatte recht mit meiner Angst vor dem Einschlafen. Ohne in der Traumwelt die Kontrolle zu haben, kann ich die Erinnerungen, die ich zu unterdrücken versucht habe, nicht vermeiden – meine eigene Traumaschleife. Obwohl ich mir eingeredet habe, dass ich Vampirblut nehme, um mehr wache Momente zu haben, in denen ich Geld verdienen kann, war das Vermeiden dieser Träume ein großer Teil meiner Motivation.

Nun, jetzt habe ich mich ihnen gestellt.

Wenn ich einer meiner Klienten wäre, würde ich weniger intensiv fühlen, was passiert ist. Aber das tue ich nicht. Vielleicht brauche ich die Hilfe eines anderen Traumwandlers, damit ich die heilende Wirkung des Träumens genießen kann.

Aber zumindest habe ich keine Angst mehr davor, einzuschlafen. Tatsächlich kann ich es nicht erwarten, noch mehr zu schlafen. Die Schläfrigkeit ist wie eine schwere Decke, die mich einhüllt und die Auswirkungen der schmerzhaften Erinnerungen dämpft.

Ich gähne und kämpfe darum, meine Augen offen zu halten. Ich möchte nicht wieder einschlafen, bevor ich das tue, was ich meinen Klienten empfehle: meine Emotionen mit einem offenen Geist zu untersuchen.

Schuldgefühle sind natürlich die stärksten. Ich weiß, dass Mamas Unfall nicht *wirklich* meine Schuld war. Es war ein guter Rat, ihr zu sagen, dass sie die Wohnung verlassen soll. Als Eingeschlossene zu leben und tagelang in der virtuellen Realität zu bleiben ist nicht gesund. Aber ich *war* der Grund dafür, dass sie auf die Straße gestürmt war. Es war nicht nur der Fahralgorithmus, der versagt hatte. Mama muss das Auto auch nicht gesehen haben. Dieser Teil ist mein Fehler – und ich werde dieses Wissen immer mit mir herumtragen.

Unter der Schuld verbirgt sich Wut. Auf sie, auf mich selbst, auf den verdammten Algorithmus, der das Auto nicht rechtzeitig gestoppt hat. Auf den Rat, der sich in meinen Job mit Bernard eingemischt, mich mit diesem unmöglichen Rätsel beauftragt und mich dann dafür bestraft hat, weil ich es nicht gelöst habe. Und noch stärker ist der dumpfe Schmerz, der mich begleitet, solange ich mich erinnern kann ... eine Sehnsucht nach einem Vater, nach einer anderen Familie als meiner launischen, schweigsamen Mutter. Ein Teil von mir hat immer gehofft, dass sie eines Tages nachgibt und mir etwas über unsere Familie erzählt, darüber, woher wir kommen und warum sie all die Jahre nicht bereit war, darüber zu sprechen. Jetzt ist diese Hoffnung weg, ausgelöscht, so sicher, wie es mein Leben sein wird. Ich werde nie etwas über meine Vergangenheit erfahren – oder einen Kerl im wirklichen Leben küssen.

Ich werde als Jungfrau sterben.

Ich stelle mir Valerian vor und seine sinnlichen Lippen, seine ozeanblauen Augen, wie sein Körper in diesem maßgeschneiderten Anzug aussieht ... Verdammt, wir hätten das zumindest in der Traumwelt tun sollen.

Apropos, wie viel Zeit ist vergangen? Ausgehend davon, wie wund mein Körper vom Liegen auf dem Steinboden ist, muss ich mindestens ein paar Stunden geschlafen haben. Könnten meine Kräfte zurück sein?

Ich berühre Pom und versuche so, in die Traumwelt zu gehen.

Nein.

Trotz der Enttäuschung, die mir auf der Brust liegt, gähne ich so laut, dass es den kleinen Raum ausfüllt. Vielleicht kann die Introspektion warten, bis ich mehr

Schlaf bekomme – oder noch besser, bis ich im Jenseits bin.

Selbst der Gedanke an die bevorstehende Hinrichtung unterdrückt mein nächstes Gähnen nicht.

Gut. Warum dagegen ankämpfen?

Ich schließe die Augen wieder und schlafe sofort ein.

ISIS und ich fahren in einer Limousine, und mir ist vor Aufregung schwindlig.

»Nochmals, vielen Dank«, sagt Isis. »Ich kann nicht glauben, dass Eduardo hinter all dem steckt und du die Einzige bist, die es herausgefunden hat.«

Irgendwas an dem, was sie sagt, fühlt sich falsch an, aber ich zerbreche mir darüber nicht weiter den Kopf, denn was wirklich zählt, ist, dass wir endlich auf dem Weg sind, Mama zu heilen. Ich schaue auf die Stadt, während Isis mich mit Komplimenten überschüttet. Während Manhattan als ein kleiner Außenbezirk von Gomorrha durchgehen könnte, ist das bei Brooklyn nicht der Fall.

Zweimal bleiben wir im Verkehr stecken, aber schließlich erreicht die Limousine den John-F.-Kennedy-Flughafen und setzt uns zwischen den Horden von Leuten ab, die zu ihren Flügen eilen. Wir bahnen uns den Weg zu einer geheimen Tür, die von

Schutzzaubern bewacht wird. Kein Mensch könnte jemals diesen Weg gehen. Wir öffnen sie und schlüpfen in ein unterirdisches Labyrinth aus Gängen, die zum Drehkreuz führen – einem riesigen kreisförmigen Raum mit einem reflektierenden Boden, was ein ziemlich typischer Aufbau für Drehkreuze ist. Die Peripherie des Drehkreuzes ist mit Toren gespickt, und jeder bunte Plasmawarppunkt führt in ein anderes Otherland. Drehkreuze wie diese geben den Cogniti Zugang zu unzähligen Universen, die sich alle so stark voneinander unterscheiden wie die Erde von Gomorrha.

»Meine Welt ist dort entlang.« Ich zeige auf das türkisfarbene Tor uns gegenüber.

»Ich war schon auf Gomorrha«, sagt Isis. »Wer war das nicht?«

»Lass mich raten.« Ich gehe auf das Tor zu. »Earth Club?«

»Hey, da gehen alle hin«, sagt sie verteidigend.

Sicher, jeder von *diesem* rückständigen Ort. Es gibt viel bessere Clubs für uns Einheimische.

Isis holt mich ein und verschwindet zuerst im Tor. Ich folge ihr und finde es wie immer faszinierend, wie mein Vorderteil im Schimmer des Tores verschwindet, wenn ich hineingehe.

Wir überschreiten die Schwelle des Tores – und sind nicht mehr unter der Erde und auch nicht mehr auf der Erde.

Wir sind auf einem Wolkenkratzer von angemessener Größe auf Gomorrha.

Ich atme die vertraute, nach Ozon duftende Luft ein und lächele. Isis schaut mich an, als ob ich verrückt wäre. Ich zucke mit den Schultern und gehe zum Aufzug. Wie üblich passt die Zeit hier nicht zu New York auf der Erde. Dort war es Tag, doch hier ist es Nacht, eine Zeit, in der die Unterschiede zwischen den beiden Welten am deutlichsten sind.

Ich schaue auf. Es gibt keinen Mond auf Gomorrha, und ich bin froh darüber. Dieses Ding sieht immer so aus, als würde es gleich in einer schrecklichen Katastrophe auf die Erde zustürzen. Stattdessen haben wir einen majestätischen Nebel. Die Gelb- und Rottöne seines interstellaren Staubs und seiner Gase bilden lange Spuren, die aussehen wie Feuer, das vom Himmel fällt.

»Ich frage mich, ob alte Cogniti den Menschen von diesem Himmel erzählt haben«, sagt Isis und geht neben mir. »Er sieht genauso aus, als würde Feuer und Schwefel auf uns herabregnen.«

»Wer weiß?«, sage ich und blicke auf die Stadt, die sich unter uns ausbreitet.

Die Welt von Gomorrha hat nur eine Stadt, eine Mega-Metropole mit demselben Namen. Sie ist größer als der gesamte nordamerikanische Kontinent. Das höchste Gebäude der Erde würde hier wie ein einstöckiges Vorstadthaus aussehen. Das Ausmaß ist schwindelerregend, sogar für diejenigen von uns, die hier aufgewachsen sind. An einem bewölkten Tag gibt es überhaupt keine Skyline, da die Spitzen der meisten Gebäude in den Wolken verschwinden.

Wir fahren mit dem Aufzug ins Erdgeschoss hinunter und gehen durch die Lobby auf die Straße. Sofort erblicke ich einen Ork, eine Elfe und einen Zwerg, die betrunken aus einer Bar torkeln.

»Aaah.« Ich atme aus. »Trautes Heim, Glück allein.«

Isis grinst. »Zu Hause ist es doch am schönsten.«

»Ich habe mich immer noch nicht an die homogenen Menschenmassen in New York gewöhnt«, sage ich.

Sie nickt einem lebensgroßen Hologramm eines Supermodels zu, das von der nächsten Ladenfront zu uns gebeamt wird. »Vermisst du das auch?«

»Das ist Werbung, auf die ich verzichten könnte«, sage ich und weise den Weg zu einem Parkplatz an der Ecke.

»Endlich, normal aussehende Autos«, sage ich, als wir uns nähern. »Die Autos auf der Erde erinnern mich an Pferdekutschen.«

»Ja, diese hier sehen aus wie schlanke Raumschiffe.« Isis schaut sich um. »Hey, ich rieche Essen.«

Sie hat recht. Und das ist nicht nur Essen – es ist sicheres Essen. Hier gibt es so etwas wie durch Nahrung übertragene Krankheiten nicht. Ich schnüffele an der Luft, während mir bei dem Gedanken, etwas zu essen, was keine Banane ist, der Speichel im Mund zusammenläuft, und das köstliche Aroma von Manna füllt meine Nasenlöcher.

Ich zeige auf ein Fahrzeug, das die Menschen auf der Erde wahrscheinlich als fliegende Untertasse beschreiben würden. »Es ist die Gomorrha-Version eines Foodtrucks. Du musst unbedingt das Essen versuchen.«

Ich besorge uns je zwei Päckchen Manna, beiße sofort in meines und stöhne vor Vergnügen, als der Geschmack auf meinen ausgehungerten Geschmacksnerven explodiert.

Nach dem ersten Bissen isst Isis mit der gleichen Begeisterung. »Wenn es möglich wäre, vom Essen einen Orgasmus zu bekommen, würde ihn dieses Essen auslösen«, sagt sie mit vollem Mund. »Wie viele Kalorien sind in diesem Ding?«

Ich gebe ihr das zweite Päckchen. »Mach dir keine Sorgen. Vom Manna kann man nicht zunehmen.«

Nachdem ich mich satt gegessen habe, erinnere ich mich an unsere sehr wichtige Mission und besorge uns ein Auto. Als wir zum Krankenhaus fahren, starrt Isis unsere Umgebung wie die Touristin an, die sie ist.

»Alles sieht aus wie ein Set von *Ghost in the Shell*«, sagt sie, »oder *Blade Runner*.«

Ich grinse. »Glaubst du nicht, dass die Orks und Elfen die Cyberpunk-Vibes brechen?«

Sie lacht, und wir plaudern den Rest des Weges über Felix' Lieblingsthema, das übergreifende *Ausleihen* von kreativen Ideen, darunter Filme, Videospiele und Bücher. Isis findet es genauso amüsant wie ich, dass es Pac-Man und Mary Poppins sowohl auf Gomorrha als auch auf der Erde gibt – nur in der gomorrhischen Version ist Mary Poppins ein Vampir.

Als das Auto am Krankenhaus anhält, eilen wir auf die Intensivstation.

»Miss Spade«, ruft eine Stimme, die so hoch ist, dass sie an Ultraschall grenzt. »Ich muss mit Ihnen reden.«

Ich werde langsamer und lächele die Rechnungsverwalterin an – oder Hufeisennase, wie ich sie nenne, zum Teil, weil sie ihre Beute mit Echo zu loten scheint, und zum anderen Teil, weil ihr Gesicht mich an die Kreatur von der Erde erinnert.

»Ich zahle, was immer ich schuldig bin«, sage ich präventiv zu ihr.

»Gut.« Sie sieht enttäuscht aus, mir keinen Vortrag halten zu müssen. »Wenn Sie in mein Büro kommen könnten …?«

»Sehen Sie, meine Zeit ist wertvoll«, sagt Isis. »Gehen Sie uns aus dem Weg, oder ich heile alle Ihre Patienten, und Ihr Gewinn ist weg.«

»Sie sind eine Heilerin?« Die Hufeisenfledermaus klimpert mit den Wimpern zu Isis. »Vielleicht können wir …«

»Aus dem Weg«, knurrt Isis.

Hufeisenfledermaus zieht sich zurück.

Ich suche Dr. Xipil und informiere ihn darüber, was Isis hier tun wird. Er schnappt sich ein paar Kollegen, und wir treffen uns in Mamas Zimmer.

Mama sieht genauso aus wie immer. Maschinen erhalten alle ihre grundlegenden Körperfunktionen aufrecht, und ihre Gehirnaktivität ist nicht vorhanden.

Dr. Xipil verlagert unbehaglich sein Gewicht.

»Wollen Sie, dass wir sie zuerst von den Apparaten trennen?«

»Zu riskant«, sagt Isis. »Lassen Sie mich zuerst mein Ding machen.«

Er blickt auf ihre Hände und tritt ein oder zwei Schritte zurück. »Nur zu.«

Isis beschießt Mama mit einem Bogen goldener Energie.

Ich halte meinen Atem an.

Mamas Gehirnaktivitätskurve verändert sich von flach zu hektisch.

Ich atme keuchend aus. Ich kann mich kaum davon abhalten, zu ihr hinüberzueilen, während sie keucht und um sich schlägt, weil sie offensichtlich von ihrem Atemgerät gestört wird.

Isis hält ihre Konzentration aufrecht und spricht über ihre Schulter. »Jetzt nehmen Sie ihr den Mist raus. Schnell.«

Das medizinische Personal beeilt sich, dem nachzukommen, während Isis einen stetigen Strom heilender Energie auf Mama richtet.

Als die letzte Maschine abgeschaltet wird, schlägt meine Mutter blinzelnd die Augen auf und sie schenkt mir ein zärtliches Lächeln.

»Mama«, sage ich mit erstickter Stimme. »Wie geht es dir?«

»Ich fühle mich großartig«, sagt sie und schaut sich um. »Wo bin ich?«

»Du bist im Krankenhaus«, sage ich und wische mir eine Träne mit meinem Ärmel ab. Ich ziehe noch mehr

Stoff diskret in meine Handfläche, damit ich noch einmal über meine Nase fahren kann. »Es gab einen Unfall und …«

In diesem Moment bemerke ich es.

Pom.

Oder, genauer gesagt, das Fehlen von Pom an meinem Handgelenk.

Moment mal. Pom fehlt nie an meinem Handgelenk. Nicht, außer wenn ich träume.

Die Welt um mich herum erstarrt.

Natürlich. Das passiert nicht wirklich. Das ist eine Fantasie. Es geht darum, was hätte passieren können, wenn Eduardo sich als der Killer herausgestellt hätte, wie ich dachte.

Unfähig, die Enttäuschung zu ertragen, lasse ich Mamas seliges Gesicht verschwinden und begebe mich in meinen Traumpalast.

KAPITEL FÜNFUNDDREISSIG

POM ERSCHEINT AN MEINEM ELLENBOGEN. »He! Wie läuft's denn so?«

Normalerweise würde ich den kleinen Kerl nicht beunruhigen, aber da sein Schicksal mit meinem verbunden ist, überbringe ich ihm die schlechten Nachrichten – und während ich spreche, wird er immer dunkler.

»Das ist so unfair«, sagt er, als ich fertig bin. »Du hast dein Bestes für sie getan.«

Mein Haar wird ohne mein bewusstes Zutun feurig. »Sprechen wir lieber nicht davon.«

Poms riesige, lavendelfarbene Augen werden übermäßig hell, und sein Fell wird grau – eine seltene Farbe, die tiefe Traurigkeit signalisiert. »Ich will nicht, dass sie dir wehtun. Kannst du mich in ihre Träume bringen? Wenn ich bettele, werden sie vielleicht ihre Meinung ändern.«

Meine Brust zieht sich zusammen. Mein Looft macht

sich eindeutig mehr Sorgen um mich als um sich selbst. Ich zerzause sein Fell. »Ich glaube nicht, dass das funktionieren würde, aber du hast mich gerade auf eine Idee gebracht. Bevor sie mich hinrichten, werde ich ihnen von dir erzählen und erwähnen, dass du eine geschützte Spezies auf Gomorrha bist. Vielleicht können sie dich an jemanden oder etwas anderes anhaften. Sie haben zum Beispiel Ziegen, oder vielleicht könnten sie …«

»Ich wollte dir schon lange etwas sagen.« Seine Ohren haben die Farbe von Roter Bete. »Ich war noch früh in meiner Entwicklung, als ich mich im Zoo an dich gehängt habe. Sobald ich dich kennengelernt habe, habe ich mir so etwas wie dein Kreislauf- und Nervensystem wachsen lassen – und jetzt ist dies irreversibel mit deinem verbunden.«

Er kann nicht meinen …

»Ich kann nicht entfernt werden, ohne uns beide zu töten«, bestätigt er und versucht meinen Gesichtsausdruck zu deuten. »Ich habe es dir nicht gesagt, weil ich nicht wollte, dass du mich wieder einen Parasiten nennst. Oder einen Tumor.«

»Einen Tumor? Komm schon, für was für ein Monster hältst du mich?« Ich umarme ihn, meine Augen tränen. »Schätzchen, ich hätte dich in beiden Fällen niemals von meinem Handgelenk nehmen wollen. Wir sind Symbionten fürs Leben. Es tut mir nur leid, dass ich es so sehr vermasselt habe, weil das Leben jetzt sehr kurz sein wird.«

»Es ist nicht deine Schuld«, sagt er. Seine Ohren

verblassen wieder zu einem Grau. »Es ist der blöde Rat.«

Ich seufze in stiller Eintracht und erhebe mich in die Luft, schwebe zwischen den unmöglichen Formen, die die Lobby meines Palastes schmücken.

Pom fliegt in Schleifen um mich herum. »Ich frage mich, wer der Mörder ist. Das ist letztendlich der Schuldige.«

Ich spiele mit der Spitze eines seiner Ohren. »Das ist eine großartige Frage. Jeder im Rat scheint *nicht* schuldig zu sein.«

Seine Ohren werden hellorange. »Könnte es jemand sein, der nicht im Rat ist?«

Ich blicke ihn an. Es ist unwahrscheinlich, aber… »Vielleicht, Pom, vielleicht. Der Zugang zur Burg ist beschränkt, aber es kommen Leute rein. Zum Beispiel werden Felix und Ariel bei einer Mandatszeremonie dabei sein.«

Auch der Rest von Pom wird nun hellorange. »Könnte sich jemand nach einem solchen Ereignis in der Burg versteckt haben? Vielleicht ist das derjenige, der die Opfer tötet.«

Hm. Es ist möglich. Ich versenke beide Hände in seinem Fell, während mein Verstand die Alternativen durchgeht. »Was ist mit den Mönchen? Einer von ihnen könnte es getan haben. Sie sind am ehesten so etwas wie Butler – und in den Krimis der Erde war es immer das Personal.«

Pom windet sich aus meinem Griff und kreist um

mich herum. »Ich dachte, die Mönche hätten keine Kräfte.«

»Das haben sie nicht. Deshalb verdächtigt sie niemand. Die mächtigsten Cogniti zu töten ist nicht einfach.«

»Wer sonst könnte es dann gewesen sein?«

Ich habe keine Ahnung. Ich reibe meine Stirn. »Jemand, der gut im Anschleichen ist?«

Ohne ihm Antworten geben zu können, kann ich mich der Hoffnung und dem Vertrauen in seinen Augen nicht stellen. Ich schwebe zu einem Prismenspiegel hinüber und starre ausdruckslos auf mein schillerndes Spiegelbild. Es muss jemand von außerhalb der Burg sein, jemand, der völlig außerhalb des Einflussbereiches des Rates agiert. So beschäftigt, wie ich durch sie gewesen war, hatte ich keine Zeit zu bemerken, wer …

Der Spiegel reflektiert eine Traummanifestation einer Glühbirne über meinem Kopf, als mir die Idee kommt.

Es *gibt* jemanden, der in der Lage ist, nach Lust und Laune in die Burg hinein- und wieder herauszukommen. Er tat es gleich am ersten Tag, als ich dort war.

»Valerian!«, rufe ich und wirbele herum. »Valerian benutzt seine illusionistischen Kräfte, um sich unsichtbar zu machen.«

Poms lavendelfarbene Augen weiten sich, und seine Pupillen verwandeln sich in rote Herzen. »Aber willst du ihn nicht?«

Ich werde das nicht mit einer Antwort würdigen. »Denk darüber nach. Seine Macht ist einzigartig nützlich gegen die mächtigen Cogniti.«

»Wie das?«

»Ein Illusionist kann dich alles sehen lassen.« Ich verändere unsere Umgebung, um meinen Standpunkt zu veranschaulichen, und schaffe einen Raum, in dem die Decke der Boden und der Boden die Decke ist, mit Kobolden, die über die Wände huschen. »Ein Illusionist kann seine Kräfte nutzen, um andere die Drecksarbeit für ihn erledigen zu lassen, also hätte Valerian Ryan dazu bringen können, einen Feind dort zu sehen, wo seine Frau stand, so dass er sie mit seinem eigenen Pfeil erschießt.« Ich verwandele unsere Umgebung in die Szene von Tatums Tod, und der Pfeil ragt grausam aus ihrer Brust, bevor ich einen durchsichtigen Valerian heraufbeschwöre, der seine Energie in einem Bogen auf die Elfe schießt.

Dann zeige ich Pom, was aus Ryans Sicht passiert: Tatum verwandelt sich zu Eduardo und fängt an, den Elfen anzuschreien, Ryan zu erzählen, was er mit seiner Frau gemacht hat, ihn einen Hahnrei zu nennen und Schlimmeres. Schließlich schnappt Ryan nach Luft, hebt seinen Bogen und schießt dem *Werwolf* in die Brust.

Aber natürlich war es nicht der Werwolf. Es war Tatum.

»Aha«, sagt Pom. »Weitermachen.«

Ich lasse den Tatort verschwinden und eine Klippe erscheinen. »Valerian hätte es auch schaffen können, dass Ryan aus eigener Kraft von der Klippe springt – ein Anstoß war nicht nötig. Oder er hätte sich unsichtbar machen und einfach nur schieben können.« Ich lasse dieses Szenario vor Pom spielen. »Oder vielleicht beides. Vielleicht erkannte Ryan, dass er seine eigene Frau erschossen hatte, statt einer Illusion, also beging er Selbstmord.«

»Das passt.« Poms Ohren wackeln. »Aber was ist mit den anderen?«

Ich stelle den Tatort der Vogelattacke nach. »Valerian hätte Gemma denken lassen können, dass Leal ihr Feind sei, und sie dann die Vögel beschwören lassen können, um ihn zu töten. Was das betrifft, hätte er die Vögel etwas Leckeres sehen lassen können, wo Leal stand, und so diesen Angriff verursacht haben.« Ich erschaffe Leal und verwandele ihn in eine Schale mit Getreide.

Pom wird schwarz. »Illusionisten haben zu viel Macht.«

»Ja, das haben sie.« Ich erschaffe Gemmas zerrissenen Körper. »Auch hier hätte Valerian jemanden, der stark ist – wahrscheinlich Eduardo – dazu bringen können, einen angreifenden Feind zu sehen, also hat Eduardo den *Feind* in zwei Hälften gerissen. Oder er hätte Eduardo die Illusion zeigen können, dass Gemma ihn provoziert hat, bis er ausrastet und sie tötet. Er hätte sogar seine Kräfte nutzen können, um diesen Werwolf am JFK in den Wahnsinn zu treiben, um sicherzustellen, dass die Vollstrecker weg sind.«

Pom wippt mit dem Kopf, und seine Augen sind größer als sonst.

Jetzt bin ich in Fahrt, weil alles so perfekt zusammenpasst. »Schließlich hätte Valerian Eduardo etwas zeigen können, das ihn dazu trieb, Albina zu Tode zu würgen.« Ich erschaffe ein Schlafzimmer, in dem Albina im Bett liegt, und tausche sie dann gegen Ryan, den Elfen, aus. »Alternativ hätte das Würgen auch Teil des Sexspiels sein können, aber Valerian hätte Eduardo denken lassen können, dass Albina ihn bat, fester zuzudrücken. Er hätte die Illusion benutzen können, um jedes Anzeichen zu verbergen, dass sie erstickte.«

Poms Ohren hängen herab. Er sieht aus, als sei ihm übel. »Was ist mit Eduardo? Könnte man jemanden dazu bringen, sich mit Hilfe von Illusionen eine Spritze zu geben?«

»Sicher«, sage ich. »Valerian hätte sich unsichtbar machen, hereinkommen und die Spritze mit Steroiden gegen die mit dem REM-Medikament austauschen können.« Ich stelle die Szene nach. Ein durchsichtiger Valerian sieht zu, wie Eduardo sich aus Versehen umbringt. »Soweit wir wissen, war Valerian noch da, unsichtbar für uns, als wir die Leiche fanden.«

Poms Fell zittert.

Ich mache den durchscheinenden Valerian undurchsichtiger und betrachte seine perfekten Gesichtszüge. Kann jemand mit einem so schönen Gesicht ein Mörder sein?

Was denke ich gerade? Natürlich kann er das.

Außerdem, wer sagt, dass Valerian überhaupt so aussieht? Er könnte aussehen wie ein Aussätziger mit fehlenden Zähnen und …

»Denkst du, sie werden die Hinrichtung aufschieben, wenn du ihnen das alles erzählst?«, fragt Pom.

Ich lasse Valerian verschwinden. »Nun… diese Theorie hat einen großen Fehler: Ich habe keine Ahnung, *warum* er all diese Ratsmitglieder töten würde. Das Motiv ist ein ziemlich wichtiger Teil der Verbrechensermittlung. Ohne das – und ohne irgendeinen Beweis – wird der Rat nicht auf mich hören. Letzten Endes ist das nur eine wilde Theorie.«

»Ich denke immer noch, dass du mit jemandem reden solltest«, sagt Pom. »Vielleicht fällt Kit ein Motiv ein. Wie wäre es, wenn wir in den Turm gehen und nachsehen, ob jemand vom Rat schläft?«

Ich schüttele mürrisch den Kopf. »Ich würde meine Kräfte brauchen, um in die Träume anderer Menschen einzutreten.«

»Du hast dich noch nicht erholt? Ich dachte, so erschafft man solche Sachen.« Er deutet mit einer Pfote um uns herum.

»Nur weil ich meine Umgebung verändere, heißt das noch lange nicht, dass ich meine Kräfte zurückhabe. Auch Menschen können lernen, so etwas zu tun, à la luzides Träumen. Um wirklich zu wissen, ob ich mich erholt habe, muss ich versuchen, in den Traum von jemandem einzutreten.«

»Dann lass uns das tun.« Er stürzt auf den Turm

der Schlafenden zu, und ich beeile mich, um ihn einzuholen.

»Felix und Ariel sind nicht hier«, sagt er, als wir zu den Nischen kommen.

Ich werfe einen kurzen Blick dorthin, wo sich ein paar der Ratsmitglieder befinden würden, wenn sie schliefen, aber sie sind nicht zu sehen. »Vielleicht ist es in New York Tag.«

»Warum schläft Bernard dann?« Pom zeigt auf das Zimmer des schnurrbärtigen Mannes.

»Er schläft zu seltsamen Zeiten.« Ich mache mich auf den Weg hinüber zu den Wolken, die mehr Träume in der Traumaschleife des armen Kerls repräsentieren. »Ich schätze, ich könnte ihn benutzen, um zu sehen, ob meine Kräfte zurück sind. Das wird uns einen Hinweis darauf geben, wie viel Zeit bereits in der wachen Welt vergangen ist.«

Pom wirft mir einen verblüfften Blick zu. »Du wirst Valerians Auftrag zu Ende bringen? Auch wenn wir denken, dass er der Killer ist?«

»Ich muss den Job nicht beenden. Ich könnte Bernard durch den Rest seiner Traumaschleife führen, aber nicht das tun, wofür Valerian mich eigentlich engagiert hat. Andererseits denke ich, ich *sollte* ihn beenden.«

Poms Ohren zucken fragend.

»Wenn ich fertig bin, wenn Felix schlafen geht, könnte ich ihn bitten, Valerian die Nachricht zu schicken, dass die Arbeit abgeschlossen ist, damit er wie versprochen das Geld überweist. Mörder hin oder her, Valerian hat viel Geld.«

Pom nimmt eine undefinierbare Mischung von Farben an. »Ich denke schon.«

Ich nähere mich dem schlafenden Bernard. »Ich werde mich zuerst mit seinen verbleibenden Träumen in der Traumaschleife beschäftigen und mich dann entscheiden.«

»Viel Glück«, sagt Pom und hüpft auf und ab.

Ich winke ihm zu, mache mich unsichtbar und berühre Bernards vernarbte Stirn.

ICH BIN IN IHM. Meine Kräfte sind zurück – und ich wünschte fast, sie wären es nicht.

Ein schmutziger, schlimm zugerichteter Mann ist in einem verlassenen Lagerhaus an einen Heizkörper gekettet.

Ich erkenne ihn sofort. Es ist der drahtige Angeklagte mittleren Alters mit Glatze aus Bernards Gerichtssaaltraum, derjenige, der für nicht schuldig befunden wurde, Bernards Jungen ermordet zu haben. Als sein Geruch mich erreicht, würge ich. Was zum Teufel …? Er stinkt so sehr, dass mir als einzige Möglichkeit bleibt, meinen Geruchssinn auszuschalten. Er sieht auch viel dünner aus als bei der Gerichtsverhandlung, und seine verschlagenen Augen sind gefüllt mit Wahnsinn und Verzweiflung.

Bernard nähert sich ihm mit einem versteinerten Gesicht und einer Holzsäge in der Hand.

»Es tut mir leid«, krächzt der angekettete Typ.

»Bitte lass mich gehen. Ich wollte ihn nicht töten. Die Dinge gerieten außer Kontrolle. Ich wurde missbraucht, als ich …«

»Du willst gehen? Hier.« Bernard lässt die Säge fallen und tritt sie in die Reichweite des Gefangenen.

Der Typ sägt verzweifelt an der Kette, zerstört dabei aber nur das Werkzeug. Er schleudert die zahnlose Säge mit einem kehligen Schrei zu Bernard zurück – und verfehlt ihn.

»Man kann Metall nicht mit einer Holzsäge schneiden«, sagt Bernard kalt. »Du weißt, was du wirklich tun musst. Du bist einfach noch nicht bereit.«

Oh nein. Ich wusste irgendwie, wo das hinführen würde, aber trotzdem. Mega-igitt.

Ein paar Tage vergehen wie im Flug, und Bernard kehrt mit einer neuen Säge zurück, die identisch zur vorherigen ist. Dieses Mal ist der Wahnsinn in den Augen des Gefangenen noch deutlicher zu erkennen. Er fleht Bernard nicht einmal an, er sitzt nur da und starrt auf die Säge in den Händen seines Peinigers. Ohne ein Wort zu sagen, lässt Bernard die Säge auf den Boden fallen und tritt sie zu ihm. Der Typ greift danach und legt die scharfe Kante widerwillig über sein Handgelenk.

Ich richte meinen Blick auf Bernards Gesicht, und als die ekelerregenden Geräusche beginnen, schalte ich mein Gehör aus. Nach Bernards Gesichtsausdruck könnte man meinen, es sei *sein* Handgelenk, das in zwei Hälften gesägt wird. Er murmelt etwas, und obwohl ich nicht so gut Lippen lesen kann, denke ich, dass er sagt: *Ich bin ein Monster. Ich bin schlimmer geworden als das Böse, das ich versucht habe, zu ...*

Plötzlich weiten sich seine Augen auf die Größe von Tellern.

Ich folge seinem Blick.

Sein rechter Arm ist ein blutiges Durcheinander, aber trotzdem springt der Gefangene Bernard mit einem animalischen Knurren an und schreit dabei etwas.

Ich stelle mein Gehör wieder her.

Das kehlige Brüllen ist etwas, was ich von einem verwundeten Bären erwarten würde, nicht von einem Mann.

Die Säge mit seiner verbliebenen Hand umklammernd, schneidet der Mann Bernard ins Gesicht. Die Zähne der Säge beißen sich in seine Stirn, und Bernard schreit vor Schmerzen.

Ich erschaudere. So hat er also diese Narbe bekommen.

Bernard stößt seinen Angreifer weg. Der unterernährte Mann kippt nach hinten, beginnt aber sofort wieder, zu Bernard zurückzukriechen, knurrend wie ein Dämon.

Mit zitternder Hand greift Bernard in seine Tasche und zieht eine Waffe heraus.

Peng.

Das Knurren hört auf, aber der Kerl kriecht immer noch vorwärts.

Peng.

Auch das Krabbeln hört auf.

Bernard schießt so lange, bis das Magazin leer ist. Dann fällt er auf Hände und Knie und übergibt sich.

Der Traum verschiebt sich an diesem Punkt. Bernard starrt auf die leeren Wände seiner Wohnung.

Ich schlucke den bitteren Geschmack des vorherigen Traums hinunter. Okay, seine Traumaschleife ist also vorbei. Das ist eine gute Sache. Jetzt, wo das erledigt ist, könnte ich theoretisch meine Arbeit tun.

Dieser Traum ist allerdings eine Erinnerung, und ich bin neugierig darauf, ihn zu Ende gehen zu lassen.

Das Telefon klingelt, und Bernard lässt den Anrufbeantworter anspringen.

Es ist die Ex-Frau. »Der Geburtstag deiner Tochter ist heute. Sie vermisst dich. Ruf sie an.«

Ein Schauer zuckt durch Bernard. »Warum?«, flüstert er abgehackt. »Warum sollte sie mit einem Monster sprechen wollen?«

Der nächste Traum ist ebenfalls eine Erinnerung, findet aber Jahre später statt. Bernard beobachtet seine Tochter aus der Ferne, und seine Augen sind voller Bedauern.

Der nächste Traum ist noch später. Bernard sitzt in einem großen Konferenzsaal, umgeben von anderen Menschen. Ich erkenne den Hauptredner.

Es ist Valerian.

In dieser Erinnerung sieht Valerian genau so aus, wie er mir erschien. Bedeutet das, dass er wirklich so aussieht?

»Bis Ende nächsten Jahres wird Bale Inc. die

virtuelle Realität auf die nächste Stufe bringen«, sagt der hinreißende Illusionist leidenschaftlich wie Tony Robbins. »Später wird die Welt, die ihr um euch herum seht«, er drückt auf seine Fernbedienung, und eine Weltraumansicht der Erde erscheint auf dem Bildschirm hinter ihm, »einer der vielen möglichen Orte sein, die Menschen bewohnen können. Meine Hoffnung ist, dass die meisten in diesen grenzenlosen Scheinwelten gedeihen werden, die wir für sie erschaffen werden, Welten, die von der Realität nicht mehr zu unterscheiden sind. Es wird das größte sein …«

Ich höre nicht mehr zu, weil mir etwas dämmert.

Was Valerian zu tun versucht. Und warum.

Er will Milliarden von Menschen auf der Erde in illusorische Welten bringen. Mehr noch, er will, dass jeder seinen Namen – seinen und den seines Unternehmens – mit diesen Welten verbindet. Er will, dass sein Name ein Synonym für Illusionen ist.

Das ist wahnsinniger Ehrgeiz.

Es gibt eine Beziehung zwischen den kognitiven Kräften und dem menschlichen Glauben an diese Kräfte. So wurde Lilith, eine Vampirin, die sich auf einer Welt, die sie unterjochte, zur Blutgöttin erklärte, fast unaufhaltsam. Indem er seine Firma zum Synonym für Illusionen macht, könnte Valerian zum mächtigsten Illusionisten auf der Erde werden, wenn nicht sogar im gesamten Cogniversum, und das alles, ohne sich selbst zum Gott zu erklären – etwas, für was ihn die lokalen Cogniti hingerichtet hätten.

Das muss der Grund dafür sein, dass er mich für zwielichtige Jobs einstellt, wie zum Beispiel das, was ich vielleicht vorhabe: Er muss sauber bleiben, soweit es die Ratsmitglieder der Erde betrifft.

Bernards Traum verschiebt sich auf eine Zeit etwa neun Monate später. Er sitzt in einem Meetingraum mit einem Haufen Leute. Valerian ist auch da und schaut Bernard erwartungsvoll mit diesen hypnotisierenden blauen Augen an.

»Die VR-Bewegungsübelkeit ist das dringendste Problem, das wir lösen müssen, bevor wir es herausbringen«, sagt Valerian. »Hat dein Team dabei irgendwelche Fortschritte gemacht?«

Bernard blickt auf seinen Notizblock. »Wir haben monatelang daran geschuftet, aber wir haben nicht viel. Wir wissen nicht einmal, ob das Problem durch sensorische Konflikte oder Haltungsinstabilität verursacht wird. Du bist gegen das Entfernen der Körpervisualisierung ...«

Ich ignoriere den Rest von Bernards Rede. Es ist an der Zeit, zu entscheiden, ob ich den Job beenden will, für den Valerian mich engagiert hat. Angesichts dieses Traums würde es fast keine Mühe erfordern, da es in dem Traum zufällig genau um das fragliche Thema geht. Valerian arbeitet an der Herstellung von VR-Produkten, von denen den Leute nicht schlecht wird, eine große Hürde für die Industrie im Moment, also hat er mich engagiert, um Bernard heimlich mit einer Inspiration zu versorgen – einer Lösung, die *im Traum* kommt. Die Aufgabe ist natürlich trivial, da Gomorrha der Erde Lichtjahre voraus ist, wenn es um die gesamte Technologie geht, aber besonders bei allem, was mit virtueller Realität zu tun hat.

Gut. Wenn man bedenkt, wie simpel das ist, werde ich es einfach tun.

Ich verlasse meinen Körper und springe in Valerians, dann schreite ich zum Zeichenbrett hinauf. »Was, wenn wir das versuchen würden?« Ich fahre fort, eine umfassende Lösung vorzustellen, von Hardware- bis zu Softwaretricks.

Bernards Augen leuchten gierig auf, während ich einen Algorithmus zeichne, der seiner Zeit besonders weit voraus ist. Ich kann nicht anders, als zu grinsen – der schwierigste Teil dieses Jobs war eigentlich das Auswendiglernen von alledem.

Als ich fertig bin, verlasse ich Valerians Körper und wecke Bernard mit einem Ruck meiner Kraft. Wenn ich ihm erlaube, mehr zu träumen, könnte er vergessen, was er gerade gelernt hat.

Pom wartet sehnsüchtig in Bernards Nische im Turm der Schlafenden.

»Das war's«, sage ich zu ihm, als ich wieder auftauche. »Ganz à la *Inception*.«

Pom klatscht seine winzigen Pfötchen zusammen. »Also wird er eine technologische Entdeckung machen, wenn er aufwacht?«

»Und er wird sich sicher sein, dass er von alleine darauf gekommen ist. Valerian wird natürlich davon profitieren.« Ich lasse die Nische hinter mir, um neben Pom zu fliegen. »Ich frage mich, wie oft meine Art schon für große Entdeckungen verantwortlich war, die eigentlich nur Informationen aus einer anderen Welt sind? Vielleicht ist Dmitri Mendelejew der Erde so in seinem Traum auf das Periodensystem gekommen. Niels Bohr soll auch die Struktur des Atoms in seinem Traum erfunden haben, und sogar Albert Einstein …«

Ich halte kurz inne, weil ich etwas bemerke, was nicht sein kann.

Ein Schlafender, der nicht schlafen sollte, es aber doch tut.

Ich schaue Pom an. »Du siehst ihn auch, richtig?« Ich zeige auf die fragliche Nische.

Pom wird zu einem Sammelsurium von Farben. »Ich verstehe. Aber ist das nicht …«

»Ganz genau.« Ich sause in den Raum.

»Aber wie?« Er fliegt mir nach.

»Ich glaube, er tat sein Bestes, um wach zu bleiben, bis ich hingerichtet werde, aber er muss aus Versehen eingeschlafen sein.« Ich stehe über dem Schlafenden und habe immer noch Schwierigkeiten, meinen Augen zu trauen.

»Denkst du, es bedeutet …«

»Oh ja.« Meine Stimme knistert vor Aufregung. »Das muss der Mörder sein.«

KAPITEL SIEBENUNDDREISSIG

WIR BETRACHTEN beide das täuschend freundliche, großväterliche Gesicht vor uns – ein Gesicht, das zu jemandem gehört, der angeblich tot ist.

Ein Gesicht, das Dr. Hekima gehört.

»Aber er ist gestorben«, sagt Pom fassungslos. »Nessie hat ihn gefressen.«

Ich schüttele den Kopf. »Hekima ist ein Illusionist. Er ließ mich und Kain glauben, dass wir gesehen haben, wie er bequemerweise auf eine Art starb, die keine Leiche hinterließ, die untersucht werden könnte.«

Poms Pupillen verwandeln sich wieder in rote Herzen. »Valerian ist also doch nicht der Mörder?«

Ich grinse ihn an. »Nein, aber die Art und Weise, wie Hekima die Verbrechen abgezogen hat, ist dieselbe Art und Weise, die ich Valerian zugetraut hätte. Ich hatte es fast herausgefunden – ich habe einfach nur den falschen Illusionisten verdächtigt.«

Poms Ohren zucken hin und her. »Aber warum hat er all diese Menschen getötet?«

Das ist es, was ich herausfinden muss, indem ich hineingehe. Ich zeige auf die Wolken, die über Hekimas Kopf wirbeln. »Ich wette, seine Traumaschleife hat etwas damit zu tun.«

Mit ruhigem Atem berühre ich mit unruhigen Fingern die runzlige Stirn des Illusionisten und springe in seinen Traum.

———

»BITTE, SITI«, sagt eine jüngere Version von Hekima. »Was du tust, ist nicht sicher.«

Er redet mit einem Teenager, der genauso aussieht wie er, krauses Haar, freundliches Gesicht und so weiter. Ihr Name kommt mir vage bekannt vor.

»Ich lindere den Schmerz der Menschen, Daddy«, sagt Siti. »Wenn du nicht unter dem dummen Mandat wärst, würdest du dasselbe tun. Du weißt, dass du es tun würdest.«

Hekima seufzt. »Ich sage nicht, dass das, was du tust, nicht nett ist. Das ist es. Es ist nur so, dass es verboten ist, deine Kräfte auf diese Weise zu benutzen …«

Verdammter Mist, jetzt weiß ich wieder, wo ich ihren Namen gehört habe. Das war, als ich die Abstimmungsmuster untersucht habe. Der Fall der jungen Frau, die die Schmerzen der menschlichen

Hospiz-Patienten in ihren letzten Tagen linderte – ihr Name war Siti.

»Ich lasse sie glauben, dass sie an einem schönen Ort sind«, sagt Siti und bestätigt meinen Verdacht, »und manchmal umgebe ich sie mit ihren Lieben. Ist das so falsch?«

Es fügt sich alles zusammen. Siti wurde erwischt. Es gab einen Prozess vor dem Rat, und Eduardo, Tatum, Ryan, Gemma, Leal, Albina und ein Haufen anderer stimmten für die ultimative Strafe – und der Rat richtete das arme Mädchen hin.

Als Hekima erfuhr, was passiert war, erlangte er in der Cogniti-Gemeinschaft Bekanntheit, indem er das von Felix erwähnte Einführungsprogramm durchführte – alles, damit er eines Tages auserwählt würde, im Rat zu dienen und in der Lage wäre, sich zu rächen.

Und er ist noch nicht fertig damit. Es gibt immer noch Leute im Rat, die für die Hinrichtung seiner Tochter gestimmt haben. Da ich nicht mehr auf der Bildfläche bin und alle anderen ihn für tot halten, steht es ihm frei, zu beenden, was er angefangen hat … ein Ratsmitglied nach dem anderen zu töten.

Als ich merke, dass ich eine Schicht von einem Traum zum anderen verpasst habe, fange ich an, genauer hinzuschauen.

Hekima steht über einem unbeschrifteten Grab, und Tränen strömen über sein Gesicht.

»Es tut mir leid, Siti«, sagt er belegt. »Ich hätte dich zwingen sollen, aufzuhören. Ich hätte dich in eine andere Welt schleifen sollen, bevor du gefasst wurdest. Ich hätte …«

Er hört auf zu reden und sieht mich direkt an.

Verdammter Mist. Was stimmt nicht mit mir? Ich vergaß wieder, mich unsichtbar zu machen – und das zur schlimmsten Zeit überhaupt.

Ich verschwinde, aber es ist zu spät. Hekima hat mich gesehen, das kann ich an seinem Gesichtsausdruck erkennen. Als er auf die Stelle schaut, wo ich stand, schlägt er sich die Faust auf die eigene Nase – und das muss ihn aufwachen lassen.

Ich lande wieder im Turm der Schlafenden, und Hekima ist aus dem Bett verschwunden.

»Er weiß, dass ich es weiß«, sage ich grimmig zu Pom.

Er wird schwarz und greift mit seinen kleinen Pfötchen nach meinem Handgelenk. »Wach auf und tu etwas.«

Also wecke ich mich selbst auf – und lande wieder auf dem dreckigen Boden meiner stinkenden Kerkerzelle.

KAPITEL ACHTUNDDREISSIG

ANDERERSEITS IST NICHT alles so wie zuvor, als ich hier eingeschlossen wurde. Nachdem ich geschlafen habe, fühle ich mich unglaublich. Ich muss wenigstens ein paar zusätzliche Stunden Ruhe bekommen haben. Ich springe auf, reiße mein Desinfektionsmittel heraus und wische jeden Teil von mir ab, der den Boden berührt hat.

Wow, mein Verstand ist scharf wie ein Diamant. Kein Wunder, dass ich den Fall nicht früher lösen konnte. Nach Monaten des Schlafentzuges war ich nur ein Schatten meiner selbst. Ich widerstehe dem Drang, mir auf die Stirn zu schlagen. Warum habe ich so lange gebraucht, um das Vampirblut aufzugeben? Angesichts meiner Arbeit mit Schlaflosen weiß ich besser als jeder andere, dass Schlafmangel zu Denkstörungen, Gedächtnisproblemen und schließlich sogar zum Tod führen kann.

Hier ist der Beweis dafür, wie schlecht mein Gedächtnis geworden war: Ich hatte meine Dietriche vergessen. Ich habe sie noch in meiner Tasche, seit ich in Bernards Wohnung eingebrochen bin. Meine Hand schlägt auf meine Hosentasche – Yep, immer noch da. Ich stürze hinüber zu dem rostigen Vorhängeschloss an der Tür meiner Zelle.

Oh ja, ich kann damit umgehen. Hoffentlich.

Das Schloss wehrt sich kurz, gibt aber schließlich nach. Ich schiebe den Riegel an meiner Seite auf und öffne die Zellentür. Und was jetzt?

Hätte ich das getan, bevor mir klar wurde, dass Hekima der Mörder war, hätte ich aus einem schwer bewachten Schloss fliehen und den Vollstrecker-Vampiren für den Rest meines Lebens ausweichen müssen – ein Unterfangen mit fast null Erfolgschancen. Aber jetzt, bewaffnet mit meiner neuen Entdeckung, muss ich nur noch jemanden vom Rat ausfindig machen und ihm sagen, was ich weiß.

Vorausgesetzt Hekima hält mich nicht auf.

Und vorausgesetzt, sie glauben mir.

Trotzdem, bessere Chancen als vorher.

Ich gehe ein Dutzend eiliger Schritte den Korridor hinunter, bevor Filth um die Ecke kommt und mich mit glänzenden Augen ansieht.

Verdammter Mist. Das ist das Letzte, was ich brauche.

»Ich habe herausgefunden, wer die Ratsmitglieder getötet hat«, sage ich schnell. »Es ist Hekima. Er …«

»Ist mir egal.« Filth lächelt fies, und seine Augen werden zu Spiegeln, als seine Stimme in den Bezirzungsmodus wechselt. »Keine Bewegung, blöder Blutbeutel.«

KAPITEL NEUNUNDDREISSIG

ICH WINDE meine Zehen in meinen Schuhen. Ich hatte recht – sie bewegen sich. Sein Bezirzen hat nicht funktioniert. Das Vampirblut hat meinen Körper verlassen, und meine Widerstandsfähigkeit gegen Bezirzen ist zurückgekehrt – oder Filth ist einfach nicht so mächtig wie Kain, wenn es darum geht, meine Abwehr zu durchdringen.

Ich tue so, als *wäre* ich erstarrt, und grübele verzweifelt über meinen nächsten Schritt nach.

Filth holt eine Spritze aus der Tasche. »Ich bin zu deinem Henker bestimmt worden. Der Rat will, dass ich dir die Wahl gebe zwischen Euthanasie«, er schwenkt die Spritze in der Luft, »oder Hungertod«. Er nickt dem Raum hinter mir zu.

In meiner Brust schlägt mein Herz wie ein Hase, aber ich tue mein Bestes, um mein Gesicht ruhig zu halten, wie vom Bezirzen eingefroren.

»Aber ich werde es dir leichter machen.« Er dreht die Kanüle nach unten und drückt auf den Kolben, bis das ganze Gift auf dem Boden gelandet ist. »Ich werde dich austrinken und dann deinen Körper als Snack für Nessie rauswerfen. Was den Rat betrifft, so hast du dich für den Hungertod entschieden und dich dann als dumm genug erwiesen, zu versuchen, durch die Kanalisation zu entkommen.«

Er hat seinen Plan gut durchdacht. Jeder, der mich nicht gut kennt, könnte ihm sogar glauben – abgesehen davon, dass ich lieber hundertmal verhungern würde, bevor ich mich in diesen Witz von einer Toilette stürze … selbst wenn kein Monster in der Kanalisation lauern würde.

Filth schleicht sich auf mich zu.

Heimlich positioniere ich die Dietriche so, dass sie aus meiner Faust ragen, und warte auf meinen Moment. Dies ist ein Vampir, und kein Kampfsporttraining kann die Tatsache ändern, dass selbst ein dünnes, wieselartiges Exemplar wie er zehnmal stärker ist als ich, und unmöglich schnell. Das Überraschungsmoment ist meine einzige Hoffnung – und eine schwache, wenn ich ehrlich zu mir selbst bin.

»Ich *könnte* dir befehlen, nichts zu fühlen«, sagt er, als er in Schlagreichweite ist, »aber ich werde es nicht tun. Das wird wehtun.«

Er hat recht. Es wird wehtun.

Ihm.

Ohne Vorwarnung schlage ich ihm meine Faust ins

Gesicht. Mit einem ekelhaft matschigen Geräusch dringen die Dietriche in sein rechtes Auge ein.

Er taumelt zurück und brüllt vor Schmerz. Ich bekämpfe den Drang, mich zu übergeben, und trete ihm in die Leistengegend. Er brüllt wieder und schlägt mich mit seinem Handrücken. Mein Kopf zuckt seitwärts, und Sterne explodieren in meinem Sichtfeld.

Er schlägt mir auf den Kiefer. Irgendwie weiche ich ihm aus, bewege mich rein auf Autopilot. Inzwischen habe ich mich genug erholt, um ihn zu schlagen, aber er bewegt sich übernatürlich schnell, und ich treffe ihn nicht. Bevor ich abblocken kann, kracht sein Ellenbogen in meinen Bauch. Mein Solarplexus explodiert vor Schmerz, und ich beuge mich keuchend nach vorn.

Er packt mein Shirt und wirft mich mühelos in die Luft. Als ich durch den Flur fliege, sehe ich einen Hoffnungsstrahl den Korridor hinunter.

Aufschlag. Ich krache mit dem Rücken gegen die Eisenstangen, und die zwei restlichen Sauerstoffmoleküle in meiner Lunge entweichen mit einem Zischen. Der Schmerz versucht, mich in die Bewusstlosigkeit zu ziehen, aber ich bekämpfe ihn mit meinem ganzen Wesen. Ich muss es hinauszögern, für den Fall, dass dieser Hoffnungsstrahl keine Halluzination meines durchgeschüttelten Gehirns war.

Ich atme gierig ein, schaue flehend zu Filth und hebe meine Hand, als ob ich etwas sagen müsste.

Er sieht nicht so aus, als würde er reden wollen.

Sein Auge ist nicht geheilt. Manche Vampire haben bessere Regenerationsfähigkeiten als andere, und seine muss eindeutig am unteren Ende des Spektrums liegen.

Seine Reißzähne gleiten heraus, und er zischt: »Ich werde es langsam machen.«

KAPITEL VIERZIG

ICH SPUCKTE BLUT AUS und krächzte: »Ich habe es Kit gesagt. Sie weiß – sie weiß von Hekima. Dass ich ihn in der Traumwelt gesehen habe. Damit kommst du nicht durch.«

Am Ende des Korridors blitzt eine Bewegung auf.

Ja. Jetzt gibt es keinen Zweifel mehr.

Ich werfe heimlich einen Blick durch Filths Beine.

Ariel und Felix schleichen auf uns zu. Er trägt einen Smoking, und sie trägt ein Kleid, das jede Kurve zur Geltung bringt. In ihrer Hand hält sie ein Springmesser. Ich will nicht einmal darüber nachdenken, wo sie es versteckt hat, als sie durch die Sicherheitskontrolle der Burg gingen.

Sie müssen wegen der Mandatszeremonie hier sein, die Felix erwähnt hat.

Aber ich darf mir keine Hoffnungen machen. Ohne seinen Roboteranzug oder irgendeine mächtige Waffe ist Felix im Grunde genommen ein Mensch. Bei Ariel liegen die Dinge anders. Sie ist eine Uber, und die sind stark – aber nicht ganz vampirstark. Und Ariel hat Probleme mit Vampiren.

Filth packt meinen Hals und hebt mich mit einer Hand vom Boden hoch. »Ich glaube deinen Kit-Bullshit genauso sehr, wie ich an Hekimas wundersame Auferstehung glaube.« Mit einer schnellen Bewegung versenkt er seine Reißzähne in meinen Nacken und entlockt mir einen schmerzhaften Aufschrei.

Es tut noch mehr weh, weil es das Ekligste ist, was mir je passiert ist.

Er fängt an zu saugen – und das ist der Moment, in dem Ariel ihn an der Schulter wegreißt, während sie ihm in den Oberkörper sticht.

Mein Steißbein schlägt hart auf dem Boden auf. Ich knirsche mit den Zähnen gegen eine Welle ekelhafter Schmerzen an und schiebe mich, meinen blutenden Hals umklammernd, von den Kämpfenden weg. Vampirspeichel ist bekannt dafür, dass er als Gerinnungsmittel wirkt, aber ich bin noch nie gebissen worden und habe keine Ahnung, wie lange es dauert, bis mein Hals aufhört zu bluten. Auch eklig.

Filth ignoriert die Stichwunde und schlägt Ariel ins Gesicht. Sie weicht aus, reißt das Messer heraus und sticht ihn einen Zentimeter tiefer.

Felix kniet neben mir. »Geht es dir gut?«

»Hilf mir auf«, krächze ich und strecke ihm meine freie Hand entgegen. Mein Hals schmerzt, und das nicht nur wegen der Wunde an der Seite. Filth hat meine Luftröhre fast zerquetscht, als er mich vom Boden hob.

Felix greift meine Hand und hilft mir auf die Beine, während Ariel und Filth kämpfen und sich dabei so schnell bewegen, dass es schwer ist, ihnen zu folgen.

Ich schwanke an Ort und Stelle und ziehe meine Hand von der Wunde in meinem Nacken weg. Die Blutung scheint aufgehört zu haben. Als er sieht, dass ich nicht in unmittelbarer Gefahr bin, zu sterben, kommt Felix Ariel zu Hilfe, aber Filth schlägt ihn mit einem Schlag gegen die Schläfe k. o. Als Felix zusammenbricht, benutzt Ariel die Ablenkung, um eine knochentiefe Schnittwunde in Filths Bizeps zu schneiden. Der Vampir grunzt vor Schmerz, als das Blut beide bespritzt.

Wenn Felix nicht schon ohnmächtig wäre, hätte ihm das jetzt den Rest gegeben. Ich bin weniger empfindlich für diese Dinge, aber sogar ich fühle mich benommen. Oder vielleicht bin ich nur benommen von dem Blutverlust. So oder so, ich bin an der Reihe, Ariel zu helfen – und ich will, dass es nicht vergeblich ist. Ich ignoriere den Schmerz in meinem verletzten Hals, renne zurück in meine Gefängniszelle, schnappe mir das schwere Vorhängeschloss, das ich zuvor besiegt habe, und eile zurück.

Filth schlägt einen Ellenbogen in Ariels Solarplexus, so wie er es bei mir getan hat. Aber Ariel muss eine obszöne Anzahl von Crunches gemacht und Bauchmuskeln aus Stahl haben, denn sie kämpft weiter, als ob nichts passiert wäre.

Ich warte auf einen Moment, in dem Filth mir den Rücken zuwendet, dann springe ich nach vorne und schlage ihm das Vorhängeschloss auf den Hinterkopf.

Was einen Menschen benommen gemacht oder ausgeschaltet hätte, scheint den Vampir nur abzulenken. Er schlägt mir ins Gesicht. Ich ducke mich. Er schafft es trotzdem, Ariels nächsten Treffer zu parieren.

Ich springe zurück und schleudere ihm mit aller Kraft das Vorhängeschloss gegen den Kopf. Er dreht sich aus dem Weg – und das ist es, was seine Kehle in die Reichweite von Ariels Messer bringt.

Wusch.

Blut sprudelt aus der klaffenden Halswunde.

Verdammter Mist, vielleicht habe ich Ariels Stärke unterschätzt. Sie hat Filth fast mit einem Schnitt enthauptet.

Ein gurgelndes Geräusch entweicht aus Filths Mund, aber Ariel geht kein Risiko ein. Sie hackt immer wieder auf seinem Hals herum, bis sich Kopf und Körper komplett trennen – eine Verletzung, die noch kein Vampir in der Geschichte heilen konnte.

Filths Torso fällt zu Boden, und sein Kopf rollt zu Felix. In diesem Moment fliegen Felix' Augen auf. Sobald er das blutige Durcheinander neben sich sieht, wird er wieder ohnmächtig.

Ariel starrt mit unheimlicher Faszination auf ihr blutiges Messer. Oh Mist … sie schaut es an, als stünde sie kurz davor, die Klinge abzulecken.

Es ist so weit. Ihre Vampirblut-Sucht wird auf eine echte Probe gestellt.

Ich halte den Atem an. Es ist besser, wenn sie das allein macht. Sie ist in dem Stadium, in dem das, was sie am meisten braucht, der Glaube an ihre Fähigkeit ist, der Versuchung zu widerstehen.

Auch ich war kürzlich auf dem Weg in die Sucht, aber ich verspüre keinerlei Drang, etwas von der purpurnen Flüssigkeit um uns herum zu trinken. Andererseits sollte ich die Situation viel ekliger finden, als ich es tatsächlich tue. Ist das ein schlechtes Zeichen? Trotzdem habe ich das Gefühl, dass, wenn ich eine Weile das Vampirblut meide, es mir irgendwann genauso eklig vorkommen wird wie andere Körperflüssigkeiten.

Ariels Kiefer spannt sich an. Ich schätze, sie hat sich entschieden.

Sie hebt das Messer an.

Meine Fingernägel graben sich in meine Handflächen. *Nicht daran lecken!*

Sie wirft das Messer in die Gefängniszelle. Es fällt klirrend zu Boden, während sie feierlich auf Filths Körper spuckt und sich wegdreht.

Grinsend klopfe ich ihr auf die Schulter. »Siehst du? Du *kannst* der Versuchung in der realen Welt widerstehen.«

Sie erwidert das Grinsen, tritt dann Filths Kopf zurück zu seinem Körper und geht hinüber, um sich neben Felix zu knien. Ihre Lippen verziehen sich zu einem reumütigen Lächeln, als sie seinen schlaffen

Arm hebt und ihn fallen lässt. »Bewusstlos. Ich schätze, ein abgetrennter Kopf markiert den Punkt, wo für ihn die Grenze liegt.«

Etwas bewegt sich am Rande meines Sichtfelds, aber als ich den Flur hinunterblicke, entdeckte ich nichts. Doch als Ariel meinem Blick folgt, erstarrt sie, und ihr Lächeln verschwindet.

»Geh jetzt!«, schreit sie den leeren Flur an. »Wenn du es nicht tust, wirst du dich hier zu deinem Untergebenen gesellen.« Sie zeigt mit dem Kinn zu Filths Überresten.

Untergebenem? Spricht sie mit Kain? Dann merke ich, was passiert – und mein restliches Blut vereist.

»Das ist nicht Kain!«, rufe ich. »Es ist Hekima. Er benutzt Illusionen bei dir.«

Sie scheint mich nicht zu hören. Sie springt auf, stürzt sich auf einen unsichtbaren Feind, schlägt auf nichts ein und weicht einem unsichtbaren Schlag aus. Die Kiefer zusammengepresst, folgt sie ihrem Scheinfeind, bis sie ein paar Meter von mir entfernt steht und ich sie anstarre.

Sie schaut auf meine Füße und schreit. »Nein!«

Verdammter Mist. Ich kann mir denken, was Hekima ihr zeigt: Kain ist hier, und er hat mich gerade getötet. Ich wette, dass Hekimas mich wie Kain aussehen lässt, ein Trick, mit dem er auch diese anderen Morde begangen hat.

Wie um meine Theorie zu beweisen, faltet Ariel ihre Hände, stürzt sich auf mich, und ihr schönes Gesicht ist hassverzerrt. »Du bist tot.«

KAPITEL EINUNDVIERZIG

VERDAMMTER MIST, Verdammter Mist, Verdammter Mist. Ich glaube nicht, dass ich mich dazu bringen kann, Ariel zu schlagen oder sie auf irgendeine Weise zu verletzen – nicht, dass meine Bedenken alles andere als theoretisch wären. Nachdem ich gesehen habe, was sie Filth angetan hat, weiß ich, dass ich keine Chance habe, sie zu verletzen. Sie wird diejenige sein, die die Schmerzen verursacht, und es wird nicht mehr lange dauern.

Mein Herz galoppiert mit dreihundert km/h. Dies wird aus einem bestimmten Grund Kampf- oder Fluchtreaktion genannt – und die Zeit zum Kämpfen ist vorbei.

Ich drehe mich auf der Ferse um und rase zur Gefängniszelle.

Ariels Schritte hallen hinter mir wider. Keuchend wie ein Hund nach einem Tag in der Wüste, springe ich in die Zelle, schlage ihr die Tür vor der Nase zu und schiebe den Riegel zu.

»Denkst du, das wird mich aufhalten?« Sie knallt ihre Handflächen gegen die Gitterstäbe.

Ich springe zurück. »Das hoffe ich doch sehr.«

Sie ergreift mit jeder Hand eine Stange und reißt sie mit aller Kraft auseinander, wobei sich ihre schlanken Muskeln unter ihrem knappen Kleid anspannen.

Auf keinen Fall. Sie kann nicht …

Aber die dicken Stangen verbiegen sich. Sie ist stärker als jeder Uber, von dem ich je gehört habe.

Ich bin so was von tot.

Oder auch nicht. Ich schnappe mir ihr Messer vom Boden und spritze verzweifelt einen Strahl Handdesinfektionsmittel auf den Griff. *Kein Blut, ich kann all dieses Blut nicht mehr ertragen.* Sobald er sauber ist, drehe ich mich zur Tür um, wo Ariel fleißig an den Gitterstäben arbeitet.

Würde sie aufgeben, wenn ich sie steche? Vielleicht könnte ich es im Arm oder an einer anderen nicht-tödlichen Stelle versuchen?

Die Stangen sind fast so weit auseinandergebogen, dass sie mit dem Kopf durchpasst. Ich schaue mich verzweifelt nach einer alternativen Lösung um. Als ich nach unten schaue, sehe ich sie endlich – eine schreckliche, schreckliche Möglichkeit, etwas, von dem ich normalerweise sagen würde, dass es ein schlimmeres Schicksal als der Tod ist. Außer hier, direkt mit meiner Sterblichkeit konfrontiert, erkenne ich, dass dieses Schicksal nur ein bisschen besser sein könnte. Ich schätze, dass mein Lebenswille meine Zimperlichkeit übersteigt.

Vielleicht.

Ich rase zu dem Loch, das in die Kanalisation führt.

Mein erster Fehler ist der Blick in die Tiefe. Als ich die trübe, übel riechende Flüssigkeit da unten sehe, beschließe ich, dass Ariel mich vielleicht doch töten kann. Wenn ich getötet werden muss, wäre es vielleicht netter, wenn ein Freund es tut.

Aber es steht nicht nur mein Leben auf dem Spiel. Pom wird auch sterben, und Mama auch, wenn ich den Rat nicht davon überzeugen kann, dass Hekima der Mörder ist.

Ich zittere am ganzen Körper, desinfiziere die Klinge des Schmetterlingsmessers, falte es zusammen und stecke es in meine Tasche. Und ja, mir ist klar, wie verrückt ich bin, das zu tun, angesichts dessen, in was ich gleich eintauchen werde. Ich atme die stinkende Luft ein, verstopfe mir die Ohren mit den Zeigefingern und die Nase mit den kleinen Fingern, wie ein Kind, das zum ersten Mal tauchen lernt, und werfe einen letzten Blick auf die Zellengitter, um zu sehen, ob Hekima vielleicht aufgegeben hat.

Nein. Ariel steckt ihren Kopf in die Öffnung, die sie gerade gemacht hat. Es heißt jetzt oder nie.

Ich kneife die Augen zusammen und springe mit den Füßen voran in den Abgrund der Kanalisation.

KAPITEL ZWEIUNDVIERZIG

WÄHREND ICH FALLE, wiederholen sich Obszönitäten in allen Sprachen, die ich spreche, als Schleife in meinem Kopf.

Platsch.

Die klebrige Substanz schließt sich über meinem Kopf, und ich fühle nichts, was einem Boden unter den Füßen ähneln würde. Die Kanalisation muss sehr tief sein. *Denk nicht an fleischfressende Bakterien und die offene Wunde in deinem Nacken. Oder hirnfressende Amöben. Oder das menschenfressende Monster, das diese Abwasserkanäle zu einem Zuhause gemacht hat. Oder wo das Monster zur Toilette geht. Oder ...*

Der Überlebensinstinkt reißt mir die Hände vom Gesicht, und ich fange an, mich zu bewegen. Mein Kopf taucht auf, und ich atme tief ein. Der Gestank ist unerträglich, als ob jemand den schlimmsten Geruch zusammengestellt hätte, den es in der Natur geben kann. Was zum Teufel ist das für ein Zeug?

Ich möchte es lieber nicht wissen. Auf diesem Weg liegt der Wahnsinn.

Alles um mich herum ist dunkel, aber in der Ferne ist ein schwaches Licht zu sehen. Ich schwimme darauf zu. Niemand springt hinter mir in die Kanalisation. Das ist gut. Ich schätze, Hekima kann die Illusion nicht aufrechterhalten, ohne sich Ariel anzuschließen, und er ist nicht bereit, mir hierhin zu folgen. Er wird nicht wollen, dass seine frühere Lüge, von Nessie gefressen zu werden, Wirklichkeit wird.

Wo wir gerade von dem Monster sprechen, ich bin auch nicht von ihr gefressen worden. Jedenfalls noch nicht.

Ich schwimme weiter.

Die schreckliche Flüssigkeit ist dick und zähflüssig, und ich möchte lieber nicht darüber nachdenken, warum das so ist. Zumindest macht es das Obenbleiben hier leichter als in den Seen aus den schwarzen Fenstern in Ninas Träumen. Jetzt, da ich nicht mehr in unmittelbarer Todesgefahr bin, ist die Ekelhaftigkeit dessen, was ich tue, überwältigend. Ist es möglich, vor Ekel zu sterben? Verzweifelt erinnere ich mich daran, dass selbst wenn ich sauber bin, es mehr Mikroben in und auf mir gibt als Zellen mit meiner eigenen DNA.

Nein, das hilft überhaupt nicht. Besser nicht denken, Punkt.

Ich konzentriere mich auf die Bewegung meiner Arme. Ausstrecken. Zurückschieben. Ausstrecken.

Zurückschieben. Das Licht kommt näher. Es ist Tageslicht außerhalb des Burgberges.

Mein Fuß stößt gegen etwas Matschiges, und ich kann stehen und mich ausruhen. *Am besten nicht darüber nachdenken, auf was ich stehe.*

In der Richtung, aus der ich kam, kräuselt sich der Dreck. Ist Ariel endlich gesprungen? Hekima? Ich ziehe das Messer heraus und entfalte es wie wild – nicht, dass es viel helfen würde. Mich mit diesem Messer zu verteidigen ist wie der Versuch, einen Waldbrand mit einer Wasserpistole zu löschen.

Die Wellen verstärken sich, und ein Kopf taucht aus dem schmutzigen Wasser auf.

Mein Magen fällt mir auf die Füße.

Der lange Hals und der Schlund voller dolchartiger Zähne sind unverkennbar.

Es ist Nessie, und sie ist hier, um mich zu fressen.

KAPITEL DREIUNDVIERZIG

ICH UMFASSE das Messer so fest, dass meine Knöchel weiß werden.

»Geh weg!«, schreie ich die Kreatur an.

Sie blinzelt nicht einmal. Ihr Kopf erhebt sich auf einem Hals wie dem einer Anakonda aus dem Dreck.

»Ich bin keine Scheißziege«, rufe ich und schwenke das Messer. »Letzte Warnung.«

Nessie schlägt zu. Ihr Maul öffnet sich, während ihr Kopf auf mich zuschießt. Ich kratze mein ganzes Kampfkunsttraining zusammen, um an Ort und Stelle zu bleiben und auf den passenden Moment zu warten. Als die Zähne bereit sind, sich um mich zu schließen, schlage ich zu.

Meine Klinge versinkt in ihrer matschigen Zunge. Ja!

Nessie zuckt mit dem Kopf zurück und reißt mir das Messer aus der Hand. Ich tauche nach dem

Ausgang der Kanalisation und schwimme, was das Zeug hält.

Hinter mir brüllt Nessie.

Meine Arme bewegen sich mit wahnsinniger Geschwindigkeit wie zwei Windmühlen, und das Licht kommt näher. Vielleicht breche ich einen Weltrekord, wenn irgendein Sadist die Schwimmzeiten in der Kanalisation verfolgt.

Die Bestie brüllt wieder. Sie holt mich ein. Ich beschleunige übernatürlich, da die Nähe des Ausgangs mich weiterdrängt.

Als ich endlich ins Licht hineinbreche, brauchen meine Augen eine Sekunde, um sich darauf einzustellen. Ich befinde mich im Burggraben vor der Burg, gleich außerhalb des Berges. Das Ufer ist in der Nähe und voller Mönche, die eine Ziege tragen.

Was für ein Glück – ich bin Nessie zur Mittagszeit über den Weg gelaufen. Die gute Nachricht ist, dass, wenn ich mich beeile, sie die Ziege anstelle von mir fressen könnte.

Frische Luft gibt meinen Muskeln den dringend benötigten Energieschub, und ich bewältige die restliche Strecke in Sekundenschnelle. Die überraschten Mönche helfen mir, aus dem Wasser zu stolpern.

»Nessie«, keuche ich. »Ich glaube, sie …«

Bevor ich ausgesprochen habe, ergreifen zwei Mönche die arme Ziege und hieven sie in den Graben.

Ein vertrauter Kopf erscheint über dem Wasser.

Nessie öffnet wieder ihren Schlund. Es gibt keine Spur von dem Messer, das ich dort gelassen habe, oder irgendeine Wunde. Ich schätze, es ergibt Sinn, dass sie irgendeine Superheilungsfähigkeit hat. Sie ist eine unglaublich langlebige Kreatur, die Legenden über sie reichen weit zurück.

Ein Blinzeln später ist die Ziege verschwunden. Genau wie Nessie.

Wow.

Ich fische mein Handdesinfektionsmittel aus meiner durchnässten Tasche und benutze es auf meinem Gesicht und meinen Händen. »Ich muss jemanden aus dem Rat sprechen.«

Der größte der Mönche sieht mich an, als ob ich verrückt wäre. »Das kannst du nicht. Sie sind in einem Meeting und ...«

»Klingt das wie eine normale Bitte?«, knurre ich. »Sie werden wissen wollen, was gerade passiert ist, warum ich gerade mit Nessie auf den Fersen aus der Kanalisation gekommen bin und versucht habe, ihnen die Wahrheit darüber zu sagen, wer der Mör...«

Er hält eine Hand hoch. »Ich bringe dich hin.«

Mit einem wachsamen Blick auf mich geht er auf das Schloss zu. Ich folge und tue mein Bestes, um das Schlimmste von dem Schleim abzuschütteln, der an mir klebt, bevor wir die vertraute Tür zum Kolosseum erreichen, in dem der Rat tagt.

»Sie werden sich aufregen, wenn du einfach hereinplatzt«, sagt der Mönch und rümpft die Nase. »Und nicht nur wegen deines Geruchs.«

Ich zucke mit den Schultern, versuche, nicht zu tief einzuatmen, und betrete die Ratskammern.

KAPITEL VIERUNDVIERZIG

KAIN STEHT in der Mitte des Amphitheaters, dem
Platz, der normalerweise für denjenigen reserviert ist,
der in Schwierigkeiten ist.

»Ich schlage vor, wir stimmen ab«, sagt Nina.
»Diejenigen, die …«

»Ich weiß, wer der Mörder ist«, verkünde ich
lautstark.

Alle Köpfe wenden sich mir zu.

Kain schnüffelt an der Luft und sieht halb
überrascht, halb entsetzt aus. Ich öffne meinen Mund,
um mehr zu sagen, als mich jemand aus dem Weg
stößt. Ich taumele und schaue mich um.

Ich sehe niemanden.

Mein Puls springt in die Stratosphäre.

Hekima. Er ist hier.

KAPITEL FÜNFUNDVIERZIG

SOFORT ÄNDERT SICH MEINE UMGEBUNG.

Ich bin immer noch in einem Amphitheater, nur tausendmal größer als das, in dem der Rat tagt. Es sieht aus wie das Kolosseum in Rom, nur nagelneu. Wie um die Verbindung nach Rom zu bestätigen, erscheinen schreiende Menschen auf den Sitzen. Sie sehen aus wie Statisten in einem Film über Gladiatoren.

Der Kaiser erhebt sich. Es ist Hekima, gekleidet in eine violette Toga, mit einem goldenen Lorbeerkranz auf seinen krausen grauen Locken.

Er schaut auf mich herab, und seine dunklen Augen sind mit echter Traurigkeit erfüllt. »Du erinnerst mich an Siti«, sagt er in einem warmen, großväterlichen Ton. »Ich wünschte, ich könnte dich am Leben lassen, aber du weißt zu viel. Es geht um dich oder mich – im Grunde genommen ist es Selbstverteidigung.«

Meine Oberlippe verzieht sich. »Was immer du dir

selbst sagen musst. Wenn Siti am Leben wäre, würde sie sich für dich schämen.«

Er sieht aus, als hätte ich ihn geschlagen. Er versteift sich, sinkt zurück auf seinen Kaisersitz, und sein Gesichtsausdruck wirkt nun konzentriert. Er muss den Mitgliedern des Rates Illusionen zeigen.

Die Menge jubelt, als ob gerade ein Rockstar die Bühne betreten hätte. Ich schaue an mir herab. Meine dreckige Kleidung ist weg, ersetzt durch eine Mischung aus Rüstung und Bikini – Hekimas schmutzige Fantasie davon, was eine Gladiatorin tragen würde.

Ich blicke ihn finster an. »Ich weiß, dass dieses Kostüm eine Illusion ist, aber als Kampfanzug macht es keinen Sinn.« Ich schiebe meine Hand über mein entblößtes Dekolleté. »Es lädt im Grunde genommen dazu ein, dass mir jemand ins Herz sticht.«

Wie als Antwort springen die Türen zur Bühne auf, und ein Kobold schlendert heraus.

Das ist eine Illusion. Ich weiß das. Es kann keine Kobolde auf der Erde geben. Hekima lässt mich den behaarten Körper, die Hörner und die Huffüße sehen. In der wirklichen Welt ist das jemand vom Rat, oder vielleicht überhaupt niemand. Doch die Anblicke, Geräusche und sogar Gerüche sind genau so, als wäre ich im echten Kolosseum und stünde einem nach Ziegen stinkenden Kobold gegenüber. Nicht, dass ich mich gerade weit aus dem Fenster lehnen sollte – auch wenn ich jetzt, wo ich in Hekimas Illusion bin, meinen eigenen Gestank nicht mehr riechen kann.

Das Monster öffnet sein Maul, lässt eine Reihe von Zähnen aufblitzen, um die es jeder Hai beneiden würde, und badet mich in dem Gestank von verwesendem Fleisch.

Die Menge tobt.

Ist Schmerz einer der Sinne, die Illusionisten kontrollieren können? Wird es sich echt anfühlen, wenn diese Zähne an meinem Fleisch reißen?

Der Kobold stürzt sich auf mich und versucht, mir ins Gesicht zu schlagen. Ich weiche aus und ziele mit meiner Faust auf sein Brustbein. Ich schlage daneben – aber ich verstehe nicht, wie das sein kann. Entweder kämpfe ich gegen jemanden, der kleiner als ein Kobold ist, oder es ist überhaupt niemand um mich herum.

Der Kobold schlägt mir mit der Faust ins Gesicht.

Autsch.

Das tut weh, und meine Lippe fühlt sich wirklich aufgeplatzt an. Entweder kämpft ein echter Mensch gegen mich, oder Hekimas Kräfte sind megastark.

Ich weiche einem weiteren Schlag aus, dann noch einem. Mein Gesicht brennt, aber nicht so sehr, wie es wehtun würde, wenn mich ein echter Kobold träfe – sie sind unglaublich stark. Da ich keinen Grund sehe, warum Hekima sich mit illusorischen Schmerzen zurückhalten sollte, schließe ich daraus, dass mein Gegner real und nicht superstark ist. Ich schätze, das ist gut. Dennoch muss ich diesen Kampf beenden, bevor mein Gegner unweigerlich seine Kräfte auf Ratsniveau einsetzt.

Der Kobold zielt auf meine Füße. Ich springe über

seinen Huf und verpasse ihm einen Schlag gegen den Hals. Meine Hand trifft auf Fleisch, das sich eher wie ein Kieferknochen als ein Hals anfühlt. Der Kobold taumelt und fällt hin.

Ja, richtig. Auf keinen Fall würde ein Kobold durch einen solchen Treffer geschlagen werden.

Die Menge tobt.

Die Türen fliegen wieder auf, und ein Monster, schrecklicher als ein Kobold, kommt herein.

Es ist ein Drekavac, eine Kreatur, die tötet, indem sie unaussprechlichen Schmerz verursacht.

Ich taumele zurück. Es ist schon schmerzhaft, das Ding nur anzusehen. Es ist ein alptraumhaftes, insektoides Gespenst mit zu vielen Tentakeln und Zähnen.

Dann dämmert mir etwas.

Wenn Hekima will, dass diese Begegnung realistisch erscheint, wird er jemanden benutzen, der die Macht hat, mit einer einzigen Berührung zu töten.

Das Blut fließt aus meinem Gesicht.

Es gibt ein Ratsmitglied, das perfekt dafür geeignet ist, eines, dessen Berührung Wundbrand verursacht.

Gertrude.

KAPITEL SECHSUNDVIERZIG

»ICH KANN NICHT gegen Gertrude kämpfen!«, schreie ich, falls es Hekima interessiert.

Das tut es nicht.

Ich ziehe mich zurück und gebe mein Bestes, um eine Strategie zu entwickeln. Selbst wenn ich einen Treffer lande, werde ich verlieren.

Der Drekavac stürmt voran und peitscht mit einem Tentakel nach mir.

Ich weiche aus.

Schreiend schickt das Monster einen weiteren Tentakel in meine Richtung.

Ich springe zur Seite, aber ich kann der Berührung nur knapp entgehen.

Es muss etwas Effektiveres geben, was ich tun kann, einen Weg, diese Illusion zu durchdringen.

Ein weiterer Tentakelschlag, ein weiteres Ausweichmanöver.

Ein Gespräch mit Pom kommt mir plötzlich in den

Sinn. Er behauptete einmal, wenn er wach wäre, könnte er mir zeigen, wie Valerian wirklich aussieht, weil ein Illusionist wahrscheinlich nicht daran denken würde, meinen Symbionten die gleiche Vision sehen zu lassen.

Zwei Tentakel gehen gleichzeitig auf mich los, und ich mache einen Rückwärtssalto, um zu entkommen. Die Menge jubelt.

Das Problem ist, dass Pom wach sein muss, um durch meine Augen zu sehen, und er schläft die ganze Zeit. Es sei denn …

Pom, schreie ich in Gedanken, während ich einem weiteren Tentakelangriff ausweiche. *Pom, wach auf!*

Nichts passiert. Ein Tentakel zielt auf meine Beine, und ich springe darüber.

Pom! Pom! Pom!

»Was soll das Geschrei?«, fragt Pom müde in meinem Kopf.

Ich befinde mich in einer Illusion, schreie ich in meinem Kopf. Du musst sie durchschauen, sonst sterben wir beide!

»Das hättest du gleich sagen sollen.« Er klingt viel wacher. »Was ist los?«

Die Welt blitzt in allen Farben des Regenbogens, und ich weiche dem nächsten Tentakelschlag nur knapp aus. Als sich der Wirbel legt, gebe ich mein Bestes, um der visuellen Verwirrung einen Sinn zu geben. Das Kolosseum ist nicht verschwunden, aber es sieht ein wenig geisterhaft aus.

Dann bemerke ich, dass es von der Realität überlagert ist, einer Realität, die seltsam aussieht. Die Kanten der Gegenstände sind verschwommen, und mit den Farben passiert etwas Seltsames. Ich sehe zum Beispiel einen Ork, der gegen Colton den Riesen kämpft, aber anstatt dass der Ork grün ist, sind beide Kämpfer einfarbig.

Mist, das ist kein Ork. Es ist Kit. Hekima lässt sie um ihr Leben kämpfen, und Pom mag das nicht. Ich auch nicht. Ich wette, all das Schwarz sind Poms Gefühle, die in meine Wahrnehmung sickern.

Wusch. Ein geisterhafter Tentakel fliegt mir ins Gesicht, und erst jetzt sehe ich, dass der Tentakel gar kein Tentakel ist. Es ist, wie ich vermutete, Gertrudes Arm. Mit ausgestreckten Fingern versucht sie, in der echten Welt meine Wange zu berühren.

Ich weiche aus und greife ihren Arm in der Nähe des Ellenbogens, wo ihr Ärmel meine Hand vor ihrer Haut schützt. Ich bin mir nicht sicher, was sie in ihrer eigenen Version von Hekimas Illusion sieht, aber es muss etwas Schreckliches sein, denn ihr Gesicht ist vor Angst verzerrt.

Das macht die Sache nicht besser.

Ich verdrehe ihren Arm hinter ihrem Rücken und ziehe kräftig. Sie fällt auf die Knie und schreit vor Schmerzen. Ich greife mir einen meiner schleimigen Schuhe und schlage Gertrude mit der Behelfswaffe. Auf keinen Fall riskiere ich noch einmal eine Berührung, auch wenn es nur ihr Haar ist.

Sie zielt mit ihrer freien Hand nach mir, also

schlage ich sie immer wieder mit dem Schuh. Meine Armmuskeln brennen, aber ich erreiche mein Ziel.

Gertrude bricht zusammen.

In diesem Moment bemerke ich, wer noch bewusstlos in der Nähe liegt.

Felix.

Er muss sich von seinem blutverursachten Ohnmachtsanfall erholt haben und dann unter Hekimas Einfluss geraten sein. Er muss der *Kobold* gewesen sein, gegen den ich gekämpft habe. Kein Wunder, dass seine Schläge nicht sehr schmerzhaft waren – und kein Wunder, dass ich gewinnen konnte. Er ist etwas empfindlich bei diesem Thema, aber Felix' Kräfte sind im Nahkampf nicht sehr nützlich.

Ich eile zu ihm und überprüfe seine Lebenszeichen. Er wird wahrscheinlich Kopfschmerzen haben, aber es wird ihm gut gehen – und seine Kopfschmerzen werden nicht halb so schlimm sein wie die von Gertrude. Ich schaue zurück, um zu sehen, wie es Kit geht, und beobachte, wie sie sich von einem Ork in einen Riesen verwandelt, der viel größer als Colton ist. Sie holt mit einer massiven Faust in einem so weiten Bogen aus, dass sie ein paar Ratsherren in der Nähe von den Füßen haut. *Peng!* Sie schlägt mit der Faust auf Coltons Schläfe.

Er brüllt vor Schmerz. Armer Kerl. Ich wette, seine Kopfschmerzen werden noch schlimmer sein als Gertrudes.

Jemand muss diesen Wahnsinn stoppen. Der echte Hekima befindet sich auf der anderen Seite des

Raumes mit einer Wand aus Ratsmitgliedern zwischen ihm und jedem, der ihm Schaden zufügen will. Jeder in seiner Verteidigungslinie zeigt grimmige Entschlossenheit – jeder muss sich Illusionen hingeben, in denen er jemanden oder etwas beschützt, der ihm wichtig ist. Das zerstört jegliche Hoffnung, *ihn* auszuschalten.

Ich erkenne einige der Verteidiger – Isis und Chester –, und ich stelle fest, dass kein Einziger unter ihnen ist, an dem sich Hekima rächen will.

Ich sehe bald, warum.

Nina, die nur einen Steinwurf von mir entfernt steht, hebt mit einem konzentrierten Blick ihre Hände. Die Steinbänke, auf denen die Ratsmitglieder normalerweise sitzen, werden aus dem Boden gerissen, zerbrechen und beginnen, durch den Raum zu schweben.

Ich weiche einem aus, dann einem anderen – aber nicht alle Ratsmitglieder haben so viel Glück. Im Gegensatz zu mir können sie nicht sehen, was die Wirklichkeit ist. Mindestens vier bekommen einen Schlag auf den Kopf. Ich kann nicht umhin, zu bemerken, dass sie alle auf Hekimas Mordliste stehen.

Zwei Bänke fliegen in Hekimas Richtung, was mir Hoffnung gibt, dass seine Rache nach hinten losgehen könnte. Aber nein. Eine Bank, die auf Chester zuzufliegen schien, landet einen Zentimeter von ihm entfernt. Was für ein Glück für Chester – und Hekima. Die andere Bank landet vor der Mauer der Ratsmitglieder und schlägt Vickie auf den Kopf.

Isis schießt einen Bogen goldener Energie auf die Sirene und heilt sie augenblicklich.

Ist Hekima nett zu der Sirene, weil sie nicht auf seiner Liste steht? Nein, das wären Vorschusslorbeeren. Der wahre Grund wird einen Moment später offensichtlich. Vickie atmet tief ein, geht zu einem Ratsherrn in der Nähe, der auf der Liste steht, und zwei Sekunden später ist nur noch das Skelett des Mannes übrig.

Verdammter Mist. Was soll ich tun? Ich komme nicht an Hekima heran, und wenn Nina weiter mit den Bänken herumschleudert, könnte ich auch getroffen werden.

Ich lasse meinem Blick auf der Suche nach einer Lösung durch den Raum wandern und sehe Ariel, die gegen Kain kämpft. Es ist zu viel Hass auf ihren Gesichtern für zwei Menschen, die sich nicht kennen – wieder einmal sind Illusionen im Spiel.

Ariel schlägt eine Faust auf Kains Ohr. Er schlägt zurück. Sie wehrt ihn mit ihrem Unterarm ab, aber die Kraft seines Schlags ist so stark, dass ihr Handrücken zurückschnellt und ihre Lippe aufplatzen lässt.

Mist. Gegen Kain zu kämpfen ist nicht so einfach wie Filth zur Strecke zu bringen – und ich weiß nicht, ob Ariel überhaupt merkt, dass sie gegen einen Vampir kämpft.

Eine weitere Bank stürzt neben meinen Füßen ab, mit den besten Empfehlungen von Nina. Nun, *das* könnte funktionieren. Ich suche den Boden nach dem größten Steinbrocken ab, der nicht zu schwer für mich ist, und finde einen, der etwa dreißig Pfund wiegt. Angestrengt hebe ich den Felsen über meinem Kopf und stürze mich auf Kain.

Kain, der von meiner Existenz nichts ahnt, trifft gerade Ariels Magen mit seiner Faust. Ariel krümmt sich vor Schmerz.

Bevor Kain sie töten kann, schlage ich ihm den Stein auf den Kopf.

Der Vampir schwankt mit einem fassungslosen Gesichtsausdruck. Ariel erholt sich ausreichend, um auf ihn zuzustolpern, und ich lege ihr den Stein in die Hände. Mit einem überraschten Gesichtsausdruck nimmt sie ihn. Ich kann nicht erraten, wie es sich anfühlen muss, wenn sich ein blutiger Fels in deinen Händen materialisiert, aber Ariel ist eine Soldatin. Sie verschwendet keine Zeit damit, über ihr Glück nachzudenken.

Leicht hebt sie den Stein an und schlägt ihn Kain ins Gesicht.

Kain taumelt zurück.

Ariel schlägt ihn noch einmal.

Kain stolpert zu Boden.

Ariel springt auf seine Brust und knallt ihm den Stein auf seine Stirn, immer und immer wieder.

»Genug!«, schreie ich sie an, aber sie scheint mich nicht zu hören. Sie zerschlägt und zertrümmert, was von Kains Kopf übrig geblieben ist, weit über den Punkt seiner Vernichtung hinaus. Offensichtlich hat die Illusion, die Hekima ihr verschafft, eine mörderische Wut erzeugt.

Ich empfinde eine Woge des Mitleids für den Vampir – trotz all unserer Differenzen hat er nur versucht, seinen Job zu erledigen – aber ich erinnere mich daran, dass Kains Tod auf Hekimas Gewissen lastet. Dasselbe gilt für die Ratsherren, an denen sich Hekima rächen wollte.

Sie sind jetzt auch tot.

Aber Hekima selbst? Er starrt mich an.

Verdammter Mist.

Ich suche verzweifelt nach einem kleineren Stein, aber er zeigt mit der Hand auf Nina.

»Moment!«, schreie ich.

Zu spät.

Eine unsichtbare telekinetische Kraft schleudert mich in die Luft.

KAPITEL SIEBENUNDVIERZIG

ICH SCHLAGE UM MICH, während ich durch die Luft segele.

Dies ist nicht die Traumwelt. Dieser Flug wird bestenfalls mit einem schmerzhaften Absturz, schlimmstenfalls mit einem eingeschlagenen Kopf à la Kain enden. Mit klopfendem Herzen durchstöbere ich meine Taschen nach etwas, was ich Hekima an den Hals werfen kann.

Nina lenkt mich in eine neue Richtung und stört meine Konzentration. Denkt sie, ich sei eine Drohne oder so?

Meine tastenden Hände entdecken einen Gegenstand in der letzten Tasche, die ich mir ansehe. Ist es das, was ich denke? Offensichtlich hat der Schlafentzug meinem Gedächtnis schlimmer zugesetzt, als ich dachte. Hier ist noch ein weiteres Tool von dem Bernard-Job, das ich komplett vergessen habe.

Ich ziehe die Schlafgranate heraus, während Nina mich noch schneller durch den Raum kreisen lässt.

Wenn ich die Granate benutze, werden alle hier einschlafen. Das schließt Nina ein, was bedeutet, dass ich eine Bruchlandung machen werde. Wenn ich die Granate nicht benutze, wird sie es sicher irgendwann leid sein, mit ihrer Drohne zu spielen und mich in etwas hineinkrachen lassen. Kein großer Unterschied. Zumindest habe ich so eine Chance.

So soll es sein.

Ich halte meinen Atem an, aktiviere die Granate und werfe sie.

Gas füllt den Raum, und ich fühle, wie ich in die Tiefe stürze. Ich halte die Luft an, bis ich auf Chesters schlafendem Körper lande.

Autsch. Das tat weh, aber ich werde auf jeden Fall leben. Aber es gibt ein Problem: Ich kann meinen Atem nicht länger anhalten.

Meine Lungen schreien nach Luft, also atme ich ein – und schließe mich allen im Schlaf an.

KAPITEL ACHTUNDVIERZIG

ICH STEHE UNTER EINER DUSCHE, die Tomatensaft statt Wasser versprüht und das rosa Tutu, das ich trage, durchnässt. Ein violettes Lama steht direkt vor dem Strahl und kaut auf dem Duschvorhang herum.

»Kannst du mir das Duschgel reichen?«, fragt das Lama mit schottischem Akzent, nachdem der Vorhang kaputt ist.

Zuvorkommend greife ich nach der Flasche und bemerke, dass etwas an meinem Handgelenk fehlt.

Pom ist nicht da, wo er sein sollte.

Natürlich. Ich träume. Zum millionsten Mal frage ich mich, warum solche Absurditäten wie das Tutu und das Lama mir nicht auf die Sprünge helfen.

Ich erinnere mich an das, was kurz vor dem Einschlafen passiert ist, ziehe mich um und gehe zu meinem Traumpalast.

Ich habe Glück, dass Chester dort hinfiel, wo er hingefallen ist. War das sein Glück oder meines? Es ist möglich, dass seine Wahrscheinlichkeitskraft meinen Sturz lenkte, um ihn vor Hekimas Falle zu retten. Hoffentlich bedeutet das, dass ich herausfinden kann, wie man genau das macht.

Pom materialisiert sich vor meinen Augen. »Hat es geholfen, als ich dich sehen lassen habe, was ich sah?«

Ich ziehe ihn zu mir heran und zerzause sein Fell. »Ja, aber keine Zeit zum Reden. Ich glaube, ich habe eine Idee.«

»Viel Glück.« Seine Ohren werden schwarz. »Wenn es dir nichts ausmacht, halte ich mich da raus – ich habe das Gefühl, dass es beängstigend wird.«

»Wie du willst.«

Ich teleportiere mich in den Turm der Schlafenden. Ein paar Ratsmitglieder sind bereits hier, aber Hekima nicht. Er muss noch nicht den REM-Schlaf erreicht haben.

Da *Kit* hier ist, betrete ich ihren Traum. Und – Überraschung – sie träumt von einer Orgie.

Ich unterbreche sie. »Hey, Kit, das ist ein feuchter Traum. Wir müssen reden.«

Als sie mich ansieht, entferne ich die nackten Menschen und das Schlafzimmer aus unserer Umgebung und ersetze sie durch eine Nachbildung des Sitzungssaals des Rates – oder zumindest zu der Version, wie er vor Hekimas Massaker aussah.

»Setz dich«, sage ich ihr und informiere sie über alles, was passiert ist.

Als ich fertig bin, sind ihre Augen fast so groß wie die von Pom. »Ich kann nicht glauben, dass es Hekima war. Aber das erklärt, was mit mir passiert ist. Ich sah, wie Colton zugab, dass *er* der Mörder war, und dann griff er mich an.«

»Ich wette, Colton dachte, du hättest dasselbe zugegeben.«

»So viele Tote.« Sie schüttelt trauernd den Kopf.

»Was das betrifft. Firths und Kains Tode …«

»… sind Hekimas Schuld.« Sie verwandelt sich in Hekima und imitiert das Durchschneiden einer Kehle. »Ich sorge dafür, dass der Rest des Rates versteht, dass du, Felix und Ariel unschuldig seid, genau wie jeder andere, der wegen Hekimas Tricks einen Kollegen umgebracht hat. Mach dir keine Sorgen.«

Großartig. Und es ist fast wahr. Niemand braucht die Einzelheiten von Filths Ende zu wissen. Er hatte es verdient, aber Ariel könnte trotzdem in Schwierigkeiten geraten, es sei denn, Hekima nimmt die Schuld auf sich.

»Danke«, sage ich.

Kit kehrt in ihre übliche Verkleidung zurück. »Was jetzt?«

»Ich werde mehr Ratsmitglieder hierherholen und dich bitten, sie auf den neuesten Stand zu bringen.«

Ich verlasse sie, gehe zurück zum Turm der Schlafenden und trete in Ninas Traum ein. Sie fliegt über ein Feld voller Gänseblümchen. Ich gehe in die Luft und schwebe neben ihr.

Ihre Augen werden riesig.

»Du bist in einem Traum«, erkläre ich ihr.

Sie schwebt zur Erde hinunter und beugt sich

vornüber, um an den Blumen zu riechen. »Es wirkt so echt.«

»Ich weiß.«

Sie reibt sich die Stirn. »Habe ich wirklich …«

»Lass uns einen Moment mit der Erklärung warten.« Ich bringe uns in die Traumversion des Sitzungssaals des Rates. »Kit, bitte erzähle Nina, was passiert ist. Ich werde die anderen holen.«

Ohne auf eine Antwort zu warten, kehre ich zum Turm der Schlafenden zurück und hole Chester, gefolgt von Colton, Isis, der Sirene und ein paar anderen Ratsmitgliedern.

Irgendwann entdecke ich Hekima in einer der Nischen.

Meine Schlafgranate hat endlich bei ihm gewirkt.

Ich kehre zum Treffpunkt des Rates zurück.

»Hast du einen Plan?«, fragt Isis, als ich erscheine.

»Den habe ich. Aber bevor wir darauf eingehen, möchte ich sicherstellen, dass wir keine offenen Rechnungen haben.« Ich schaue mir nacheinander alle Ratsmitglieder an. »Ist meine Hinrichtung abgesagt?«

Isis hebt ihr Kinn. »Die Mehrheit des Rates ist hier, und wir haben in deinem Fall für die Amnestie gestimmt. Außerdem werde ich immer noch deine Mutter heilen.«

Mein Herz macht einen Sprung. »Heute?«

»Wenn wir Hekima überleben«, sagt sie mit einem Augenrollen. »Bist du bereit, über deinen Plan in Bezug auf dieses kleine Problem zu sprechen?«

Ich atme tief ein und stelle mich den

Ratsmitgliedern. »Der Plan ist einfach. Ihr alle versucht, aufzuwachen. In der Zwischenzeit gehe ich in Hekimas Traum, um sicherzugehen, dass er weiterträumt und euch deshalb nichts durchkreuzen kann. Sobald ihr in der wachen Welt seid, schlagt ihr ihn k. o.«

»Ich werde es tun«, sagt Kit eifrig.

»Ich bin näher an ihm dran«, sagt Chester.

»Es ist egal, wer«, sage ich. »Wacht einfach auf.«

»Wie?«, fragt Nina.

»Wünscht euch, aufzuwachen. Wenn das nicht funktioniert, benutzt ein bisschen Schmerz.«

Chester verschwindet sofort, aber die meisten anderen stehen mit konzentrierten Gesichtsausdrücken da. Dann schlägt Kit sich selbst, und das weckt sie auf. Colton macht dasselbe und verschwindet ebenfalls. Nina sieht aus, als hätte sie Probleme, also gebe ich ihr einen Ruck, um ihr zu helfen.

Als der letzte Ratsherr weg ist, bringe ich mich in Hekimas Nische im Turm der Schlafenden. Es wäre extrem unglücklich, wenn er zufällig aufwachen würde, bevor ihn jemand k. o. schlagen könnte.

Ich stelle sicher, unsichtbar zu sein, und berühre seine Stirn.

———

HEKIMA SITZT auf einer Couch und liest ein Buch. Ein verwirrter Ausdruck erscheint auf seinem Gesicht. Er lässt das Buch auf seinen Schoß sinken und hebt es wieder an, und selbst ich sehe, dass der Text beim zweiten Mal anders ist. Seine Verwirrung vertieft sich.

Mist. Was er gerade getan hat, ist eine der vielen Techniken, die luzide Träumer anwenden, um festzustellen, ob sie in einem Traum sind oder nicht, ein bisschen wie das, was ich mit Pom an meinem Handgelenk mache. Im Traum wird der Text oft verschwommen und verändert sich. Wenn Hekima feststellt, dass dies nicht real ist, könnte er sich selbst aufwecken.

Ich beschieße ihn sanft mit meiner Kraft, um ihn im Traumzustand zu halten. Es ist keine todsichere Methode – wenn er sich so schlägt, wie er es an Sitis Grab getan hat, könnte er immer noch aufwachen.

Als ob er meine Gedanken hören kann, steht Hekima auf und hebt seine Faust, um genau das zu tun, was ich nicht will.

Ich lasse seiner Couch zwei Plüscharme wie einem riesigen Teddybären wachsen, und die Arme packen ihn an den Handgelenken und verhindern, dass er sich wehtut.

Er schaut mich direkt an. »Ah, Bailey. Ich träume definitiv.«

Zu meinem Schrecken werde ich sichtbar.

Was zum Teufel …? Ist es das, was passiert war, als ich das letzte Mal in seinem Traum gewesen war? Vielleicht hatte ich doch nicht vergessen, mich unsichtbar zu machen. Vielleicht hatte er dasselbe mit mir gemacht.

Hekima sieht mich ruhig an. »Ich bin ein erfahrener luzider Träumer. Ich bin vielleicht nicht in der Lage, in die Träume anderer Menschen einzudringen, aber ich bin nicht so leicht zu täuschen.«

Er schaut auf die Teddybärenfesseln, und sie werden zu Staub.

Verdammter Mist.

Bevor er sich schlagen kann, teleportiere ich mich zu ihm und halte seine Handgelenke selbst fest. Egal wie gut er im luziden Träumen ist, er kann *mich* nicht wegwünschen.

»Du kannst nicht aufwachen, selbst wenn du dich selbst schlägst«, sage ich zu ihm und hoffe, dass er die Lüge auf meinem Gesicht nicht lesen kann. »Ich habe dich betäubt.«

Seine Lippen wölben sich in seinem großväterlichen Lächeln. »Ich bin Seite an Seite mit euresgleichen auf Soma aufgewachsen. Ich kenne alle Tricks.«

»Soma?«, frage ich, zum Teil, um Zeit zu gewinnen, aber auch, weil ich wirklich fasziniert bin. Ich habe noch nie von diesem Ort gehört, und es klingt, als hätte ich es tun sollen, wenn dort ein Haufen von *meinesgleichen* lebt.

Hekimas neigt seinen Kopf. »Du bist nicht aus Soma? Dann wird das vielleicht funktionieren.«

Ein Bogen pulsierender roter Energie strömt von seinen Fingern in meinen Kopf.

Verdammter Mist.

Er versucht, seine Illusionskräfte in einem Traum einzusetzen – und es funktioniert.

Na ja, irgendwie.

Ich bin wieder in der Gladiatorenarena, aber ich halte auch noch seine Handgelenke fest. Dieser seltsame Zustand des Seins ist nicht so, wie Pom mich durch seine Augen sehen lässt, sondern eher wie der Traum des Werwolfs, in dem ich zwischen zwei Orten gleichzeitig hin- und hergerissen werde.

Der größte Ork, den ich je gesehen habe, schlendert in die Arena, und die Menge tobt.

Hekima versucht, sich aus meinem Griff zu drehen.

Verdammter Mist. Um gegen den Ork zu kämpfen, muss ich Hekimas Handgelenke loslassen. Aber was würde passieren, wenn ich nicht gegen den Ork kämpfen würde? Ich habe es mit einer Illusion zu tun, aber in einem Traum. Im Grunde genommen gibt es keinen Unterschied zwischen diesen beiden. Wenn der Ork mich also im Traum tötet, könnte ich sterben, und die Folge wäre mörderischer Wahnsinn. Wenn dies jedoch der Werwolf-Situation ähnlich ist, ist die Lösung vielleicht die gleiche wie dort.

Leals sogenannte Mehrkörpertechnik.

Der Ork ist fast über mir. Ich habe keine Zeit, darüber nachzudenken, dass das Mehrkörper-Ding beim letzten Versuch gescheitert ist. Ich werde einfach auf die bewusstseinsverstärkende Kraft des Schlafes vertrauen müssen.

Ich zoome aus meinem Körper heraus und erschaffe eine zweite Bailey im Weg des Orks, diesmal eine mit feurigen Haaren. Indem ich mein körperloses Selbst bis zur Ohnmacht anstrenge, will ich selbst in beide Körper eindringen.

Bumm. Der Ork schlägt seine Faust in meinen Bauch – den Bauch des Ichs mit feurigem Haar.

Es hat funktioniert!

Das feurige Ich krümmt sich vor Schmerz, aber das Ich, das immer noch Hekimas Handgelenke hält, fühlt nichts anderes als die Gegenwehr des Illusionisten. Das feurige Ich greift den Ork mit allem an, was ich habe, und der Ork fliegt durch die Arena und landet in einem Krater.

Die Menge macht sich vor Aufregung in die Hosen.

Hekima versucht, mir eine Kopfnuss zu geben. Ich gebe meinem Kopf die Konsistenz eines weichen Kissens, damit er keine Schmerzen spürt.

Gleichzeitig teleportiert sich das feurige Ich zu dem geschwächten Ork und wartet darauf, dass sich die Menge beruhigt. Kaum ist das geschehen, schießen meine flammenden Haare wie eine Stichflamme von meinem Kopf nach oben und fackeln meinen Gegner ab.

Einige in der Menge haben Herzinfarkte.

Hekima zeigt seine Zähne. »Du bist mächtig. Sogar einige der Traumwandler auf Soma beherrschten die Mehrkörpertechnik nicht.«

Soma schon wieder – und der Ort klingt mit jedem Moment interessanter. Beide Baileys antworten ihm unisono: »Erzähl mir mehr. Was ist Soma? Wo ist es?« Bei Hekimas ungläubigem Blick fügen beide schnell hinzu: »Ich werde mein Bestes tun, um den Rat dazu zu bringen, dich zu verschonen, wenn du mir die Wahrheit sagst.«

Kit oder Chester sind sicher schon dabei, ihn k. o. zu schlagen, aber ich wünschte fast, sie wären es nicht. Meine Frage ist keine Hinhaltetaktik. Wenn Soma der Ort ist, an dem Traumwandler leben, möchte ich alles darüber erfahren. Da Mama sich weigert, über unsere Wurzeln zu sprechen, habe ich mich immer gefragt, ob …

Hekimas Gesicht verzieht sich. »Wir hätten Soma nie verlassen sollen. Siti wäre immer noch am Leben. Auf Soma haben wir …«

Ein Schrei von unsäglichen Schmerzen bricht aus ihm heraus, und sein Traum zerplatzt wie eine Seifenblase, während ich mich wieder im Turm der Schlafenden wiederfinde.

Verdammter Mist. Gerade als er zu dem interessanten Teil kam, hat ihn jemand ausgeknockt. Na gut. Hoffentlich werde ich ihn befragen können, wenn er sich erholt hat. Sie haben *mich* nicht sofort getötet, also sollte noch Zeit bleiben.

Ich gebe mir selbst einen Ruck und wache auf.

KAPITEL NEUNUNDVIERZIG

ICH FÜHLE MICH ERSTAUNLICH – und das nicht nur, weil ich mehr Schlaf bekommen habe. Meine Schmerzen und Verletzungen sind spurlos verschwunden. Ich öffne die Augen und sehe, warum. Isis läuft ruhig durch den Sitzungssaal des Rates und heilt alle mit ihren Kräften.

Ich stehe auf und suche nach Hekima – und wende sofort meinen Blick ab und wünsche mir, ich könnte meine Augäpfel mit Desinfektionsmittel einreiben.

So viel zu meinem Plan, ihn zu befragen.

Es gibt keinen Hekima mehr. Zumindest nehme ich an, dass der Haufen, ungefähr dort, wo er zuletzt stand, *seine* Überreste sind. Jemand hat dem großväterlichen Illusionisten etwas Unaussprechliches angetan.

Seine Haut fehlt – komplett.

Kit grinst mich an. »Er wird niemanden mehr belästigen.«

Ich schlucke einen Anfall von Übelkeit hinunter. »Was ist passiert? Du solltest ihn k. o. schlagen.«

Kit schimmert kurz, und ich erfasse den Umriss eines Drekavacs. »Ein Versprechen ist ein Versprechen.«

Oh, richtig. Sie hatte gesagt, dass sie Tatums Mörder als Drekavac töten würde. Dieses nackte Fleisch ist das Ergebnis. Ich bin mir nicht sicher, was es über Kit aussagt, dass sie in der Lage war, dies zu tun – oder über mich, dass ich mich mehr darüber aufrege, dass ich die Chance verliere, etwas über Soma zu erfahren, als über die unsäglichen Qualen, die Hekima in seinen letzten Momenten verspürt haben muss. Andererseits hat er all diese Ratsmitglieder ermordet und wollte mich und meine Freunde töten, ganz zu schweigen von einigen Ratsmitgliedern, die nichts mit dem unglücklichen Schicksal seiner Tochter zu tun hatten.

»Wo wir gerade von Versprechen sprechen«, sage ich und schiebe alle Gedanken an Hekima und Soma für den Moment beiseite. »Ich muss mit Isis sprechen.«

Es ist an der Zeit, dass der Rat mir meine Belohnung gibt und meine Mutter heilt.

Kit folgt mir, und wir schlängeln uns durch die Ratsmitglieder und holen Isis ein, während sie ihren letzten Patienten heilt.

»Können wir jetzt wie vereinbart nach Gomorrha gehen?«, frage ich.

Sie rümpft die Nase. »Eine Bedingung: Du musst vorher gründlich duschen. Vielleicht auch mehrmals.«

Kit hält ihre Nase in die Luft. »Oh, ja. Ich bin für zehnmal. Und ich sollte Kleidung in deiner Größe bekommen.«

»Deal«, sage ich und gebe mein Bestes, meinen eigenen Gestank nicht einzuatmen. So sehr ich Mama sofort aus dem Koma erwecken möchte, bezweifele ich, dass sie mit dem Parfüm der Abwasserkanäle aufwachen möchte.

Wir gehen zu dritt in Kits Quartier, wo sie eine Kiste mit Müllsäcken, einen ganzen Kleiderständer und zwei große Flaschen mit Seife und Shampoo holt. Wir bringen alles in mein Quartier.

»Ich werde in einer Stunde zurück sein.« Isis schaut mich an. »Oder glaubst du, dass du zwei brauchst?«

»Zwei sollten reichen.«

Sie gehen, und ich stürme mit der Seife, dem Shampoo und den Müllsäcken ins Badezimmer.

Das Erste, was ich tue, ist, Leals Kommunikator aus meiner Tasche zu nehmen. Ich hoffe, dass es ein wasserdichtes Modell ist – oder wenn nicht, dass Felix die Infos trotzdem herausziehen kann. Ich reinige das Ding und stecke es in eine Tüte.

Meine stinkende Kleidung wandert in eine andere. Diese Tüte geht in eine andere weitere und so weiter, bis mir die Taschen ausgehen. Dann stelle ich sengend heißes Wasser an und beginne, zu schäumen und zu spülen. Selbst als mir die Seifen ausgehen, bleibe ich unter dem Strahl, in der Hoffnung, die verbliebenen Bakterien abzuwaschen. Irgendwann werde ich schrumpelig genug, um den Stuhl einer Armee von

Kannibalen zu verbessern. Widerwillig schalte ich die Dusche aus, trockne mich ab, benutze mein letztes Handdesinfektionsmittel für meinen Körper und ziehe Kits Kleidung an.

Ich stecke die Tüte mit dem Kommunikator in die Tasche und atme die Luft ein.

Kein Gestank.

Aber hmm … Jetzt, wo ich darauf achte, nehme ich einen schwachen Kiefernduft wahr.

Moment einmal.

Jemand räuspert sich.

»Valerian?« Mit aufgeregtem Blick schaue ich mich in dem leeren Raum um. »Ich habe dich gerade gerochen.«

»Hast du?« Er materialisiert sich einen halben Meter entfernt, so wunderschön wie das letzte Mal, als ich ihn sah. »Ich verliere meine Fähigkeiten.«

Pom, schreie ich in Gedanken. *Pom, wach auf!*

Was ist los? Poms Stimme ist müde. *Kann ich keinen ununterbrochenen Schlaf mehr bekommen?*

Schnell, wie sieht dieser Typ aus?

Pom klingt durch und durch gelangweilt. *Groß und muskulös. Breite Schultern. Dunkles Haar, blaue Augen. Grübchen am Kinn, gut definierte Wangenknochen.*

Beschreib ihn nicht – zeig ihn mir, knurre ich in Gedanken.

Warum? Du siehst, was ich sehe.

Ich fühle, wie die Anspannung meine Stirn verlässt. *Tue ich das? Es ist keine Illusion? Sieht er wirklich wie ein verdammter Sexgott aus?*

Ein Moment vergeht in Stille, dann sagt er: *Ich weiß nicht, wie ein verdammter Sexgott aussieht.*

Ein albernes Grinsen droht meine Lippen zu dehnen. *Richtig. Du kannst jetzt wieder schlafen gehen. Danke.*

Wie wäre es, wenn du mich in Zukunft nur im Notfall aufweckst?, grummelt Pom.

Wie auch immer, antworte ich, während Valerian belustigt eine schwarze Augenbraue in die Höhe zieht.

Verdammt, ich habe ihn wieder schweigend angestarrt, wie ein Idiot.

Ich reiße mich zusammen und blicke ihn finster an. »Wie lange hast du dich dort versteckt?«

Seine sexy Lippen verziehen sich. »Fragst du dich, ob ich dich so gesehen habe?« Er gibt sich einer Illusion hin und beschwört eine attraktivere Version von mir – die dank des Desinfektionsmittels, das wie Öl auf ihrer perfekten Haut glitzert, außergewöhnlich nackt aussieht.

»Oder das?«, fährt er fort, während ich ihn mit offenem Mund anstarre. Diesmal beschäftigt sich die modellhafte Bailey mit etwas, was aussieht wie die *Playboy*-Version des Duschens. Ich bezweifele, dass meine Bewegungen auch nur annähernd so sinnlich waren, und ich bezweifele noch mehr, dass ich meinen Brüsten so viel Aufmerksamkeit schenkte.

Trotzdem fühlen sich meine Wangen – und andere Stellen – heißer an als die Oberfläche der Sonne. »Du hast mich beim Duschen beobachtet?«

Ein verschmitztes Grinsen erscheint auf seinem

Gesicht und verstärkt das Gefühl, dass ich ihn schon einmal getroffen habe. Aber das habe ich nicht. Er ist die Art von Mann, an den ich mich für immer erinnern würde. »Ich bin hierhergekommen, um dir zu danken.« Er zerstreut die Illusion der Dusche. »Bernard hat den Durchbruch geschafft, den ich brauchte. Das Geld wurde auf dein Konto auf Gomorrha überwiesen.«

Stimmt. Das Geld. Er hat mich so aus dem Gleichgewicht gebracht, dass ich das fast vergessen hatte.

»Gut«, schaffe ich zu sagen. »Aber das entschuldigt nicht dein Eindringen in meine Privatsphäre.«

Sein Grinsen wird anzüglich. »Du hast recht. Das ist unhöflich von mir. Du hast mir deinen Körper gezeigt – das Mindeste, was ich tun kann, ist, dir meinen zu zeigen.«

Ein anderer Valerian erscheint neben uns, herrlich nackt und mit einer Flüssigkeit bedeckt.

Oh. Meine Güte. Östrogen.

Sexgott beschreibt es nicht einmal ansatzweise. Mein Blut rauscht an alle möglichen geheimen Orte, und ich fühle einen bizarr unhygienischen Drang, jeden einzelnen dieser straffen Muskeln zu lecken.

Der vollständig bekleidete Valerian zwinkert mir zu, als sein nackter Doppelgänger unter die Dusche tritt und sich mit Seife einschäumt.

Kann man vor Erregung ohnmächtig werden? Oder einen Herzinfarkt bekommen?

Er lässt sein duschendes Ich verschwinden. »Sind wir jetzt quitt?«

Ich stehe einfach nur da und gebe mein Bestes, mir keine Luft zuzufächern.

Er tritt näher, und seine ozeanblauen Augen leuchten. »Weißt du, ich habe immer noch das Gefühl, dass wir uns von irgendwoher kennen.«

Ich befeuchte meine plötzlich trockenen Lippen. »Ich auch.«

»Ich frage mich, ob es einen Weg gibt, unseren Erinnerungen auf die Sprünge zu helfen?« Er beugt sich zu mir, und der Raum um uns herum verwandelt sich in ein vertrautes, üppiges Schlafzimmer mit einem Bett in Kingsizegröße, das mit Seidenlaken und Rosenblättern bedeckt ist.

Meine Lungen funktionieren nicht mehr, und mein Körper fühlt sich an, als wäre ich mitten in einer Hitzewelle. Aus irgendeinem Grund ist der Gedanke an diese sinnlichen Lippen auf den meinen nicht …

Die Tür zum Zimmer knallt auf und lässt mein Herz bis in den Hals hüpfen.

»Bereit?«, fragt Isis, als ob Valerian nicht hier wäre – und ich wette, für sie ist er das auch nicht.

»Ja«, antworte ich atemlos. »Gehen wir.«

»Es ist nur verschoben«, flüstert Valerian mit seiner erhitzten Honigstimme. Als ich mich umblicke, ist er weg.

Ich atme zittrig aus. Mama sollte es besser zu schätzen wissen, welche Opfer ich bringe, um sie zu heilen.

Isis führt mich zum Parkplatz, wo bereits eine

Limousine auf uns wartet. Ich sehe Ariel und Felix zu einem anderen Auto gehen und rufe sie.

»Kannst du mir eine Sekunde geben?«, frage ich Isis.

»Sicher.«

Sie steigt in die Limousine und schließt die Tür, während ich zu meinen Freunden eile. Ihre schöne Kleidung ist ruiniert, aber ihre Körper scheinen in Ordnung zu sein – zumindest Ariels. Felix ist verdeckter, daher ist das schwieriger zu sagen.

»Wie geht es euch, Leute?«

Ariel macht ein Häkchen in die Luft. »Nicht einen, sondern zwei Vampire getötet und dennoch kein Blut getrunken.«

Ich strahle sie an. »Ich glaube, du bist offiziell geheilt.«

Felix tritt von einem Fuß auf den anderen. »Kit sagte, dass Hekima mich gegen dich kämpfen ließ. Es tut mir so leid, dass ich dich geschlagen habe.«

»Nun, ich habe dich umgehauen.« Ich grinse und pantomime einen Schlag. »Ich denke, damit sind wir quitt.«

Die Limousine mit Isis hupt.

»Ich muss los.« Ich nehme die Tüte mit dem Kommunikator heraus und gebe sie Felix. »Das ist das Ding, über das wir gesprochen haben. Ich wäre dir dankbar, wenn du alles rausziehen könntest, was du kannst, besonders wenn es mit einem Ort namens Soma zu tun hat.«

Felix' Monobraue erwacht zum Leben. »Ist das ein

ganzes Otherland oder eine Stadt?«

»Keine Ahnung. Ich weiß nur, dass es etwas mit Traumwandlern zu tun hat. Ich würde gerne mehr erfahren.«

Er steckt die Tüte ein. »Ich werde so schnell wie möglich daran arbeiten.«

»Danke. Ich sehe euch später.« Alle Gedanken an Keime unterdrückend, umarme ich beide.

Es ist erstaunlich, was ein kleines Bad in einem Abwasserkanal mit Überempfindlichkeit macht.

———

DIE FAHRT zum JFK spielt sich fast so wie in meinem Traum ab, aber als wir in Gomorrha ankommen, verschwende ich keine Zeit mit Snacks. Ich besorge uns sofort ein Auto, und beeile mich derart, ins Krankenhaus zu kommen, dass ich fast vergesse, zu atmen.

Niemand spricht die Rechnung an, als ich Dr. Xipil suche und Isis vorstelle. Wie in meinem Traum versammelt der Zwergenarzt ein paar Kollegen in Mamas Zimmer. Mein Herz zieht sich zusammen, als ich sie betrachte. Ihre Hirnaktivitätskurve ist flach, und die piepsenden Maschinen lassen sie unheimlich zerbrechlich aussehen.

»Trennen wir die Patientin von den Maschinen?«, fragt Dr. Xipil Isis.

»Nein«, sagt sie, »erst, wenn ich fertig bin.«

»Macht Sinn.« Er starrt konzentriert auf ihre

Hände.

Wieder – oder besser gesagt zum ersten Mal im wirklichen Leben – schießt Isis mit einem Bogen goldener Energie auf meine Mutter, während ich mit angehaltenem Atem zuschaue.

Mit einem unheimlichen Déjà-vu-Gefühl verändert sich Mamas Gehirnaktivität von flach zu hektisch, und mein Herzschlag springt im Gleichklang dazu. Ich kann mir schon all die Dinge vorstellen, die ich ihr sagen werde, wie ich mich für den Streit entschuldigen werde, den wir hatten, für all die Male, die …

»Entfernt die Maschinen«, befiehlt Isis. »Jetzt.«

Das medizinische Personal tut, was sie sagt, während Isis die heilende Energie in meine Mutter strömen lässt. Wenn jemand meinen Herzschlag überwachen würde, würde die Nadel wie ein Seismograph während eines Erdbebens auf und ab springen.

Die Maschinen werden abgeschaltet, aber anders als in meinem Traum bleiben Mamas Augenlider geschlossen. Isis stoppt den Fluss der Heilenergie und berührt Mamas Stirn.

»Es gibt nichts mehr zu heilen«, sagt sie, »aber irgendetwas scheint nicht in Ordnung zu sein. Schläft sie?«

Ich versuche, nicht in Panik zu geraten, als Dr. Xipil auf den Gehirnscan schaut. »Es sieht nicht wie eine normale Komaaktivität aus«, sagt er. »Es *erinnert* an Schlaf, aber etwas scheint nicht zu stimmen. So etwas habe ich noch nie gesehen.«

Oh, das klingt gar nicht gut. Ich balle meine Hände, und die Nägel graben sich in meine Handflächen, als Isis sagt: »Wie wäre es, wenn wir sie aufwecken?«

Der Arzt schüttelt sanft die Schulter meiner Mutter.

Nichts passiert.

Er schüttelt sie weniger zärtlich – immer noch nichts.

Isis rollt mit den Augen und schlägt meiner Mutter auf die Wange. Die anderen keuchen, und ein Mann bewegt sich, um sie aufzuhalten. Dr. Xipil schüttelt warnend den Kopf.

Mama wacht nicht auf.

Ich fühle mich, als ob ich am Rande eines Nervenzusammenbruchs stehe.

Isis schnappt sich eine Tasse Wasser von einer Arzthelferin in der Nähe und kippt sie Mama ins Gesicht.

Immer noch nichts.

»Vielleicht warten wir darauf, dass sie auf natürlichem Wege aufwacht?«, schlägt Dr. Xipil vor.

Isis zuckt mit den Schultern, also warten wir alle.

Und warten.

Und warten.

Jede Sekunde, die vergeht, verstärkt meine Ängste. Unfähig, still zu stehen, laufe ich durch den Raum und stolpere fast zweimal über die Füße des Doktors. »Ich bin gleich wieder da«, sagt er, nachdem es zum dritten Mal passiert, und verschwindet für die nächste Stunde.

Als er endlich wieder auftaucht, greift Isis mich an

der Schulter. »Ich muss gehen. Es gibt nicht viel mehr, was ich tun kann. Schlafen ist eher dein Fachgebiet.«

Ich atme scharf ein. »Aber ...«

Sie dreht sich auf den Fersen um und geht.

Dr. Xipil betrachtet mich interessiert. »Was meinte sie mit Ihrem Fachgebiet?«

Mit einer unruhigen Hand schiebe ich eine krause Locke zurück. »Ich bin eine Traumwandlerin. Wenn Mama wirklich schläft, kann ich theoretisch in ihre Träume gehen.«

Seine Augen verengen sich. »Also tun Sie es. Vielleicht können Sie sie von innen heraus aufwecken.«

»Ich ...« Ich werfe einen Blick auf Mamas schwache Gestalt. Die Sorge um sie ist wie ein Wurm, der mich innerlich auffrisst, aber ich kann die drückende Last meines Versprechens nicht ignorieren. »Ich kann nicht«, sage ich düster. »Sie will mich nicht in ihren Träumen. Geben wir ihr einfach die Chance, aufzuwachen.«

Dr. Xipil sieht verärgert aus. »Dann bleiben Sie hier und warten. Holen Sie mich, wenn sie aufwacht.«

Ich weiß, dass er sagen wollte, *sollte* sie aufwachen.

Er und der Rest des Personals verschwinden, um ihren Aufgaben nachzugehen, und ich setze mich auf eine niedrige Couch in der Nähe des Bettes und flehe Mama leise an, aufzuwachen. Aber sie schläft einfach weiter. Eine Stunde vergeht, dann noch eine und noch eine. Irgendwann überkommt mich die Erschöpfung – meine viermonatige Schlafschuld lastet immer noch auf mir –, also bitte ich eine Krankenschwester, an meiner Stelle ein Auge auf Mama zu werfen und schließe die Augen für ein paar Minuten. Ich bezweifele, dass ich tatsächlich einschlafen werde; ich muss mich nur ein bisschen ausruhen …

Ich werde von Dr. Xipils Stimme wach und springe auf.

»Irgendwelche Fortschritte?«, frage ich und reibe mir verzweifelt den Schlaf aus den Augen. »Wie lange habe ich …?«

»Sechsunddreißig Stunden Schlaf – Respekt –, und kein einziger REM-Zyklus«, sagt er. »Ich habe versucht, ihr ein Aufputschmittel zu geben, aber es hilft nichts. Dies könnte eine Art Koma sein, von der ich noch nie gehört habe, eines, das nur passieren kann, wenn ein Heiler involviert ist. Vielleicht sollte man es als Nächstes mit Ihren Kräften versuchen.«

Der Atem stockt mir im Hals. Sie werden mich dazu zwingen. »Dr. Xipil, ich weiß nicht, ob … ich meine …«

»Ich bin mir sicher, dass Ihre Mutter diese Situation nicht vorhergesehen hat, als sie sagte, dass sie nicht will, dass Sie in ihr traumwandeln.«

Meine Hände beginnen zu zittern. Warum ist das so schwer? Ich schaue auf Mamas ruhiges Gesicht. »Ich weiß es nicht. Ich weiß es einfach nicht.«

»Wenn Sie sie jetzt nicht aufwecken, müssen wir die Magensonde wieder einführen.«

Ich schlucke, starre Mama an und sehe sie schon mit all den Röhren, die aus ihr herausragen. Würde sie das wirklich bevorzugen? Wenn ich es wäre, würde ich wollen, dass meine Tochter alles in ihrer Macht Stehende tut, um mich aufzuwecken. Vielleicht hat Dr. Xipil recht. Es ist unmöglich, dass Mama dieses Dilemma voraussehen konnte. Es ist eine Sache, mich aus ihren Träumen herauszuhalten, wenn sie mit depressiven Episoden zu tun hat; es ist eine ganz andere Sache, wenn ihr Leben – oder zumindest ihr Bewusstsein – auf dem Spiel steht.

Ich straffe meine Schultern. Scheiß auf meine Versprechen. Ich werde Mama um Verzeihung bitten, wenn sie aufwacht. »Ich werde es tun«, sage ich dem Arzt. »Aber da sie sich nicht im REM-Schlaf befindet, müssen Sie sich darauf vorbereiten, mich zu überwältigen, falls ich anfange, mich komisch zu verhalten. Erinnern Sie sich an den Fall mit dem Traumwandler, der Menschen tötete?«

Er geht feierlich nickend weg und kommt ein paar Minuten später mit einer Spritze und einigen kräftigen Sicherheitsleuten zurück. Sie bilden einen Halbkreis um mich herum, harte Gesichter, die zu gleichen Teilen Neugier und Sorge widerspiegeln. Ich ignoriere sie und stähle mich mental, um noch einen weiteren Subtraum zu überleben.

Es hat nie einen würdigeren Grund gegeben, meinen Verstand zu riskieren.

Ich gehe hinüber zu Mamas Bett und lege meine Hand auf ihre kühle, ruhige Stirn.

»Bis gleich«, sage ich leise, und mit einem tiefen Atemzug springe ich in ihre Träume.

Vielen Dank dafür, dass Sie dieses Buch gelesen haben! Ich hoffe, Sashas Geschichte hat Ihnen gefallen! Ihre Abenteuer gehen weiter in Dream Hunter – *Traumsucher* (Bailey Spade: Buch 2).

Möchten Sie über meine Neuerscheinungen informiert werden? Melden Sie sich für meinen Newsletter auf www.dimazales.com/book-series/deutsch/ an!

Möchten Sie meine anderen Bücher lesen? Sie können wählen aus:

- *Das Mädchen, das sieht* – die spannende Geschichte von Sasha Urban, einer Bühnenillusionistin, die unerwartete geheime Kräfte entdeckt.
- *Gedankendimensionen* – die actionreichen

Urban-Fantasy-Abenteuer von Darren, der die Zeit anhalten und Gedanken lesen kann.

- *Mensch++* – die spannende Science-Fiction-Geschichte von Mike Cohen, dessen neue Technologie unser Gehirn und die Welt verändern wird.
- *Die letzten Menschen* – die futuristische und dystopische Science-Fiction-Geschichte von Theo, der in einer Welt lebt, in der nichts so ist, wie es zu sein scheint …
- *Der Zaubercode* – die epischen Fantasy-Abenteuer des Zauberers Blaise und seiner Schöpfung, der schönen und mächtigen Gala.

Und jetzt blättern Sie bitte um, für eine Vorschau auf Kapitel 1 von *Dream Hunter – Traumsucher* und einen Auszug aus *Das Mädchen, das sieht* (Sasha Urban Serie, Band 1).

VORSCHAU AUF DREAM HUNTER – TRAUMSUCHER

Ich stehe auf der Oberfläche eines ruhigen schwarzen Ozeans, mit einem feurigen, zornig aussehenden Himmel über meinem Kopf. Sechs humanoide Gestalten sprinten auf mich zu, und ihre seltsamen Füße lassen sie aussehen, als würden sie auf Zehenspitzen auf dem Wasser gehen. Ihre rechten Zeigefinger haben eine schwertförmige Kralle, und ihnen fehlen Nasen und Augen. Generell fehlt ihnen praktisch ein Kopf – sie haben keine Haare, keine Ohren, nur babyglatte Haut und einen riesigen Mund in der Mitte, wo das Gesicht wäre. Und wenn das noch nicht gruselig genug war, fängt der Horror in meiner Nähe an zu kreischen, wie eine läufige Katze.

Zu meinem Entsetzen merke ich, dass es etwas sagt.

»Du!«, schreit die Kreatur. »Du bist nicht tot?«

Ich starre sie an. »Warum sollte ich das sein? Was bist du? Woher kennst du mich?«

Die Kreatur will mich mit ihrer Schwertkralle

aufschlitzen, und ich ducke mich, um nicht den Kopf zu verlieren.

»Halt still!«, kreischt die Monstrosität. »Wenn ich dich jetzt töte, wird der Meister zufrieden sein.«

Ja, richtig. Ein anhängselartiger Wuchs streckt sich von meinem Handgelenk aus und verwandelt sich rechtzeitig in ein pelziges Schwert, um den nächsten Schwertkrallenschlag zu parieren. »Welcher Meister?«, frage ich, während ich aushole und zuschlage.

Mein Gegner wird in zwei Hälften gespalten, bevor er antworten kann.

Eine zweite Kreatur erreicht mich und schwingt ihre Schwertkralle. »Der Meister hasst dich«, schreit sie, als ich pariere. »Deine Existenz ist eine Plage.«

Ich kontere mit meiner pelzigen Klinge und vergrabe sie in der Brust meines Gegners. »Ich, eine Plage?« Ich reiße die Klinge heraus. »Wer im Glashaus sitzt …«

Die Zeit, um über ihren Meister zu sprechen, muss vorbei sein. Die nächsten zwei Angreifer kommen noch gewalttätiger auf mich zu. Ihre Krallen hacken und schlitzen ohne jede Strategie, was sie zu einer leichten Beute für meine pelzige Klinge macht.

Die nächsten beiden sind vorsichtiger. Sie umkreisen mich schweigend, auf der Suche nach einer Öffnung.

Ich täusche an, dann hacke ich einem den Kopf ab. Der nächste Gegner duckt sich unter meiner Klinge, indem er sich auf das Wasser hockt. Als ich mich ihm nähere, schlägt er mit seiner Kralle zu und sticht mir in den Oberschenkel.

Ich springe zurück und schreie vor Schmerzen. Der getroffene Muskel brennt qualvoll.

Das Monster will mich töten, aber ich wehre es ab. Mit einem kreischenden Schrei stürzt es sich wieder auf mich – und seine Klaue durchbohrt meine Schulter.

Ich ignoriere die schwindelerregende Schmerzwelle, schwinge meine Klinge und schneide seinen Kopf sauber ab.

Ich befinde mich in einer riesigen palastartigen Lobby mit rötlich-grünen Wänden und gelblich-blauen Marmorböden, und der reichlich appetitanregende Duft von Manna füllt meine Nasenlöcher, während unmöglich geformte Gegenstände vor meinen Augen schweben.

Mein Traumpalast. Ich habe es geschafft.

Noch immer strömt Blut aus meinen Schenkeln und Schultern. Verdammter Mist. Dieser Subtraum war schlimmer als alle anderen. Wenn noch ein Monster da drin gewesen wäre, würde ich Schaum vor dem Mund haben und versuchen, jeden in der wachen Welt zu töten. Es ist gut, dass ich Mamas Arzt gebeten habe, sich auf diese Eventualität vorzubereiten. Wenn ich aus meiner traumwandlerischen Trance in einer mörderischen Stimmung aufgetaucht wäre, hätte er mich mit Hilfe der kräftigen Sicherheitskräfte, die er hereingebracht hat, überwältigen oder mich mit dem, was auch immer in seiner Spritze ist, außer Gefecht setzen können.

Nun, das Gute ist, nichts davon ist jetzt nötig, da ich sicher in der Traumwelt bin. Ich verlasse meinen Körper, heile ihn, verpasse mir feuriges Haar und springe zurück in mich selbst.

Pom taucht neben einer der unmöglichen Formen auf. Er ist ein Looft, eine symbiotische Kreatur, die dauerhaft an meinem Handgelenk befestigt und auch mein Begleiter hier in der Traumwelt ist. Er ist so groß wie ein großer Vogel und hat riesige lavendelfarbene Augen, dreieckige spitze Ohren und flauschiges Fell, das je nach seinen Gefühlen die Farbe wechselt, weshalb er die Personifizierung von *süß* ist.

Derzeit ist er jedoch schwarz, und seine Ohren hängen herunter. »Ich habe aus Versehen wieder deine Gedanken gelesen«, gesteht er schuldig. »Du bist hier, um Lidia aufzuwecken, nicht wahr?«

An meine wichtige Mission erinnert, mache ich mich auf den Weg zum Turm der Schlafenden. »Das ist richtig. Mama steckt im Nicht-REM-Schlaf fest – in dem Subtraum, den wir gerade erlebt haben.«

Er fliegt zitternd um mich herum. »Beängstigend.«

»Definitiv. Aber hey, dieses Mal warst du ein Schwert.« Ich demonstriere es, indem ich die Waffe nachmache, die ich gerade benutzt habe. »Hattest du eine Ahnung, dass das tatsächlich ein Traum war?«

Er wird ein noch dunkleres Schwarz. »Nein. Ich

habe einfach im Moment gelebt und nicht in Frage gestellt, dieses Schwert zu sein – so seltsam das klingt.«

»Mir ging es genauso. Ich hatte keine Ahnung, dass ich geträumt habe.«

Pom kreist um meinen Kopf. »Dieses Mal sprachen die Kreaturen.«

Also taten sie es. Wie seltsam. Ich denke zurück an all die anderen Subträume, die ich erlebt habe, und die bizarren, furchterregenden Kreaturen, die ich in ihnen getroffen habe. »Vielleicht haben sie schon immer versucht, zu sprechen«, sage ich. »Aber diesmal hatten sie Münder, mit denen sie verstanden werden konnten.«

Poms Fell nimmt einen leichten Orangeton an. »Woher kommen die Subträume?«

Ich verlangsame meinen Flug. Er hat eine Frage gestellt, über die ich viel nachgedacht habe, ohne jemals eine befriedigende Antwort zu finden. »Ich weiß es nicht. Ich habe ihnen den Spitznamen Subträume gegeben, weil ich glaube, dass sie tiefer ins Unterbewusstsein vordringen als normale Träume.«

»Wessen Unterbewusstsein? Deins oder das des Träumers?«

»Hervorragende Frage.« Ich beschwöre die Kreaturen aus dem Subtraum herauf, den ich erlebte, als ich in Bernards Nicht-REM-Schlaf eindrang – diejenigen, die wie übergroße Bakterien und Viren aussehen. »Theoretisch könnten das meine fleischgewordenen Ängste vor Verunreinigungen sein.«

Pom schaut sie an, während ich die Kreaturen nachbilde, die ich in Gertrudes Subtraum gesehen habe – riesige Nacktmulle mit Tentakeln, die auf Warzenschwein-Spinnen-Hybriden reiten. »Nichts an diesen Reitern passt in dieses Muster«, sage ich und betrachte sie, »also könnten sie etwas sein, was Gertrude sich ausgedacht hat.«

Pom schwebt vor meinem Gesicht. »Du glaubst also, dass es deine Mutter war, die die Monster erschaffen hat, die wir gerade besiegt haben?«

»Könnte sein. Obwohl ich die Implikationen nicht mag.«

Er blinzelt mich an.

»Die Monster sagten, dass ihr Meister mich hasst«, erkläre ich ihm. »Wenn Mama sie erschaffen hätte, wäre sie ihr Meister, richtig?« Als ich den gläsernen Turm der Schlafenden erreiche, suche ich die Nische, in der Mamas Gestalt liegt, jetzt, wo ich sie in den REM-Schlaf gezwungen habe. »Ich weiß, dass wir diesen Streit schon vor ihrem Unfall hatten«, ich fliege weiter darauf zu, »aber ich hoffe, dass sie nicht *wirklich* das Gefühl hat, dass meine Existenz eine Plage ist – was auch immer das bedeutet.«

Pom fliegt neben mir. »Du fühlst dich schlecht wegen des Streits, nicht wahr?«

»Natürlich. Ich ließ Mama glauben, dass ich in ihre Träume eindringen könnte, etwas, von dem sie mich versprechen ließ, es niemals zu tun. *Das* ist der Grund, warum sie sich so aufgeregt hat und rausgestürmt ist.

Ihr Unfall wäre nicht passiert, wenn meine große Klappe nicht gewesen wäre.«

Pom wird grau, eine für ihn seltene Farbe. »Du wusstest nicht, was passieren würde.«

»Stimmt.« Ich atme tief ein, um die starke Welle der Gefühle zu unterdrücken, die der Gedanke an Mamas Unfall immer erzeugt. »Auf jeden Fall spielt es jetzt keine Rolle. Ich *breche* gerade mein Versprechen.«

»Um ihr Leben zu retten.«

»Ja.« Draußen, in der wachen Welt, befindet sich Mama in einem seltsamen komaartigen Schlaf, einem Schlaf, aus dem weder Isis, eine mächtige Heilerin, noch Dr. Xipil, ein seltener Zwergenarzt, sie herausholen konnten. Das Einzige, was man noch versuchen kann, ist, dass ich in ihre Träume eindringe, um sie von innen heraus zu wecken.

Hoffentlich wird sie mich verstehen und mir verzeihen.

Ich trete in ihre Nische und lande neben dem Bett. Zu meiner Überraschung gibt es keine Traumaschleifenwolke über ihrem Kopf – etwas, von dem ich immer vermutete, dass ich sie vorfinden würde, wenn ich versuchen würde, in ihr zu traumwandeln. Vor dem Unfall hatte sie alle Symptome gezeigt, die ich bei meinen am meisten gestörten Klienten gesehen habe.

»Ich bin mir sicher, sie wird dir verzeihen«, sagt Pom weise und landet hinter mir. »Wichtiger ist, dass du dir selbst vergibst. Meiner Erfahrung nach ist das schwieriger.«

Ich drehe mich um, um zu sehen, ob er scherzt, aber er hat immer noch diese deprimierende graue Farbe. »Von welcher Erfahrung sprichst du? Was musstest du dir je vergeben?«

Sein süßes Gesicht verwandelt sich in einen jämmerlichen Ausdruck, und seine Ohren hängen herab. »Ich habe mich dauerhaft an dich gebunden, ohne dich um Erlaubnis zu fragen.«

Das hat er. Ich hatte sicherlich nicht erwartet, mit einem Symbionten zu enden, als ich einen Mooft streichelte – eine kuhähnliche Kreatur, auf der normalerweise die Loofts eines gomorrhischen Zoos leben. Aber jetzt kann ich mir mein Leben ohne ihn nicht mehr vorstellen.

»Süßer.« Ich schnappe ihn mir und bringe ihn auf meine Augenhöhe. »Ich habe dir schon gesagt, dass ich dich nicht abnehmen wollen würde, selbst wenn ich es könnte.«

Die Spitzen seiner Ohren färben sich in ein helles Violett. »Das hast du mir gesagt, als du dachtest, du würdest hingerichtet werden. Jetzt, wo du weißt, dass du leben wirst, meinst du es immer noch so?«

»Wir sind Symbionten fürs Leben«, sage ich nachdrücklich. »Vergiss das niemals.«

Der Rest von Pom wird lila, und er grinst. »Wir geben ein gutes Symbiontenpaar ab, nicht wahr?«

»Ich weiß nicht, was ich ohne dich tun würde.« Ich küsse seine pelzige Stirn und setze ihn ab. »Wie wäre es, wenn ich jetzt das tue, wofür ich hergekommen bin?«

Wir schauen beide zu Mama hinüber. Ihre schönen Gesichtszüge erscheinen so friedlich in ihrem Schlummer.

»Möchtest du etwas Privatsphäre haben?«, fragt Pom.

»Ja, bitte.« Es ist vier Monate her, seit Mama ins Koma gefallen ist. Die Wahrscheinlichkeit, dass ich weinen werde, wenn wir endlich sprechen, ist ziemlich hoch, und das zu sehen, könnte Pom aufregen.

Zuvorkommend verschwindet er.

Ich lege meine Hand auf Mamas Stirn. »Es tut mir leid«, flüstere ich. »Wenn ich dich retten könnte, ohne mein Versprechen zu brechen, würde ich es tun.«

Ich stähle mich und tauche in ihren Traum ein.

Falls Sie mehr darüber erfahren möchten, besuchen Sie bitte meine Homepage www.dimazales.com.

AUSZUG AUS DAS MÄDCHEN, DAS SIEHT

Ich bin eine Illusionistin, keine Hellseherin.

Im Fernsehen aufzutreten, soll meine Karriere vorantreiben, aber die Dinge laufen schief.

Schief, wie Vampire und Zombies, die irgendwie fehl am Platz sind.

Mein Name ist Sasha Urban, und so habe ich erfahren, was ich bin.

———

»Ich bin keine Hellseherin«, sage ich zur Visagistin. »Was ich tun werde, ist Mentalismus.«

»Wie dieser verträumte Typ in der Fernsehshow?« Die Visagistin fügt meinen Wangenknochen noch eine Prise Make-up hinzu. »Ich wollte schon immer sein

Make-up machen. Kannst du auch hypnotisieren und Menschen lesen?«

Ich atme tief und beruhigend ein. Es hilft nicht viel. Die kleine Garderobe riecht, als ob Haarspray einen Krieg gegen Nagellackentferner geführt, gewonnen und einige Dämpfe gefangen genommen hätte.

»Nicht ganz«, sage ich, als ich meine Angst und die damit verbundene Reizbarkeit unter Kontrolle habe. Sogar mit Valium im Blut treibt mich das Wissen um das, was kommen wird, an den Rand der Vernunft. »Ein Mentalist ist eine Art Bühnenmagier, dessen Illusionen sich mit dem Verstand beschäftigen. Wenn es nach mir ginge, würde ich mich einfach als ›mentale Illusionistin‹ bezeichnen.«

»Das ist kein sehr guter Name.« Sie blendet mich mit ihrer Lampe und betrachtet sorgfältig meine Augenbrauen.

Ich erschaudere innerlich; das letzte Mal, als sie mich so ansah, wurde ich danach mit einer Pinzette gefoltert.

Allerdings muss ihr jetzt gefallen, was sie sieht, denn sie wendet das Licht von meinem Gesicht ab. »›Mentale Illusionistin‹ klingt wie eine hellsehende Zauberin«, fährt sie fort.

»Deshalb nenne ich mich einfach ›Illusionistin‹.« Ich lächele und bereite mich darauf vor, dass das Make-up wie eine Maske abfällt, aber es bleibt an Ort und Stelle. »Bist du bald fertig?«

»Mal sehen«, sagt sie und winkt einem Kameramann zu.

Der Typ lässt mich aufstehen, und das Licht an seiner Kamera geht an.

»Das ist es.« Die Visagistin zeigt auf den nahegelegenen LCD-Bildschirm, auf den ich bisher extra nicht geschaut habe, weil er die laufende Show zeigt – die Quelle meiner Panik.

Der Kameramann tut, was er tun muss, und die Angst auslösende Show ist vom Bildschirm verschwunden und wird durch ein Bild unseres winzigen Zimmers ersetzt.

Das Mädchen auf dem Bildschirm ähnelt mir vage. Die Absätze lassen meine üblichen eins achtundsechzig viel größer erscheinen, ebenso wie das dunkle Lederoutfit, das ich trage. Ohne schweres Make-up ist mein Gesicht auch symmetrisch, aber durch meine prägnanten Wangenknochen sehe ich eher hübsch als schön aus – ein Effekt, der durch mein starkes Kinn verstärkt wird. Das Make-up jedoch macht meine Gesichtszüge weicher, hebt das Blau meiner Augen und den Kontrast zu meinen schwarzen Haaren hervor.

Die Visagistin hat es übertrieben – man könnte meinen, ich werde gleich in einer Shampoo-Werbung auftreten. Ich bin kein großer Fan von langen Haaren, aber ich habe sie trotzdem, da mich die Leute immer für einen Teenager gehalten haben, als ich sie kurz trug.

Das ist ein Fehler, den niemand heute Abend machen wird.

»Ich mag es«, sage ich. »Lassen wir es einfach so. Bitte.«

Der Kameramann schaltet den Bildschirm zurück auf die Live-Übertragung der Sendung. Ich kann es nicht verhindern, daraufzuschauen, und mein bereits hoher Blutdruck erreicht unbekannte Höhen.

Das Make-up-Mädchen schaut mich von oben bis unten an und rümpft ihre Nase. »Du bestehst auf dieses Outfit, oder?«

Das wirklich coole – meiner Meinung nach – Borderline-Domina-Outfit, das ich heute angezogen habe, ist ein Mittel, um meiner Bühnenpersönlichkeit Mystik hinzuzufügen. Jean Eugène Robert-Houdin, der berühmte französische Zauberer des 19. Jahrhunderts, der Houdini zu seinem Künstlernamen inspirierte, sagte einmal: »Ein Zauberer ist ein Schauspieler, der die Rolle eines Zauberers spielt.« Als ich Criss Angel in der Grundschule im Fernsehen gesehen habe, hat sich meine Meinung darüber gebildet, wie ein Magier aussehen sollte, und ich bin nicht allzu stolz, zugeben zu müssen, dass ich Einflüsse seines Gothic-Rockstars in meinem eigenen Outfit wiederfinde, besonders in der Lederjacke.

»Wie wundervoll«, sagt eine bekannte Stimme mit einem sexy britischen Akzent. »So haben Sie im Restaurant nicht ausgesehen.«

Ich drehe mich auf meinen hohen Absätzen um und stehe Darian gegenüber, dem Mann, den ich vor zwei Wochen in dem Restaurant kennengelernt habe, wo ich von Tisch zu Tisch zaubere – und wo ich ihn genug beeindruckt habe, um diese unvorstellbare Gelegenheit zu bekommen.

Darian Rutledge, Senior Producer der beliebten *Evening with Kacie Show*, ist ein schlanker, schick gekleideter Mann, der mich an eine Mischung aus einem Butler und James Bond erinnert. Obwohl er im Studio ein Senior ist und ausgeprägte Sorgenfalten auf der Stirn hat, würde ich sein Alter auf Ende zwanzig schätzen – auch wenn das Wunschdenken sein könnte, da ich erst vierundzwanzig bin. Nicht nur, dass er im traditionellen Sinn gut aussieht, er hat auch einen gewissen Reiz. Außerdem ist er mit seiner starken Nase der seltene Typ, der einen Spitzbart gut tragen kann.

»Im Restaurant trage ich Doc Martens«, entgegne ich ihm. Die zusätzlichen Zentimeter meiner Schuhe heben mich auf seine Augenhöhe, und ich kann nicht anders, als mich in diesen grünen Tiefen zu verlieren. »Und das Make-up wurde mir aufgezwungen«, füge ich ungeschickt hinzu.

Er lächelt und reicht mir ein Glas, das er die ganze Zeit über gehalten hat. »Und das Ergebnis ist wunderschön. Prost.« Dann schaut er auf die Visagistin und den Kameramann. »Ich möchte mit Sasha unter vier Augen sprechen.« Sein Ton ist höflich, aber unmissverständlich fordernd.

Das Personal schießt aus dem Raum. Darian muss noch viel mehr Einfluss haben, als ich dachte.

Wie ferngesteuert nehme ich einen Schluck von

dem Getränk, das er mir gegeben hat, und zucke wegen des bitteren Geschmacks zusammen.

»Das ist ein Sea Breeze.« Er schenkt mir ein strahlendes Lächeln. »Der Barkeeper muss zu viel Grapefruitsaft hineingetan haben.«

Ich nehme höflich einen zweiten Schluck und stelle den Drink auf den Schminktisch hinter mir, weil ich mir Sorgen mache, dass die Kombination von Wodka und Valium mich noch benebelter machen könnte, als ich es schon bin. Ich habe keine Ahnung, warum Darian mit mir allein sprechen will; die Angst hat mein Gehirn bereits in Brei verwandelt.

Darian betrachtet mich für einen Moment schweigend, dann zieht er ein Telefon aus seiner engen Jeanstasche. »Es gibt etwas Unangenehmes, was wir besprechen müssen«, sagt er und streicht über den Bildschirm des Telefons, bevor er es mir reicht.

Ich nehme ihm das Telefon ab und ergreife es fest, damit es nicht aus meinen verschwitzten Händen rutscht.

Auf dem Telefon ist ein Video zu sehen.

Ich betrachte es in verblüffender Stille, und eine Welle der Angst überrollt mich trotz des Medikaments.

Das Video enthüllt mein Geheimnis – die versteckte Methode hinter der unmöglichen Nummer, die ich bei *Evening with Kacie* aufführen werde.

Ich bin erledigt.

»Warum zeigen Sie mir das?«, schaffe ich zu sagen, nachdem ich die Kontrolle über meine gelähmten Stimmbänder wiedererlangt habe.

Darian nimmt das Telefon sanft aus meinen zitternden Händen. »Wissen Sie, was Sie im Restaurant gemacht haben? Wie Sie vorgeben, ein Hellseher zu sein und dass es alles nur Tricks sind?«

»Richtig.« Ich runzele vor Verwirrung die Stirn. »Ich habe nie gesagt, dass ich wirklich etwas tue. Wenn es darum geht, mich als Betrügerin bloßzustellen ...«

»Sie verstehen das falsch.« Darian schnappt sich mein weggestelltes Getränk und nimmt einen großen, aber irgendwie eleganten Schluck. »Ich habe nicht die Absicht, dieses Video irgendjemandem zu zeigen. Ganz im Gegenteil.«

Ich blinzele ihn nur an, da mein Gehirn vom Adrenalin und Schlafmangel eindeutig überhitzt ist.

»Ich weiß, dass Sie als Zauberer es nicht mögen, wenn Ihre Methoden aufgedeckt werden.« Sein Lächeln erinnert mich jetzt an ein Raubtier.

»Richtig«, sage ich und frage mich, ob er im Begriff ist, mir einen als Erpressung getarnten unmoralischen Antrag zu machen. Wenn er es täte, würde ich es natürlich ablehnen, aber aus Prinzip, und nicht, weil es undenkbar ist, etwas Unmoralisches mit einem Kerl wie Darian zu tun.

Wenn man so lange nichts in dieser Richtung gemacht hat wie ich, wirbeln einem regelmäßig alle möglichen verrückten Szenarien durch den Kopf.

Darians grüner Blick wird distanziert, als wolle er durch die nahegelegene Wand bis zum Horizont blicken. »Ich weiß, was Sie nach der großen Enthüllung sagen wollen«, sagt er und konzentriert sich wieder auf mich. In einer unheimlichen Parodie meiner Stimme sagt er: »›Ich bin keine Hellseherin. Ich benutze meine fünf Sinne, die Täuschung und das Schauspiel, um die Illusion zu schaffen, eine zu sein.‹«

Ich ziehe meine Augenbrauen so sehr in die Höhe, dass mein kräftiges Make-up abzuplatzen droht. Er hat nicht ungefähr das ausgesprochen, was ich sagen wollte – er hat es Wort für Wort getroffen, einschließlich der Betonungen, die ich geübt hatte.

»Oh, schauen Sie nicht so überrascht.« Er stellt das jetzt leere Glas wieder auf die Kommode. »Sie haben genau das auch im Restaurant gesagt.«

Ich nicke, immer noch unter Schock. Habe ich ihm das wirklich schon einmal gesagt? Ich erinnere mich nicht daran, aber ich muss es getan haben. Woher sollte er es sonst wissen?

»Ich habe etwas genommen, was ein anderer Mentalist gesagt hat«, platze ich heraus. »Geht es darum, ihn zu erwähnen?«

»Überhaupt nicht«, sagt Darian. »Ich will nur, dass Sie diesen Unsinn weglassen.«

»Oh.« Ich starre ihn an. »Warum?«

Darian lehnt sich nach hinten gegen den Schminktisch und überkreuzt seine Beine an den Knöcheln. »Welchen Spaß macht es, einen falschen Hellseher in der Show zu haben? Niemand will einen Hochstapler sehen.«

»Sie wollen also, dass ich mich wie ein Betrüger verhalte? Ein Betrüger, der so tut, als sei er echt?« Zwischen dem Lampenfieber, dem Video und dieser unsinnigen Forderung bin ich fast bereit, den Schwanz einzuziehen und wegzulaufen, auch wenn ich das für den Rest meines Lebens bereuen würde.

Er muss spüren, dass ich dabei bin, durchzudrehen, weil der raubtierhafte Zug aus seinem Lächeln verschwindet. »Nein, Sasha.« Sein Ton ist übertrieben geduldig, als ob er mit einem kleinen Kind spricht. »Ich will einfach, dass Sie nichts dazu sagen. Behaupten Sie nicht, ein Hellseher zu sein, aber leugnen Sie es auch nicht. Vermeiden Sie dieses Thema einfach komplett. Sicher können Sie damit leben.«

»Und wenn nicht, werden Sie den Leuten das Video zeigen? Werden Sie meine Methode enthüllen?«

Schon allein der Gedanke macht mich wütend. Ich möchte vielleicht nicht, dass die Leute denken, ich sei eine Hellseherin, aber wie die meisten Magier arbeite ich hart an den geheimen Methoden für meine Illusionen, und ich beabsichtige, sie mit ins Grab zu nehmen – oder ein Buch nur für Magier zu schreiben, das posthum veröffentlicht wird.

»Ich bin sicher, dass es nicht dazu kommen wird.« Darian macht einen Schritt auf mich zu, und der Bergamottenduft seines Parfüms dringt in meine bebenden Nasenlöcher ein. »Wir wollen dasselbe, Sie und ich. Wir wollen, dass die Menschen von Ihnen begeistert sind. Aber nehmen Sie keine Stellung zu diesem Thema, das ist alles, worum ich Sie bitte.«

Ich gehe einen Schritt zurück, da seine Nähe zu viel für meinen ohnehin schon fragwürdigen Geisteszustand ist. »In Ordnung. Wir haben einen

Deal.« Ich schlucke belegt. »Sie zeigen das Video nicht, und ich nehme keine Stellung.«

»Es gibt da eigentlich noch eine Sache«, sagt er, und ich frage mich, ob das unmoralische Angebot bald stattfinden wird.

»Was?« Ich befeuchte nervös meine Lippen, als ich bemerke, dass er mich anschaut, und mir wird klar, dass ich einen unangebrachten Annäherungsversuch nur wahrscheinlicher mache.

»Woher wussten Sie, an welche Karte meine Begleitung gedacht hat?«, fragt er.

Ich lächele und bin endlich wieder in meinem Element. Er muss über mein Markenzeichen, meinen Herzkö+nigintrick, sprechen – denjenigen, der jeden an seinem Tisch umgeworfen hat. »Das wird Sie etwas mehr kosten.«

Er zieht als stumme Frage eine Augenbraue in die Höhe.

»Ich will das Video«, sage ich. »Schicken Sie es mir per E-Mail, und ich gebe Ihnen einen Tipp.«

Darian nickt und wischt einige Male über sein Handydisplay.

»Gesendet«, sagt er. »Haben Sie es?«

Ich nehme mein eigenes Telefon heraus und zucke zusammen. Es ist Sonntagnacht, kurz vor der größten Chance meines Lebens, und ich habe vier Nachrichten von meinem Chef.

Ich beschließe, später herauszufinden, was der manipulative Bastard will, gehe in meinen persönlichen E-Mail-Account und schaue nach, ob ich das Video von Darian bekommen habe.

»Ich hab's«, sage ich. »Nun zu der Sache mit der Herzdame … Wenn Sie so aufmerksam und klug sind, wie ich denke, könnten Sie heute Abend mein Vorgehen erraten. Vor dem Hauptakt werde ich den gleichen Effekt für Kacie vorführen.«

»Sie hinterhältiges Biest.« In seinen grünen Augen leuchtet Belustigung auf. »Also werden Sie es mir nicht sagen?«

»Eine Magierin muss ihrem Publikum immer mindestens einen Schritt voraus sein.« Ich schenke ihm das unnahbare Lächeln, das ich über die Jahre perfektioniert habe. »Haben wir einen Deal oder nicht?«

»In Ordnung. Sie haben gewonnen.« Er sitzt anmutig auf dem Drehstuhl, auf dem ich meine Augenbrauenfolter durchlebt habe. »Und jetzt verraten Sie mir, warum Sie so erschrocken ausgesehen haben, als ich reinkam?«

Ich zögere, dann entscheide ich, dass es nicht schadet, die Wahrheit zuzugeben. »Es war deswegen.« Ich zeige auf den Bildschirm, auf dem die Live-Übertragung der Show noch läuft. In diesem Moment schwenkt die Kamera auf die vielen Menschen, die im Publikum sitzen, und die alle wegen irgendetwas klatschen, was die Gastgeberin gesagt hat.

Darian sieht amüsiert aus. »Kacie? Ich dachte nicht, dass dieser Muppet jemandem Angst machen könnte.«

»Nicht sie.« Ich wische meine feuchten

Handflächen an meiner Lederjacke ab, und mir fällt auf, dass das nicht die saugfähigste aller Oberflächen ist. »Ich habe Angst, vor Leuten zu sprechen.«

»Haben Sie wirklich? Aber Sie haben gesagt, dass Sie Fernsehzauberin werden wollen und treten ständig im Restaurant auf.«

»Im Restaurant gibt es höchstens drei oder vier Personen an einem Tisch«, sage ich. »In dem Studio dort sind es etwa hundert. Die Angst kommt auf, wenn die Zahlen zweistellig werden.«

Darians Belustigung scheint sich zu vertiefen. »Was ist mit den Millionen von Menschen, die Sie von zu Hause aus sehen werden? Machen Sie Ihnen keine Angst?«

»Das Studio-Publikum flößt mir mehr Angst ein, und ja, ich verstehe die Ironie.« Ich gebe mein Bestes, um nicht defensiv zu klingen. »Für meine eigene TV-Show würde ich mit einem kleinen Kamerateam Straßenzauber machen – das würde mir nicht allzu viel Angst einflössen.«

Angst ist eigentlich eine Untertreibung. Mein Problem mit Reden in der Öffentlichkeit bestätigt die vielen Studien, die zeigen, dass diese spezielle Phobie tendenziell tiefgreifender ist als die Angst vor dem Tod. Natürlich würde ich lieber von einem Hai gefressen werden, als vor einer großen Menschenmenge aufzutreten.

Nachdem Darian mich wegen dieses Angebots angerufen hatte und ich erfuhr, wie groß das Studiopublikum der Show ist, konnte ich drei Tage lang nicht schlafen – deshalb fühle ich mich wie eine Gefangene in Guantanamo Bay auf dem Weg zu einem erweiterten Verhör. Es ist noch schlimmer als damals, als ich eine ganze Reihe von Nachtschwärmern für meinen dämlichen Tagesjob finden musste, und zu dieser Zeit dachte ich, das wäre das stressigste Ereignis meines Lebens gewesen.

Meine Mitbewohnerin Ariel hat mir ihr Valium nicht einfach so gegeben; ich musste meine ganze Überredungskunst aufbringen, und sie hat erst dann nachgegeben, als sie es nicht mehr ertragen konnte, mein elendes Gesicht anzusehen.

Darian lenkt mich von meinen Gedanken ab, indem er wieder an seinem Handy herumfummelt.

»Das sollte Sie inspirieren«, sagt er, als beruhigende Klavierakkorde aus dem blechernen Telefonlautsprecher erklingen. »Es ist ein Lied über einen Mann in einer ähnlichen Situation wie Sie.«

Ich brauche einen Moment, um die Melodie zu erkennen. Da ich es das letzte Mal gehört habe, als ich klein war, erhöhe ich Darians von mir geschätztes Alter um ein paar Jahre. Der Song ist *Lose Yourself* aus dem Film *8 Mile*, in dem Eminem eine Chance bekommt, Rapper zu werden. Ich schätze, meine Situation ist ähnlich, weil das meine große Chance auf das ist, was ich am meisten will.

Völlig unerwartet beginnt Darian, mit Eminem mitzurappen, und ich kämpfe gegen ein unwürdiges Kichern an, während ein Teil der Anspannung meinen

Körper verlässt. Sprechen alle britischen Rapper so reines Englisch wie die Queen?

»Endlich ein Lächeln«, sagt Darian, ohne zu wissen, dass mein Grinsen auf seine Kosten geht – oder es ist ihm egal. »Behalten Sie es bei.«

Er schnappt sich die Fernbedienung und dreht die Lautstärke rechtzeitig hoch, damit ich Kacie sagen hören kann: »Unsere Herzen sind bei den Opfern des Erdbebens in Mexiko. Um an das Rote Kreuz zu spenden, rufen Sie bitte die Nummer unten auf dem Bildschirm an. Und jetzt eine kurze Werbung ...«

»Sasha?« Ein Mann steckt seinen Kopf in die Garderobe. »Wir brauchen dich auf der Bühne.«

»Hals- und Beinbruch«, sagt Darian und bläst mir einen Luftkuss zu.

»In diesen Schuhen könnte das passieren.« Ich fange den Kuss auf, werfe ihn auf den Boden und zerquetsche ihn mit meinem Stiletto.

Darians Lachen wird leiser, während mein Begleiter und ich den Raum verlassen und einen dunklen Korridor hinuntergehen. Als wir uns unserem Ziel nähern, scheinen unsere Schritte lauter zu werden, sind im Einklang mit meinem sich beschleunigenden Herzschlag. Schließlich sehe ich ein Licht und höre das Gebrüll der Menge.

So müssen sich die Leute vor einem Erschießungskommando fühlen. Wenn ich nichts genommen hätte, würde ich wahrscheinlich abhauen und auf meine Träume pfeifen. So wie es ist, muss meine Begleitung meinen Arm ergreifen und mich zum Licht ziehen.

Anscheinend ist die Werbepause gleich vorbei.

»Geh und setz dich auf die Couch neben Kacie«, flüstert mir jemand laut ins Ohr. »Und atmen nicht vergessen.«

Meine Beine scheinen schwerer zu werden, jeder Schritt ist eine monumentale Willensanstrengung. Hyperventilierend trete ich auf die Bühne, auf der sich die Couch befindet, und mache kleine Schritte, während ich versuche, das Studiopublikum zu ignorieren.

Meine Angst ist so extrem, dass die Zeit seltsam vergeht; in einem Moment laufe ich noch, im nächsten stehe ich an der Couch.

Ich bin froh, dass Kacie ihre Nase über dem Tablet hat. Ich bin nicht bereit, Höflichkeiten auszutauschen, wenn ich etwas so Schwieriges tun muss wie mich hinzusetzen.

Mit zitternden Knien lasse ich mich auf die Couch sinken wie ein Fakir auf ein Nagelbett – was übrigens nicht auf übernatürlicher Schmerzresistenz, sondern der Anwendung wissenschaftlicher Druckprinzipien beruht.

Die Zeitverzerrung muss wieder geschehen sein, denn die Musik, die die Werbepause kennzeichnet, geht abrupt zu Ende, und Kacie schaut von ihrem Tablet auf, wobei ihre übermäßig vollen Lippen sich zu einem Lächeln formen.

Mein Puls schlägt so laut in meinen Ohren, dass ich ihren Gruß nicht hören kann.

Jetzt kommt es.

Ich bin kurz davor, eine Panikattacke im nationalen Fernsehen zu bekommen.

––––––

Das Mädchen, Das Sieht ist jetzt erhältlich. Falls Sie mehr darüber erfahren möchten, besuchen Sie bitte meine Homepage www.dimazales.com.

ÜBER DEN AUTOR

Dima Zales ist ein *New York Times* und *USA Today* Bestsellerautor in den Genres Science-Fiction und Fantasy. Bevor er ein Schriftsteller wurde, hat er sowohl als Programmierer als auch als leitender Angestellter in der Softwareentwicklungsindustrie in New York gearbeitet. Von Hochfrequenzhandel-Software für große Banken bis hin zu Handy-Apps für bekannte Zeitschriften, Dima hat schon alles programmiert. 2013 verließ er dann die Software-Branche, um sich auf seine Karriere als Schriftsteller zu konzentrieren und nach Palm Coast, Florida zu ziehen, wo er derzeitig lebt.

Um mehr zu erfahren besuchen Sie bitte die Seite www.dimazales.com/book-series/deutsch/.

www.ingramcontent.com/pod-product-compliance
Lightning Source LLC
Chambersburg PA
CBHW060612100726
47907CB00006B/1594